KNAUR

Dani Atkins

Sechs Tage zwischen dir und mir

Roman

Aus dem Englischen von
Simone Jakob und
Anne-Marie Wachs

KNAUR

Die englische Originalausgabe erschien 2022 unter dem Titel »Six Days«
bei Head of Zeus Ltd, part of Bloomsbury Publishing Plc.

Besuchen Sie uns im Internet:
www.knaur.de

Aus Verantwortung für die Umwelt hat sich die Verlagsgruppe Droemer Knaur zu einer nachhaltigen Buchproduktion verpflichtet. Der bewusste Umgang mit unseren Ressourcen, der Schutz unseres Klimas und der Natur gehören zu unseren obersten Unternehmenszielen. Gemeinsam mit unseren Partnern und Lieferanten setzen wir uns für eine klimaneutrale Buchproduktion ein, die den Erwerb von Klimazertifikaten zur Kompensation des CO_2-Ausstoßes einschließt. Weitere Informationen finden Sie unter: www.klimaneutralerverlag.de

MIX
Papier aus verantwortungsvollen Quellen
FSC® C014496
FSC www.fsc.org

Deutsche Erstausgabe Oktober 2022
Knaur Taschenbuch

Redaktion: Gisela Klemt; lüra – Klemt & Mues GbR
Covergestaltung: Franzi Bucher, München
Coverabbildung: Collage von Franzi Bucher unter Verwendung
von Motiven von Shutterstock.com
Abbildungen im Innenteil von Shutterstock.com. Schmetterlinge:
Blueprint Characters; Pflanzen: Cat_arch_angel; Wiese: NadzeyaShanchuk
Satz: Daniela Schulz, Gilching
Druck und Bindung: GGP Media GmbH, Pößneck
ISBN 978-3-426-52887-7

2 4 5 3 1

Für Debbie
die die Bücher als Erste liest

Samstag

Kapitel 1

Die Zimmertür quietschte immer noch, wenn man sie öffnete. Dad hatte das all die Jahre nicht behoben, und irgendwie gefiel es mir. Jetzt stand er im Türrahmen, in einem Anzug, den ich noch nie an ihm gesehen hatte und in dem er mir fremd vorkam.

Einen langen Augenblick sagten wir beide kein Wort. »Du siehst wunderhübsch aus, Gemma«, brach er schließlich das Schweigen. Seine Stimme war merkwürdig belegt. »Wenn deine Mutter das nur miterlebt hätte.«

Unter dem Geraschel von Tüll und paillettenbestickter Spitze sah ich zu dem Mann, den ich mein ganzes und sein halbes Leben lang geliebt hatte. In dem anthrazitfarbenen Cutaway war Dad fast nicht wiederzuerkennen. Seine Haare, die er sich tags zuvor hatte schneiden lassen, waren so kurz, dass man glauben konnte, er wolle sich nach der Trauung bei der Armee verpflichten. Und seine üblichen grau-schwarzen Bartstoppeln waren einer scharfen Rasierklinge zum Opfer gefallen. Ich erkannte, wo er sich mit unsicherer Hand geschnitten hatte. Die beiden kleinen Wunden waren das einzige bisschen Farbe in seinem ungewöhnlich blassen Gesicht.

»Ach, Dad«, sagte ich und versuchte, all die Kraft zusammenzunehmen, die ich mir für diesen Augenblick aufgespart hatte. Denn ich hatte immer gewusst, dass diese Worte heute ausgesprochen werden würden. Ich war mir bloß nicht sicher gewesen, ob von ihm oder von mir.

Er streckte die schwieligen Hände aus, und ich legte meine hinein und war plötzlich wieder acht Jahre alt und soeben vom Fahrrad gefallen; oder zwölf, und mein Kaninchen war gerade gestorben; oder vierzehn, und der Junge, den ich mochte, hatte ein anderes Mädchen gefragt, ob es mit ihm zum Schulball gehen wollte. In all diesen Momenten war Dad da gewesen – aber immer als Teil eines Teams. Ich begriff, wie schwer er es jetzt hatte, wo er diesen Meilenstein in meinem Leben ohne Mum an seiner Seite miterlebte.

»Du bist ihr wie aus dem Gesicht geschnitten«, sagte er leise. Das hatte ich schon unzählige Male gehört. Als Teenager hätte ich wahrscheinlich meine grünen Augen verdreht, die wir gemeinsam hatten, und hätte beschlossen, mir die rotbraunen Haare zu färben. Doch jetzt, nachdem wir Mum vor drei Jahren verloren hatten, klammerte ich mich begierig an jede Ähnlichkeit, die uns verband, wie an einen rettenden Strohhalm.

Ich schaute in den Spiegel und hakte mich bei Dad unter, was ich in weniger als einer Stunde erneut tun würde, wenn er mich zum Altar führte. Und zum ersten Mal konnte ich es wirklich erkennen. Ich wirkte *tatsächlich* wie die Frau auf dem Foto im silbernen Bilderrahmen, der im Wohnzimmer hing. Zugegeben, unsere Hochzeitskleider waren völlig verschieden, und sie hatte das Haar in einer komplizierten Hochsteckfrisur getragen, während meines mir in sanften Wellen weich über die Schultern fiel. Aber den Gesichtsausdruck, mit dem sie den Mann an ihrer Seite anschaute, kannte ich von Hunderten von Facebook-Posts. So sah auch ich aus, wenn ich Finn in die Augen blickte.

Just in diesem Moment wurde mit exzellentem Timing die Tür meines ehemaligen Zimmers erneut aufgestoßen, und der Wirbelwind namens Hannah Peterson stand mit meinem Brautstrauß in der Hand im Türrahmen. Sie schaute zwischen Dad und mir hin und her. »He, hier wird nicht geweint«, ermahnte sie uns, nur halb im Scherz. »Ich war doch bloß fünf Minuten weg.«

Nach fünfundzwanzig Jahren genoss Hannah, meine beste Freundin, gewissermaßen schwesterliche Privilegien und hatte keine Bedenken, Dad und mich ins Gebet zu nehmen, wenn sie es für nötig hielt. »Denkt an unsere Abmachung: keine Tränen, bis Finn und du ›Ja‹ gesagt habt, okay?«

»Wie hält dein armer Mann dich nur aus?«, neckte Dad meine Trauzeugin, legte ihr den Arm um die Schultern und drückte sie väterlich.

»Hauptsächlich dank Kopfhörern mit Geräuschunterdrückung«, gab sie verschmitzt zurück. »Der Wagen für die Brautjungfern wartet unten, und der Fahrer sagt, eurer kommt in ein paar Minuten.« Schon war sie wieder ganz in ihrer Rolle der inoffiziellen Hochzeitsplanerin. Hätte sie in den Rockfalten ihres Kleides aus magentafarbenem Taft Platz dafür gefunden, hätte sie garantiert den ganzen Tag ein Clipboard mit sich herumgeschleppt.

»Wo ist Milly?«, fragte ich und reckte den Hals nach ihrer entzückenden kleinen Tochter. In ein paar Monaten wurde meine Patentochter vier, sie war jetzt beinahe in dem Alter, in dem ihre Mutter und ich damals Freundschaft geschlossen hatten. Für mich war von Anfang an klar gewesen, dass niemand außer ihr das Blumenkind bei meiner Hochzeit sein würde.

»Im Moment ist sie damit beschäftigt, deinen Kater zu piesacken«, sagte Hannah an meinen Vater gerichtet und fügte ein zerknirschtes »Tut mir leid« hinzu. »Danach wird sie wahrscheinlich den Kunstblumenstrauß zerpflücken, den ich ihr gegeben habe. Den echten kriegt sie erst in die Finger, wenn sich die Kirchentüren öffnen.«

Ich strahlte sie an. »Du denkst aber auch wirklich an alles.«

»Ich will einfach nur, dass das heute der perfekte Tag für dich wird«, sagte sie merklich gerührt und klang für einen Moment ganz anders als die Hannah, die ich kannte.

Aus dem Erdgeschoss war ein Quietschen zu hören, das entweder von ihrem Nachwuchs oder vom Kater stammte, und Hannah drehte sich blitzschnell auf dem Absatz ihres eleganten Satinschuhs um.

»Wir sehen uns vor der Kirche«, sagte sie, blies uns beiden einen Luftkuss zu und rauschte in einer Parfümwolke aus dem Zimmer. Mein Vater folgte ihr, um sie hinauszubegleiten.

Wenige Augenblicke darauf schloss sich die Haustür mit einem kräftigen Rums, und erleichtert atmete mein Elternhaus auf, als endlich wieder Stille einkehrte. Die Haarstylistin, die Visagistin und die Floristen waren alle längst weg, wie auch Familie und Freunde, die in diesen Minuten bestimmt schon auf dem Weg zur Kirche waren und bald auf den mit Blumen geschmückten Kirchenbänken Platz nehmen würden.

Alles und jeder war genau an seinem vorgesehenen Platz. Wieso also wurde ich das Gefühl nicht los, dass irgendetwas nicht stimmte? Es begleitete mich, seit mich heute früh mein Handy geweckt hatte. Noch im Halbschlaf hatte ich blinzelnd zur Decke aufgeschaut und mich gefragt, wo ich eigentlich war. Ohne nachzudenken, hatte ich die Hand nach Finn ausgestreckt, aber die andere Hälfte meines alten Doppelbetts war kalt und leer. Fühlte Dad sich morgens genauso? Es war ein herzzerreißender Gedanke, mit dem ich in den Tag startete, der üblicherweise als der »glücklichste Tag deines Lebens« bezeichnet wird.

Ich hatte die Beine über die Bettkante geschwungen und schließlich gelächelt, als mein Blick auf das cremeweiße Spitzenkleid fiel, das ich tragen würde – wenn ich dem Mann, den ich liebte, das Jawort gab.

Ich hatte der Versuchung nicht widerstehen können und mein Telefon am Ladekabel zu mir herangezogen, als würde ich einen Fisch an der Angel einholen. War es zu früh, um Finn einen guten Morgen zu wünschen? Brachte das Unglück, so wie wenn Braut und Bräutigam sich vor der Trauung sahen, oder kapitulierte der Aberglaube vor moderner Technik? Ich beschloss, dass eine kurze WhatsApp das Risiko wert war.

Guten Morgen, Mr D. Einen schönen Hochzeitstag! Freu mich auf dich. xxx

Fünf Minuten wartete ich mit dem Telefon in der Hand auf eine Antwort, dann legte ich es leicht enttäuscht beiseite. Finn war wahrscheinlich schon unter der Dusche oder noch auf seiner morgendlichen Joggingrunde. *Oder er ist total verkatert*, merkte eine lästige Stimme in meinem Kopf an. Ich ignorierte sie, weil ich diesen speziellen Streit wirklich nicht weiterführen wollte.

»Ist dir klar, dass heutzutage *kein Mensch* mehr den Junggesellenabschied am Vorabend der Hochzeit feiert? Das macht man *Wochen* vor dem großen Tag, damit man Zeit hat, sich davon zu erholen.«

»Es ließ sich vorher nicht einrichten«, hatte Finn entgegnet, die Arme um meine Taille geschlungen und mich an sich gedrückt. »Ich hab die ganze Zeit geackert, um die Abgabe noch vor den Flitterwochen zu schaffen.« Dann hatte er den Kopf geneigt und mich auf die Art geküsst, bei der mir immer die Knie weich wurden. »Vielleicht weißt du es ja noch nicht, aber ich werde heiraten«, hatte er mit den Lippen an meinem Hals geflüstert.

»Hab davon gehört. Hat die ein Glück.«

Finn hatte den Kopf geschüttelt und mir in die Augen geschaut. »Nein. *Ich* bin derjenige, der Glück hat.«

Dad wartete am Fuß der Treppe auf mich, jener Treppe, auf deren Geländer ich in meinem dreiunddreißigjährigen Leben so oft hinuntergerutscht, deren Stufen ich hinuntergesprungen und manchmal sogar -gefallen war. Auf seinen Lippen lag ein stolzes Lächeln, das mich jetzt eher aus dem Tritt zu bringen drohte als die Treppenstufen. Durch die offene Haustür erhaschte ich einen Blick auf einen glänzenden, silberfarbenen, mit bunten Bändern geschmückten Bentley, der am Straßenrand auf uns wartete.

»Bevor wir losfahren …«, sagte Dad plötzlich. Er war so aufgeregt, dass sein Adamsapfel hektisch auf und ab hüpfte, und musste sich räuspern. »Also, ich möchte dir etwas geben.« Nervös nestelte er in der Tasche seines Jacketts herum. »Von deiner Mutter und mir.«

Als ich die kleine Schmuckschatulle aus Samt entgegennahm, merkte ich, dass ich schon jetzt den Tränen nahe war. Plötzlich bangte ich um das von der Visagistin so sorgfältig aufgetragene Make-up, samt »Tsunami-fester« Mascara.

Ich hielt die Schachtel eine Weile in den zitternden Fingern, bevor ich sie öffnete. Die zartgliedrige Kette war aus Silber, doch was mir fast den Boden unter den Füßen weggerissen hätte, war der dazugehörige Anhänger.

»Der Stein von Mums Verlobungsring«, sagte ich fassungslos. Ich hatte ihn sofort wiedererkannt.

»Sie hätte gewollt, dass du ihn bekommst«, sagte Dad, und seine Stimme klang wieder rau. »Ich dachte, wenn ich ihn zu einem Anhänger umarbeiten lasse, ist das so, als wäre sie heute bei uns.«

Ich wandte mich zum Flurspiegel und strich mir die Haare

aus dem Nacken, um mir die Kette umzulegen. Der tropfenförmige Diamant fiel wie eine Sternschnuppe auf meine nackte Haut, knapp über der Wölbung meiner Brust. Ich spürte sein Gewicht dicht an meinem Herzen, als ich meinen Vater an mich drückte. »Er ist wunderschön. Wirklich. Aber Mum wäre heute sowieso bei uns gewesen, auch ohne diesen Anhänger. Keine zehn Pferde könnten sie davon abhalten.«

Dad hielt fest meine Hand, als er mich über den gepflasterten Weg zum Wagen führte, stieg vorsichtig nach mir ein und setzte sich auf den kleinen Teil der Rückbank, den mein Kleid nicht in Beschlag nahm. Es war, als würden wir in einem Meer aus Tüll versinken, doch die Kirche war zum Glück nur eine halbe Stunde Fahrt entfernt.

»Nervös?«, erkundigte sich Dad. Dieselbe Frage hatte er mir gestellt, als er mich an meinem ersten Schultag vor dem Schulgebäude abgesetzt hatte, und dann wieder dreizehn Jahre später, vor der Uni.

Diesmal fiel es mir leicht, zu verneinen.

»Ich freu mich einfach auf dieses neue Kapitel in meinem Leben«, sagte ich und beugte mich über die Wogen aus feinem Stoff, um ihm einen Kuss auf die Wange zu drücken.

»So kenne ich meine Tochter«, sagte er mit vor Liebe und Stolz belegter Stimme.

Eine große Hochzeit in Weiß hatte nie weit oben auf meiner Wunschliste gestanden. Aber im Leben kommt es ja oft anders, als man denkt. Man begegnet jemandem, in den man sich verliebt, man verliert einen geliebten Menschen, und plötzlich probiert man Brautkleider an und bucht eine Kirche und Räumlichkeiten für die Feier. Das alles war zum großen Teil eine Hommage an Mum, denn so eine Hochzeit hatte sie sich immer für mich erträumt.

Ich weiß noch, wie ich zu Finn sagte: »Sie hätte dich sehr gemocht«, als wir die Städte hinter uns gelassen hatten und nun über die Dörfer zu meinem Elternhaus fuhren, wo er meinen Vater kennenlernen sollte.

Finn hatte eine Hand vom Lenkrad genommen und meine sanft gedrückt. »Wenn sie nur ein kleines bisschen so war wie du, hätte ich sie auch sehr gemocht. Ich mach mir eher Sorgen wegen deines Vaters. Ich seh schon vor mir, wie er heute Abend im Flur Wache schiebt, für den Fall, dass ich mich aus dem Gästeschlafzimmer schleiche.«

Ich hatte gelacht, obwohl Finn vielleicht gar nicht so falschlag. »Na ja, du weißt doch, wie Väter sind.«

»Kann man so nicht sagen«, entgegnete Finn.

Hätte ich mir eine Superkraft aussuchen können, dann die, die Zeit zurückspulen zu können, um meine unbedachte Bemerkung ungeschehen zu machen.

»Finn, es tut mir leid. Ich –«

»Schon okay«, unterbrach er mich und wechselte das Thema, so wie immer, wenn das Gespräch auf seine Eltern kam. »Also, glaubst du, *eine* Flasche Scotch wird reichen, um ihn zu bezirzen, oder hätte ich eine ganze Kiste besorgen sollen?«

»Dad wird von dir begeistert sein«, hatte ich geantwortet. »Wie alle, die dir zum ersten Mal begegnen.«

Finn hatte den Blick auf die Straße gerichtet, aber ich sah sein spöttisches Lächeln.

»Außer *dir.*«

Kapitel 2

Die erste Begegnung

Sieben Jahre zuvor

Haare hochgesteckt oder offen?«, fragte ich beim Betreten unserer winzigen Küche, wo Hannah mit ihrem Smartphone beschäftigt war. Sie legte es beiseite und nahm nicht nur meine Haare, sondern auch mein Outfit genauestens in Augenschein. Noch vor zwei Minuten hatten die schwarze Stoffhose und die figurbetonte weiße Bluse im Spiegel bei mir im Zimmer gut ausgesehen, aber auf Hannah hatte es nicht die erhoffte Wirkung.

»Du bewirbst dich also als Kellnerin?«

Ich verzog bei ihrem bissigen Kommentar das Gesicht und ließ den angedeuteten hohen Dutt los, sodass mir die Haare über die Schultern fielen, was den ganzen Look auflockerte.

»Besser«, sagte meine Freundin.

»Ich will bloß professionell rüberkommen … und intelligent.«

»Dafür braucht man mehr als eine vernünftige Frisur«, sagte Hannah und fuhr sich grinsend über ihren stachlig gestylten Kurzhaarschnitt mit den pink gefärbten Haarspitzen. Mit einem IQ auf Mensa-Niveau hatte Hannah keine Schwierigkeiten, ernst genommen zu werden, obwohl ihre Frisur an das Gefieder eines Paradiesvogels erinnerte.

»Guter Punkt«, räumte ich ein, »aber bei dem Bewerbungsgespräch steht zu viel auf dem Spiel, als dass ich riskieren will, es wegen unpassender Kleidung zu vermasseln.«

»Ich dachte, es geht um deine Texte und nicht darum, dass du aussiehst wie eine Bibliothekarin aus den Fünfzigerjahren!«, zog sie mich auf und schnappte sich eine Scheibe Toast, die sie mit zwei gewaltigen Bissen hinunterschlang. Für eine so kleine Frau hatte Hannah einen enormen Appetit. Ich war mir nicht sicher, wo die ganzen Kalorien, die sie vertilgte, eigentlich blieben, denn ihr zierlicher Körper schien nur wenige davon aufzunehmen. »Und ich *liebe* deinen Schreibstil«, erklärte sie loyal.

Dankbar strahlte ich sie an und griff hoffnungsvoll nach der Kaffeekanne. Es gelang mir, mit dem restlichen Kaffee eine letzte Tasse zu füllen, und ich trank ihn in kleinen Schlucken, während ich auf meinem iPad noch mal die Publikationsliste mit Artikeln durchging, die ich bislang verfasst hatte. »Schwer zu sagen, welcher davon am meisten Eindruck machen wird: der mit der kleinen Katze, die vom Baum gerettet werden musste, oder der über die aufsehenerregende Marmelade-Einkochaktion vom Women's Institute.«

»Eindeutig der mit der Katze«, sagte Hannah und legte sich eine Hand auf die Herzgegend. »Der schreit geradezu nach dem Pulitzer-Preis.«

Ich schnaubte, und um ein Haar wäre der Kaffee auf meiner Kleidung gelandet.

»Es wird bestimmt total langweilig hier, wenn du ausziehst«, sagte ich, was laut ausgesprochen noch jämmerlicher klang als in meinen Gedanken. Ich wollte nicht, dass Hannah meinetwegen traurig wurde oder Schuldgefühle bekam, doch in ihren veilchenblauen Augen sah ich eine Mischung aus beidem aufblitzen. Nachdem wir viele Jahre lang in einer

Reihe schäbiger Mietwohnungen gelebt hatten, hatten Hannah und ich den Sprung gewagt und uns zusammen eine Eigentumswohnung gekauft, wobei wir irgendwie nicht daran gedacht hatten, was passieren sollte, wenn eine von uns ausziehen wollte und die andere nicht.

Ich kann mich noch lebhaft an den Abend erinnern, an dem sie verdächtig früh von einem Date mit William nach Hause kam. Sie waren schon ein halbes Jahr zusammen. Als sie mit besorgtem, leicht gequält wirkendem Gesichtsausdruck ins Wohnzimmer trat, griff ich instinktiv nach einer Flasche Wein, zwei Gläsern und einer Schachtel Kleenex, da ich das Schlimmste befürchtete. Aber ich lag falsch, William hatte nicht mit ihr Schluss gemacht – im Gegenteil.

»Er hat mich gefragt, ob ich bei ihm einziehen will«, sagte sie, und es klang, als würde sie zu etwas Gesetzeswidrigem gezwungen.

»Der Arsch«, witzelte ich mit todernster Miene. Ich war so erleichtert, dass er ihr nicht das Herz gebrochen hatte, dass es eine Weile dauerte, bis mir klar wurde, dass eher *ich* am Ende allein mit meinem Kummer dastehen würde. »Und was hast du gesagt?«

Sie biss sich auf die Unterlippe, als würde sie sich ein Lächeln verkneifen, aber es gelang ihr nicht ganz; ihre Augen strahlten vor Freude.

»Ja.«

Ich verschüttete etwas von dem Wein, wir weinten und umarmten uns und zitierten aus *Friends*, als wir sagten, dass dies das »Ende einer Ära« war. Doch die kalte, harte Realität des Ganzen wurde mir erst später bewusst. Womöglich würde ich nicht nur meine Mitbewohnerin verlieren, sondern auch die Wohnung.

»Vielleicht zahle ich einfach meine Hälfte vom Kredit

weiter ab – William wird das sicher verstehen«, preschte Hannah vor.

»Auf keinen Fall. Das wär total ungerecht«, beharrte ich. »Außerdem ist da ja dieser Job bei der Zeitschrift, für den ich mich bewerben will. Wenn ich den bekomme, könnte ich die Raten auch allein bestreiten.« *Solange ich alle unnötigen Ausgaben streiche, wie für Lebensmittel und so,* fügte ich im Stillen hinzu.

Ob ich diesen Job bekommen würde, war tatsächlich höchst fraglich, denn ich würde damit einige Stufen auf der Karriereleiter überspringen, würde von der bescheidenen Reporterin bei einem Lokalblatt zur Feature-Autorin für ein bekanntes Hochglanzmagazin aufsteigen. Doch ich musste es wenigstens versuchen.

Obwohl die morgendliche Rushhour schon hätte vorbei sein sollen, war auf den Straßen immer noch überraschend viel Verkehr. Die Dreiviertelstunde Pufferzeit, die ich eingeplant hatte, schmolz durch Staus, defekte Ampeln und einen quer stehenden Laster dahin. Und als wäre das nicht schon schlimm genug, schien es die Klimaanlage meines Wagens nicht zu kümmern, dass heute ein besonders ungünstiger Tag war, um endgültig den Geist aufzugeben. »Was für Temperaturen, und das im September!«, hatte der Typ im Radio begeistert festgestellt. Ich würgte ihn mitten im nächsten Satz ab.

Als ich das erste Hinweisschild zu dem Gewerbegebiet entdeckte, hatte ich bereits einen feinen Schweißfilm auf der Stirn, der fleißig meine Foundation auflöste. Ich fuhr auf den Parkplatz und geriet in Panik, als ich auf dem Armaturenbrett die Uhrzeit sah. In einer Viertelstunde hatte ich mein Bewerbungsgespräch.

Die Büros der *Glow* befanden sich in einem hohen Büroturm mit blauer Glasfassade, wodurch das Gebäude wie ein riesiger Gletscher wirkte, der irgendwo abgebrochen und irrtümlich in einer Großstadt gelandet war.

Wenn ich schnell einen Parkplatz finde, müsste ich es noch schaffen, sagte ich mir auf der ersten von mehreren erfolglosen Runden über das Gelände. Plötzlich entdeckte ich nicht weit vor mir einen Wagen, der gerade ausparkte. Ich bremste und schaltete den Blinker ein. Der Fahrer brauchte Ewigkeiten, um zurückzusetzen, und mein linker Fuß lauerte schon über dem Gaspedal, als wie aus dem Nichts ein anderes Auto in die frei gewordene Lücke preschte. Der Fahrer hatte mir nicht nur den Stellplatz weggeschnappt, sondern war dafür auch noch in der falschen Fahrtrichtung über den Parkplatz gerauscht.

Ich neigte nicht zu Aggressivität im Straßenverkehr, zumindest nicht bis zu diesem Zeitpunkt, doch ohne nachzudenken, brüllte ich: »Sie wollen mich wohl verarschen!«, und drückte auf die Hupe, was die morgendliche Ruhe empfindlich störte. Ich sah, wie sich der Fahrer in alle Richtungen umblickte. Da mein Wagen als einziger noch nicht eingeparkt war, musste man kein Genie sein, um zu erraten, wer da gerade gehupt hatte. Er fing meinen Blick auf, wir guckten uns durch die Windschutzscheiben an, und ich riss die Hände hoch, was in der inoffiziellen Zeichensprache der Straßenverkehrsordnung so viel wie »Was soll der Scheiß?« bedeutete.

Durch den roten Nebel meiner Wut sah ich zwei Reihen strahlend weißer Zähne aufblitzen. Hatte dieser Typ mich gerade tatsächlich angegrinst? Ich glaubte zu erkennen, wie er mit den Lippen das Wort »Entschuldigung« formte. Falls ja, verschwendete er seine Zeit, denn ich war nicht in Stimmung, seine Entschuldigung zu akzeptieren. Zu allem Überfluss kurbelte er auch noch das Seitenfenster herunter.

»Tut mir leid, aber ich hab einen Termin und bin echt spät dran.« Er schenkte mir erneut sein Hundert-Kilowatt-

Lächeln, das ihm wohl üblicherweise dabei half, mit solchen Unverschämtheiten durchzukommen. Doch heute würde er damit keinen Erfolg haben, ganz sicher nicht bei mir.

Ich kurbelte ebenfalls das Fahrerfenster herunter.

»Das war mein Parkplatz!«, rief ich, den Kopf aus dem Fenster gereckt wie ein Hund bei einer langen Autofahrt.

Seine Stimme trug besser als meine, er hatte solche Verrenkungen nicht nötig, um sich Gehör zu verschaffen.

»Also, genau genommen ist es erst Ihr Parkplatz, wenn Sie darauf stehen«, argumentierte er gelassen, als spielte es keine Rolle, dass er soeben alle meine Chancen auf den Job, den ich unbedingt haben wollte, zunichtegemacht hatte. »Wie gesagt, tut mir leid, aber ich bin spät dran, und …« – er warf einen Blick auf seine Armbanduhr und dann wieder zu mir – »so unterhaltsam es ist, sich quer über den Parkplatz anzuschreien, ich muss mich wirklich beeilen.«

Ich war sprachlos und wütend angesichts dieser Unverfrorenheit und wusste nicht, ob ich den Mund weiter offen lassen oder ihn schließen sollte. Ich überlegte immer noch, während der Mann aus seinem Wagen stieg und auf das glasverkleidete Gebäude zueilte. Sein Weg führte ihn praktisch direkt an mir vorbei, und es kostete mich einiges an Selbstbeherrschung, meinen Motor nicht drohend aufheulen zu lassen. Ich war zwar nicht so wütend, dass ich ihn tatsächlich umgenietet hätte, doch es hätte mir gutgetan, ihn einfach nur so zu erschrecken, dass ihm sein überhebliches Grinsen verging.

Er schaute noch einmal in meine Richtung, bevor er zwischen den geparkten Fahrzeugen verschwand, und hatte doch tatsächlich die Dreistigkeit, mir zum Abschied kurz zuzuwinken. Nie zuvor in meinem Leben hatte ich einen Menschen so spontan so tief verabscheut.

Kapitel 3

Die Kirche kam in Sicht, und obwohl ich behauptet hatte, ich wäre nicht nervös, spürte ich, wie mein Herz für einen Schlag aussetzte und dann zu rasen begann. St Anthony's war eine alte, typisch englische Kirche mit einem historischen überdachten Friedhofstor, das wir uns schon als Kulisse für die Hochzeitsfotos vorgemerkt hatten. Dass die Holzbalken mit Blumengirlanden geschmückt waren, hatte ich erwartet; womit ich hingegen nicht gerechnet hatte, war, Finns Trauzeugen Doug davor auf und ab laufen zu sehen.

Als wir näher kamen, steckte er sein Handy hastig wieder in die Tasche und begann zu gestikulieren. Ich runzelte die Stirn und beugte mich vor, um besser zu erkennen, was seine Handzeichen bedeuten sollten. Es sah so aus, als würde er Teig rühren.

Unser Fahrer konnte diese Pantomime offensichtlich ebenso wenig deuten und brachte den Oldtimer neben dem Tor zum Stehen. Unerklärlicherweise wirkte Doug frustriert und gab uns – diesmal mit einer verständlichen Geste – zu verstehen, wir sollten das Seitenfenster herunterkurbeln.

Die Scheibe glitt mit einem gedämpften, irgendwie unheilvoll klingenden Geräusch nach unten.

»Könnten Sie noch eine Runde um den Block fahren?«, bat Doug den Chauffeur, bevor er mit einem aufgesetzten Lächeln, das selbst ein Blinder durchschaut hätte, zu uns auf die Rückbank blickte.

»Wir brauchen noch ein paar Minuten«, erklärte er, weiter mit dem gezwungenen Lächeln, das seine Augen nicht erreichte.

Ich hatte ein unangenehmes Gefühl in der Magengrube, als würde sich ein Aal darin winden. »Warum? Was ist los?«

»Nichts. Alles in Ordnung.«

Ich kannte Doug nicht gut genug, um zu merken, dass er besorgt war, doch ich war schon lange genug Journalistin, um zu erkennen, wenn ich belogen wurde.

»Wo ist Finn? Er ist doch da, oder?« Meine Stimme wurde höher, schien mühelos Tonleitern zu überspringen.

»Ja, er ist … das heißt, er kommt bestimmt gleich.«

»Also, was denn nun, Junge?«, unterbrach mein Vater sein Gestammel.

»Finn verspätet sich bloß ein bisschen«, sagte Doug matt. »Wahrscheinlich hat er die Ringe vergessen oder so.«

»Aber ich dachte, *du* hättest die Ringe«, wandte ich ein und war mir des Zitterns in meiner Stimme unangenehm bewusst. »Finn hat mir gestern gesagt, er hätte sie dir gegeben.«

Dougs Wangen färbten sich tiefrot. »Ach ja. Stimmt.« Er klopfte demonstrativ auf die Brusttasche seiner Seidenweste, als wären sämtliche Probleme nun zur allgemeinen Zufriedenheit gelöst. »Nur noch eine Runde ums Quadrat, und dann sind wir sicher so weit«, fügte er hinzu.

Der Fahrer drehte sich zu uns um. In seinem Gesicht war nichts von Panik zu erkennen, die mir hingegen nur zu deutlich anzumerken sein musste. Womöglich kam so was ja öfter vor, vielleicht sogar ständig. Allerdings zuckte an seinem Auge ein Muskel, was eher dagegensprach.

Mein Vater übernahm das Kommando. »Dann fahren wir mal gemütlich um den Block und geben Doug Zeit, die Lage zu klären.«

Jetzt war weder der richtige Moment noch der passende Ort, um Zweifel an Dougs Fähigkeiten anzubringen, die anscheinend höchstens dafür reichten, einen Junggesellenabschied in einer Brauerei zu organisieren. Er war Finns ältester Freund, und wenn mein Verlobter fand, dass er der Richtige für die Aufgabe des Trauzeugen war, dann musste ich seinem Urteil vertrauen.

Dennoch konnte ich es mir nicht verkneifen, nochmals nachzufragen: »Bist du sicher, dass er bloß spät dran ist?«

»Ja. Absolut«, sagte Doug und richtete sich auf.

Ich hätte mich weit besser gefühlt, wenn ich nicht gehört hätte, wie er beim Zurücktreten auf den Bürgersteig leise zu unserem Chauffeur sagte: »Fahr langsam, Kumpel.«

Als der Wagen anfuhr, drehte ich mich auf der Rückbank genau in dem Augenblick um, als Doug die Schultern hängen ließ und sich nervös mit der Hand durchs Haar fuhr. Dann sah ich, wie ein Mann, den ich nicht kannte, zu Doug lief und dabei den Kopf schüttelte. Die Neuigkeit – worum auch immer es gehen mochte – ließ den Trauzeugen erneut zum Handy greifen.

»Glaubst du, *ich* sollte mal versuchen, Finn zu erreichen?«, fragte ich meinen Vater und kam mir ohne mein Telefon, das sich in einer Tasche befand, welche Hannah zur Hochzeitsfeier mitbringen würde, ziemlich hilflos vor. »Vielleicht könnte ich ihn kurz mit deinem Handy anrufen?« Doch ich wusste bereits, was mein Vater antworten würde.

»Lass uns erst mal tief durchatmen und ihnen einfach noch zehn Minuten geben.« Dad war schon immer eher der Abwarten-und-Teetrinken-Typ gewesen.

Ich drehte mich wieder nach vorn und hielt während der Fahrt nach Finn Ausschau, der womöglich neben einem mit Bändern geschmückten, qualmenden Wagen am Straßenrand stand oder vielleicht gegen einen Reifen trat, der ausgerechnet jetzt einen Platten hatte. Aber er war nirgends zu entdecken.

»Ich dachte immer, die *Braut* kommt auf den letzten Drücker zur Trauung, nicht der Bräutigam«, sagte ich und versuchte zu lachen, doch es klang zu hoch, zu schrill und zu sehr den Tränen nah.

Dad legte seine Hand auf meine, sodass ich sie stillhalten musste. »Keine Sorge. Du wirst sehen, es gibt eine ganz vernünftige Erklärung für alles.«

Der Fahrer schien sich an Dougs Rat zu halten. Selbst in meinen Satinschuhen mit Kitten Heels und meinem ausladenden Hochzeitskleid wäre ich die Strecke schneller gejoggt. Wir brauchten genau dreizehn Minuten und zwanzig Sekunden – wie an der eleganten Uhr im Armaturenbrett des Bentleys abzulesen war –, bis die Kirche wieder in Sicht kam.

Diesmal standen mehr Leute vor dem Kirchhoftor. Finn war allerdings nicht darunter.

»Dad …?«, fragte ich zaghaft, als wir erneut am Straßenrand hielten.

»Vielleicht bleibst du besser im Wagen, Gemma«, schlug er vor, doch ich war längst ausgestiegen. Ohne die anderen Anwesenden zu beachten, lief ich schnurstracks zu Hannah, die meine Hände nahm und sie so fest hielt, dass ich mich schon geerdet fühlte, bevor ich überhaupt merkte, dass ich es brauchte.

»Finn ist noch nicht da«, sagte sie, geradeheraus wie immer. »Die Jungs versuchen schon seit vierzig Minuten, ihn zu erreichen, aber anscheinend ist sein Handy ausgeschaltet.«

Ich runzelte die Stirn, als würde Hannah eine Fremdsprache sprechen, die ich nicht besonders gut beherrschte. Ihre Worte ergaben für mich keinen Sinn.

»Wie kann das sein? Wir heiraten heute.«

Das war für das Organisations-Team unserer Hochzeit, das besorgt im Kreis um uns herumstand und überallhin schaute, nur nicht zu mir, offensichtlich keine Neuigkeit.

Ich schüttelte den Kopf und spürte, wie der Spitzenbrautschleier meine Wange streifte. Ich schlug ihn zurück, was eigentlich Finn vor dem Altar hätte machen sollen, bevor er mich küsste.

»Wie ging es ihm heute früh? War alles okay mit ihm?«, fragte ich Doug.

Finns Trauzeuge fuhr sich nervös mit einem Finger unter den Kläppchenkragen, wie ein zum Galgen Verurteilter, der die Schlinge um seinen Hals lockern will. »Ähm, schwer zu sagen«, gab er mit sichtlichem Unbehagen zu. »Also, ich hab die Nacht nämlich nicht in seiner Wohnung verbracht. Ich war ... woanders.«

Fünf Augenpaare schauten ihn verblüfft an, mich überraschte das allerdings nicht. Ich hatte schon oft genug von Dougs zahlreichen One-Night-Stands gehört, um sofort zu begreifen.

Hannah kapierte es als Zweite. »Du hast in der Bar jemanden abgeschleppt?«, rief sie ungläubig. »Verdammt noch mal, was hast du dir dabei gedacht? Du bist Finns Trauzeuge – du hättest dich um ihn kümmern sollen.«

»Finn ist erwachsen und bestens in der Lage, auf sich aufzupassen. Er braucht keinen Babysitter und niemanden, der ihm sagt, was er zu tun hat.« Er schaute kurz in meine Richtung. Ich hatte schon immer vermutet, dass Doug mich nicht besonders mochte, und in diesem Moment beruhte das wahrlich auf Gegenseitigkeit.

Aus dem Augenwinkel bemerkte ich, dass sich eine kleine Traube Schaulustiger gebildet hatte, die neugierig verfolgten, wie sich unser Drama entspann wie eine Folge aus einer Seifenoper.

»Hat einer von euch Finn heute Morgen schon gesehen?«, fragte ich die beiden Männer, die links und rechts von Doug standen.

Den Rosen in ihren Knopflöchern nach zu schließen, handelte es sich um Trevor und Pete, Finns Freunde aus Uni-Zeiten, die er als Platzanweiser eingeteilt hatte. In meiner Panik konnte ich mich nicht mehr erinnern, wer wer war. Nicht, dass es von Bedeutung gewesen wäre, denn sie schüttelten gleichzeitig den Kopf. »Wir sind direkt vom Hotel hierhergefahren«, sagte Trevor oder Pete und machte dabei den Eindruck, als fühle er sich nicht besonders wohl in seiner Haut.

Ich richtete mich wieder an Doug. »Wann bist du heute früh bei Finn vorbeigefahren?«, fragte ich und klang dabei eher wie eine Journalistin als eine Braut.

Doug wand sich wie ein Wurm am Angelhaken. »Ich … ich war gar nicht bei ihm zu Hause. Ich hab ihm spätnachts eine Nachricht geschrieben, dass wir uns stattdessen vor der Kirche treffen, wenn das okay wäre. Er hat nicht geantwortet, also hab ich angenommen, dass er einverstanden ist. Wirklich, ich bin genauso überrascht wie du, dass er noch nicht aufgetaucht ist.«

Auf der Liste der Gefühle, die ich gerade durchlebte, war *Überraschung* nicht mal in den Top Ten.

»Aber wo steckt er denn?«, fragte mein Vater.

»Irgendetwas stimmt da nicht. Ihm muss was passiert sein.« Meine Stimme klang, als würde sie aus einem tiefen Brunnenschacht heraufschallen.

Wir zuckten alle miteinander zusammen, als sich das Kirchenportal öffnete und ein besorgt dreinblickender Pfarrer auf uns zueilte, dessen Soutane hinter ihm herwehte, was mich an die Flügel eines aufgescheuchten Raben erinnerte.

»Gibt es Probleme?«, fragte er, und sein Blick glitt an mir vorbei zu meinem Vater.

»Wie es aussieht, ist uns *vorübergehend* der Bräutigam abhandengekommen«, antwortete Dad. Ich war ihm unheimlich dankbar dafür, dass er es so klingen ließ, als sei das alles nur ein kleiner Ausrutscher, über den wir bald gemeinsam bei Champagner und Kanapees lachen würden.

»Irgendetwas stimmt da nicht«, wiederholte ich jedoch wie eine Schallplatte mit Sprung.

»Oh, das ist ja misslich«, sagte der Pfarrer, womit er gute Chancen auf die Untertreibung des Jahrhunderts hatte.

»Wir versuchen schon die ganze Zeit, ihn zu erreichen«, mischte sich Hannah ein und deutete mit einer Kopfbewegung zu den beiden Platzanweisern, die eilfertig ihre Handys wieder hervorholten. »Aber bis jetzt hatten wir keinen Erfolg.«

Ich schaute weg, als ich den mitleidigen Blick des Pastors auf mir spürte, und registrierte dabei, dass die Schaulustigen, deren Zahl inzwischen merklich zugenommen hatte, mich anstarrten.

Von einem von ihnen hörte ich es zum ersten Mal. Die Frage des Unbekannten dort auf dem Gehweg fühlte sich an wie ein vergifteter Pfeil, der mitten ins Herz traf.

»Die Arme. Glaubst du, sie wurde sitzen gelassen?«

Ich drehte mich wieder zum Hochzeits-Organisationsteam um und wusste, dass sie es genauso deutlich gehört haben mussten wie ich.

»Vielleicht möchten Sie lieber drinnen warten? Da sind Sie etwas mehr für sich«, schlug der Pastor freundlich vor.

Ich schüttelte den Kopf, und mein Schleier flatterte im Wind wie ein weißer Umhang. »Nein, danke. Ich warte hier, bis Finn kommt.«

Es sollte noch eine Dreiviertelstunde dauern, bis ich die erschütternde Wahrheit akzeptierte, dass Finn nicht auftauchen würde.

Die Bücher und Webseiten, die Dad gelesen hatte, um sich auf seine Rolle als Brautvater vorzubereiten, hatten sich über einen solchen Fall ausgeschwiegen. Dad konnte eine humorvolle Rede halten und einen Trinkspruch ausbringen, aber das Problem, dass vom Bräutigam jede Spur fehlte, war in seinen Informationsquellen eindeutig nicht behandelt worden.

Als Doug anbot, unseren Gästen Bescheid zu sagen, dass es eine kleine »Verzögerung« geben würde, hatte Dad meinen Blick gesucht. Ich nickte traurig und hoffte inständig, der Trauzeuge würde diese Nachricht ohne die mit den Fingern angedeuteten Anführungszeichen übermitteln, die er verwendet hatte, als er uns den Vorschlag unterbreitete.

»Komm, wir setzen uns ins Auto, da kannst du mal versuchen, Finn zu erreichen«, drängte mich Hannah und drückte mir mein Handy in die Hand. Sicher war ihr Vorschlag eher dazu gedacht, mich den Blicken der Schaulustigen zu entziehen, und die Leute taten mir beinahe leid, als Hannah sich beim Einsteigen in den Bentley noch einmal zu ihnen umwandte und sie wütend anfunkelte. Ein paar gingen daraufhin schnell ihrer Wege, sodass nur eine kleine Gruppe hartgesottener Gaffer zurückblieb.

»Ich weiß, was du denkst – was wahrscheinlich *alle* denken«, sagte ich, als sich die Wagentür mit einem lauten Rums hinter uns schloss. »Aber ihr irrt euch. Finn würde mir das niemals antun. Das passt einfach nicht zu ihm.«

Hannah war eine zu gute Freundin, um jetzt zu erwähnen, dass die Fakten derzeit eine andere Sprache sprachen. »Es ist wirklich … sehr seltsam«, räumte sie nur ein.

Den Blick halb auf das Telefon gerichtet, halb auf die Straße, um nach Finns auffälligem rot-weißem Retro-Gran-Torino Ausschau zu halten, wählte ich seine Nummer. Als ich seine Stimme hörte, hielt ich den Atem an, und ich brauchte ein paar Sekunden, bis ich begriff, dass es bloß die Ansage seiner Mailbox war. Die erste Nachricht, die ich nach dem Piepton hinterließ, war so wirr, dass sie keinen Sinn ergab. Nummer zwei und drei waren auch nicht viel besser, aber sobald er die vierte abgehört hatte, würde er sicherlich begreifen, was ich ihm zu sagen versuchte. Dann wartete ich auf seinen Rückruf, das Telefon auf dem Schoß wie eine entsicherte Handgranate.

Die Stille zog sich in die Länge wie ein Gummiband, das einem höllisch wehtun würde, wenn es riss. Hannah wagte es schließlich, das Schweigen zu brechen.

»Vielleicht steckt er in einem Funkloch«, überlegte sie laut.

»Oder er hatte einen Unfall«, entgegnete ich.

Wir dachten über den Vorschlag der jeweils anderen nach. Schwer zu sagen, was schlimmer gewesen wäre.

»William muss jede Minute zurück sein«, bemerkte sie und schaute auf ihrem Handy nach der Uhr.

Ich lächelte matt. Hannahs Mann war losgefahren, um auf den verschiedenen Routen zwischen Finns Wohnung und der Kirche nach ihm zu suchen. Es war nicht so, dass ich Finns Freunden unterstellte, sie würden nicht richtig nach ihm suchen, wollte ich mir einreden – bis mir klar wurde, dass das *sehr wohl* der Grund gewesen war, wieso ich William losgeschickt hatte.

Hannah schaute besorgt zur Kirche. »Ich hoffe, deine Tante Helen bereut nicht, dass sie sich darauf eingelassen hat, auf Milly aufzupassen, während er weg ist. Die Kleine kann ziemlich anstrengend sein.«

Es war zwar schwer vorstellbar, dass mich in dieser Situation irgendetwas hätte zum Lachen bringen können, doch der Gedanke an meine bezaubernde Patentochter hätte es beinahe geschafft.

»Schau ruhig mal nach, ob sie klarkommt. Ich kann hier warten, bis Finn auftaucht.«

Hannahs Lächeln gefror, doch sie nickte, drückte kurz meine Hand und stieg aus dem Wagen. Nur wenige Sekunden später nahm mein Vater ihren Platz ein.

»Wie geht es dir, Kleines?«

Der alte Kosename brachte mich spürbar aus dem Gleichgewicht. »Mir geht's erst wieder gut, wenn ich weiß, wo er steckt.«

Dad nickte, doch er hatte einen angespannten Zug um den Mund, den ich noch nie bei ihm wahrgenommen hatte, wenn es um Finn ging. *Du etwa auch, Dad? Du hast uns doch zusammen erlebt. Du musst doch wissen, dass er mich nie so hängen lassen würde.*

Dad betrachtete mit gesenktem Kopf seine Hände. Es fiel ihm offenbar leichter, zu einem Niednagel an seinem Daumen zu sprechen, als mir dabei in die Augen zu sehen. »Der Pastor ist vor einer Weile rausgekommen und hat gesagt, es täte ihm sehr leid, aber nachher würde noch eine weitere Hochzeit stattfinden, und wenn die Lage nicht bald geklärt wäre, würde nicht mehr genug Zeit bleiben, um die nächste Trauung vorzubereiten.«

Verzweifelt schaute ich zur Kirche. Hinter einem Schleier aus Tränen, die frei fließen zu lassen ich mich weigerte, sah ich Finn und mich, wo wir hätten stehen sollen: neben dem Kirchhoftor, mit strahlenden Gesichtern, während die Fotografin uns knipste; und dann unter den ausladenden Ästen der alten Eiche, wie wir uns an den Händen hielten und einander in die Augen blickten. Ich wusste, was wir in jeder einzelnen Minute dieses ganz besonderen Tages hätten tun sollen. Jeder Schritt war genau festgelegt, aber nun hatte ich die Orientierung verloren und keine Ahnung, wie es weitergehen sollte.

»Sollen wir die Gäste nach Hause schicken?«, schlug Dad behutsam vor. Er war der Einzige, der diese Frage stellen konnte, ohne dass ich auf ihn losging.

»Nein«, sagte ich und schüttelte den Kopf so heftig, dass mein Schleier sich löste und seitlich herunterrutschte. Ich atmete tief durch. »Nein. Sag ihnen, sie sollen zur Feier gehen.«

»Wirklich, Pumpkin?« Du meine Güte, heute kam er mit den ganzen alten Kosenamen an. Diesen hatte ich seit zwanzig Jahren nicht mehr gehört.

»Es ist schließlich alles bezahlt«, sagte ich und versuchte, pragmatisch zu klingen, was ziemlich schwer ist, wenn einem die Stimme zu brechen droht. »Sobald Finn aufgetaucht ist, kommen wir nach.«

Dad nickte zögerlich, aber zumindest sagte er nicht, ich sei verrückt.

Ich hob hoffnungsvoll den Kopf, als neben uns ein Wagen auf den kleinen Parkplatz gefahren kam. Doch es war nicht das auffällige, rot-weiße amerikanische Coupé, auf das ich so verzweifelt wartete, sondern ein glänzender weißer Rolls-Royce, aus dem zwei Fremde mit Zylinder und Frack stiegen. Sie scherzten und knufften einander freundschaftlich, den Blick auf St Anthony's gerichtet. Der Größere der beiden sagte etwas zu seinem Begleiter, woraufhin dieser folgsam eine Ringschachtel aus seiner Tasche zog. Der Bräutigam war da – bloß leider nicht meiner. Schon bald würden Gäste, die ich nicht kannte, voller Vorfreude auf eine Trauung aus zahlreichen Autos steigen.

Es war Zeit, dass wir das Feld räumten.

Kapitel 4

Dad ging in die Kirche, um dort eine völlig andere Rede zu halten als die, die er einen Monat lang ausgearbeitet und so oft geübt hatte, dass inzwischen selbst sein Kater sie hätte rezitieren können.

Ich wandte mich an William, der ein paar Minuten zuvor zurückgekommen war. Er stand neben Hannah, und man konnte die Vertrautheit zwischen den beiden deutlich wahrnehmen, was bei mir den Schutzwall einzureißen drohte, den ich gerade rings um mein Herz zu errichten versuchte.

Die beiden gehörten nicht zu den Paaren, die zu Zärtlichkeiten in der Öffentlichkeit neigten, doch jetzt sah ich, wie Hannah hinter den Falten ihres magentafarbenen Kleides nach der Hand ihres Mannes griff, die bereits auf sie wartete. Meine Sehnsucht nach Finn wurde überwältigend und war beinahe körperlich spürbar.

»Und du hast definitiv bei ihm geklingelt?«, fragte ich nochmals.

William hatte in Cambridge Naturwissenschaften studiert, und seine akademischen Titel waren abgekürzt immer noch länger als mein gesamter Name. Doch er nahm es nicht persönlich, dass ich seine Kompetenz anzweifelte. »Ich hab so lange die Klingel gedrückt, bis eine alte Schabracke das Fenster aufgerissen und mich beschimpft hat, von wegen, das sei Ruhestörung.«

Ich nickte grimmig, denn ich wusste genau, wen er meinte. Mrs Barnard, Finns Nachbarin, war eine mürrische alte Frau, der nichts über einen ordentlichen Streit ging.

»Auf seinem Stellplatz hast du auch nachgeschaut?«

»Hab ich gemacht. Fehlanzeige«, sagte William. »Und sein Wagen ist ja kaum zu übersehen.« Er blickte mich schuldbewusst an. »Leider wissen wir jetzt bloß, wo Finn *nicht* ist.«

»Waren seine Vorhänge offen oder zugezogen?«, fragte ich, da mein Reporterinneninstinkt sich wieder regte.

»Ähm ... Ich weiß nicht genau. Ich glaube, offen.«

Ich schloss die Augen und sah in Gedanken das Haus vor mir, in dem sich Finns Mietwohnung befand. Es war ein kleiner, unauffälliger, quaderförmiger Bau mit zweckmäßigen Apartments. Finns Wohnung befand sich im zweiten Stock, sein Schlafzimmer lag nach hinten raus, mit Blick auf ein verwildertes Areal, das der Vermieter großspurig als Gemeinschaftsgarten bezeichnete. Wenn William nicht auf die fast zwei Meter hohe Mauer hinter den Mülltonnen geklettert war, konnte er nicht wissen, ob Finns Schlafzimmervorhänge offen oder vors Fenster gezogen gewesen waren.

In den Gesichtern der Platzanweiser und dem von Doug, die inzwischen wieder zu uns gestoßen waren, lag eine Mischung aus Mitgefühl und Frust. Mir war klar, dass ich mich eher mit der Frage beschäftigen sollte, wieso mein Verlobter nicht vor der Kirche aufgekreuzt war, doch in dem Moment konnte ich mich nur auf die Details konzentrieren, denn ich war überzeugt, dort des Rätsels Lösung zu finden.

»Leihst du mir deinen Wagen?«, fragte ich William und streckte die Hand nach den Autoschlüsseln aus.

»Äh ... klar«, antwortete er zögernd und holte sie aus seiner Tasche.

Ich griff danach, aber Hannah war schneller.

»Auf gar keinen Fall!«, sagte sie energisch und hielt den Zündschlüssel so fest umklammert, als würde ich sie gleich niederringen wollen, um ihn in die Finger zu kriegen. *Ein weiteres gefundenes Fressen für die Zuschauer,* dachte ich und verkniff mir ein Lachen, das wahrscheinlich ziemlich hysterisch geklungen hätte.

»Du bist nicht in der Verfassung, um irgendwohin zu fahren. Und außerdem kannst du unter diesem Tüllberg deine Füße nicht mal *sehen.*«

Ich schaute an mir hinunter auf den voluminösen Rockteil meines Brautkleides und musste zugeben, dass ihr Einwand durchaus berechtigt war.

Frustriert biss ich mir auf die Unterlippe und blickte zu dem livrierten Chauffeur des Bentleys. Durfte er mich überall hinfahren, wohin ich wollte?, fragte ich mich. Aber diese Frage musste ich gar nicht stellen.

»*Ich* fahre«, sagte Hannah und drückte ihrem Mann einen Kuss auf die Wange. »Kannst du bitte Gemmas Tante Helen von ihren Kindermädchen-Pflichten erlösen?«, bat sie ihn und fügte stirnrunzelnd hinzu: »Und sag Milly, ich bin so bald wie möglich zurück.«

»Das war doch nicht nötig«, sagte ich, als ich es endlich geschafft hatte, den Sicherheitsgurt vom Beifahrersitz über den Unmengen von Stoff zu schließen, die ich zwischen meinen Beinen zusammengerafft hatte. Aber Hannah hatte völlig recht – ich hätte es nie geschafft, mit so viel Tüll im Fußraum die Pedale zu bedienen.

»Das sehe ich anders!«, antwortete sie und wartete, bis sie sich in den regen Nachmittagsverkehr eingefädelt hatte, ehe sie mich ansah. »Steht in einer Klausel des Brautjungfernvertrags«, witzelte sie, wohl in der Hoffnung, mich zum Lachen zu bringen. Aber es gelang ihr nicht. »Oder im Beste-Freundinnen-Vertrag«, korrigierte sie sich leise. Das entlockte mir immerhin den Anflug eines Lächelns.

»Erklärst du mir noch mal, was genau wir gerade eigentlich machen?«

Wir waren schon seit fünf Minuten schweigend unterwegs, bevor Hannah die Frage aussprach, die sich wahrscheinlich auch unsere Gäste stellten, während sie in dem Hotel, wo gerade mein Hochzeitsempfang stattfand, in Abwesenheit sowohl der Braut als auch des Bräutigams an ihrem Begrüßungschampagner nippten.

»Wir suchen Finn.«

Wir mussten an einer Ampel halten, sodass Hannah sich auf ihrem Sitz umdrehen und mir ihre volle Aufmerksamkeit schenken konnte. »Glaubst du, er versteckt sich in seiner Wohnung?«

Ihr Blick gefiel mir nicht, und ich schaute stattdessen zur Ampel, in der Hoffnung, sie würde auf Gelb umspringen, doch sie blieb stur auf Rot stehen.

»Nein. Natürlich nicht. Aber was ist, wenn er in der Dusche ausgerutscht ist und bewusstlos in einer Blutlache liegt? Oder vielleicht ist er krank, zu schwach, um an sein Telefon zu kommen und Hilfe zu rufen.«

Hannah atmete tief durch, schürzte die Lippen und entgegnete dann: »Und Finns Wagen? Warum ist der auch verschwunden?«

Es war eine alte Gewohnheit von uns, Advocatus Diaboli zu spielen, wenn eine von uns mit einer eigenwilligen Theorie daherkam. Früher hatte mir dieses Spiel immer Spaß gemacht, aber heute gingen mir Hannahs scharfsinnige Fragen gegen den Strich. Wahrscheinlich, weil ich sie mir selbst hätte stellen sollen.

»Bei Finn um die Ecke ist ein Parkplatz. Da stellt er manchmal sein Auto ab, wenn er Besuch erwartet.«

Die Ampel war während unseres Wortwechsels umgesprungen, und ein ungeduldiges Hupen unterbrach unser Frage-und-Antwort-Spiel, bevor Hannah einwenden konnte, aus welchem Grund Finn so etwas Abwegiges wohl hätte tun sollen. Sie vergaß kurz, dass sie eine verantwortungsvolle Ehefrau und Mutter war, und gab dem anderen Fahrer ein höchst unappetitliches Handzeichen. Sein entgeisterter Blick, als er beim Überholen sah, dass in dem Wagen eine Braut und ihre Brautjungfer saßen, hätte mich fast zum Lachen gebracht.

Als wir uns Finns Wohnung näherten, verspürte ich nicht dieselbe Vorfreude wie sonst, wenn ich wusste, dass ich ihn in wenigen Minuten sehen würde. Anstatt vor Erwartung zu sprühen, merkte ich, wie ein scheußlich kaltes Gefühl der Furcht sich in meiner Magengrube einnistete.

Mit gedämpfter Stimme lotste ich Hannah zu dem kleinen Parkplatz, den ich erwähnt hatte. Wir drehten dort langsam eine Runde, aber man erkannte auf den ersten Blick, dass sich Finns Wagen nicht unter dem halben Dutzend Autos befand, die dort abgestellt waren. Hannah schwieg.

Sie brauchte auch nichts zu sagen, und doch reagierte ich, als hätte sie es getan. »Das beweist gar nichts. Vielleicht wurde sein Auto in der Nacht geklaut. So was kommt vor«, stellte ich trotzig fest.

»Ja«, stimmte mir Hannah zu, während wir wieder von dem Gelände fuhren. »Aber man kann sich schon fragen, was für ein Pech Finn haben müsste, dass sein Wagen ausgerechnet an dem Tag gestohlen wird, als er im Badezimmer das Bewusstsein verliert.«

Sie versuchte, mich darauf vorzubereiten, auch weitere – plausiblere – Erklärungen zuzulassen. Doch es war noch zu früh.

Ich ließ meinen Blick noch einmal über den Parkplatz schweifen und spürte, wie die Erinnerungen hochkamen und mich wieder an den Tag zurückversetzten, als Finn und ich uns kennengelernt hatten.

Kapitel 5

Das Bewerbungsgespräch

Sieben Jahre zuvor

Ich brauchte zehn Minuten, um die nächste Parklücke zu finden. Als ich danach über den Platz zur Rezeption der *Glow* sprintete, schmolz mein Make-up endgültig dahin wie die Polkappen. Meine Haare klebten mir unangenehm im Nacken, und ich machte mir ernsthafte Sorgen, dass mein Deo den Anforderungen, denen ich es ungeplant ausgesetzt hatte, nicht gewachsen war.

Die klimatisierte Raumluft am Empfang war Balsam für meine überhitzte Haut, doch ich hatte nicht die Zeit, mich dort lange aufzuhalten und die Kühle zu genießen.

»Guten Tag«, keuchte ich und wartete gar nicht ab, bis die Empfangsdame von ihrem Computerbildschirm hochschaute. »Mein Name ist Gemma Fletcher, ich habe ein Bewerbungsgespräch bei der *Glow*.« Ich hielt einen Moment inne und versuchte, zu Atem zu kommen. »Ich bin leider etwas spät dran.«

Die Empfangsdame schenkte mir ein professionelles Lächeln, und ich spürte förmlich, wie mein Selbstbewusstsein auf die Größe einer Rosine zusammenschnurrte. Sie war jene Sorte von makellos gestylter Frau, die man eigentlich nur auf einem Zeitschriftencover erwartet, nicht im echten Leben. Selbst an einem meiner besten Tage hätte ich mich neben ihr ungepflegt und derangiert gefühlt, und heute war definitiv *nicht* mein bester Tag.

»Die Büros der *Glow* befinden sich in der achten Etage. Sie werden am Aufzug abgeholt«, trällerte sie und schob mir über die Marmorplatte des Tresens einen Besucherpass zu.

Der Fahrstuhl war innen mit Spiegeln verkleidet, was ideal war, um während der Fahrt noch mal das eigene Erscheinungsbild zu überprüfen. Doch das Gebäude hätte höher als das Empire State Building sein müssen, um mir genug Zeit zu verschaffen, das auszubügeln, was die schwülwarme Luft mit meinen Haaren angerichtet hatte, oder um die Röte auf meinen Wangen in den Griff zu bekommen, die viel zu intensiv war, um noch als schmeichelhaft durchzugehen.

Aufgelöste Versionen meiner selbst blickten mir entgegen, wohin ich auch schaute. Wer brauchte eigentlich so viele Spiegel? Das Ambiente war weit davon entfernt, was ich vom *Cronicle* gewohnt war, wo es nur einen einzigen uralten, rahmenlosen, wasserfleckigen Spiegel im Damenklo gab. Bei der *Glow* zu arbeiten, würde mich entweder unglaublich eitel machen oder mir einen gigantischen Minderwertigkeitskomplex bescheren. Dass ich schon vor dem Bewerbungsgespräch versuchte, die guten Seiten daran zu finden, dass ich den Job womöglich *nicht* bekam, war ziemlich beunruhigend.

Eine junge, trendy gekleidete Assistentin erwartete mich vor dem Lift, und alles an ihr war schnell: ihr Gang, ihr Sprechtempo und die Art, wie sie die Kombination des Zahlenschlosses eingab, um Zutritt zu den Büros zu erhalten. Ich musste ihr förmlich hinterherjoggen, als sie mich einen Flur mit Glaswänden entlangführte. »Leider sind wir mit dem Zeitplan fürchterlich in Verzug«, entschuldigte sie sich in auffallend distinguiertem Englisch, was darauf hindeutete, dass sie eine Privatschule in Südengland besucht hatte. »Tut mir leid, dass Sie noch warten müssen.«

»Kein Problem«, antwortete ich und schaffte es gerade eben, mir einen großen Seufzer der Erleichterung zu verkneifen. »Ich hatte schon Sorge, dass ich selbst zu spät dran bin. Es war unheimlich viel Verkehr, und dann tauchte draußen auf dem Parkplatz auch noch so ein Idiot auf, der –« Ich unterbrach mich, denn selbst ich merkte, dass ich mich um Kopf und Kragen redete. Das passierte mir immer, wenn ich aufgeregt war, aber ich war fest entschlossen, es mir nicht dadurch zu vermasseln. »Ich warte gern so lange, wie es eben dauert«, ergänzte ich in der Hoffnung, dass mir das ein paar Pluspunkte einbrachte.

Das Lächeln der Frau währte kaum länger als das Blitzlicht einer Fotokamera. »Die Bewerber warten im Konferenzraum«, erklärte sie mir, als wir vor einer Flügeltür stehen blieben. »Sie werden zu Ihren verschiedenen Gesprächen abgeholt.« Das klang alles sehr nach der vorletzten Episode von *The Apprentice*, aber hoffentlich ohne den Teil, wo sie deinen Lebenslauf vor deinen Augen zerreißen und jemand mit dem Finger auf dich zeigt und sagt: »Sie sind gefeuert.«

»Hier stehen Tee und Kaffee bereit, bitte bedienen Sie sich. Und die Toiletten sind den Flur entlang.«

Ich lächelte dankbar und wusste bereits, was ich als Erstes tun würde.

Das gesamte Gebäude war derart stark klimatisiert, dass man es beinahe als kalt bezeichnen konnte, doch in der Toilette lag die Temperatur noch ein paar Grad niedriger. Es war dort auch unglaublich dunkel. Erst nach einigen Augenblicken hatte ich mich daran gewöhnt und verschwand in einer Kabine ganz hinten. Nach etwa einer Minute hörte ich, wie sich eine andere Kabinentür leise schloss.

Kurz darauf trat ich im Vorraum vor den Kabinen vor den Spiegel, und selbst bei der schlechten Beleuchtung war unverkennbar, wie schrecklich ich aussah. Ich kramte in meiner Handtasche nach einem Kamm, doch trotz aller Bemühungen konnte ich die Folgen der feuchtwarmen Luft nicht rückgängig machen. Ich blickte mein Spiegelbild finster an, da meine widerspenstigen Locken sich einfach nicht in den Griff kriegen ließen.

Was mein Deo betraf, hatten sich meine schlimmsten Befürchtungen bewahrheitet, und auch wenn meine Bluse keine verräterischen nassen Flecken aufwies, musste ich mich wirklich dringend frisch machen. Unentschlossen biss ich mir auf die Unterlippe. Wenn der Spruch, dass Frauen nicht schwitzen, sondern glitzern, stimmte, dann glitzerte ich gewaltig. Aber es war definitiv nicht der Look, den ich angepeilt hatte.

Ich sah kurz auf meine Uhr und traf eine Entscheidung. Ich zog die Bluse aus und formte aus ein paar Papierhandtüchern in Windeseile einen behelfsmäßigen Schwamm. Eine Achsel hatte ich schon bearbeitet und wollte mich gerade um die andere kümmern, als mein Tag eine abrupte Wendung zum Schlimmeren nahm. Ich hörte, wie sich eine verriegelte Kabinentür öffnete, hob den Kopf – und mir rutschte förmlich das Herz in die Hose, denn heraus kam dieser unausstehliche Typ, dem ich kurz zuvor noch auf dem Parkplatz begegnet war.

Zugegeben, ich bin mir nicht sicher, wer von uns verblüffter war, doch immerhin war ich diejenige, die halb nackt dastand, sodass der Titel wohl mir gebührte.

»Was zum Teufel machen Sie hier?«, fuhr ich ihn an.

Sein Blick war nur für eine Millisekunde zu meinem Spitzen-BH gewandert, was höflich von ihm war, auch wenn ich das erst später würdigen konnte. Es war in einer Weise ritterlich, wie es wohl keiner meiner Ex-Freunde geschafft hätte.

Hastig unterbrach ich meine Waschaktion und verschränkte die Arme vor meiner ziemlich entblößten Brust. »Also, was machen Sie hier?«

Er schaute sich nach hinten um, von wo man immer noch das Gurgeln des Spülkastens hörte, der sich wieder mit Wasser füllte. »Eine ziemlich persönliche Frage, finden Sie nicht?«

Ich sah ihn fassungslos an, nach wie vor zu überrascht, um klar denken zu können. »Auf dem Damenklo?«, sagte ich spitz, und meine Stimme war so laut, dass sie an den gefliesten Wänden wie eine Billardkugel abzuprallen schien. »Sie haben sich in der Tür geirrt.«

»Nein, die Toiletten sind hier tatsächlich unisex«, entgegnete er, schritt zu dem Waschbecken neben meinem und begann, sich in aller Seelenruhe die Hände zu waschen.

»Aber … aber wieso steht das nirgendwo? Das müsste doch irgendwo stehen«, stammelte ich.

»Tut es ja auch. An der Tür ist ein Schild.«

Selbst im schlechten Licht konnte ich genau sehen, wie seine Augen vor diebischem Vergnügen funkelten. Vermutlich hatte er recht. Ich war so in Eile gewesen, dass ich nicht auf das Türschild geachtet hatte.

»Was ich viel interessanter finde«, fuhr er fort, »wieso stehen Sie hier halb nackt rum und werfen mir schon wieder vor, mich irgendwo unberechtigt aufzuhalten? Ist das eine spezielle Vorliebe von Ihnen?«

Mir fehlten die Worte. Ich war sicher, dass mir Stunden später, wenn ich im Bett liegen würde, mindestens ein Dutzend markige Retourkutschen einfallen würden, aber im Moment war ich innerlich genauso derangiert wie äußerlich.

»Sind Sie fertig?«, fragte ich und deutete mit dem Kopf auf seine Hände, die er mit der gleichen Sorgfalt wusch wie ein Chirurg seine vor einem operativen Eingriff. »Wenn ja, wäre ich Ihnen nämlich sehr verbunden, wenn Sie verschwinden würden, damit ich mich wieder anziehen kann. Ich muss zu einem Bewerbungsgespräch.«

Über sein Gesicht huschte ein Ausdruck, der mir plötzlich weit mehr Sorgen bereitete als alles Bisherige an diesem Vormittag. »Bewerben Sie sich auf die Stelle als Feature-Autorin?«, fragte er.

Ich spürte, wie mir die Farbe aus den Wangen wich, als plötzlich alles Sinn ergab. Er musste zur Personalabteilung gehören, und bis jetzt hatte ich ihn nur angeschnauzt. Eigentlich konnte ich meinen Besucherpass direkt wieder abgeben und nach Hause fahren.

Fünf Minuten später schlich ich, noch immer völlig durcheinander von der Begegnung, in den Konferenzraum. Dort saßen an einem riesigen, ovalen Tisch zwei Bewerberinnen einander gegenüber. Bei meinem Eintreten schauten sie von ihren Handys hoch, und wir grüßten uns höflich, aber beide klangen überraschend kühl. War es naiv von mir, etwas anderes zu erwarten? Schließlich bewarben wir uns alle um dieselbe Stelle.

Es fiel mir relativ leicht, Menschen zu durchschauen – ihre Körpersprache und Mimik verrieten ihre Geheimnisse. Diese Fähigkeit war praktisch, wenn man Reporterin war, selbst wenn man nur für ein kleines Lokalblatt arbeitete. Gerade sagte mir mein Instinkt, dass meine Mitbewerberinnen in Sekundenschnelle zu dem Schluss gelangt sein mussten, dass ich keine Bedrohung für sie darstellte. Und wahrscheinlich hatten sie damit auch recht. Mit ihrer Kleidung, ihrem makellosen Make-up und ihrer ruhigen, selbstsicheren Ausstrahlung passten sie viel besser zu der Stelle als ich, und, was noch wichtiger war, sie waren im Vorfeld des Bewerbungsgesprächs nicht gegenüber ihrem potenziellen Arbeitgeber ausfallend geworden.

Die Atmosphäre erinnerte mich an eine öffentliche Bibliothek, wo selbst ein dezentes Hüsteln wie ein Donnerschlag klang. Wir warteten darauf, dass man uns zum ersten Gespräch hereinbat. Meine beiden Mitbewerberinnen waren vor mir dran, und sobald ich allein im Raum war, stand ich auf und begann, hin und her zu tigern, in der Hoffnung, dadurch meine Nervosität abzubauen.

Ich räusperte mich mehrmals und versuchte, die ganze Handvoll Frösche in meinem Hals loszuwerden. »Guten Tag«, sagte ich laut mitten im leeren Zimmer. »Freut mich, Sie kennenzulernen.« Ich streckte dem imaginären Personaler die Hand entgegen und schüttelte sie immer noch, als sich hinter mir die Tür öffnete. Mir schoss die Röte glühend heiß in die Wangen, und ich drehte mich um, um zu sehen, wer mich abholen kam, wobei ich mich fragte, ob ich meine Chancen auf den Job überhaupt noch gründlicher hätte ruinieren können als gerade eben.

»Mich ebenso«, antwortete eine tiefe Stimme. »Obwohl man genau genommen sagen könnte, dass wir uns heute bereits mehrfach begegnet sind.«

Ich hatte mir ja sowieso schon jegliche Aussichten auf die Stelle zunichtegemacht, aber dass man mich jetzt auch noch bei einer Fantasieunterhaltung ertappte, war definitiv der letzte Nagel in meinem Karrieresarg. *Durchgeknallt.* Ich sah vor meinem inneren Auge bereits den dicken roten Stempel auf den Bewerbungsunterlagen.

Mein Blick, den ich auf die Füße des Mannes gerichtet hatte, wanderte langsam nach oben. Er war deutlich größer, als ich auf dem Parkplatz und in der Toilette gedacht hatte, und es dauerte einige Zeit, bis ich seinen gut geschnittenen grauen Anzug in Gänze erfasst hatte und dann irgendwo auf Höhe seiner perfekt gebundenen Krawatte angelangt war. Ich zwang mich, den Kopf noch etwas mehr anzuheben, sodass ich ihm ins Gesicht sah. Um seinen Mund spielte ein Lächeln, das manch einer sicher als Feixen bezeichnet hätte. Jetzt, wo ich nicht damit beschäftigt war, ihn anzuschreien, fiel mir auf, dass er älter war, als ich zuerst geschätzt hatte, vielleicht dreißig, also ungefähr vier Jahre älter als ich.

Ich bedachte ihn mit einem Blick, der vermitteln sollte, dass sein reizendes, spitzbübisches Grinsen bei mir seine Wirkung verfehlte. Obwohl keine seiner körperlichen Eigenschaften für sich genommen besonders beachtenswert war, sorgte ihre Kombination vermutlich doch dafür, dass sich die Leute nach ihm umsahen. Ich nahm zudem an, dass er sich seines Charmes leider nur allzu bewusst war, was ihn deutlich unattraktiver machte, zumindest in meinen Augen.

Dennoch konnte ich meine körperliche Reaktion auf ihn nicht ignorieren. Es war, als würde ich vor Anspannung zittern, und mein Frühstück rumorte in meinem Magen. Ganz so, als wäre ich gegen diesen unbekannten Menschen allergisch, obwohl das sicher unmöglich war. Solch eine heftige Reaktion auf jemand anderen hatte ich noch nie erlebt.

»Sie sind wohl meinetwegen gekommen«, sagte ich und zwang mich zu einem durch und durch gekünstelten Lächeln, während ich meine Sachen zusammensuchte.

»Meinen Sie?«, entgegnete er, offenbar fest entschlossen, mich nicht so leicht aus seinen Fängen zu lassen. Im normalen Tageslicht waren seine Augen wahrscheinlich tief dunkelbraun, aber hier unter den Leuchtstoffröhren erschienen sie beinahe schwarz. Wie bei einem Hai, dachte ich nicht gerade freundlich.

»Als Erstes muss ich mich bei Ihnen dafür entschuldigen, wie ich mich vorhin benommen habe. Ich versichere Ihnen, normalerweise bin ich nicht so.«

»Gut zu wissen.« Seine Onyxaugen hatten eine eigenartig hypnotische Wirkung. Der Gedanke, gleich ein Bewerbungsgespräch mit ihm zu führen, war ziemlich beunruhigend, und ich würde definitiv nicht den verbreiteten Tipp befolgen, mich zu entspannen und mir »das Gegenüber in Unterwäsche vorzustellen«.

»Wie sind Sie denn so … normalerweise?«, erkundigte er sich und legte den Kopf etwas schräg, sodass sein dunkelbraunes, volles Haar im Licht der Lampen einen Kupferschimmer bekam.

Ich sah mich beunruhigt um. Steckten wir schon mitten im Bewerbungsgespräch? Würde er meine Antworten an seine Kollegen weitergeben, nachdem er ihnen zweifellos längst erzählt hätte, wie kapriziös ich mich kurz zuvor ihm gegenüber benommen hatte und dass ich für die Stelle ungeeignet war?

»Also, ich finde, ich bin fleißig und gewissenhaft. Ich gehöre nicht zu denen, die nach der Stechuhr arbeiten. Wenn es nötig ist, mache ich auch Überstunden. Ich arbeite gern im Team und komme gut mit Menschen zurecht«, zählte ich auf, im vollen Bewusstsein, dass mein bisheriges Verhalten dieser letzten Behauptung komplett widersprach. »Ich wäre eine hervorragende Feature-Autorin«, sagte ich abschließend. Gestern, als ich es in meinem Schlafzimmer geübt hatte, hatte das weit selbstbewusster geklungen.

Er schwieg eine Weile und wirkte eindeutig verblüfft, bis sich ein paar Sekunden später die Tür des Konferenzraums erneut öffnete und die Assistentin, die immer nur im Dauerlauf unterwegs zu sein schien, auf der Schwelle stand.

»Miss Fletcher … Gemma. Wir möchten Sie jetzt zu Ihrem Gespräch hereinbitten.«

Wie bei einem Tennismatch schaute ich von ihr zu ihm und wieder zurück.

»Sie müssen leider noch eine halbe Stunde bis zu Ihrem nächsten Gespräch warten, Finn«, sagte die Assistentin an ihn gerichtet und wirkte dabei deutlich freundlicher. »Ich schaue mal nach, ob noch genug Kaffee im Spender ist.«

Ich wartete, bis sie außer Hörweite war, dann beugte ich mich so nahe zu ihm vor, dass ich das Aftershave roch, das er am Morgen verwendet hatte. »Sie arbeiten gar nicht hier«, zischte ich.

»Noch nicht«, erwiderte er grinsend.

Ich war schwer versucht, ihm eine Ohrfeige zu verpassen, und trat noch näher an ihn heran. »Wieso haben Sie es dann behauptet?«

»Wenn Sie genau darüber nachdenken, wird Ihnen sicher auffallen, dass ich das gar nicht getan habe. Sie haben bloß die falschen Schlüsse gezogen. Sie scheinen ein ziemlich impulsiver Typ zu sein.«

Das war eine denkbar unpassende Beschreibung meiner Person, aber in dem Augenblick befand ich mich im ungläubigen Goldfisch-Schock, ich bekam den Mund nicht zu, und mir wollte einfach keine passende Erwiderung einfallen.

»Ich bin aus demselben Grund hier wie Sie, ich bewerbe mich als Feature-Autor«, fügte er unnötigerweise hinzu, denn inzwischen hatte auch ich es begriffen.

»Finn Douglas«, stellte er sich vor und hielt mir die Hand hin. Ich machte keine Anstalten, sie zu ergreifen.

»Sind Sie so weit, Gemma?«, fragte die Assistentin, die von der angespannten Stimmung zwischen uns offenbar nichts mitbekommen hatte.

»Viel Glück. Hals- und Beinbruch!«, rief mein nerviger Rivale mir fröhlich hinterher, als wir den Raum verließen.

»Oh, das war aber nett von ihm, finden Sie nicht?«, sagte

die Assistentin so hingerissen, dass ich schon fast Emoji-Herzchen über ihrem Kopf kreisen sah.

»Ganz reizend«, murmelte ich finster.

»Ach komm, *so* schlimm kann er doch nicht gewesen sein«, sagte Hannah und versuchte beharrlich, das letzte Fleischbällchen in Süßsauersoße, das noch im Karton war, mit ihren Essstäbchen zu fassen zu bekommen.

»Stimmt. Er war *noch* schlimmer. Ich bin in meinem ganzen Leben noch nie einem so selbstgefälligen, arroganten und unausstehlichen Menschen begegnet. Zum Glück war ich danach nicht noch mal allein mit ihm, aber du hättest sehen sollen, wie die anderen Bewerberinnen um ihn herumscharwenzelt sind, als wär er Gottes Geschenk an die Frauen oder was weiß ich. Und als ich nach meinem Gespräch ging, stand er an der Rezeption und hat mit der entzückenden Empfangsdame geflirtet.« Schon bei der Erinnerung daran überlief mich ein Schauder.

»Aha, dann sieht er also gut aus?«, fragte Hannah, die es aufgegeben hatte, den widerspenstigen Happen herauszufischen, und das Fleischbällchen stattdessen mit einem Stäbchen aufspießte und in den Mund steckte.

»Wie kommst du darauf?«, fragte ich verzweifelt und schob die Reste von dem chinesischen Imbiss beiseite, den ich mir, wie Hannah meinte, nach dem missglückten Bewerbungsgespräch als Trostpflaster verdient hatte.

Sie lehnte sich auf der Couch zurück und zwirbelte ihren nicht vorhandenen Hercule-Poirot-Schnurrbart. »Weil du genauso klingst wie ein Mädchen, das der Klassenschwarm auf dem Schulhof an den Zöpfen gezogen hat.«

Ich erhob mich aus dem Schneidersitz vom Boden, mit einer Anmut, die mir am Vormittag völlig abgegangen war.

»Ich weiß, worauf du hinauswillst«, sagte ich und sammelte die größtenteils leeren Alubehälter vom Couchtisch ein. »Du willst das zu so was aufbauschen, worum es in Netflix-Filmen immer geht. Das war *nicht* Liebe auf den ersten Blick! Das war eher ein Fall von Abscheu auf den ersten Blick.«

Hannah lachte leise. »Der Typ geht dir wirklich unter die Haut, was? Ein Jammer, dass du diesen Finn wahrscheinlich nie wiedersehen wirst.«

Mir wurde plötzlich flau im Magen, vielleicht war eine der Garnelen schlecht gewesen. »Wieso?«

»Na ja, sie haben doch nur *einen* Job zu vergeben, stimmt's? Egal, wen sie nehmen, eure Wege werden sich also vermutlich nie wieder kreuzen.«

Kapitel 6

Hannah parkte ihren Wagen auf Finns Stellplatz, der frei war, genau wie William berichtet hatte. Sie hatte kaum die Handbremse angezogen, da quälte ich mich schon aus dem Fahrzeug, hastete aber nicht zum Hauseingang mit den zwei niedrigen Stufen, sondern zu einem gepflasterten Weg, der hinter das Haus führte. Neben den Mülltonnen für die Bewohner befand sich eine kleine, mit Polygonalplatten verlegte Fläche, neben etwas, was früher vielleicht einmal ein Blumenbeet gewesen sein mochte – ich hatte das Areal allerdings immer nur von Brennnesseln und anderem Unkraut überwuchert gesehen.

»Was zum Teufel machst du da?«, fragte Hannah, als ich neben dem Gestrüpp in die Hocke ging. »Um Himmels willen, Gemma, steh auf, du ruinierst dir noch dein Kleid!«

Ich hob den Kopf. »Das wäre nun *wirklich* das Schlimmste, was mir heute passieren könnte«, gab ich zurück und musste wegen der Sonne die Augen zusammenkneifen.

Sie verzog das Gesicht und hockte sich neben mich. »Und wonach genau suchen wir?«, flüsterte sie, als ginge es um etwas Verbotenes. Was im Grunde wohl auch zutraf, da wir uns unbefugt auf einem fremden Grundstück aufhielten.

Die erste Steinplatte wollte sich nicht vom Fleck bewegen, die daneben auch nicht. Unter meinen Fingernägeln, die man mir gestern eine Stunde lang gefeilt, poliert und rosa lackiert hatte, waren inzwischen dicke Schmutzränder. Hatte ich unser Gespräch vor ein paar Monaten etwa falsch in Erinnerung? Ich schüttelte den Kopf und hatte Finns Stimme so deutlich im Ohr, als würde auch er neben mir hocken. »Nachdem ich mich zum zweiten Mal ausgesperrt hatte, hab ich hier unter dem Pflaster einen Zweitschlüssel deponiert«, hatte er gesagt und die lockere Steinplatte angehoben, um mir sein Versteck zu zeigen.

Ich drehte mich auf dem Absatz meines Hochzeitspumps um, weil ich nun alles wieder genau vor mir sah, und griff nach einer Platte ein Stück weiter rechts. Sie ließ sich leicht anheben, und darunter lag in der feuchten Erde, fast wie ein kostbares archäologisches Fundstück, der Schlüssel für Finns Wohnungstür.

»Er hat mir davon erzählt, für den Fall, dass ich mal dringend in seine Wohnung muss«, erklärte ich und hob den Schlüssel mit dem Fingernagel an. »Ich glaube, das ist jetzt genau so eine Situation.«

»Hast du denn keinen eigenen Schlüssel?«, fragte Hannah und klang plötzlich mehr wie eine Reporterin als ich.

Ich stand auf und klopfte mir den Schmutz von den Händen. »Doch, aber der liegt bei mir zu Hause, und ich wollte nicht unnötig Zeit verlieren.«

Ins Gebäude hineinzukommen, stellte sich als schwieriger heraus, als Finns Schlüsselversteck zu finden. Ich klingelte bei beiden Wohnungen im ersten Stock und dann bei denen im Erdgeschoss. Nichts tat sich. Es war ein sonniger Samstagnachmittag und kaum überraschend, dass alle ausgeflogen waren. Ich starrte auf den einzigen Klingelknopf, der mir noch blieb.

Die Nachbarin antwortete in ihrer üblichen barschen Art. »Wer ist da?«, blaffte sie.

Ich trat näher an die Gegensprechanlage heran und ignorierte dabei das Gehupe eines vorbeifahrenden Autos. Während der wenigen Minuten, die wir vor der Haustür standen, hatten wir bereits einige Aufmerksamkeit der Verkehrsteilnehmer auf uns gezogen.

»Mrs Barnard, hier ist Gemma Fletcher.« Auch wenn ich mir ziemlich sicher war, dass sie meinen Namen zuordnen konnte, fügte ich hinzu: »Finns Verlobte.«

»*Wessen* Verlobte?«, entgegnete sie schroff.

Hannah hob mit komödiantischer Übertreibung ungläubig die Augenbrauen.

Ich atmete tief durch, ehe ich antwortete. »Der Trick bei ihr besteht darin, dass man nicht ausrasten darf«, hatte Finn einmal gesagt. Beinahe, als hätte er mich auf diesen Moment vorbereiten wollen.

»Von Finn Douglas. Ihrem Nachbarn«, erklärte ich höflich. »Wir sind uns schon ein paar Mal im Treppenhaus begegnet, Mrs Barnard«, brachte ich ihr in Erinnerung, auch wenn ich mir ziemlich sicher war, dass sie das sehr wohl wusste. »Würden Sie mich bitte ins Haus lassen?« Es war schwer, ruhig zu bleiben, wo doch die Möglichkeit bestand, dass Finn sich gerade krank oder verletzt zwei Stockwerke über uns befand. »Ich muss unbedingt in seine Wohnung, Mrs Barnard, es ist ein Notfall. Könnten Sie mich bitte reinlassen?«

Ich zählte die Sekunden, und bei acht wurde die Tür mit dem ersehnten Summen geöffnet.

»Danke«, sagte ich in die Gegensprechanlage. Mir war es peinlich, wie brüchig meine Stimme klang.

Im Treppenhaus lag der übliche intensive Zitronenduft in der Luft, was mich immer irritiert hatte, doch heute bemerkte ich ihn kaum, sondern raffte den voluminösen Rockteil meines Brautkleids zusammen und eilte zur Treppe. Auf dem Weg in den zweiten Stock kam ich zweimal ins Stolpern.

Mrs Barnards Wohnungstür lag vis à vis von Finns, und ich wäre jede Wette eingegangen, dass die Nachbarin uns durch den Türspion neugierig beobachtete, während wir den noch etwas schmutzigen Schlüssel ins Schloss steckten und Finns vier Wände betraten.

»Finn!«, rief ich, noch bevor wir die Wohnungstür ganz geöffnet hatten. Ich war über mich selbst schockiert, dass ich tatsächlich hoffte, schwache Hilferufe von ihm zu hören, doch niemand antwortete. In der Wohnung war es merkwürdig still, was wir schon im Flur merkten. Zuerst schaute ich ins Badezimmer. Die Vorstellung, Finn könnte verletzt dort liegen, war so übermächtig, dass sich das Bild einen Augenblick lang vor meine Wahrnehmung schob. Ein paar Sekunden lang glaubte ich tatsächlich, ihn mit einer blutenden Wunde an der Stirn auf den Fliesen liegen zu sehen. Doch im nächsten Moment wurde mir klar, dass sich niemand außer mir im Bad befand.

Ich drehte mich um und wäre beinahe mit Hannah zusammengestoßen. Als Nächstes ging ich in Finns Schlafzimmer.

Zuallererst fiel mir auf, dass er das Bett abgezogen hatte. Das vertraute graue Bettwäscheset, das immer so berauschend nach ihm duftete, war nirgendwo zu sehen. Ich schaute mich um und bemerkte, wie ungewöhnlich aufgeräumt der Raum war. Finn neigte etwas zum Chaos, normalerweise lagen auf dem Sessel in der Ecke immer ein paar Kleidungsstücke, oder auf dem Fußboden fand sich eine vereinzelte Socke, die es nicht in den Wäschekorb geschafft hatte. Aber heute war alles picobello aufgeräumt, wie für eine Maklerbesichtigung.

Der einzige Raum, der noch übrig blieb, war das Wohnzimmer mit der offenen Küche. Doch wo immer mein Verlobter sich aufhalten mochte, hier war er definitiv nicht. Ich suchte im Küchenbereich nach Anzeichen dafür, dass er die Wohnung erst vor Kurzem noch verlassen hatte. Doch auf der Arbeitsfläche waren keine verräterischen Toastkrümel zu entdecken, neben der Spüle standen keine schmutzigen Teller oder Tassen.

»Wonach suchst du?«, fragte Hannah und kam zu mir, als ich Finns Kühlschrank öffnete.

Ich zuckte hilflos mit den Schultern. »Nach Antworten. Hinweisen«, sagte ich und starrte auf den Milchkarton, der einsam auf der mittleren Ablage stand. So aufgebläht, wie er war, konnte der Inhalt nicht mehr gut sein. Ich warf die Packung in den Küchenmülleimer und war überrascht, dass dieser ausnahmsweise komplett leer war.

»Finn kocht nicht oft, er hat nie viel im Kühlschrank«, erklärte ich und warf die Tür zu. Trotzdem wurde ich das Gefühl nicht los, dass etwas nicht stimmte, auch wenn es sich meinem Verstand entzog.

»Und jetzt?«, fragte Hannah, als wir wieder in ihrem Wagen saßen. »Willst du zum Hotel fahren?«

Zu dem Zeitpunkt war ich mir nur weniger Dinge sicher, aber der Gedanke, bei meinem Hochzeitsempfang ohne Finn an meiner Seite aufzutauchen, war entschieden zu traurig, um die Möglichkeit auch nur in Erwägung zu ziehen.

»Irgendwas muss ihm zugestoßen sein«, sagte ich, ein Satz, der sich ziemlich schnell zu meinem neuen Mantra entwickelt hatte. »Meinst du, ich soll die Polizei einschalten?«

Wie aus der Pistole geschossen kam von Hannah ein »Nein!«. Sie schaute auf die Uhr am Armaturenbrett. »Es ist erst drei Stunden her, dass … Ich glaube, das läuft eher unter ›verspätet‹, nicht unter ›vermisst‹, Liebes.«

Meine Augen begannen unangenehm zu brennen, doch natürlich wollte Hannah mich nicht verletzen, sie ging bloß logisch an die Sache heran.

»Dann muss ich eben selbst bei allen Krankenhäusern

hier in der Gegend anrufen und fragen, ob er aufgenommen wurde.«

Ich merkte, Hannah hielt es für äußerst unwahrscheinlich, dass Finn im Krankenhaus gelandet sein könnte, ohne dass jemand davon wusste, sie verkniff sich jedoch einen diesbezüglichen Kommentar, sondern sagte: »Na ja, das sind ja einige, da ist es bestimmt sinnvoller, telefonisch nachzufragen, als alle Notaufnahmen abzuklappern. Wir könnten doch zu mir fahren und sie von dort aus abtelefonieren«, schlug sie vor.

Ich drehte mich auf dem Beifahrersitz herum, zumindest so weit, wie mein Kleid es zuließ. »Würde es dir was ausmachen, wenn wir stattdessen zu mir fahren?«

Hannah sah mir einige Sekunden lang fest in die Augen.

»Weil du da sein willst, falls er auftaucht?«, fragte sie mitfühlend.

Ich nickte.

»Und was, wenn er nicht kommt? Wenn du nichts von ihm hörst?«

»Ich werde von ihm hören«, sagte ich mit einer Überzeugung, die garantiert niemand nachvollziehen konnte, außer vielleicht Finn. Die Sekunden vergingen, und es war, als stünde gerade jedes Jahr meiner Freundschaft mit Hannah auf dem Prüfstand.

»Gut«, sagte sie schließlich. »Wir fahren zu dir und erledigen die Anrufe.«

Eigenartigerweise wurde mir das Engegefühl in meiner Brust erst bewusst, als ich den vertrauten Geruch meines Zuhauses einatmete. Und auch wenn sich die Beklemmung jetzt etwas löste, blieben meine Sinne weiterhin in Alarmbereitschaft, während ich erwartungsvoll der Reihe nach in alle Zimmer schaute. Finn besaß einen Schlüssel zu meiner Wohnung, und obwohl ich versucht hatte, mir keine allzu großen Hoffnungen zu machen, hatte ich mich irgendwie an den Gedanken geklammert, dass er hier sein würde, dass er hier auf mich wartete. Ich schnupperte sogar, wie ein Spürhund, der seine Fährte verloren hat, doch vergeblich. Für einen Moment geriet ich in Panik, denn ich konnte mich plötzlich nicht mehr an den Duft von Finns Aftershave erinnern, als wäre er bereits in meiner Erinnerung verblasst.

»Willst du dich nicht erst mal umziehen?«, fragte Hannah und schloss die Wohnungstür hinter sich. Ich schüttelte den Kopf. Wenn ich mein Hochzeitskleid auszog, hätte das etwas schmerzhaft Endgültiges. Für diesen Schritt war ich noch nicht bereit.

»Später«, sagte ich, ging zum Schreibtisch und setzte mich an den Laptop. »Erst muss ich ihn finden.«

Tüll und Spitze erhoben raschelnd Protest, als ich mein Kleid in die Beinaussparung des Schreibtischs quetschte und den Laptop hochfuhr. Während ich wartete, ergriff ich einen Stift und den klassischen Reporter-Notizblock, den ich bei der Arbeit gern benutzte.

Hastig kritzelte ich die Kontaktinformationen der Krankenhäuser auf das Papier, während ich in einem anderen Fenster auf einem Stadtplan den jeweiligen Standort ausfindig machte. Hunderte Bilder von Vermisstenermittlungen, die ich in Kinofilmen und im Fernsehen gesehen hatte, kamen mir in den Sinn. Mich schauderte, denn vor meinem inneren Auge erblickte ich ein furchtbares Zukunftsszenario, in dem meine Wohnzimmerwand mit Fotos und Suchplakaten gespickt war, auf denen Finns Gesicht prangte, und mit einer Unmenge von Post-it-Zetteln voller Notizen.

Ich nahm das Telefon zur Hand und wählte die Nummer vom ersten Krankenhaus auf meiner Liste.

Während der nächsten zwei Stunden wurde ich unzählige Male in die Warteschleife geschickt, aus der Leitung geworfen oder zur falschen Abteilung durchgestellt. Auch wenn die Gespräche unterschiedlich verliefen, war das Ergebnis immer dasselbe. Nein, in ihrem Krankenhaus sei kein Patient mit dem Namen Finn Douglas eingeliefert worden, und niemand, auf den seine Beschreibung passte, sei während der letzten vierundzwanzig Stunden ohne Ausweis bei ihnen aufgenommen worden.

Irgendwann zwischen Krankenhaus Nummer drei und vier verschwand Hannah in die Küche und kam mit einer Tasse Tee zurück, die sie mir hinstellte. Dankbar nippte ich daran, trotz der Unmengen an Zucker, die sie hineingetan hatte.

»Gegen den Schock«, hatte sie geflüstert, als ich beim ersten Schluck große Augen machte. Dagegen konnte ich schlecht etwas einwenden, denn mein Zustand, seit ich erkannt hatte, dass Finn nicht zur Kirche kommen würde, ließ sich wohl nicht anders bezeichnen.

Als ich das letzte Krankenhaus auf der Liste frustriert durchstrich, drückte ich mit dem Stift so fest auf, dass die Mine mehrere Seiten meines Notizblocks zerriss.

»Und was jetzt?«, fragte Hannah, die irgendwann einen meiner alten Kapuzenpullis über ihr Brautjungfernkleid gezogen hatte.

Überraschenderweise war mir gar nicht aufgefallen, dass es kühler geworden war und ich an Armen und Schultern Gänsehaut bekommen hatte. Es dämmerte schon und wurde Abend. Etwa fünfundzwanzig Kilometer entfernt, in einem Fünf-Sterne-Hotel, das wir nach langem Überlegen ausgewählt hatten, fragte man unsere Gäste gerade, ob sie den pochierten Lachs oder das Rindfleisch wünschten. Beim bloßen Gedanken an Essen rebellierte mein Magen.

»Ich muss noch mal los. Zu der Bar, wo Finn gestern den Junggesellenabschied gefeiert hat. Vielleicht hat dort jemand was gesehen, was uns weiterhilft.«

Hannah schüttelte den Kopf. »Nicht nötig. William und einer von den Platzanweisern sind hingefahren, während du deine Anrufe erledigt hast. Sie haben mit dem Personal gesprochen und sogar ein paar Gäste gefunden, die auch gestern Abend dort waren.« Ich hielt den Atem an. »Niemand hat etwas Ungewöhnliches bemerkt. Sie fanden es allerdings ein bisschen komisch, dass Finn so früh von seiner eigenen Feier aufgebrochen ist.«

»Früh? Hat er sich denn ein Taxi gerufen? Vielleicht kann das Taxiunternehmen den Fahrer ermitteln.«

»Nein. Trevor sagt, Finn ist mit seinem Wagen zur Bar gekommen.«

Ich runzelte die Stirn. »Das muss er falsch verstanden haben. Finn hat sich ein Uber genommen, damit er was trinken konnte.«

»Also, Liebes, ich weiß nicht, was ich dazu sagen soll. Die Jungs sind sich ziemlich sicher, dass Finn mit seinem eigenen Auto gekommen und früh wieder gegangen ist und so gut wie gar nichts getrunken hat.«

Hannah schaute mich bekümmert an, denn der Schutzwall, den ich so sorgfältig um mich herum errichtet hatte, begann erneut zu bröckeln. Diese Mauer hatte die andere furchtbare Möglichkeit fernhalten sollen. Doch nun gab ich der schrecklichen Vorstellung zum ersten Mal Raum, und sie schien mich zu erdrücken. *Was, wenn Finn es sich anders überlegt hat? Wenn er zu dem Schluss gekommen ist, dass er mich nicht heiraten will?*

Ich stürzte aus dem Zimmer, konnte der Situation jedoch nicht entkommen. Meine Zukunftspläne waren ein einziger

Scherbenhaufen, jede einzelne scharf und verletzend wie eine Messerklinge. Von einem Moment auf den anderen zerrte ich an meinem Kleid und versuchte hektisch, es mir abzustreifen, als sei es eine kontaminierte zweite Haut, doch durch die Schnürung saß es fester als eine Zwangsjacke. Der Raum begann sich um mich herum zu drehen, ich spürte, wie meine Knie weich wurden und nachgaben, und hatte das Gefühl, das Kleid wolle mich verschlingen.

Hannah zog mich an sich und hielt mich aufrecht. Nach Luft schnappend wie eine Ertrinkende, lag ich in ihren Armen.

»Ganz ruhig. Ganz ruhig atmen«, ermahnte sie mich. »Alles okay, Gemma. Ich halt dich fest. Alles wird wieder gut.« Eine Lüge, die ich ihr einfach nicht glauben konnte.

»Wo ist er? Warum ist er nicht hier?«

»Ich weiß es nicht. Ich wünschte, ich wüsste es.«

»Finn liebt mich. Das weiß ich! Und du weißt es auch.«

»Vielleicht geht es gar nicht darum, ob er dich liebt«, sagte Hannah vorsichtig und machte sich daran, die Rückenschnürung meines Kleides zu lockern, die sie vor nur wenigen Stunden festgezogen hatte. Das Kleid glitt zu Boden, und halb stolperte, halb fiel ich aus dem Kleidungsstück und stand dann in meiner Satin-Unterwäsche von Agent Provocateur da, die jetzt so unpassend wirkte wie Luftballons bei einer Beerdigung. »Vielleicht hat es mit Finns Bindungsängsten zu tun. Ich weiß, du willst das jetzt nicht hören …«, begann sie und blickte mich besorgt an.

»Red weiter.«

»Finn hat alles, was er sich nur wünschen kann – behauptet er jedenfalls. Und doch sieht es immer mehr danach aus, dass er ganz offensichtlich heute nicht hier sein *wollte*.«

Etwas sehr Kaltes und Hässliches kroch in meine Seele.

Hannah atmete tief durch, und dann sagte sie den Satz, der mir das Herz zerriss. »Und du weißt genauso gut wie ich, das ist nicht das erste Mal, dass er sich mir nichts, dir nichts verdrückt, wenn gerade alles richtig gut läuft.«

Ich wollte sie anschreien und ihr sagen, dass sie unrecht hatte. Dass das auf keinen Fall stimmen konnte. Aber ich bekam es nicht über die Lippen, und uns beiden war klar, weshalb.

Denn Hannah hatte recht. Es war nicht das erste Mal.

Kapitel 7

In einer vollen Bar

Sieben Jahre zuvor

Ich dachte, du gehst heute aus?«

»Mach ich auch«, sagte ich und biss in die zweite Hälfte meines dick geschnittenen Brots. »Ich sorg nur für eine gute Grundlage.«

»Ah, *so* ein Abend wird das also?«, bemerkte Hannah und ging zum Herd, um etwas umzurühren, das deutlich leckerer roch als mein Käsesandwich.

»Eine Verlobungsparty von zwei Journalistenkollegen, in einer Bar mit extralanger Happy Hour«, sagte ich zwischen zwei Bissen. »Da kann man wohl davon ausgehen, dass ordentlich gebechert wird.«

Hannah schaute vom aufgeschlagenen Kochbuch hoch und warf mir einen mitfühlenden Blick zu. »Wird dir guttun, heute Abend mal rauszukommen. Zumindest hält es dich davon ab, wie besessen alle zwei Minuten auf dein Handy zu schauen.«

Mir fiel keine passende Entgegnung ein. Seit dem Anruf von der *Glow*, bei dem sie mir eröffnet hatten, dass ich zu den beiden letzten Bewerbern gehörte, die noch im Rennen waren, war ich so nervös wie ein Truthahn kurz vor Weihnachten. Doch obwohl sie mir mitgeteilt hatten, dass die Entscheidung in Kürze fallen würde, hatte ich noch nichts gehört.

»Da kommst du auf andere Gedanken und hast ein bisschen Spaß«, sagte Hannah.

»Ich hätte garantiert *mehr* Spaß, wenn ich den Abend hier mit dir und William verbringen würde«, erwiderte ich und lachte, als sie mich erschrocken anschaute. Auf dem Esstisch standen Blumen und Kerzen, und es war nur für zwei gedeckt. »Keine Angst, mach ich natürlich nicht. *Irgendjemand* wird schon da sein, den ich kenne«, fügte ich hastig hinzu. »Solange ich nicht Nick oder Christopher über den Weg laufe.«

Hannahs finstere Miene konnte einem fast Angst einjagen. Sie, die nie von einem ihrer Partner betrogen worden war, reagierte jedes Mal wie ein Rottweiler, wenn der Name eines meiner Ex-Freunde fiel.

»Meinst du, die könnten auch da sein?«

»Die Zeitungswelt ist klein«, sagte ich achselzuckend. »Früher oder später trifft man jemanden, dem man lieber nicht mehr begegnen würde.«

Um ehrlich zu sein, war ich überrascht gewesen, als ich die Einladung zu Sarahs Verlobungsparty erhielt. Seit wir zusammen beim *Chronicle* gearbeitet hatten, waren schon vier Jahre vergangen, und in der letzten Zeit hatten wir praktisch keinen Kontakt mehr gehabt.

»Vielleicht kannst du heute Abend ja ein bisschen Networking betreiben«, schlug Hannah vor. »Kann doch sein, dass du von freien Stellen bei anderen Zeitschriften erfährst.« Bestürzt schien sie plötzlich zu bemerken, dass sie schon genauso pessimistisch klang wie ich oder der depressive Esel I-Aah aus *Pu der Bär.* »Nicht, dass du die bräuchtest, denn ich bin mir sicher, du kriegst den Job bei der *Glow.*« Sie kam zu mir herüber und legte aufmunternd den Arm um mich.

»Nur, wenn die andere Frau ihr Bewerbungsgespräch noch schlimmer vermasselt hat als ich.«

»Oder der andere *Typ.*«

Mich schauderte. »Das will ich mir gar nicht erst vorstellen. Gegen jeden auf der Welt kann ich verlieren, aber nicht gegen den.«

In der Bar war es schummrig und proppenvoll. Mit meiner schwarzen Jeans und dem schwarzen Shirt mit U-Ausschnitt fühlte ich mich praktisch unsichtbar. Ich schlängelte mich durch die Menge zu dem durch Abtrennbänder markierten Bereich für die Gäste der Verlobungsfeier. Vom Lautstärkepegel und den schallenden Lachsalven her zu schließen, war die Party schon voll im Gange.

Ein Kellner reichte mir einen der hellgelben Cocktails von seinem Tablett. Er schmeckte süß und fruchtig und war wahrscheinlich nicht annähernd so harmlos, wie es den Anschein hatte. Ich nippte bedächtig daran und ließ den Blick durch die Bar schweifen, bis ich endlich Sarah entdeckte. Sie strahlte und winkte mich energisch zu sich wie eine Bodenlotsin am Flughafen.

»Gemma!«, rief sie erfreut und schwankte auf ihren Wolkenkratzer-High-Heels, stellte ihren Drink ab und schloss mich beschwipst und überschwänglich in die Arme. »Total schön, dass du gekommen bist! Wir haben uns ja ewig nicht gesehen«, sagte sie mit schon merklich schwerer Zunge. »Wir können uns später noch unterhalten. Du kennst hier doch bestimmt eine Menge Leute, oder?«

»Ja«, log ich und lächelte vage in Richtung der Unbekannten, die um mich herumstanden. Und schon im nächsten Moment tauchte Sarahs Verlobter auf und schleppte sie davon, um mit ihr jemand anderen zu begrüßen.

Zwanzig Minuten und drei Cocktails später fragte ich mich, ob es zu früh war, um schon unauffällig den Abgang zu machen. Die Gäste hingen in Grüppchen zusammen, und obwohl ich ein paar Gesichter wiedererkannte, befand sich niemand darunter, der mir vertraut genug war, dass ich hingehen und Hallo hätte sagen wollen. *Noch einen Drink, dann mach ich einfach die Biege,* beschloss ich. Da hörte ich ein vertrautes Lachen und blieb wie angewurzelt stehen. Ich schaute suchend in die Menge und fluchte leise, als ich einen breitschultrigen Mann mit rötlich blondem Haar entdeckte. Hatte ich etwa dadurch, dass ich vorhin seinen Namen erwähnt hatte, meinen untreuen Ex-Freund heraufbeschworen? Glücklicherweise stand Nick mit dem Rücken zu mir und hatte den Arm um eine hübsche, junge Frau in einem engen roten Kleid gelegt, das auszuziehen er sie heute Abend sicherlich noch überreden würde. *Es sei denn, er hat sich geändert,* meldete sich eine wohlwollende Stimme zu Wort. Ich sah, wie seine Hand den Rücken seiner Begleiterin hinunterglitt und ihren Hintern drückte, als würde er die Reife eines Pfirsichs prüfen. Menschen änderten sich nicht, jedenfalls nicht grundlegend. Ich drehte mich auf dem Absatz um und steuerte die Bar an.

Die Gratiscocktails waren schon längst aus, und so musste ich mich durch eine Wand aus Kolleginnen und Kollegen quetschen, um zum Tresen zu gelangen. Es dauerte fünf Minuten, bis ich nahe genug herankam, um den Barkeeper überhaupt *sehen*, geschweige denn, seine Aufmerksamkeit auf mich lenken zu können. Der Arme wurde geradezu belagert, aus allen Richtungen riefen ihm die Gäste Bestellungen zu. Während ich wartete, zog ich mein Handy hervor, um kurz zu prüfen, ob eine E-Mail eingegangen war. Immer noch nichts.

»Ein Glas Weißwein, bitte«, gab ich freundlich lächelnd meine Bestellung auf, als ich endlich an der Reihe war. Doch anstatt mich zu bedienen, drehte der Barkeeper mir den

Rücken zu und kümmerte sich um jemanden auf der gegenüberliegenden Seite der hufeisenförmigen Bar. Ich reckte mich, um den Vordrängler auszumachen, doch der Barkeeper stand im Weg.

»Entschuldigung«, sagte ich und klang dabei furchtbar britisch und ziemlich verschnupft. »Ich glaube, *ich* bin an der Reihe.«

Der Barkeeper wandte sich zu mir um, doch er hatte die Bestellung des anderen Gastes bereits in der Hand. »Tut mir leid, ich komm gleich zu dir.«

Als er zur Seite trat und der Mann auf der anderen Seite der Bar in mein Sichtfeld geriet, blieb mir vor Wut und Unglauben der Mund offen stehen. Dort saß *er*. Der Typ vom Bewerbungsgespräch.

Überraschenderweise erkannte auch er mich sofort. »Ach, Sie schon wieder«, sagte er und schwieg einen Moment, woraus ich schloss, dass er sich nicht mehr an meinen Namen erinnern konnte. Das wurmte mich, denn seiner war mir noch sehr präsent.

Der Barkeeper stellte dem Mann, der neben meinem Ex-Freund der Einzige war, den ich hier kannte, und zufällig auch der Letzte, dem ich heute begegnen wollte, ein Bier hin.

»Finn Douglas«, sagte ich anstelle eines Grußes.

Er hielt einen Zwanzigpfundschein in der Hand, den er dem Barmann reichte und dabei mit dem Kopf in meine Richtung deutete. »Für das Bier und die Bestellung der Dame dort.«

Der Spruch kam ihm geschmeidig über die Lippen, und ich war mir sicher, dass er schon oft damit Erfolg gehabt hatte. Doch nicht heute. »Nein, danke«, erwiderte ich höflich, aber bestimmt. »Ich warte, bis ich dran bin.«

»Aua!« Finn verzog demonstrativ das Gesicht.

Da ihm jedoch klar wurde, dass er mich nicht umstimmen konnte, wandte er sich schulterzuckend ab. Als mein Drink fertig war, war er schon wieder mit jemand anderem an seiner Seite der Bar im Gespräch.

Gerade hatte ich an meinem Glas genippt, da vibrierte mein Handy in der Hosentasche. Eine Mail war eingegangen. Umständlich zog ich es heraus und wischte über den Bildschirm zum Mail-Icon. Ich las nur die ersten Worte: *Wir bedauern, Ihnen mitteilen zu müssen* …, dann stellte ich das Gerät aus.

Ich zog einen Barhocker heran und ließ mich daraufplumpsen. Ich konnte mich zwar noch auf andere Jobs bewerben, doch wenn Hannah auszog, würde das Geld knapp werden, weswegen es umso dümmer war, noch ein Glas Wein zu bestellen. Was mich allerdings nicht davon abhielt, es zu tun.

Meine Augen brannten, während ich die aus gehämmertem Kupfer bestehende Oberfläche des Tresens anstarrte und mir alle Mühe gab, nicht in der Öffentlichkeit zu weinen, ganz besonders nicht vor dem unerträglichen Mann, der mir gegenübersaß. Als ich den Kopf hob, sah ich, dass Finn nicht in meine Richtung blickte, sondern auf sein Smartphone. Anscheinend brachte ihn das, was er las, zum Lächeln.

Ich griff nach meinem Weinglas und war überrascht, dass es schon leer war. Das Vernünftigste wäre gewesen, nach Hause zu gehen, bevor ich irgendetwas tat oder sagte, was ich später bereuen würde. Aber meine Vernunft hatte sich schon ein paar Drinks vorher verabschiedet.

Ich hatte nicht gesehen, dass Finn von seinem Platz aufgestanden war, und zuckte vor Überraschung zusammen, als er sich auf dem Barhocker neben mir niederließ. Beinahe wäre ich von meinem heruntergefallen. Wortlos schob er mir ein großes Glas Wein hin.

»Wofür ist das denn?«, fragte ich und war erschrocken, wie ungehobelt ich klang. Noch nie zuvor war ich jemandem begegnet, der so zuverlässig meine schlechtesten Seiten zum Vorschein brachte.

»Dafür, dass ich Ihnen den Parkplatz weggeschnappt hab?«, schlug er schelmisch vor. Seine Augen funkelten auf eine Weise, die bestimmt viele Frauen attraktiv fanden. Glücklicherweise war ich dagegen völlig immun.

»Das war aber noch längst nicht alles«, murmelte ich düster, biss mir jedoch gleich darauf auf die Zunge. *Keine weiteren Drinks, junge Dame*, ermahnte mich eine Stimme, die schwer nach meiner Mutter klang.

»Was hab ich denn sonst noch verbrochen? Dass ich mich an der Bar vorgedrängelt habe?«

Mein Lächeln war eisig. »Ach, ich glaube, Sie wissen sehr genau, was ich meine.«

Man musste Finn zugutehalten, dass er ernsthaft verwundert schien. Irrte ich mich etwa? Hatte er etwas anderes auf seinem Handy gelesen? Schließlich hatte ich keinen Beweis dafür, dass er gerade den Job bekommen hatte, den ich haben wollte.

»Also, ich weiß, Sie und ich haben uns nicht unter den besten Vorzeichen kennengelernt. Aber wie wär's mit einem Neuanfang?«, fragte er und hielt mir die Hand hin. »Ich bin Finn Douglas.«

Nüchtern hätte ich seine Hand nicht ergriffen, aber der Alkohol hatte mich verwegen gemacht. Ich packte sie so energisch, wie ich sonst starrsinnigen Schraubdeckeln zu Leibe rückte. Er machte bei meinem festen Händedruck große Augen, sagte aber nichts.

Dann griff ich nach dem Weinglas, das er mir hingestellt hatte, und trank trotz meiner guten Vorsätze einen großen Schluck. »Falls Sie vorhaben, mich betrunken zu machen –

das wird Ihnen nicht gelingen«, ließ ich ihn wissen. »Und ich gehe hundertpro nicht mit Ihnen nach Hause, also sparen Sie sich Ihr Geld«, setzte ich obendrauf.

»Ich bin mir ziemlich sicher, Sie um nichts dergleichen gebeten zu haben«, erwiderte er gelassen.

Der Raum schien sich plötzlich um mich herum zu bewegen. »Sie können sich die Mühe so oder so sparen, denn ich mag Sie nicht.«

»Okay«, sagte er und ließ einen Arm blitzartig vorschnellen, da ich auf meinem Hocker gefährlich schwankte. Ich starrte auf seine Hand, die auf meinem Arm lag, und Sekunden später war sie weg – ebenso wie er selbst. Ein paar Augenblicke darauf kam er zurück, mitsamt einer Wasserkaraffe mit klirrenden Eiswürfeln.

»Trinken Sie«, sagte er und goss mir ein großes Glas ein. Mir fiel auf, dass auch er von Bier zu etwas Alkoholfreiem gewechselt war.

»Also, sind Sie immer so unwirsch oder nur mir gegenüber?«, fragte Finn leicht amüsiert und schaute zu, wie ich das Wasserglas leerte.

»Nein, nur bei Ihnen«, antwortete ich und nickte zur Bekräftigung. »Ich kann Sie absolut nicht leiden. Und ich hätte den Job *wirklich* gebraucht.«

»Den bei der *Glow?*«

Ich drehte langsam den Kopf in seine Richtung, denn ich hatte nach wie vor das Gefühl, dass er nicht ganz fest auf meinem Hals saß. »Natürlich den bei der *Glow!* Der, den Sie mir weggeschnappt haben.«

Überlegte er einen Moment, bevor er antwortete? Meine Sinne waren nicht mehr scharf genug. »Ich hab den Job nicht bekommen«, sagte er.

Ich sah ihm prüfend ins Gesicht, das im Laufe des Abends

seltsamerweise attraktiver geworden war. Was man von seinem Charakter leider nicht behaupten konnte. »Sie lügen.«

Finn schüttelte den Kopf. »Wieso sollte ich? Ich weiß nicht, wer ab jetzt die Features bei der *Glow* schreibt, aber ich bin's definitiv nicht.«

»O Gott. Nie wieder. Nie, nie wieder«, stöhnte ich und griff nach der Packung Paracetamol, die Hannah mir hinhielt.

Die Mittagssonne schien so schmerzhaft hell in mein Zimmer, dass sie womöglich irreparable Schäden auf meiner Netzhaut verursachte. »Ich trinke nie wieder was.«

Hannah lächelte wissend.

»Wann bin ich gestern nach Hause gekommen?«, fragte ich, während ich versuchte, die Puzzleteile vom Vorabend zusammenzusetzen. Ich hatte das Gefühl, als fehlten mehrere entscheidende Teile.

»Das Taxi hat dich kurz nach Mitternacht hier abgesetzt.«

»Ein Taxi? Du lieber Himmel, ich hatte gar nicht genug Bargeld dafür dabei. Hast du es ausgelegt? Oder William?«, fragte ich und überlegte in Panik, wie viel ich ihnen wohl schuldete. Von der Bar bis zu uns war es eine lange Fahrt.

»Nein, es war bereits bezahlt.«

»Ooooh«, stöhnte ich und vergrub den Kopf unter dem Kissen. Plötzlich ging es mir aus verschiedenen Gründen richtig schlecht.

»Kannst du dich nicht mehr an gestern Abend erinnern?«

»Nur an manches«, murmelte ich beschämt in die Entendaunen.

Sehr sanft nahm Hannah mir das Kissen vom Gesicht und strich mir die wirren Locken aus der verschwitzten Stirn.

»Ich weiß noch, dass ich sehr ruppig war. Und ich glaub …« Von ganz weit her meldete sich eine Erinnerung, und ich zuckte zusammen, als sie deutlicher wurde. »Ich glaub, ich hab ihn beschuldigt, ein Lügner und Betrüger zu sein, und dass er mir den Job weggeschnappt hat.«

Hannah schluckte vernehmlich. Ich konnte es ihr kaum zum Vorwurf machen.

»Und dann hab ich gesagt, wenn ich meine Wohnung verliere und auf der Straße leben muss, wär das seine Schuld.«

»Na ja, du warst betrunken«, seufzte sie, als würde das irgendwie entschuldigen, dass ich mich wie eine Idiotin aufgeführt hatte.

Ich schüttelte den Kopf und bereute es sofort. »Ich war gestern nicht gerade nett«, gab ich betreten zu, den Tränen näher, als ich mir eingestehen wollte.

»Du kannst ihn doch um Entschuldigung bitten und ihm ein kleines Geschenk zum Einstand beim neuen Job schicken«, schlug Hannah vor. »Und …«

Sie wurde vom Klingelton meines Handys unterbrochen. »Willst du rangehen?«

Beinahe hätte ich Nein geantwortet, aber irgendetwas hielt mich davon ab.

Während des anschließenden Telefonats sagte ich nur sehr wenig. Ich sah zu, wie Hannah meine Kleidung vom Fußboden aufhob und in den Wäschekorb warf. Als sie fertig war, war auch das Gespräch zu Ende. Ich hatte in dieser Unterhaltung nur eine Reihe von Jas von mir gegeben, doch vermutlich wusste sie bereits, was ich ihr gleich eröffnen würde. Es stand mir bestimmt ins Gesicht geschrieben.

»Das war die Personalabteilung der *Glow*«, begann ich, wobei mir auffiel, wie ungläubig ich klang. »Sie meinten, ihre erste Wahl habe unerwartet abgesagt.« Ich schwieg einen Moment und versuchte, die Neuigkeit zu verdauen. »Ich hab den Job.«

Sonntag:
Tag eins

Kapitel 8

»Du bist ja früh auf.«

Beim Betreten der Küche zuckte ich zusammen. Ich hatte zwar nicht vergessen, dass Hannah hier übernachtet hatte – es war eher vor Überraschung, sie wieder an ihrem alten Platz am Küchentisch sitzen zu sehen. Als wäre ich wie in einer verrückten Science-Fiction-Geschichte irgendwie in ein Wurmloch geraten und sieben Jahre früher wieder ausgespuckt worden.

Sie hatte bereits Kaffee gekocht und stand jetzt auf, um meinen Lieblingsbecher zu holen.

»Das sagt die Richtige.«

Hannahs Lachen klang unbekümmert, und einen Moment lang beneidete ich sie darum. »Ach, Ausschlafen, das ist Geschichte, sobald man ein quirliges Kleinkind hat. Warte erst mal, bis du …«

Bestürzt brach sie ab. Die Stille hing schwer zwischen uns im Raum. »Gemma, das tut mir leid. Ich wollte nicht …«

»Schon gut, vergiss es«, sagte ich und nahm ihr den Kaffeebecher ab, den sie mir betreten reichte.

Sie biss sich auf die Unterlippe, ergriff einen Lappen und begann, die bereits sauberen Arbeitsflächen meiner Küche abzuwischen. »Hast du schlafen können?«, fragte sie, als ihr die Oberflächen ausgegangen waren.

Ich holte tief Luft und überlegte, ob ich lügen sollte, entschied mich jedoch dagegen. Sie hätte mich sowieso durchschaut. »Ab und zu für ein paar Minuten.«

Hannah runzelte missbilligend die Stirn und ließ sich auf

einen der Stühle mir gegenüber sinken. Sie nahm mich bei den Händen und hielt sie fest, als würden wir gleich eine Séance abhalten. Ein möglicher Draht zu Finn, den ich noch nicht in Erwägung gezogen hatte. Ansonsten hatte ich es bereits auf jedem erdenklichen Kommunikationsweg versucht. Ich hinterließ ihm mittlerweile keine Nachrichten mehr auf dem Handy, weil man »Wo in aller Welt steckst du?« nicht unendlich variieren konnte.

»Was hast du denn gemacht, wenn du gar nicht geschlafen hast?«

Ich sah über die Schulter Richtung Wohnzimmer, wo mein Laptop auf der Couch lag. »Ich hab ein bisschen recherchiert.«

Hannah zog fragend die sorgfältig gezupften Augenbrauen hoch.

»Zum Beispiel kenne ich jetzt das exakte Prozedere beim Erstatten einer Vermisstenanzeige. Und ich weiß, wie viele ungeklärte Vermisstenfälle es letztes Jahr in Großbritannien gab und bei wie vielen davon man glaubt, dass sie auf Entführungen durch Außerirdische zurückgehen.«

Hannah hätte beinahe Kaffee auf den Tisch geprustet, den sie gerade eben noch gesäubert hatte.

»Ja, das war dann gegen drei Uhr früh, da war ich schon ziemlich hinüber.«

»Klingt nach einer anstrengenden Nacht.«

»Na ja, so hab ich mir meine Hochzeitsnacht echt nicht vorgestellt …« Ich zuckte zusammen, als mir klar wurde, dass es selbst für solch lahme Witzeleien noch viel zu früh war. Der schlimmste Augenblick in der letzten Nacht war gewesen, als ich dabei zugeschaut hatte, wie die Uhr um Mitternacht umsprang, und mir klar wurde, dass mein Hochzeitstag nun offiziell vorbei war.

Ich atmete tief durch. »Ich hab auch recherchiert, wie viele Ehemänner in spe nicht zu ihrer Hochzeit erscheinen.« Ich griff nach meinem Kaffee und bemerkte mit Bestürzung, dass meine Hand zitterte. »Überraschend wenige. Anscheinend bin ich Mitglied eines sehr elitären Klubs – zu dem ich nie gehören wollte.«

Hannah schüttelte traurig den Kopf. »Ich weiß wirklich nicht, was ich sagen soll, Gemma. Mir fehlen die Worte.« Im Fall von Hannah wollte das durchaus etwas heißen.

»Du brauchst auch gar nichts zu sagen. Dass du heute Nacht hier warst, genügt schon vollkommen.«

Nicht, dass ich von sonst niemandem das Angebot bekommen hätte, mir über den schlimmsten Tag meines Lebens hinwegzuhelfen. Vor allem Dad hatte darauf bestanden, zu bleiben, bis ich ihm in Erinnerung rief, dass er zu seinem altersschwachen Kater Chester zurückkehren musste. Sogar meine betagte Tante Helen hatte angeboten, für mich die »Babysitterin« zu spielen – so hatte sie es wortwörtlich formuliert. Sie war leichter höflich abzuwimmeln gewesen als Dad, besonders, da es fünfundzwanzig Jahre her war, seit sie diese Aufgabe zuletzt übernommen hatte. Doch Hannah war deutlich hartnäckiger gewesen.

»Milly braucht dich doch«, hatte ich gesagt, um sie vom Bleiben abzuhalten, zugegebenermaßen weit weniger nachdrücklich, als angemessen gewesen wäre.

»William ist sehr wohl in der Lage, eine Nacht mit ihr allein zu sein.« Sie hatte einen Moment lang geschwiegen, als würde sie überlegen, ob sie ihren Gedanken aussprechen sollte. Offenbar schien es ihr sehr wichtig zu sein. »Du brauchst mich jetzt mehr.«

Ich wollte es abstreiten. Wollte sagen, dass ich alt genug war, an so etwas nicht zu zerbrechen, und vernünftig genug, um mit dem, was immer da passiert war, zurechtzukommen. Bloß stimmte das vielleicht gar nicht.

Daraufhin hatte Hannah die Taktik geändert. »Wer hat mir damals den Stachel aus dem Po gezogen, nachdem ich mich im Bikini auf eine Biene gesetzt hab? Wer ist wie eine Verrückte zum Flughafen gebrettert, um mir meinen Reisepass zu bringen, den ich zu Hause vergessen hatte? Und wer hat in dem Jahr, bevor ich Milly bekommen habe, mit mir nach meiner Fehlgeburt geweint?«

»Das Quiz ist zu einfach. Du musst dir schon schwierigere Fragen überlegen«, hatte ich gerührt und leicht verwirrt geantwortet. Irgendetwas, was sie gesagt hatte, ließ bei mir die Alarmglocken schrillen, aber sosehr ich den schwer fassbaren Gedanken zu greifen versuchte, er entglitt mir jedes Mal.

»Gemma, du warst immer für mich da, wenn ich dich gebraucht habe«, sagte Hannah jetzt und klang emotionaler, als ich es so früh am Morgen vertragen konnte. »Nun bin ich mal für dich da.« Sie schüttelte die Arme, denn ihre Hände waren schon wieder in den Ärmeln des Schlafanzugs verschwunden, den sie sich von mir ausgeborgt hatte. »Auch wenn ich mal kurz zu Hause vorbeischauen und mir was von meinen eigenen Klamotten anziehen muss, bevor wir heute irgendwohin fahren. In deinen versinke ich ja.«

»Nun mal nicht persönlich werden«, sagte ich und war selbst überrascht, dass mir die Scherze schon etwas natürlicher über die Lippen kamen.

»Mein Verlobter wird vermisst.« Meine Worte, die im Empfangsbereich der Wache widerhallten, klangen leicht panisch. Obwohl ich vorher geübt hatte, die Informationen klar und gefasst zu übermitteln, war ich jetzt schon an der ersten Hürde gescheitert, nur weil jemand »Kann ich Ihnen helfen?« gefragt hatte.

»Atmen Sie erst mal tief durch«, sagte der diensthabende Beamte beschwichtigend, »und fangen Sie am besten ganz von vorn an. Zunächst einmal, seit wann wird er vermisst?«

»Seit gestern Nachmittag. Da ist er nicht zu unserer Hochzeit erschienen.«

In dem Büro, in das man mich gebracht hatte, war es jetzt ganz still, nur das Kratzen eines Stifts auf einem Notizblock war zu hören. Vor mir saß ein anderer Beamter, den Kopf über den Tisch gebeugt, sodass die kahle Stelle darauf zu sehen war. Ich hatte sie die letzten zehn Minuten lang angestarrt, während der Mann ein ganzes DIN-A4-Blatt mit kaum lesbaren Notizen und Randbemerkungen füllte. Es wirkte nicht besonders amtlich, und das bereitete mir Sorgen. Große Sorgen.

Schließlich sah der Polizist von seinem Blatt Papier hoch und stülpte die Kappe auf seinen Stift, als wolle er mir bedeuten, dass wir seiner Meinung nach fertig waren.

»Also, Miss Fletcher, ich glaube, ich habe alle nötigen Informationen. Doch bevor wir daraus eine *offizielle* Vermisstenanzeige machen, wären da ein paar Dinge, die Sie vermutlich noch nicht berücksichtigt haben.«

Ich setzte mich auf dem unbequemen Plastikstuhl aufrechter hin. Trotz seines fliehenden Haaransatzes konnte der Mann nur etwa zehn Jahre älter sein als ich, und doch fühlte ich mich in seiner Gegenwart wie ein dummes Kind.

»Was für Dinge?«

»Na ja, Sie haben gesagt, Sie seien gestern am Nachmittag in Mr Douglas' Wohnung gewesen, hätten aber nicht bemerkt, ob irgendetwas Wichtiges fehlte.«

»*Finn* hat gefehlt. Ich hab nur nach ihm gesucht.«

Inspector Graham – so stand es auf seinem Namensschild – nickte auf eine onkelhafte Art, für die er viel zu jung war. »Natürlich. Richtig. Doch ich will sichergehen, dass wir hier keine falschen Schritte unternehmen, in Anbetracht der *ungewöhnlichen* Umstände, unter denen Ihr Verlobter … verschwunden ist.« Sein leichtes Zögern war mir nicht entgangen.

»Ist denn nicht jedes Verschwinden ungewöhnlich?«, fragte ich herausfordernd, hatte aber schon eine ungute Ahnung, in welche Richtung die Unterhaltung sich gerade entwickelte.

»Wissen Sie, ich bin seit zwanzig Jahren Polizeibeamter«, sagte Inspector Graham und lehnte sich auf seinem Stuhl zurück. »Und in dieser Zeit habe ich mit unzähligen Vermisstenfällen zu tun gehabt. Aber ich will ganz offen zu Ihnen sein, Miss Fletcher. Was Sie gerade beschrieben haben, passt nicht zu dem typischen Szenario eines Vermisstenfalls. Können Sie sich irgendeinen Grund vorstellen, aus dem Mr Douglas vielleicht unauffindbar sein *möchte?*«

Plötzlich war ich mir nicht mehr sicher, ob ich Inspector Graham leiden konnte. »Sie meinen, er hat beschlossen, dass er mich nicht heiraten will?«

Der Polizist besaß immerhin den Anstand, angesichts meiner unverblümten Frage verlegen auszusehen.

»Haben Sie beide sich in letzter Zeit wegen irgendetwas gestritten? Gab es vielleicht ein Zerwürfnis?«

»Wir hatten vor, gestern zu heiraten«, sagte ich kämpferisch, als würde das die Frage überflüssig machen. »Also ganz klar: nein.«

»Ich möchte nicht, dass Sie den Eindruck haben, wir würden Ihre Sorgen nicht ernst nehmen. Es war auf jeden Fall schon einmal gut, dass Sie als Erstes die Krankenhäuser kontaktiert haben. Meine Mitarbeiter werden zunächst bei allen örtlichen Polizeirevieren anfragen, ob Ihr Verlobter die letzte Nacht in einer ihrer Zellen verbracht hat.«

»Sie glauben, Finn könnte festgenommen worden sein?«

»Er wäre nicht der erste Bräutigam, der nach dem Junggesellenabschied seinen Rausch hinter Gittern ausschläft.«

»Aber Finn war nicht betrunken. Sie können alle seine Freunde fragen.«

»Vielleicht war er auch in eine Schlägerei verwickelt«, sagte der Polizist ruhig. »Manchmal kocht bei solchen Feiern die Stimmung ziemlich hoch.« Ich schüttelte den Kopf, denn er sprach von jemandem, der keinerlei Ähnlichkeit mit dem Finn hatte, den ich kannte.

»Ich würde vorschlagen, Sie fahren noch einmal in Mr Douglas' Wohnung und schauen, ob dort irgendetwas darauf hindeutet, wo er sich gegenwärtig aufhalten könnte. Und manchmal sind Dinge, die fehlen, am aussagekräftigsten. Also gucken Sie nach seiner Kleidung, persönlichen Gegenständen, dem Pass, solchen Sachen.«

Dem Pass? Erneut meldete sich das seltsame Gefühl, das ich vorher schon einmal verspürt hatte.

»Miss Fletcher, meiner Erfahrung nach haben Menschen, in deren Leben eine große Veränderung ansteht, oft unvermittelt das Bedürfnis nach einer ›Auszeit‹. Das heißt nicht notwendigerweise, dass ihnen etwas Schlimmes zugestoßen sein muss.«

»Eine Auszeit? Vor ihrer eigenen Hochzeit?«, fragte ich fassungslos.

Der Beamte nickte und sah mich auf eine Weise an, die nahelegte, dass er so ziemlich alles schon erlebt hatte.

»In den meisten Fällen tauchen die Leute einfach wieder auf – meist innerhalb einer Woche nach ihrem Verschwinden, und Ihr Verlobter wird erst seit gestern ›vermisst‹.« Unnötigerweise deutete er bei dem Wort »vermisst« mit den Fingern

Gänsefüßchen an, und beinahe hätte ich ihn vor lauter Frust angeschrien.

»Und was wollen Sie damit jetzt sagen? Dass ich geduldig sechs Tage lang abwarten soll, bis mein Verlobter wahrscheinlich von selbst wieder auftaucht? Und was, wenn nicht?«

Inspector Graham schien sich plötzlich wieder merklich unwohl zu fühlen. »Das hängt vermutlich davon ab, welche Beweggründe hinter seinem Verschwinden stehen und ob er überhaupt gefunden werden will.«

Ich verließ das Revier wie in Trance und bereute, dass ich darauf bestanden hatte, allein hinzugehen. Hätte man Finns Verschwinden ernster genommen, wenn Hannah oder mein Vater mich begleitet hätten? Womöglich schon. Oder hätte das die Beamten nur noch mehr in ihrem Schluss bestärkt, den vermutlich auch meine engsten Vertrauten gezogen hatten: dass Finn einfach nur kalte Füße bekommen hatte?

Wie auf Autopilot fädelte ich mich in den Vormittagsverkehr ein und ging das Gespräch noch einmal in Gedanken durch. *Sechs Tage.* Sollte ich wirklich so lange auf Finns Rückkehr warten? Und was wäre danach, musste ich ihn dann aufgeben? Ich schüttelte den Kopf, es war für mich einfach undenkbar.

Man soll die Polizei nicht belügen. Ich hatte es heute jedoch getan. Denn wir hatten uns vor Kurzem *tatsächlich* gestritten. Es war ein Riesenkrach gewesen. Ich hatte niemandem davon erzählt, nicht Dad, und auch nicht Hannah, denn es hatte kein Grund dazu bestanden, wir hatten die Sache geklärt. Das hatte absolut nichts mit Finns Verschwinden zu tun. Oder war das heute schon meine zweite Lüge, nur dass ich sie diesmal mir selbst erzählte?

Ich verabscheute mich dafür, dass ich trotz allem hoffnungsvoll auf Finns Parkplatz schaute, sobald ich auf den Anwohnerparkplatz bog. Ich fuhr rückwärts auf seinen Stellplatz und dachte unweigerlich an den anderen, über den wir uns bei unserer ersten Begegnung in die Haare gekriegt hatten.

Glücklicherweise kam, als ich zum Hauseingang lief, gerade eine Nachbarin aus dem Gebäude. Sie lächelte mir flüchtig zu, als wir uns die Klinke in die Hand gaben. Zumindest diesmal würde ich Mrs Barnard mit der kurzen Zündschnur nicht bemühen müssen.

In Finns Wohnung lag heute eine andere Stimmung in der Luft, als hätten seine vier Wände seit gestern mit angehaltenem Atem auf meine Rückkehr gewartet.

»Hallo!«, rief ich, während ich die Wohnungstür hinter mir schloss. Auch wenn ich keine Antwort erwartet hatte, war ich doch enttäuscht, keine zu erhalten.

Ich schaute kurz ins Bad und ging dann zu Finns Schlafzimmer. Die Tür war geschlossen, und mein Herz ließ einen Schlag aus. Hatte ich sie gestern wieder zugemacht? Ich konnte mich nicht erinnern. Mit trockenem Mund drückte ich langsam die Klinke hinunter und hoffte verzweifelt, ihn gleich zu sehen, im Kingsize-Bett schlafend, Arme und Beine im Laken verheddert. Doch auf der abgezogenen Matratze zeigten sich nur breite Streifen vom Sonnenlicht, das durchs Fenster hereinfiel.

Langsam ließ ich meinen Blick durch das Zimmer schweifen. »Schauen Sie nach, ob Kleidung von ihm fehlt«, hatte mir Inspector Graham geraten. Meine Beine fühlten sich steif an, als ich zum Einbaukleiderschrank an der gegenüberliegenden Wand ging und die Türen öffnete.

Alles war weg. Alles, was dort hätte hängen sollen, fehlte. Ich starrte die lange Reihe leerer Metallbügel an, die gespenstisch vor mir an der Stange baumelten.

In Panik öffnete ich die anderen Türen und stand vor einer weiteren leeren Kleiderstange, unter der sich ein Schubladenelement befand. In die oberste Lade schaute ich zuerst, denn darin lagen immer Finns Socken und sein Pass.

»Du bewahrst deinen Pass bei deinen Socken auf?«, hörte ich mich lachend fragen.

»Ja. So kommt er mir nicht abhanden, und ich vergesse nicht, wo er liegt. Ich seh ihn jede Woche, wenn ich mir ein frisches Paar Socken gönne.«

Das war am Anfang unserer Beziehung gewesen. Ich hatte zu dem Zeitpunkt erst ein paarmal bei ihm übernachtet und war ein leichtes Opfer für seine Scherze. Er hatte beobachtet, wie ich versuchte, mir mein Entsetzen nicht anmerken zu lassen, und mich dann mit schallendem Lachen in die Arme geschlossen.

»Du …«, hörte ich mein früheres Ich sagen, als ich ihn in den Oberarm knuffte und wir uns wieder auf sein Bett fallen ließen. Dort hatten damals die meisten unserer Gespräche geendet – in seinem oder in meinem Bett.

Jetzt fuhr ich mit der Hand über die Matratze, als könnte ich durch den Memory-Schaum eine mentale Verbindung zu Finn herstellen. Erinnerte sich die Matratze noch an Finns Körper, so wie ich? Oder an die Momente der Leidenschaft, die wir in diesem Bett geteilt hatten? Ich schon.

Meine Knie gaben plötzlich nach, und ich ließ mich wie eine erschlaffte Marionette aufs Bett sinken, diesmal jedoch ohne den Mann, den ich liebte.

Denk nach, ermahnte ich mich und starrte auf die Reihe leerer Kleiderbügel. *Für all das gibt es bestimmt eine logische Erklärung.*

Finn musste natürlich ein paar Sachen für die Flitterwochen gepackt haben, aber doch nicht alles. Und außerdem, wer nahm Wintermäntel, Skijacken und Pullover auf eine Reise nach Australien mit? Das Mietverhältnis für Finns Wohnung endete erst in zwei Monaten, wir hatten also noch nicht mal konkret ins Auge gefasst, seine Wohnung auszuräumen. Zumindest hatte ich das geglaubt.

Vor vierundzwanzig Stunden war ich hier in Panik durch die Zimmer gerannt. Aber jetzt ließ ich mir Zeit und schalt mich insgeheim dafür, wie viele Hinweise mir entgangen waren. Wo waren die Pflegeartikel in der Dusche? Oder die Zahnbürste, die im Glas neben dem Waschbecken hätte stehen sollen?

Auf den ersten Blick schien das Wohnzimmer wie immer, doch die Wohnung war möbliert vermietet worden, und so musste man schon genauer hinsehen, um die leeren Bereiche im Regal zu registrieren, die fehlenden Bilderrahmen, und die Tatsache, dass Finns Laptop nicht mehr auf dem Schreibtisch in der Ecke stand. Ich riss die Schubladen auf, die normalerweise bis zum Platzen gefüllt waren, und schon allein, dass sie sich leicht öffnen ließen, verriet mir, was ich darin finden würde. Nichts. Alle waren leer.

Entweder war Finn über Nacht von Marie Kondo bekehrt worden, oder es gab eine weit einfachere Erklärung. Finn war ausgezogen.

»Das versteh ich nicht. Wie hat er alles wegschaffen können, ohne dass du es mitbekommen hast?«, wollte Hannah wissen und sagte zu Milly, die im Hintergrund fragte, ob sie mit Tante Gemma sprechen dürfe, sie solle ruhig sein. »Wann warst du das letzte Mal bei ihm?«

»Ein paar Wochen wird es wohl her sein. Wir waren in letzter Zeit meistens bei mir.« Hatte ich das vorgeschlagen oder er? Auf diese plötzlich sehr wichtige Frage wusste ich keine Antwort.

»Soll ich vorbeikommen? Dich abholen?«

Ich gab ein undeutliches Geräusch von mir, das Hannah als »Nein« erkannte. »Das ist sinnlos. Hier gibt's nichts zu sehen. Alles ist weg.«

Meine Stimme drohte zu versagen. Finn hatte wirklich alles mitgenommen und nur eines zurückgelassen. Mich.

Lange saß ich in seiner Wohnung und sah zu, wie die Sonnenstreifen im Laufe des Nachmittags über den Fußboden wanderten und schließlich verschwanden, als es sich draußen zuzog. Mindestens drei Mal versuchte ich aufzubrechen, aber eine Erinnerung hielt mich dort fest.

Wir tanzten zum Nachtprogramm eines Radiosenders barfuß über den gefliesten Fußboden im Küchenbereich. Finn hatte die Arme um meine Taille geschlungen, und mein Kopf ruhte an seiner Schulter. Das Lied war langsam und ruhig, wie auch unser Kuss im Licht der offenen Kühlschranktür.

Und dort im Wohnzimmer waren wir auch, auf dem Sofa aneinandergekuschelt, und schauten einen Film, der mich zum Weinen brachte. Er könne mit dem Genre nicht viel anfangen, hatte Finn gesagt, und doch hatte er, als der Abspann lief, schon einige Zeit nicht mehr auf sein Handy geschaut. »Ich hoffe, dass mich eines Tages auch mal jemand so liebt«, erinnerte ich mich, damals geseufzt zu haben. »Das tut schon jemand«, hatte Finn geflüstert und mich an sich gezogen. Es war das erste Mal, dass jemand von uns das L-Wort ins Spiel brachte – eine meiner schönsten Erinnerungen.

»Die Wohnung hier ist ein emotionales Minenfeld«, murmelte ich an mein Spiegelbild gerichtet, während ich mir im Bad die Hände wusch und prompt daran denken musste, wie wir nackt und glitschig von Seifenschaum in der Duschkabine gestanden hatten, in der Nacht, als wir die Seifenschale zerbrochen (schlecht) und verschiedene Fantasien von meiner Bucket-List umgesetzt hatten (sehr, sehr gut).

Aber nicht alle Erinnerungen waren so glücklich. Die schlimmste wurde wachgerufen, als ich den Küchenschrank öffnete, um mir ein Wasserglas herauszunehmen. Als ich den kleineren Stapel von Tellern sah, hielt ich inne; vier statt der sechs, die es hätten sein sollen. Das reichte aus, um mich zu der Meinungsverschiedenheit zurückzukatapultieren – die laut meiner Behauptung gar nicht stattgefunden hatte.

Es war ein ganz normaler Abend gewesen. Finn hatte mich aufs Sofa verbannt, während er voller Begeisterung jeden vorhandenen Topf und seine gesamten Küchenutensilien einsetzte, um seine »berühmten« Spaghetti Bolognese zu kochen. *Eines von nur zwei Gerichten, die ich kochen kann,* hatte er einmal erklärt und sich nicht überzeugen lassen, dass Bohnen auf Toast bei dieser Rechnung nicht zählten.

Im Hintergrund lief Musik, wodurch ich seine Schritte nicht hörte, und erst als es zu spät war, bemerkte, dass er den Kochbereich verlassen hatte und direkt hinter mir stand. Hastig klickte ich die Immobilienseite weg, die ich mir auf meinem Laptop angeschaut hatte, und redete mir ein, das Licht sei schlecht gewesen oder der Winkel ungünstig, sodass er nicht erkannt haben konnte, was auf dem Bildschirm zu sehen war.

Finn war beim Essen still – zu still. Doch erst als ich aufstand, um den Tisch abzuräumen, begriff ich: Auch wenn ich schnell gewesen war, er hatte es gesehen.

Er fasste mich sanft am Handgelenk, um mich zurückzuhalten.

»Wie oft machst du das?«

Verdammt. Ich überlegte, ob ich lügen oder mich dumm stellen sollte, aber das wäre noch schlimmer gewesen, als die Wahrheit zu sagen.

»Ab und zu. Ich bin einfach überrascht, dass er es überhaupt noch verkaufen will.« Meine Worte schienen Finn wie Pfeile zu treffen, denn er zuckte zusammen, als ich sie aussprach. »Aber das heißt überhaupt nichts. Ich bin bloß neugierig, mehr nicht.«

Mit wild klopfendem Herzen wandte ich mich zur Spülmaschine um. Er kam mir leise hinterher, und ich fuhr zusammen, als er mich sanft zu sich umdrehte und nach meinen Händen griff, in denen ich noch die Teller hielt.

»Aber du denkst immer noch daran … und an alles, wofür es steht?«

Ich zuckte mit den Schultern, doch ich wusste, dass das unser wichtigstes Gespräch seit Langem werden würde.

»Gemma, ich hab es mir nicht anders überlegt«, sagte er leise.

Mein Hals fühlte sich rau und eng an, als wollte er eine Antwort zurückhalten. »Ich hab dich doch nie darum gebeten.«

Sein Blick huschte zu meinem Laptop auf dem Küchentresen. Er schien mir gerade genauso gefährlich wie eine scharfe Bombe. »Vielleicht nicht mit Worten.«

Ich schüttelte den Kopf so energisch, dass mein Pferdeschwanz gegen meine Wangen schlug, als müsste ich mich damit selbst zur Vernunft bringen. Mich davor bewahren, noch etwas zu sagen. Aber ich hatte das alles schon so lange zurückgehalten.

»Ich weiß, worauf wir uns letzten Sommer geeinigt haben. Aber wie kannst du so *sicher* sein, dass du deine Meinung nicht noch mal änderst? So was kommt vor, immer wieder. Bei mir zum Beispiel. Ich hab mal behauptet, dass ich mich nie in einen Schriftsteller verlieben würde. Dass man jemandem, der berufsmäßig Geschichten erfindet, nicht trauen kann. Und jetzt schau uns an.«

Das hätte die Situation entschärfen sollen, aber ich erzielte genau die entgegengesetzte Wirkung.

»Ja. Schau uns an. Ich bin unfair dir gegenüber. Wir wollen völlig verschiedene Dinge.«

Inzwischen weinte ich. »Wir wollen *einander*«, beharrte ich. »Bitte, Finn, nicht noch einmal.«

»Wenn ich es jetzt nicht sage, wann dann? In sechs Wochen, wenn wir heiraten? Am ersten Hochzeitstag? Oder in zehn Jahren, wenn du mich dafür hasst, dass ich dir im Weg stehe?«

Ich befreite mich so energisch aus seinem Griff, dass mir die Teller aus den Händen fielen und lautstark auf dem Boden zerbrachen. Keiner von uns beiden regte sich. Wir waren nur Zentimeter und zugleich doch Tausende von Kilometern voneinander entfernt und atmeten so heftig, als wären wir gerade um die Wette gelaufen und wüssten noch nicht, wer gewonnen hatte.

Ein energisches Klopfen an der Wohnungstür riss uns aus unserer Erstarrung. »Finn? Ist alles in Ordnung? Was war das für ein Krach?«

Die Stimme war durch die stabile Tür erstaunlich deutlich zu hören.

Finn fluchte leise und ging zur Wohnungstür, an die Mrs Barnard geklopft hatte. Er öffnete sie nur einen Spalt weit und positionierte sich so, dass sie den Küchenbereich nicht sehen konnte, wo ich wie eine Mitarbeiterin der Spurensicherung die Scherben einsammelte. Als es Finn endlich gelungen war, ihr zu versichern, dass es bloß der laute Fernseher gewesen sei und ein kleines Missgeschick in der Küche, hatte ich mich bereits beruhigt.

Finn wirkte immer noch aufgewühlt, als er in die Küche zurückkam, doch für mich war alles klar. Ich fasste ihn bei den

Händen und verflocht meine Finger mit seinen. »Ich habe noch nie jemanden so geliebt wie dich«, sagte ich mit zittriger Stimme. »Diese Liebe ist so stark, dass sie jeden Winkel meiner Seele ausfüllt. Ich kann in meinem Leben auf sehr vieles verzichten … aber nicht auf dich. Also bitte verlange das nie wieder von mir.«

Finn nickte, und als er mich schließlich in die Arme schloss, standen ihm Tränen in den Augen.

Es war unser schwierigstes Gespräch überhaupt gewesen, doch wir hatten es überstanden. Es war vorbei. Bloß war ich mir jetzt nicht mehr so sicher, ob wir wirklich etwas geklärt hatten.

Ich verließ den Kochbereich, doch die Erinnerung wollte mich nicht loslassen. »Ich muss hier raus«, sagte ich zu der Frau mit dem schmalen Gesicht, die mich im Flurspiegel anblickte. Sie sah noch schlimmer aus als mein Passfoto, was einiges heißen wollte.

Kurz bevor ich die Wohnung verließ, durchzuckte plötzlich das Licht eines hellen Blitzes den Flur, gefolgt von krachendem Donner. Das Sommergewitter, das die Meteorologen vorhergesagt hatten, passte bestens zu meiner Stimmung. Doch merkwürdigerweise konnte ich das dumpfe, beinahe rhythmische Donnergrollen auch noch hören, als es schon längst hätte vorbei sein sollen. Es war noch da, als ich das Licht ausknipste und die Wohnungstür öffnete.

Im Treppenhaus war der Lärm noch lauter, und erst jetzt wurde mir klar, dass es kein Donnergrollen war, sondern das Geräusch von Rädern, die über Linoleum rollten. Mrs Barnard zog einen Einkaufstrolley mit zwei riesigen Müllsäcken hinter sich her. Sie war noch nicht sehr weit gekommen. Ich musste sie erschreckt haben, denn sie fuhr zusammen und schwankte einen Moment lang besorgniserregend. Der

Gehstock, auf den sie sich normalerweise stützte, war nirgendwo zu sehen.

Ihre Augen wurden schmal, als ich Finns Wohnungstür hinter mir schloss. Vielleicht war sie misstrauisch und dachte, ich hätte heimlich die Wohnung geplündert. *Kein Grund zur Sorge, wirklich,* hätte ich beinahe zu ihr gesagt. *Er hat nichts dagelassen, was man stehlen könnte.*

»Kann ich Ihnen helfen?«, fragte ich mit einem Blick auf die großen Müllsäcke auf dem Trolley, die gleich herunterzufallen drohten.

»Sehe ich so aus, als würde ich Hilfe brauchen?«, blaffte sie zurück wie ein wütender Terrier.

»Eigentlich schon, ja«, entgegnete ich, trat zu ihr und griff nach den Müllbeuteln. »Ich gehe sowieso runter, kein Problem. Außerdem schüttet es draußen. Sie würden pitschnass werden.«

Ich schaute zu Boden, und mir fielen ihre Schuhe auf. Sie trug Pantoffeln, den altmodischen Oma-Style. Auf dem linken Pantoffel war ein Fleck, wahrscheinlich war es ihr peinlich, dass ich ihn bemerkt hatte. Vielleicht war es das, was mich besänftigte. »Bitte, Mrs Barnard, draußen ist furchtbares Wetter. Sie müssen sich doch nicht klatschnass regnen lassen.«

Falls ich darauf gehofft hatte, dass sie auf wundersame Weise freundlicher werden würde, wurde ich eines Besseren belehrt. »Na ja, normalerweise müsste ich das gar nicht selbst erledigen. Für gewöhnlich bringt Ihr junger Mann einen Tag, bevor die Müllabfuhr kommt, den Müll für mich raus.«

»Ach, wirklich?«, fragte ich und überlegte, wieso Finn das nie erwähnt hatte. Was für ein Pech, etwas Neues zu erfahren, wofür ich ihn einfach lieben musste, während er gerade damit beschäftigt war, sich von mir zu entlieben.

»Also, er ist im Moment … weg.« *Vielleicht für immer*, fügte ich in Gedanken hinzu. »Ich übernehme das gern für Sie.«

Sie trat einen Schritt zurück, als täte sie mir einen Riesengefallen, indem sie mir ihre beiden übervollen Müllbeutel überließ. Ich nahm sie an mich und ging Richtung Treppe. Gerade als ich die erste Stufe nehmen wollte, sagte sie noch etwas.

»Es wird mir fehlen, dass er mir nicht mehr diese besonderen Kaffees zum Probieren mitbringt. Was hat er mir letzte Woche gegeben, einen *Quotado?*«

»Cortado«, sagte ich leise. Er gehörte zu Finns Lieblingskaffeespezialitäten. Einen Moment lang war mir, als stünde er mit uns hier im Treppenhaus. Die Müllsäcke wurden mir plötzlich zu schwer. Sie fielen lautstark zu Boden, und Mrs Barnard schnalzte missbilligend mit der Zunge.

»Wenn die aufreißen, junge Frau, dann werde *ich* hier ganz bestimmt nicht sauber machen«, kommentierte sie mein Missgeschick.

Trotz ihrer harten Schale hatte ich immer den Verdacht gehabt, dass Mrs Barnard eine Schwäche für ihren Nachbarn besaß. Sie würde mir doch sicherlich helfen wollen, wenn sie erfuhr, dass er vermisst wurde?

»Mrs Barnard, ich weiß, das hört sich bestimmt ein wenig seltsam an, aber haben Sie seit gestern vielleicht etwas von Finn gehört?«

Die Augen der älteren Dame waren zwar trübe von beginnendem grauem Star, doch als sie mich jetzt ansah, war ihr Blick scharf wie ein Laserstrahl.

»Nein. Wieso fragen Sie?«

»Weil Finn gestern nicht zur Kirche gekommen ist.«

Wahrscheinlich gab es nicht viel, was Mrs Barnard die Sprache verschlagen konnte. Doch genau das war jetzt geschehen.

Ich wartete einen Moment, bevor ich das Haus verließ, und fragte mich, ob der Regen wohl nach einer oder zwei Minuten aufhören würde, oder ob es noch eine ganze Weile weiter schütten würde wie aus Kübeln.

Dann fasste ich einen Entschluss, nahm die beiden riesigen Müllbeutel fester in die Hand und sprintete mit gesenktem Kopf in Richtung Mülltonnenbox. Der Regen rann mir in die Augen, sodass ich die auf die Seiten der Tonnen gemalten Zahlen nicht sofort entziffern konnte. Irgendwann entdeckte ich endlich die Tonne für die Bewohner der zweiten Etage und hob den Deckel an. Verärgert stellte ich fest, dass sie nahezu voll war.

Es konnte nicht mehr als ein paar Augenblicke gedauert haben, aber bis ich den Inhalt der Tonne so weit heruntergedrückt hatte, dass Platz für die Säcke von Mrs Barnard war, klebte mir mein Top am Rücken wie eine zweite Haut. Die Arme im Müll anderer Leute zu versenken, war kein besonders schöner Abschluss meines Besuchs in Finns Wohnung.

Auf dem Weg zu meinem Wagen machten meine Schuhe beim Rennen Schmatzgeräusche, doch anstatt mich sofort ins Auto zu setzen, zögerte ich und warf noch einmal einen Blick auf die Mülltonnen. Plötzlich hatte ich ein merkwürdiges Gefühl.

Ich schüttelte den Kopf, wobei das Wasser in alle Richtungen spritzte, aber dieses unterschwellige, dumpfe Unbehagen war so schwer zu greifen wie die Regentropfen, die auf mich niederprasselten.

Montag:
Tag zwei

Kapitel 9

Ich hatte Seifenschaum im Auge, oder Shampoo. Meine Fingerspitzen waren schrumpelig, so lange stand ich schon unter der Dusche, und wahrscheinlich hatte ich bereits die Hälfte vom heißen Wasser im Boiler verbraucht. Ich hielt mein Gesicht in den Wasserstrahl und fühlte mich in die Situation vom Vortag zurückversetzt, als ich im Regen vor Finns Haus gestanden hatte. Und völlig unvermittelt wusste ich, woher das unterschwellige Unbehagen rührte.

Die Mülltonnen.

Die für die Bewohner aus dem zweiten Stock.

Sie waren voll gewesen, obwohl Mrs Barnards Abfall noch nicht runtergebracht worden war. Was Finn laut ihrer Aussage erst machte, bevor die Müllabfuhr kam.

Die prall gefüllten schwarzen Müllsäcke in der Tonne mussten also von ihm stammen.

Ich stolperte, ja fiel beinahe aus der Duschkabine, ohne mich darum zu kümmern, dass ich noch Schaum im Haar hatte. Heute wurden die Tonnen geleert. Wenn sich in den Müllsäcken irgendwelche Hinweise befanden, würden sie also in Kürze entsorgt und verbrannt werden oder auf irgendeiner Mülldeponie landen. Es sei denn, ich war schneller.

Sich mit noch feuchten Beinen Jeans anzuziehen, hatte ich bis dahin noch nie ausprobiert und kann es auch nicht empfehlen, denn es erwies sich als überraschend schwierig. Das T-Shirt, das ich mir überzog, war auf links gedreht, was ich erst merkte, als ich am Flurspiegel vorbei zur Wohnungstür hastete. Ich zog es trotzdem nicht noch einmal aus, um es zu wenden, sondern schnappte mir meinen Autoschlüssel und stürmte aus der Wohnung, als wäre ich auf der Flucht.

Auf den Straßen war schrecklich viel Verkehr. Eigentlich hätte die Rushhour schon längst vorbei sein müssen, doch an jeder Kreuzung stauten sich die Fahrzeuge, und es dauerte drei oder mehr Ampelphasen, bis ich vorwärtskam.

Um welche Uhrzeit in Finns Gegend der Müll abgeholt wurde, wusste ich nicht, und ich verdrängte nach Kräften die Sorge, dass es vielleicht schon zu spät war, wenn ich dort eintraf.

Ich fuhr unkonzentriert, sodass ich fast den Kotflügel eines Wagens auf der benachbarten Spur zerschrammt hätte. Doch das war unwichtig. Mich interessierte einzig und allein, was in den Müllbeuteln steckte, die ich gestern dummerweise nicht weiter beachtet hatte.

Als ich in die Seitenstraßen einbog, wo der Verkehr weniger dicht war, trat ich fester aufs Gaspedal und schickte ein stummes Gebet zum Himmel. *Nur ein Mal will ich Glück haben. Bitte nur dieses eine Mal.*

Immer wenn etwas Gutes in meinem Leben passierte, ob nun bei der Arbeit oder im Privatleben, sagte ich mir gern, dass meine Mutter dahintersteckte. Es war ein alberner Gedanke, von dem ich außer Finn nie jemandem erzählt hatte, aus Angst, es würde in den Ohren der anderen genauso verrückt klingen wie für mich.

Aber Finn hatte nicht gelacht. »Ist doch eine schöne Art, es zu betrachten«, hatte er geantwortet und mich fest an sich gedrückt. Vielleicht sagte er das, weil er verstand, wie schwer es war, einen Elternteil zu verlieren. Egal in welchem Alter. Er hatte beide Eltern in sehr jungen Jahren verloren. »Wenn jemand dein ganzes Leben lang auf dich aufgepasst hat, dann ergibt es doch Sinn, dass er das auch weiterhin tun möchte – wo auch immer er gerade ist.« Es war ein tröstlicher Gedanke, den ich nachts mit in meine Träume nahm. Und er half mir. Wirklich.

Daher war das Erste, was mir über die Lippen kam, als ich endlich in Finns Straße einbog und vor mir das graue Müllauto erblickte, ein geflüstertes »Danke, Mum«. Doch schon im nächsten Augenblick musste ich feststellen, dass ich mich zu früh gefreut hatte.

Der Wagen blockierte die Straße, und vor mir standen mindestens zehn weitere Fahrzeuge und warteten darauf, dass es weiterging. Ich steckte den Kopf aus dem Fenster und sah, wie ein Mann mit zwei Mülltonnen im Schlepptau hinter Finns Haus hervorkam. Doch ich war zu weit weg, um die Nummern darauf erkennen zu können.

Nervös trommelte ich mit den Fingern auf das Lenkrad und starrte durch die Windschutzscheibe. Der Fahrer des Müllasters lehnte sich aus dem Führerhaus und rief seinen Kollegen etwas zu, was deutlich mehr Schwung in die Sache brachte. Plötzlich legten alle einen Zahn zu. Der Mann in der neonfarbenen Weste, der die Tonnen von Finns Haus auf die Straße gerollt hatte, hängte eine davon jetzt hinten am Wagen in die entsprechende Vorrichtung.

Vorn in der Schlange der wartenden Autos hatte jemand eine Lücke genutzt, um sich vorbeizuquetschen, doch vor mir standen immer noch neun Fahrzeuge. Ich würde das Müllauto nicht mehr rechtzeitig erreichen. Mit lautem Gepolter wurde eine der Tonnen in die Luft gehoben.

»Nein!«, rief ich, konnte aber natürlich nicht verhindern, dass der Müll in den offenen Schlund des Lasters kippte. Frustriert schlug ich gegen das Lenkrad, was mich selbst und mein Umfeld überraschte, da ich dabei versehentlich die Hupe betätigte. Alle schauten zu mir. Das verschaffte mir ein paar wertvolle Sekunden, die es zu nutzen galt.

Ohne mich darum zu kümmern, dass der Motor lief, stieß ich die Fahrertür auf, rannte in Richtung des Müllwagens und rief den Männern etwas zu, aber da ich noch zu weit weg war, verstand mich niemand.

Jetzt war die zweite Tonne zur Leerung bereit. Der Schweiß, der mir in die Augen rann, brannte wie Feuer. Ich wischte ihn gerade noch rechtzeitig weg, um zu erkennen, dass die Tonne, die in diesem Moment ihre Reise nach oben begann, Finns Etagennummer trug.

»Halt! Stopp! Nicht ausleeren!«, schrie ich.

Sämtliche Blicke richteten sich auf mich. Wahrscheinlich kam es nicht allzu häufig vor, dass eine geistig Verwirrte eine Mülltonne kapern wollte. Gerade als sie sich in einem Winkel befand, bei dem gleich die Schwerkraft übernehmen würde, betätigte einer der Müllmänner einen Knopf hinten am Laster. Die Abfalltonne, in der womöglich Antworten steckten, nach denen ich suchte, verharrte schwebend in der Luft und wurde dann langsam nach unten abgesenkt.

»Nur fürs Protokoll, das hier macht mir nicht wirklich Spaß.«

Ich hob den Kopf und strich mir mit dem Unterarm die Haare aus der Stirn, wobei ich sorgsam darauf achtete, mir nicht mit den Händen, die in Gummihandschuhen steckten, ins Gesicht zu fassen.

»Du musstest doch nicht mitmachen. Du hättest auch einfach zusehen können«, entgegnete ich und ging wieder in den Fersensitz. Wir befanden uns mitten auf dem Rasen von Hannahs hübschem Garten am Stadtrand. Zumindest war er hübsch gewesen, bis wir dort vier große Müllsäcke ausgeleert hatten. Im Nachhinein war uns klar geworden, dass wir eine Unterlage hätten auslegen sollen, um den Müll später leichter wieder einsammeln zu können. Stattdessen hatten wir uns auf die Säcke gestürzt wie zwei tollwütige Hunde. Wobei diese Beschreibung wohl mehr auf mich als auf Hannah zutraf.

Als ich mit diesen Säcken, die einen strengen Geruch verbreiteten, bei ihr auf der Matte gestanden hatte, hatte sie es erstaunlicherweise mit Humor genommen.

»Sind die etwa für mich?«, hatte sie amüsiert gefragt. In ihren Jeansshorts und dem ärmellosen Top war sie für eine solche Drecksarbeit nicht wirklich passend gekleidet. »Mensch, das wär doch nicht nötig gewesen.«

»Das ist Müll«, erklärte ich überflüssigerweise. Die Hitze tat ihr Übriges, dass einem das kaum entgehen konnte.

Hannah sah mich einige Momente lang schweigend an. »Jetzt hab ich ein schlechtes Gewissen, weil ich gar nichts für *dich* besorgt habe.«

»Haha«, sagte ich und deutete auf die Säcke. »Ich dachte, vielleicht könnten wir die bei dir im Garten durchsuchen?«

»Ich kann mir keine schönere Beschäftigung für einen sonnigen Sommervormittag vorstellen«, entgegnete sie und milderte den Sarkasmus mit einem schiefen Lächeln ab. »Du kannst sie in den Garten bringen. Aber geh außen rum, die kommen mir nicht ins Haus.«

Man muss Hannah zugutehalten, dass sie deutlich bereitwilliger bei meinem Plan mitmachte, nachdem ich ihr erklärt hatte, wie wichtig das Ganze möglicherweise war. Sie hatte sogar, ohne zu zögern, zwei Paar robuste Gummihandschuhe geholt.

Als wir uns den zweiten Müllsack vornahmen, war unsere Begeisterung schon merklich abgeflaut. Beim dritten bereute ich meinen vermeintlichen Geistesblitz. Bis jetzt hatten wir aus den Säcken nur den erwartbaren Haushaltsmüll zutage gefördert. Mit gerunzelter Stirn durchwühlte Hannah den Abfall. »Hat Finn noch nie was von Recycling gehört?«

»Ich werd ihn fragen, sobald ich rausgefunden habe, warum er nicht zu unserer Hochzeit aufgetaucht ist.«

»Tut mir leid, Schatz«, sagte Hannah entschuldigend und wandte sich dann wieder dem Müllberg zu.

»Moment mal. Was ist denn das hier?«, rief sie ein paar Minuten später und zog zwei zusammengeknüllte Blatt Papier aus dem Unrat.

Das gelbe linierte Papier erkannte ich sofort. Es waren Blätter aus dem Notizblock, den Finn gern benutzte, wenn er an einem Buch arbeitete.

Ich nahm die Fundstücke entgegen und entfaltete sie so behutsam wie eine Kriminaltechnikerin. Als ich Finns Handschrift sah, war es, als hätte man mir einen Schlag in die Magengrube versetzt. Ich überflog die Seiten, und meine Kehle war wie zugeschnürt.

»Was ist?«, fragte Hannah und machte Anstalten, aufzustehen, um mir die Zettel aus der Hand zu nehmen.

Einen Augenblick lang vergaß ich, wo sich die Blätter bis gerade noch befunden hatten, und drückte sie fest an meine Brust. Sie waren eine greifbare Verbindung zu Finn, die erste seit Tagen.

Der Text begann nicht gut.

»›Gemma, es fällt mir unglaublich schwer, diese Zeilen zu schreiben‹«, las ich vor, und meine Stimme begann zu zittern, genauso wie die Hand, in der ich den Zettel hielt.

Hannah machte ein finsteres Gesicht, bedeutete mir aber mit einem Nicken, fortzufahren.

»Es ist ziemlich viel durchgestrichen, schwer zu erkennen, was da steht. Offenbar lauter ungeordnete Wörter oder Sätze, die er teilweise eingekreist hat.« Ich schaute hoch. Hannah hatte vielsagend die Augenbrauen gehoben. »Er hat mehrfach ›Bedauern‹ unterstrichen, und auch ›Pläne geändert‹.«

Hannah kam auf den Knien übers Gras zu mir gerutscht und setzte sich neben mich. Sie legte mir den Arm um die Schultern, und wir saßen nebeneinander auf der sonnenwarmen Wiese und lasen die unzusammenhängenden Halbsätze und Gedankenfetzen.

»›Schwer, sich nicht überwältigt zu fühlen‹«, las Hannah vor, die jetzt übernommen hatte.

Sie drehte sich zu mir und sah mich an. »Das könnten doch Notizen für sein nächstes Buch sein?«

Ich schüttelte den Kopf. Finn hatte mich mehrere Kapitel von dem Thriller lesen lassen, an dem er aktuell schrieb. Das hier klang nicht so, als hätte es irgendetwas mit dem Buch zu tun.

»Nein«, sagte ich und verspürte eine leichte Übelkeit. »Außerdem beginnt der Text mit meinem Namen.«

Grimmig sah mich Hannah an, die Lippen fest aufeinandergepresst. »Ich bring ihn um. Verdammt noch mal, ich bring ihn um.«

Hannah war weder ein gewalttätiger Mensch, noch neigte sie zum Fluchen. Tatsächlich hatte ich sie noch nie so aufgebracht erlebt. Sie griff nach meiner Hand, als könnte es ihren Worten den Stachel nehmen. »Gemma, du weißt, was das ist, stimmt's?«

Ich schüttelte den Kopf und begann zu weinen, weil ihre folgende Bemerkung mich bis ins Mark traf.

»Ein Trennungsbrief.«

Ich suchte in jeder Schublade, jeder Kommode, jedem Kleidungsstück. Dabei fand ich meine verlegte Sonnenbrille, einen in einer Jackentasche vergessenen Zehnpfundschein und ein Paar Ohrringe, von dem ich nicht einmal gewusst hatte, dass es verschollen gewesen war. Aber den Brief, von dem Hannah steif und fest behauptete, dass Finn ihn geschrieben und in meiner Wohnung für mich hinterlegt haben musste, fand ich nirgendwo.

»Er muss ihn dorthin gebracht haben, als du bei deinem Vater übernachtet hast«, sagte sie, vollkommen überzeugt von ihrer Theorie. »Er konnte problemlos in deine Wohnung gehen und ihn irgendwo an gut sichtbarer Stelle deponieren.«

Doch der Brief war nicht gut sichtbar deponiert worden; er war nicht mal irgendwo versteckt. Ich hatte die Sofapolster hochgenommen und sogar hinter die Möbel geschaut. Die Endversion von dem Text, den Finn auf diesen gelben Notizblättern entworfen hatte, war trotz allem nirgends in meiner Wohnung zu entdecken.

»Weil er so einen Brief nie geschrieben hat. Hannah irrt sich«, sagte ich laut und machte mir Sorgen, weil ich schon mit mir selbst redete. Erschöpft betrachtete ich das Durcheinander, das ich angerichtet hatte.

Dann muss er ihn mit der Post geschickt haben, schrieb Hannah mir zurück, als ich ihr später am Tag eine Nachricht aufs Handy schickte. *Was für ein Arsch, lässt die Royal Mail die Drecksarbeit machen.* Auch in Schriftform war ihr neues Vokabular für mich überraschend.

Glücklicherweise erfolgte unser Austausch von Textnachrichten parallel zu Millys Mittagessen, sodass ich Finn nicht schon wieder verteidigen oder einwenden musste, dass er niemals auf so feige und grausame Art mit mir Schluss gemacht hätte.

Deprimiert machte ich mich daran, das entstandene Chaos in meiner Wohnung zu beseitigen. Als ich fertig war, schaute ich mich in meinem Schlafzimmer um, und mein Blick blieb am einzigen Teil hängen, an das ich bis jetzt noch nicht gedacht hatte. In einer Ecke, wo man sie nach der Hochzeit, die wir nie gefeiert hatten, leicht hätte greifen und mitnehmen können, stand die Reisetasche aus Leder, die ich immer für mein Handgepäck nutzte.

Hatte Finn den Brief womöglich dort hineingelegt?, fragte ich mich. Würde ich ihn zwischen der Mappe mit australischer Landeswährung und meiner Passhülle finden? Es schien mir unwahrscheinlich, und dennoch stellte ich die Tasche aufs Bett. Sie war schwer, wahrscheinlich deutlich schwerer als erlaubt, doch die Reise, für die ich sie gepackt hatte, wäre ja die längste gewesen, die ich je unternommen hatte. Ich hatte die Hand schon am Reißverschluss, als mir plötzlich klar und deutlich eine Unterhaltung wieder in Erinnerung kam, der ich vor ein paar Wochen keine Bedeutung beigemessen hatte.

»Gib mir doch schon mal deinen Pass, dann steck ich ihn zu meinem ins Handgepäck.«

Finn hielt inne mit dem, was er damals gerade getan hatte, und drehte sich zu mir um. Er hatte auffällig lange gebraucht, um zu antworten, und was er entgegnete, kam für mich unerwartet.

»Nein. Wenn's dir nichts ausmacht, behalte ich ihn bei mir.«

»Aber wieso? Ist es nicht einfacher, wenn wir unsere Reisedokumente für die Flitterwochen an einem Ort aufbewahren?«

Wieder hatte er zunächst geschwiegen, als würde er im Kopf verschiedene Antwortmöglichkeiten durchspielen, bis er die passende gefunden hatte.

»Ich hab meinen Pass lieber bei mir, mehr nicht. Ist doch keine große Sache.«

Dann hatte er mich geküsst, und unter seiner warmen Berührung hatten sich alle Gedanken an seine etwas merkwürdige Reaktion verflüchtigt.

Bis jetzt.

Nun stellte ich mir die Fragen, die ich damals hätte stellen sollen. Warum war es Finn so wichtig, seinen Pass bei sich zu haben? Es war wirklich keine höhere Mathematik, wieso also hatte ich so viele Anläufe gebraucht, um zu begreifen? Finn wollte mir seinen Pass nicht geben, weil er vorhatte, damit zu reisen.

Allerdings ohne mich.

Es war spät geworden, und mehr aus Gewohnheit als wegen echtem Hungergefühl ging ich in die Küche. Aber nachdem ich mehrere Minuten lang ohne wirkliches Interesse den Inhalt meines Kühlschranks und meines Vorratsschranks inspiziert hatte, wurde mir klar, dass meine innere Leere nichts mit einem leeren Magen zu tun hatte. Wobei mein Hochzeitskleid, wenn ich so weitermachte, enger genäht werden müsste – falls ich jemals die Gelegenheit haben würde, es ein zweites Mal zu tragen.

Bevor ich die Schranktür schloss, nahm ich Finns Lieblingskaffee vom obersten Brett, auch wenn er weit stärker war als meine eigene Lieblingssorte. Ich hatte ihn immer aufgezogen, er sei ein Kaffee-Snob, und er hatte das stets mit Humor genommen. Bald breitete sich der Duft der vertrauten Bohnenmischung in der Wohnung aus, sodass mir Finn auf merkwürdige Weise sowohl näher als auch ferner denn je zu sein schien.

Kapitel 10

Das Café

Vier Jahre zuvor

Irgendetwas an dem Café zog mich magisch an. Es war mehr als nur der verlockende Duft der gerösteten Bohnen, der mir aus der offenen Tür entgegenströmte. Es war auch nicht allein das Interieur, obwohl die unverputzten Backsteinwände, die gekalkten Holzbalken und die tief hängenden Pendellampen aus Kupfer definitiv einladend wirkten. Vielmehr kam mir das Café schon beim Eintreten merkwürdig vertraut vor, was eigenartig war, denn in dieser Straße war ich vorher noch nie gewesen, sie lag in einem Stadtteil, in dem ich mich nicht besonders gut auskannte.

Vielleicht hatten wir mal in der *Glow* in der Kolumne »Trendigste Food-Locations« darüber berichtet, spekulierte ich, als ich mich in einer freien Nische am Fenster niederließ und nach der Karte griff. Wahrscheinlich wäre sie leichter zu entziffern gewesen, wenn ich meine Sonnenbrille abgesetzt hätte, doch ich trug sie weniger zum Schutz vor UV-Strahlung, sondern um meine müden, rot geränderten Augen dahinter zu verbergen.

Ich lehnte mich ans Lederpolster der Sitzbank und schaute durch das große Café-Fenster nach draußen. Neben der Reihe von Boutiquen, Backmanufakturen und Bars wurde der Ausblick im Hintergrund von einem frei stehenden Gebäude bestimmt. Ich kniff die Augen leicht zusammen, während ich die Stockwerke zu zählen versuchte, doch aus der Entfernung war es unmöglich zu erkennen, auf welcher Höhe sich der siebte Stock befand, und noch weniger, hinter welchem Fenster Hannahs Krankenzimmer lag.

»Was möchtest du bestellen?«

Ich hatte nicht gehört, wie die Barista zu meinem Tisch gekommen war, und zuckte zusammen.

»Einen Latte, bitte.«

»Darf ich dir dazu noch einen Cupcake empfehlen? Die mit Banane sind göttlich.« Die Frau war zierlich, und ihre modisch zerrissenen Jeans saßen an ihren schlanken Beinen, als wären sie mit Airbrush-Farbe aufgesprüht. Sie wirkte auf mich nicht wie jemand, der oft Cupcakes aß.

Obwohl ich den Kopf schüttelte, wanderte mein Blick zur Kuchenvitrine neben dem Tresen. Ein männlicher Angestellter, der mit dem Rücken zu uns stand, hatte dort gerade die Oberflächen abgewischt und polierte nun eine glänzende Espressomaschine, die mehr wie eine Kunstinstallation aussah als wie ein Gerät zur Kaffeezubereitung.

»Nur den Latte, danke.«

Die hübsche junge Barista brauchte nicht zu wissen, dass ich heute noch nichts gegessen hatte. Der Grund dafür hätte sie sicher auch kaum interessiert. Wobei sie hier, in der Nähe des Krankenhauses, wahrscheinlich schon etliche besorgte Familienmitglieder und Freunde wie mich bedient hatte.

Ich schaute ihr hinterher, als sie wieder zum Tresen ging, hörte ihren Kollegen leise etwas sagen und sah, wie sie lachte, sich zu ihm beugte und ihm leicht die Hand auf den Arm legte. Vielleicht sind sie ein Paar, dachte ich zerstreut, und falls nicht, hätte sie es offenbar gern. Unter normalen Umständen wäre ich als Journalistin nun interessiert genug gewesen, um die beiden weiter zu beobachten und ihre Körpersprache zu analysieren. Doch ich war mit den Gedanken woanders. Nämlich bei den Ereignissen vom Vormittag.

Als Hannah das Gesicht verzog, bekam ich es anfangs gar nicht mit, weil ich zu sehr damit beschäftigt war, an der Stange mit den reduzierten Kleidern zu stöbern.

»Das hier würde dir echt gut stehen«, sagte ich und drehte mich mit einem leuchtend roten Etuikleid in der Hand zu ihr um. Ihr Stirnrunzeln interpretierte ich in meiner Dummheit als Kritik an meinem Modegeschmack. Erst später begriff ich, dass es an den Schmerzen lag.

»Dann eben nicht«, sagte ich und hängte das Kleid mit einem Schulterzucken wieder zurück. Ich hatte immer Kleidung in diesem speziellen Scharlachrot tragen wollen und vergaß ständig, dass mir die Farbe jetzt, wo meine Haare aschblond gefärbt waren und nicht mehr ihr natürliches Kastanienbraun hatten, wahrscheinlich stehen würde.

Aus einem Impuls heraus nahm ich das Kleid wieder von der Stange und legte es mir zu den anderen über den Arm.

»Willst du nichts anprobieren?«, fragte ich, als ich Hannahs leere Hände bemerkte. Sie trug eine Oversize-Sonnenbrille, selbst hier im Geschäft. Hätte sie sie abgesetzt, hätte ich vielleicht die Besorgnis in ihren veilchenblauen Augen bemerkt, oder dass sie sie bei jedem ihrer Unterleibskrämpfe leicht zusammenkniff.

Im Laden war es warm, und naiv, wie ich war, dachte ich, *das* wäre der Grund für die feinen Schweißperlen, die sie sich von der Oberlippe wischte, ehe sie antwortete.

»Es bringt nichts, irgendwas ohne dehnbare Taille zu kaufen. In drei Monaten passe ich in nichts anderes mehr rein.«

Ich grinste. »Ich kann's kaum erwarten.«

»Krampfadern, Dehnungsstreifen und ein erhöhtes Risiko für Hämorrhoiden«, konterte sie und versuchte, dabei abgeklärt zu klingen. Doch selbst in diesem Moment, während sie versuchte, die ersten schmerzenden Warnzeichen zu ignorieren, wusste ich, dass sie eigentlich meinte: »Wenn's sein muss, gern.«

Hannah und William hatten bei ihrer Familienplanung einen steinigen Weg hinter sich und letztes Jahr eine tragische Fehlgeburt verkraften müssen. Nun nahm Hannah selbst die unschönen Seiten einer Schwangerschaft freudig in Kauf.

»Also, in der Umkleide ist es wahrscheinlich heiß und stickig. Setz dich doch irgendwohin, während ich die Sachen anprobiere.«

Sie nickte, die Lippen fest aufeinandergepresst. Hinterher machte ich mir Vorwürfe, weil ich nichts gemerkt hatte.

Eine Viertelstunde später stand ich mit drei Kleidern über dem Arm in der Kassenschlange. Selbst reduziert würden sie ein deutliches Loch in mein Monatsbudget reißen, doch die Arbeit für die *Glow* hatte meinen Kleidungsstil verändert. Während sich das im Spiegel gut machte, sah es auf meinen Kontoauszügen weniger rosig aus.

Auch wenn ich groß genug war, um über die Köpfe der anderen Shopping-Wütigen hinwegblicken zu können, war Hannah nirgendwo zu entdecken. Der Hocker vor der Umkleide, wo ich sie zurückgelassen hatte – der, wo die Frauen normalerweise ihre leidgeprüften Partner parkten –, war leer gewesen. Das war wahrscheinlich der Moment, in dem ich zum ersten Mal einen Anflug von Angst verspürte.

Ich sah mich weiter suchend nach ihr um und fragte schließlich die Kassiererin, ob sie meine Freundin gesehen habe.

»Ja, da hat eine Frau vor der Umkleide gesessen«, flötete ihre Kollegin an der Nachbarkasse. »Aber die ist vor zehn Minuten rausgegangen. Sie hat gesagt, sie braucht frische Luft.«

Mein Hals war wie zugeschnürt, und auf einmal war Hannah nicht die Einzige, der es hier zu stickig war. Die Verkäuferin legte mit schwer erträglicher Sorgfalt meine Einkäufe zusammen, wie Rowan Atkinson in *Tatsächlich … Liebe,* doch ich verspürte den übermächtigen Drang, das Geschäft sofort zu verlassen.

»Packen Sie es einfach so in die Tasche«, sagte ich ungeduldig, beugte mich dann über den Tresen und machte es selbst, während mich die Verkäuferin erschrocken ansah. Ich schnappte mir meine Quittung und hastete aus der Edelboutique nach draußen in den heißen Julivormittag.

Der Laden lag an einem großen Platz mit Bäumen und zahlreichen Bänken, und im ersten Schreckmoment fühlte ich mich nicht mehr wie eine Neunundzwanzigjährige mit einem verantwortungsvollen Job, sondern wie ein kleines Mädchen, das gerade beim Einkaufen seine Eltern verloren hat.

Und dann entdeckte ich sie. Sie stand auf der anderen Seite des Platzes und beugte sich über einen Trinkwasserbrunnen. Ich rannte zu ihr, wobei die Absätze meiner Sandaletten laut auf dem Kopfsteinpflaster klapperten.

»Da bist du ja«, sagte ich.

Hannah beugte sich weiterhin über den Brunnen, stützte sich mit beiden Händen an dem großen Edelstahlbecken ab.

»Du errätst nie, wie viel ich gerade ausgegeben habe«, fuhr ich fort und nannte ihr die Summe, die mir immer noch Bauchschmerzen bereitete.

Langsam hob sie den Kopf, und diesmal war der Schmerz in ihrem Gesicht nicht zu verkennen, der, wie ich nun begriff, nichts mit meinen extravaganten Neuerwerbungen zu tun hatte.

»Hannah, was ist los? Was hast du?«

»Nichts. Mir ist nur heiß, und es ist anstrengend, mehr nicht.«

Es war *tatsächlich* außergewöhnlich heiß. Das Quecksilber hatte sich in der letzten Woche immer um 35 Grad bewegt, und rückblickend betrachtet war es wohl nicht das passende Wetter für einen Einkaufsbummel. Doch wir hatten den Termin schon seit Wochen geplant. William war auf Geschäftsreise im Ausland, und ich hatte noch Resturlaub, sodass es eine gute Gelegenheit für einen Mädelstag in der Stadt zu sein schien.

»Willst du nach Hause?«, fragte ich besorgt und versuchte bereits auszurechnen, wie lange wir bräuchten, um zu meinem Wagen zu kommen, den ich ein gutes Stück entfernt auf einem Park-and-Ride-Parkplatz abgestellt hatte.

Hannah richtete sich auf und schüttelte den Kopf. Zu der Zeit trug sie ihre dunklen, seidigen Haare als präzise geschnittenen Bob, der nun wieder in die richtige Form schwang.

Die Anspannung in ihrem Gesicht hatte etwas nachgelassen, und sie lächelte. »Nein. Wir sind noch nicht mal eine Stunde unterwegs. Vielleicht hab ich bloß Hunger«, sagte sie, und es klang, als wollte sie eher sich selbst überzeugen als mich.

»Wir könnten ja einfach jetzt schon was essen gehen, wenn du Lust hast.«

Dankbar nickte sie, und ich war froh, dass ich mir einreden konnte, es sei alles in Ordnung, auch wenn es mir, als sie sich bei mir einhängte, weniger wie ein Ausdruck freundschaftlicher Zuneigung vorkam, sondern eher so, als müsste sie gestützt werden.

Wir hatten in einem beliebten Hipsterlokal reserviert, und zu Fuß dauerte es dorthin normalerweise nur zehn Minuten. Doch Hannah hielt immer wieder an, um sich die Schaufenster anzugucken, selbst die mit langweiligen Auslagen – und ich kapierte immer noch nicht, wieso.

»Bergsteigen?«, sagte ich lachend, als sie eingehend die Artikel eines Outdoor-Geschäfts betrachtete. »Ich glaub nicht, dass du mit deinem Babybauch so was in nächster Zeit machen wirst«, witzelte ich.

Hannah legte sich eine Hand auf die gerade erst sichtbar werdende Wölbung. Sie ließ sie dort, wie zur Besänftigung, als wir den Rest der Strecke zum Restaurant gingen, und ich kam nicht auf den Gedanken, genauer darüber nachzudenken.

»Draußen, aber unbedingt im Schatten«, sagte Hannah entschieden, als die Bedienung uns fragte, wo wir sitzen wollten.

Ich sah sie mehrmals verstohlen an, während man uns zu einem Tisch unter den Ästen eines blühenden Baumes führte.

Als hätten wir gerade die Sahara durchquert, trank Hannah gierig von dem Eiswasser, das ihr der Kellner hinstellte.

»Hannah, irgendwas stimmt doch nicht. Das seh ich doch.«

Sie schüttelte den Kopf und versuchte immer noch zu bestreiten, was ihr Körper ihr wahrscheinlich gerade unmissverständlich signalisierte.

Erst als ich widerstrebend nach der Speisekarte griff und mir die Brunch-Auswahl ansah, griff Hannah über den Tisch nach meinem Handgelenk und umfasste es so fest, dass ihre Finger weiße Abdrücke hinterließen.

»Ich glaub, es ist was mit dem Baby«, flüsterte sie verängstigt.

Vor lauter Panik wich mir das Blut aus dem Gesicht, und ich holte hastig mein Handy aus meiner Handtasche.

»Was machst du?«

»Ich ruf einen Krankenwagen.«

Sie umklammerte mein Handgelenk noch fester.

»Nein«, zischte sie. »Keinen Krankenwagen. Ruf uns einfach ein Taxi und bring mich ins Krankenhaus.«

Minuten später half ich ihr auf den Rücksitz des Taxis und bat den Fahrer, uns ins nächstgelegene Krankenhaus zu fahren, aber Hannah widersprach mir erneut. »Nein. Ich will ins St Thomas'. Dort ist mein behandelnder Arzt.«

»Hannah, das ist total weit weg! Da kommen wir vorher an Gott weiß wie vielen anderen Kliniken vorbei.«

»Bitte, Gemma«, flehte sie mich an. »Die haben meine Krankenakte und alle Einzelheiten vom letzten Mal. Bitte bring mich da hin.«

Uns beiden liefen die Tränen über die Wangen, als ich es an den Taxifahrer weitergab.

Das Klingeln der Glocke über der Tür holte mich abrupt zurück in die Gegenwart. Ein plötzlicher Ansturm von Kunden, die sich etwas zu essen holen wollten, nahm die Aufmerksamkeit der Frau hinter dem Tresen in Anspruch. Die Gruppe trug Krankenhauskittel, und es fiel mir schwer, diese lachenden, ausgelassenen Menschen mit dem Berufsstand in Verbindung zu bringen, der in diesem Moment alles dafür tat, um das Leben von Hannahs Baby zu retten.

Die Barista rief ihrem Kollegen etwas zu, und er nickte, ging an die Espressomaschine und kümmerte sich um meine Bestellung. Ich schaute zu, wie er einen Shot Espresso in eine übergroße Tasse gab und dann mit gekonntem Schwung aus einiger Höhe aufgeschäumte Milch darüber goss.

So faszinierend es war, dabei zuzuschauen, es waren nicht nur seine Kaffeezubereitungskünste, die meine Aufmerksamkeit fesselten. Angesichts der Tatsache, dass Hannah gerade weniger als fünfhundert Meter entfernt im Krankenhaus lag, schien es mir allerdings unangemessen, dass mir die breiten Schultern des Mannes ins Auge fielen, und seine Rückenmuskeln, die sich bei fast jeder Bewegung unter dem wohl schon häufig gewaschenen, dünnen T-Shirt abzeichneten. Aber erst als er nach irgendeinem Gegenstand zu seiner Rechten griff, begann sich eine ferne Erinnerung zu regen. Sein im Licht der Deckenbeleuchtung kupferfarben glänzendes Haar erinnerte mich an etwas – beziehungsweise jemanden.

Als ihn die junge Frau hinter dem Tresen erneut ansprach und dabei in meine Richtung nickte, richtete er sich auf. Aus unerklärlichen Gründen begann mein Herz zu rasen. Der Mann hatte sich immer noch nicht umgedreht, ich hatte sein Gesicht daher noch nicht gesehen, doch etwas an der Art, wie er da stand und sich bewegte, führte dazu, dass bei mir der Groschen fiel. Panisch fragte ich mich, ob die Zeit noch reichte, um die Flucht zu ergreifen, bevor er herkam. Was lächerlich war, denn er konnte es natürlich nicht sein. Es konnte nicht der Typ sein, der damals die merkwürdige Angewohnheit hatte, immer dort aufzutauchen, wo ich ihn am wenigsten erwartete. Der Mann war Journalist gewesen, kein Barista.

Ich schätzte die Entfernung zwischen meinem Sitzplatz und der Tür ab, wie eine Ladendiebin, die jeden Moment geschnappt zu werden droht.

Er konnte es nicht sein. Doch dann ergriff er ein Tablett, drehte sich um, kam hinter dem Tresen hervor und auf meinen Tisch zu. Es war Finn Douglas.

Er wirkte größer, als ich ihn in Erinnerung hatte, doch wahrscheinlich erschien mir das bloß so, weil ich gerade nach Kräften versuchte, mich auf der Polsterbank in meiner Sitznische unsichtbar zu schrumpfen.

»Dein Latte«, sagte er mit einem Lächeln, das aber glücklicherweise nicht darauf hindeutete, dass er mich wiedererkannte. Er stellte die randvolle Tasse vor mir hin, ohne einen einzigen Tropfen zu verschütten, was mir vermutlich nicht einmal beim Trinken gelingen würde.

»Und ein Cupcake«, sagte er und setzte mir einen Teller vor.

»Oh, ich hab keinen …«, begann ich, verstummte aber bei seinem strahlenden Lächeln, das er, wie ich mich noch erinnerte, auch vor drei Jahren so erfolgreich eingesetzt hatte.

»Der geht aufs Haus. War Tashas Vorschlag.«

Ich schaute an ihm vorbei zu der jungen Frau mit dem gewellten blonden Haar, die gerade von der Kasse hochblickte, in die sie etwas eingegeben hatte, und mit einem Zahnpastareklame-Lächeln in meine Richtung sah. Ich versuchte, mich zu erinnern, welche Gesichtsmuskeln man aktivieren musste, um ein Lächeln zu erwidern.

Finns Blick ruhte auf mir, aber ich entdeckte immer noch keine Anzeichen dafür, dass er mich wiedererkannte. Meine Haare hatten eine andere Farbe und einen anderen Schnitt als bei unserer letzten Begegnung, und die Hälfte meines Gesichts war hinter der dunklen Sonnenbrille versteckt. Ich wollte im Grunde auch gar nicht, dass er mich erkannte, daher war meine Verärgerung darüber, dass es ihm nicht gelang, vollkommen irrational.

»Nett von ihr«, sagte ich, mit nicht ganz so fester Stimme, wie ich es mir gewünscht hätte. Ich war normalerweise nicht so nah am Wasser gebaut, doch es war ein furchtbarer Tag gewesen, da konnte schon eine freundliche Geste von einer Fremden schnell zu meinem Kryptonit werden. Ich zog den Teller näher zu mir heran und beäugte den Cupcake, als wäre das eine Essens-Challenge bei *Ich bin ein Star – Holt mich hier raus*.

»Na gut, dann lass ich dich mal in Ruhe deinen Kaffee trinken.« Finn richtete sich auf, machte aber keine Anstalten, sich zu entfernen. Ich spürte, wie er aufmerksam mein Gesicht betrachtete. Gott sei Dank trug ich die Sonnenbrille. Ich war mir sicher, dass er gerade darüber nachdachte, woher er mich kannte, und dass es ihm nicht einfiel.

Geh einfach zurück zum Tresen, drängte ich ihn stumm und schaute in meinen Kaffee, auf das Herz, das er in den Milchschaum gezeichnet hatte. Ich rührte energisch darin herum, bis es verschwunden war.

Finn stand immer noch neben mir, eindeutig verwirrt. »Ich geh dann mal«, sagte er, ohne sich von der Stelle zu rühren. Wahrscheinlich wartete er darauf, dass ich ihn zurückhielt.

»Okay«, sagte ich erleichtert.

Endlich entfernte er sich, doch schon nach vier Schritten hielt er wieder inne. Vielleicht war es etwas an meiner Stimme gewesen, denn er legte den Kopf auf merkwürdige Weise schief, wie ein Vogel. Sehr langsam drehte er sich um und blickte mich triumphierend an, was vermutlich deutlich mit meiner entsetzten Miene kontrastierte.

»Jenna, richtig?«

Typisch. Natürlich hatte er meinen Namen falsch in Erinnerung.

»Gemma«, berichtigte ich ihn, aus Gründen nervös, mit denen ich mich ein anderes Mal näher beschäftigen würde.

»Entschuldigung. Ja, natürlich«, sagte er und kam wieder zu meiner Nische. »Meine Güte, wie geht's dir?«

Ich weiß nicht, wer von uns beiden erschrockener war, als ich auf diese harmlose Frage hin laut schluchzend in Tränen ausbrach.

»Das ist mir total peinlich. Tut mir wirklich sehr leid«, sagte ich und nahm mir eine weitere Serviette von dem Stapel, den Finn mir gebracht hatte, damit ich meine Tränen trocknen konnte. Die Hälfte hatte ich schon verbraucht.

»Überhaupt kein Problem«, sagte er und tauschte meinen kalten Latte gegen einen frisch gebrühten aus. »So was passiert hier ständig. Aber normalerweise erst, wenn die Gäste die Rechnung kriegen.«

Ich hätte beinahe gelacht, was ich eigentlich nicht für möglich gehalten hatte.

Finn hatte mich überrascht. Ich weiß nicht, wie die meisten Leute auf solch einen Gefühlsausbruch reagiert hätten, aber was er tat, kam vollkommen unerwartet. Er hatte Tasha mit einem entschiedenen Kopfschütteln davon abgehalten, zu uns zu kommen, und sich dann mir gegenüber hingesetzt und mich mit seinen breiten Schultern von den anderen Cafébesuchern abgeschirmt.

Die Tränen schienen nicht versiegen zu wollen, und all meine Kraft, die ich hatte zusammennehmen müssen, um Hannah zu helfen, schien endgültig aufgebraucht. Als meine Schluchzer zu einer Mischung aus Schluckauf und Keuchen wurden, hatte sich der Gastraum geleert.

»Tut mir leid. Ich bin nicht besonders gut fürs Geschäft«, sagte ich, als ich hochschaute und feststellte, dass ich nun der einzige Gast war. Die Lampen über dem Tresen waren schon ausgeknipst, und Finns Kollegin Tasha war nirgendwo zu entdecken. Überrascht bemerkte ich auch, dass das Schild an der Tür auf »Geschlossen« gedreht worden war.

»Wird der Chef nicht sauer, wenn ihr so früh zumacht?«, fragte ich. Ich hatte meine motorischen Fähigkeiten endlich wieder so weit im Griff, um es riskieren zu können, die Kaffeetasse an die Lippen zu heben.

»Na ja, er ist *wirklich* ein grummeliges altes Ekel, aber ich glaube, das geht schon«, antwortete Finn und trank von seinem Kaffee.

»*Ach*, das Café gehört *dir*? Du arbeitest nicht bloß hier?«

In Finns Lächeln lag so etwas wie Bewunderung, und auch wenn er alles verkörperte, was ich an Männern nicht ausstehen konnte, spürte ich eine eigenartige Regung in der Magengegend. Nicht zuletzt, weil wir uns jetzt duzten.

»Ich hatte vergessen, wie clever du bist. Dir entgeht echt nicht viel.«

Um ehrlich zu sein, hatte es mich ziemlich überrascht, dass er mich überhaupt hatte einordnen können.

»Erstaunlich, dass du dich an mich erinnerst«, sagte ich und schämte mich ein wenig, weil das leider ganz so klang, als wäre ich auf Komplimente aus. Um sicherzugehen, dass hier nichts stattfand, was auch nur im Entferntesten mit einem Flirt zu tun hatte, setzte ich die Sonnenbrille ab. Es gibt Frauen, die weinen und dabei bezaubernd aussehen, deren Augenlider nicht rot werden und dick anschwellen, wenn sie derart aufgewühlt sind. Zu denen gehöre ich aber nicht.

»Wie kann man jemanden vergessen, der einen so unmittelbar und entschieden verabscheut?«, sagte Finn unbekümmert. »Das hat mich ziemlich beeindruckt. Die meisten Leute brauchen viel länger, um zu dem Schluss zu kommen, dass ich ein totaler Arsch bin. Aber du hast das praktisch sofort begriffen. Du hast definitiv Eindruck gemacht, *Jenny*.«

»Gemma«, korrigierte ich ihn, aber mit dem Anflug eines Lächelns, denn diesmal wusste ich, dass der Fehler Absicht war.

Langsam sank die Sonne tiefer und warf lange Schatten auf den Gehweg hinter der Fensterscheibe. Ich schaute auf die Uhr. Die Stationsschwester hatte mir höflich zu verstehen gegeben, ich könne doch für ein oder zwei Stunden einen Spaziergang machen, während man bei Hannah die nötigen Untersuchungen vornahm. Als Journalistin war ich schon oft genug diplomatisch wegkomplimentiert worden, um zu erkennen, wann man mich rausschmiss. Und doch hatte ich Hannah nicht allein lassen wollen, besonders, da William noch auf keine meiner drängenden Nachrichten geantwortet hatte.

»Ich schaff das schon«, hatte Hannah gesagt, was einfacher zu glauben gewesen wäre, wenn ihr Teint nicht genau denselben Farbton gehabt hätte wie das Kissen, auf dem ihr Kopf ruhte.

»Kommen Sie in zwei Stunden wieder«, hatte mir die Schwester geraten, mir sanft die Hand auf den Rücken gelegt und mich wie ein erfahrener Nachtklub-Türsteher von Hannahs Bett wegdirigiert.

»Ich versuche, William zu erreichen«, hatte ich noch gerufen.

»Und, hat es geklappt?«, fragte Finn jetzt. Mir war immer noch ein Rätsel, wie leicht es ihm gelungen war, mir die ganze Geschichte der Ereignisse des heutigen Tages zu entlocken. Wahrscheinlich war er nach wie vor mehr Journalist als Barista. Oder ich war so fertig, dass es nur einen Funken von Interesse gebraucht hatte, um mich dazu zu bringen, einen fremden Menschen mit meiner Geschichte zu behelligen. Das war Finn nämlich. Ich meine, ich kannte den Mann wirklich kaum. Unsere früheren Begegnungen waren zudem nicht gerade angenehm verlaufen. *Und vergiss nicht, dass dir das wenige, was du von ihm wusstest, nicht besonders gefallen hat,* erinnerte mich mein früheres Ich.

Mein Handy vibrierte, und hastig griff ich danach und öffnete die Textnachricht.

»William ist am Flughafen«, sagte ich und lächelte unsicher.

»Das sind ja super Neuigkeiten«, sagte Finn, und auch wenn er Hannah und William nicht persönlich kannte, wirkte er aufrichtig erfreut. »Wann wird er hier sein?«

Ich scrollte noch einmal durch die Nachricht und seufzte. »Sein Flieger landet erst um neun, wahrscheinlich ist er nicht vor halb elf im Krankenhaus.«

»Hey, zumindest ist er auf dem Weg«, meinte Finn.

Ich nickte und fand es schwer, Mr Halb-volles-Glas mit dem Mann in Einklang zu bringen, den ich jahrelang im Stillen gehasst hatte. Entweder hatte ich ihn bei unseren ersten Begegnungen falsch eingeschätzt, oder er hatte sich wirklich komplett gewandelt.

Ich schaute wieder auf meine Uhr. »Ich muss dann wohl mal zu Hannah und ihr die gute Nachricht überbringen«, sagte ich. Ich war zwar noch nicht so lange weg, wie mich die Pflegekräfte gebeten hatten, doch jede Sekunde, die ich nicht an Hannahs Seite war, kam mir wie Verrat vor.

»Du darfst gern hier warten, solange du willst. Ich werfe dich nicht raus.«

Dieses Angebot entlockte mir mein zweites Lächeln. Ich schaute an Finn vorbei zur Kuchenvitrine neben dem Tresen. »Also, wenn niemand anderes Ansprüche darauf erhebt, könnte ich euch dann vielleicht die restlichen Cupcakes abkaufen? Ich würde den Pflegekräften auf der Station gern was mitbringen, als Dankeschön.«

»Na klar«, sagte Finn. »Ich pack sie dir ein.«

Und dann tat er etwas, bei dem mir merkwürdigerweise kurz der Atem stockte – er griff über den Tisch und legte seine Hand auf meine. Es war eine Geste ohne Hintergedanken, eher freundschaftlich als vertraulich, doch als Tasha unerwartet aus dem Hinterzimmer kam, zog ich meine Hand so hastig zurück, als hätte ich mich verbrannt. Meine Wangen fühlten sich warm an, als ich Finns Kollegin, Schrägstrich Angestellter, Schrägstrich alles Weitere ging mich nichts an, in die Augen sah.

»Ein Anruf für dich«, sagte sie zu Finn und senkte kurz den Blick. Sie überraschte mich in zweierlei Hinsicht: damit, dass sie noch im Café war, und zum anderen, weil sie nicht besonders begeistert darüber zu sein schien, dass Finn meine Hand berührt hatte.

»Kannst du nachfragen, worum es geht?«, bat er.

Sie schüttelte den Kopf, und ihr blonder Pony schwang hin und her wie der Schweif eines aufgeregten Palomino-Pferdes.

»Du gehst wohl besser ran. Es sind die Anwälte.«

Mit einer Hast, die mich überraschte, stand Finn auf. »Tut mir leid, es dauert nicht lange.«

Als er an Tasha vorbeikam, blieb er einen Augenblick stehen und sagte etwas zu ihr, sprach aber zu leise, als dass ich es hätte verstehen können. Sie schaute in meine Richtung und nickte.

Ich wartete, bis Finn im Hinterzimmer verschwunden war, und suchte dann zügig meine Sachen zusammen. Wenn es darum ging, Stimmungen wahrzunehmen, war ich immer ziemlich gut, und plötzlich schien es, als wäre ich der letzte Gast auf der Party und peinlicherweise länger geblieben als erwünscht.

Ich ging zum Tresen und zog mein Portemonnaie hervor. Tasha war damit beschäftigt, die ganzen Cupcakes in einen riesigen Karton zu verfrachten.

»Gehst du schon?«

Ich hörte Finn im Hintergrund leise mit seiner tiefen Stimme telefonieren. »Ja. Ich will zurück zu meiner Freundin. Sie liegt im St Thomas'.«

Mit geübten Handgriffen schloss Tasha den Deckel des Kartons und schob ihn mir über den Tresen zu.

»Was macht das dann zusammen?«

»Finn hat gesagt, das geht aufs Haus.«

Ich war sprachlos. »Nein, wirklich, ich möchte dafür bezahlen.« Ich war mir nicht sicher, wieso es mir plötzlich so wichtig erschien, diesem Mann nichts zu schulden, ich wusste nur, dass es so war.

»Er ist der Chef. Das musst du mit ihm ausdiskutieren.«

Ich schaute wieder zu der Tür, die in den rückwärtigen Teil des Cafés führte, wohin Finn verschwunden war, und dann aus dem Fenster Richtung Krankenhaus. Es war unhöflich zu gehen, ohne ihm zumindest persönlich für seine Großzügigkeit zu danken, doch Hannahs Untersuchungen würden bald abgeschlossen sein, und ich konnte den Gedanken nicht ertragen, dass sie mit schlechten Neuigkeiten rechnete und niemand Vertrautes bei ihr war. Es war klar, wem meine Loyalität galt.

»Könntest du ihm dann bitte meinen Dank ausrichten? Für alles«, sagte ich und hängte die Einkaufstasche so über meinen Arm, dass ich den Karton etwas sicherer greifen konnte.

Tasha kam hinter dem Tresen hervor, um mir die Tür aufzuschließen, und ich trat nach draußen in den immer warmen Nachmittag, als würde ich aus einem besonders surrealen Traum erwachen.

»Viel Glück«, sagte sie und schloss die Tür hinter mir. Es war ein merkwürdiger Kommentar, doch ich ging einfach davon aus, dass er sich auf Hannah bezog. Erst später stellte ich mir die Frage, ob sie nicht etwas ganz anderes gemeint hatte.

Kapitel 11

Die Heimfahrt

Vier Jahre zuvor

Mit rumpelndem Rollkoffer und weithin hörbaren, eiligen Schritten traf William auf der Station ein und hastete an den wenigen anderen Leuten vorbei wie ein American-Football-Spieler auf dem Weg zum Touchdown. *So sieht Liebe aus*, dachte ich, als sein Gesichtsausdruck sich veränderte, sobald er Hannah in ihrem Krankenbett erblickte. Ich selbst hatte solch eine Liebe noch nie erfahren; nicht einmal annähernd. Ich wünschte mir auch jemanden, der nur Augen für mich hatte und nicht jeden Raum, den wir gemeinsam betraten, nach einem neueren, strahlenderen, hübscheren Upgrade absuchte wie die Männer, mit denen ich bisher zusammen war. Meine Liste mit Typen, die sich als schlechte Wahl entpuppt und mir unweigerlich das Herz gebrochen hatten, war schmerzlich lang. Dabei wünschte ich mir etwas wie *das hier.* Einen Mann, der alles dafür tat, nur an meiner Seite zu sein.

Hannah, die kurz eingenickt war, fuhr sofort hoch, als sie Williams Schritte hörte. Ich erhob mich von dem Stuhl neben ihrem Bett, um ihm Platz zu machen. Hannah streckte ihm bereits die ausgebreiteten Arme entgegen.

»Ich bin so schnell gekommen, wie ich konnte«, sagte er mit brüchiger Stimme, während ihm Tränen der Erleichterung über die Wangen flossen. Ich hatte ihn noch nie zuvor weinen sehen und war derart gerührt, dass ich auch wieder damit anfing. Hannah stimmte ebenfalls mit ein.

»Wie geht's dir? Wie … sieht's aus?«, flüsterte William mit besorgtem Blick auf Hannahs Bauch. Durch die Bettdecke konnte man unmöglich erkennen, ob sie noch guter Hoffnung war.

»Fürs Erste ist alles okay«, sagte Hannah lächelnd und weinend zugleich.

Williams Knie gaben nach, und er sank auf den Stuhl. Er legte den Kopf auf Hannahs Bett, und sie strich ihm mit der Hand, in der keine Infusionsnadel steckte, sanft übers Haar. Es sah aus, als würde William beten, und vielleicht tat er das auch.

»Sie haben gesagt, ich brauche eine Weile Bettruhe.«

»Ganz egal, selbst wenn es ein halbes Jahr dauert«, erwiderte William leise, den Mund an Hannahs Bauch. »Solange es dir gut geht.« Zärtlich strich er über die Bettdecke. »Solange es *euch beiden* gut geht.«

Plötzlich kam ich mir vor wie das fünfte Rad am Wagen. Dieser Moment gehörte nur Hannah und William. Meine Anwesenheit war hier und heute nicht mehr nötig.

»Ähm, also, wahrscheinlich ist bei Notfällen nur ein Besucher außerhalb der Besuchszeit erlaubt. Ich mach mich dann mal auf den Weg und lass euch zwei allein.«

Sie drehten sich zu mir um und dankten mir überschwänglich, doch ich winkte ab und schloss Hannah so vorsichtig in die Arme, als bestünde sie aus Glas. Sie erwiderte die Umarmung und drückte mich fest an sich, wie um das Gegenteil zu beweisen.

»Du hast heute so viel für mich getan«, flüsterte sie. »Du warst mein Fels in der Brandung. Ich glaube, ohne dich hätte ich das nicht geschafft.«

»Na ja«, antwortete ich, was nicht besonders wortgewandt war für eine Frau, die mit Schreiben ihr Geld verdiente. »Auch nicht mehr, als du für mich getan hättest. So was machen Freundinnen eben füreinander. Ich weiß, dass du sofort zur Stelle wärst, wenn ich Hilfe bräuchte.«

»Darauf kannst du dich verlassen«, sagte sie.

So leise ich konnte, schlich ich durch den stillen Stationsflur, denn die meisten Patienten schliefen sicher bereits. Ich blieb kurz stehen, um einen Blick auf die Uhr im Schwesternzimmer zu werfen, und stellte dabei schmunzelnd fest, dass sich in dem Karton, der fast zwei Dutzend Cupcakes enthalten hatte, nur noch ein paar Krümel befanden. Es war fast elf, deutlich später als gedacht. Ich wusste nicht, um welche Zeit der letzte Bus zu meinem Park-and-Ride fuhr, war mir aber ziemlich sicher, dass ich ihn verpasst haben musste.

Die leeren Krankenhausflure wirkten unheimlich. Ich folgte der Beschilderung zu den Aufzügen, die mich ins Foyer bringen würden. Im Lift war ein älterer Herr in einem Krankenhaushemd, das am Rücken weit aufklaffte. In der Hand hatte er ein Päckchen Zigaretten, das er mir höflich hinhielt.

»Nein, danke«, sagte ich und versuchte, nicht auf die verspiegelten Wände im Fahrstuhl zu schauen, die leider alles preisgaben, was der Mann zu verbergen versuchte, indem er sich mit dem Rücken zur Kabinenwand stellte.

»Nach Ihnen«, sagte er galant, als die Aufzugtür sich mit einem »Ping« öffnete und wir das Erdgeschoss erreicht hatten. Ich lächelte ihm zu und ging schnell davon.

Die Eingangshalle wirkte ganz anders als Stunden zuvor, als ich aus dem Café gekommen war. Die kleinen Läden waren geschlossen und mit Metallgittern gesichert. Vor dem

Automaten war keine Schlange mehr, und auch nicht am Auskunftsschalter. Selbst die Stühle im Wartebereich vor dem Ausgang waren frei. Zumindest dachte ich das zuerst, doch ein Stuhl war besetzt, die Person von einer riesigen Yucca-Palme halb verdeckt. Ich konnte nur zwei ziemlich lange Beine in einer ausgeblichenen Jeans und ein Paar etwas abgewetzte Boots sehen.

Der Mann, zu dem die Beine gehörten, nahm sie höflich aus dem Weg, und ich murmelte »danke«, ohne genau hinzusehen, doch dann hörte ich eine Stimme, die mich aufmerken ließ.

»Hallo.«

Ich blieb so abrupt stehen, dass der Mann aus dem Fahrstuhl mit dem schlecht sitzenden Krankenhaushemd beinahe in mich hineingelaufen wäre. Er schob sich an mir vorbei und ging durch die Drehtür nach draußen, wo sein Kittel vom Abendwind hochgeweht wurde. Doch statt auf den Patienten zu achten, der der Welt unbeabsichtigt sein blankes Hinterteil präsentierte, hatte ich nur Augen für den Mann, der auf dem Stuhl wartete. Und zwar auf mich.

»Finn!«, rief ich erstaunt.

»Jemima«, sagte er und erhob sich. Ich war zu verblüfft, um diesmal auf seinen Running Gag einzugehen.

»Was in aller Welt machst du hier?«

Finn Douglas war ein Mann voller Überraschungen, und seine Antwort war wieder mal eine, die ich nicht erwartet hätte.

»Du hast die Cupcakes nicht bezahlt.«

Meine Wangen begannen zu glühen. »Oje, das … das tut mir furchtbar leid«, stammelte ich und kramte bereits in meiner Handtasche nach der Geldbörse. »Das war dann wohl ein Missverständnis. Deine Mitarbeiterin hat gesagt …«

Ich verstummte, als er seine Hand auf meine legte und sie mitsamt dem Portemonnaie sanft in meine Tasche zurückschob.

»War bloß ein Scherz«, sagte er mit schelmischem Blick.

»Ich … oh … ich hab gedacht …« Ich schüttelte den Kopf, empört und auch ein wenig verlegen. »Das war nicht besonders nett.«

»Tut mir leid. Ich wollte dich bloß zum Lachen bringen«, erwiderte er, nun freundlicher und schuldbewusst.

»Haha«, sagte ich ernst und ging auf die Drehtür zu.

Finn aber nahm mir die große, glänzende Tragetasche ab, in der die Kleider waren, die ich heute gekauft hatte – wobei es mir vorkam, als wäre das vor Wochen gewesen.

»Was soll das?«

»Ich trag die Tasche für dich«, sagte er und ging neben mir her.

»Nein, ich meine: Was machst du hier? Im Krankenhaus? Um diese Uhrzeit?«

»Investigativer Journalismus ist wohl nicht so dein Ding, Gina«, bemerkte Finn und schob ein Ticket in den Parkautomaten. Als ich den Betrag auf der Anzeige sah, konnte ich mir ausrechnen, dass er schon seit über zwei Stunden hier war. Angesichts dessen verkniff ich mir eine bissige Retourkutsche.

»Da hast du aber lange auf mich gewartet.«

In seinem Blick war ein gewisser Ernst zu erkennen.

»Stimmt«, sagte er.

Ich versuchte immer noch zu ergründen, was er eigentlich wollte, als er plötzlich vom Thema ablenkte. »Übrigens hast du dich aus dem Café davongemacht, ohne dich zu verabschieden.«

Ich war froh über die spärliche Krankenhausbeleuchtung, deretwegen man nicht sehen konnte, wie ich errötete. »Tut mir leid. Ich weiß, das war unhöflich, aber ich wollte unbedingt zurück zu Hannah.«

Finns Gesichtsausdruck wurde wieder ernst. »Tut mir leid, das hätte ich gleich als Erstes fragen sollen: Wie geht es deiner Freundin?«

»Ich glaube, mit ihr und dem Baby wird alles wieder in Ordnung«, sagte ich und spürte, wie endlich die schwere Last von mir abfiel.

»Das sind ja gute Neuigkeiten«, sagte er. Wenn Finn lächelte, geschah etwas mit seinem Gesicht, oder vielleicht eher mit den Menschen um ihn herum. Jedenfalls löste es in mir ein Gefühl aus, das ich noch nie zuvor empfunden hatte. Es weckte in mir den Wunsch, gleichzeitig zu ihm zu laufen und vor ihm zu fliehen.

Er fasste mich sanft am Ellbogen und lotste mich zu einem Weg, der zum Parkhaus führte. »Du hast doch vorhin gesagt, dass du deinen Wagen ziemlich weit weg geparkt hast. Da dachte ich, es wär dir vielleicht recht, dass ich dich hinfahre.«

»Das ist wirklich sehr nett von dir, aber ich kann mir auch einfach ein Taxi rufen.«

Finn blieb stehen, und sein Gesicht war halb vom Schatten eines Baumes verdeckt. »Tut mir leid. Ich bin ein Idiot. Ich hätte nicht einfach davon ausgehen sollen, dass du zu jemandem ins Auto steigst, den du kaum kennst. Ich will nicht, dass du dich unwohl fühlst.«

Ich fühlte mich aber unwohl. Aus einer ganzen Reihe von Gründen. Aber nicht wegen denen, die ihm vorschwebten. Wahrscheinlich wäre er sehr erstaunt gewesen, wenn er gewusst hätte, dass er mir so viele Jahre lang nicht aus dem Kopf gegangen war.

»Nein, überhaupt nicht«, sagte ich, und selbst ich merkte,

wie nervös ich klang. »Ich will bloß nicht, dass du um diese Zeit einen Umweg fahren musst.«

»Du weißt doch gar nicht, ob es ein Umweg ist«, wandte er ein.

Das stimmte. Ich wusste nicht, wo er wohnte. Und auch sonst wusste ich nichts von ihm. Und trotzdem hatte ich nicht das Gefühl, dass er ein Fremder war.

»Wir könnten es doch als Extra-Service des Cafés betrachten, für ganz besonders gute Kunden?«

Ich lachte, und in stummem Einverständnis betraten wir das dunkle Parkhaus. »Aber ich hab ja für die Cupcakes nicht mal bezahlt.«

»Na ja, dann kannst du unser erstes gemeinsames Abendessen spendieren«, sagte er leichthin, drückte auf seinen Autoschlüssel, und eine dunkle Limousine piepte zur Antwort. So, wie er es sagte, klang es, als stünde außer Frage, dass wir irgendwann gemeinsam essen gingen, doch ich konnte mir irgendwie nicht vorstellen, dass es dazu kommen würde.

Trotzdem beschleunigte sich mein Puls, als ich mich auf dem Beifahrersitz seines Wagens anschnallte. Der Mann hier war kein Fremder; ich kannte seinen Namen, wusste, wo er arbeitete, und ich hatte Hannah erzählt, dass ich ihm heute Nachmittag unerwartet begegnet war. Somit war es kein besonders großes Risiko, sich von Finn mitnehmen zu lassen. Warum also hatte ich das Gefühl, etwas Gefährliches zu tun?

Glücklicherweise sind Journalisten nicht für lange, peinliche Gesprächspausen bekannt, und als wir erst mal im Auto saßen, war es unvermeidlich, dass wir beide binnen kürzester Zeit die Fragen stellten, die uns unter den Nägeln brannten.

»Wie ist es denn für dich bei der *Glow* weitergegangen?«

»Was war der Grund für deinen Berufswechsel?«

Wir lachten, weil wir gleichzeitig gesprochen hatten.

»Du zuerst«, sagte Finn, den Blick auf die Straße gerichtet, während er sich in den mäßigen Verkehr einfädelte.

»Warum gehst du überhaupt davon aus, dass ich den Job bekommen habe und noch dort arbeite?«

Finn schien nicht der Typ zu sein, den man leicht aus der Ruhe bringen konnte, doch gerade kam es mir vor, als hätte ich ihn mit meiner Gegenfrage überrumpelt. Ich schaute ihn von der Seite her aufmerksam an und bin mir hundertprozentig sicher, dass ich genau den Moment mitbekam, als er die Lüge, die er mir zunächst auftischen wollte, wieder verwarf.

»Ich hab in den letzten Jahren ein paar Artikel von dir gelesen. Du schreibst gut.«

Nervös rutschte ich auf meinem Sitz herum. Normalerweise war ich besser darin, Komplimente anzunehmen, zumindest, wenn es um meine Arbeit ging, doch bei seinem Lob war mir unbehaglich.

»Ich hätte den Job gar nicht bekommen, wenn du ihn nicht abgelehnt hättest. Warum in aller Welt hast du das gemacht?«

»He, ich dachte, ich wäre als Erster dran mit dem Fragenstellen.«

Ich schwieg, denn ich wusste aus Erfahrung, dass man die Leute so am ehesten dazu brachte, sich zu öffnen. Das hätte auch Finn wirklich noch von früher wissen müssen.

»Keine Ahnung, wovon du redest«, erwiderte er schließlich. »Die Stelle bei der *Glow* wurde mir gar nicht angeboten.«

Ich glaubte ihm nicht. Und es zerstörte meine Deutung der Ereignisse, der ich jahrelang angehangen hatte, ohne anderen davon zu erzählen. Immer, wenn mir die Arbeit oder die Last der Deadlines zu viel wurden, verfluchte ich ihn im Stillen dafür, dass er mir den Job überlassen hatte. *Junge, du wusstest ganz genau, warum du ihn ausgeschlagen hast, stimmt's?*, sagte ich dann zu dem Finn, der in meinem Kopf lebte und weit angenehmer war als der echte. Und andersherum, wenn es in der Redaktion gut lief und ich ein Lob oder Anerkennung erhielt, dann stellte ich mir insgeheim die Frage, ob *er* das auch so prima hinbekommen hätte. Es war komisch, solch eine Beziehung zu jemandem zu haben, den ich gar nicht kannte, doch anders als bei unseren Begegnungen im wahren Leben schaffte ich es in diesen imaginären Unterhaltungen immer, das letzte Wort zu behalten.

Jetzt studierte ich im Licht der entgegenkommenden Autos sein attraktives Profil und wusste, ich würde ihm niemals gestehen können, dass er mir seit unseren kurzen Begegnungen im Kopf herumgespukt hatte.

Eine Weile erzählte ich von meiner Arbeit und verfiel dabei unbeabsichtigt in den Vortrag, den ich schon mehrmals vor Studenten und bei Berufsinformationstagen für Oberstufenschüler gehalten hatte. Ich spulte ihn fast automatisch ab, sodass ich meine Gedanken schweifen lassen konnte. Finn war ein einziges Rätsel; das erklärte, warum er mich so faszinierte – mehr steckte nicht dahinter, zumindest versuchte ich, mir das einzureden. Es war nur naheliegend, dass ein Mann, der eigenartigerweise nie ganz aus meinen Gedanken verschwunden war, meine Neugier weckte. Jahrelang hatte ich gedacht, es käme daher, dass er mich so extrem wütend gemacht hatte – was ja auch stimmte. Doch ich war ehrlich genug, um mir nun einzugestehen, dass es auch noch andere Gründe haben konnte.

Dass mich seine berufliche Kehrtwende interessierte, erklärte nicht, wieso mein Blick immer wieder zu seinen Händen wanderte, die locker auf dem Lenkrad ruhten. Oder wie eigentümlich sicher ich mich in seiner Gegenwart fühlte. Selbst das waghalsige Fahrmanöver eines Taxis, bei dem jeder andere gehupt hätte, hatte ihn nicht aus der Ruhe gebracht. Finn fuhr entspannt und selbstsicher, und ich vermutete, dass er bei allem entspannt und selbstsicher war. Wahrscheinlich war er auch ein hervorragender Küsser.

Diese Vorstellung entsprang einer tiefen Quelle gänzlich unangemessener Gedanken und schockierte mich so sehr, dass ich den Faden verlor und wie eine Idiotin herumstammelte. Ich hoffte inständig, dass er nicht auch noch telepathische Fähigkeiten besaß, und beschloss, den Spieß umzudrehen und ihn auszuquetschen.

»Jetzt bin ich dran. Wieso ein Café?«

»Wieso nicht?«

Ich ließ das einen Augenblick sacken. »Es ist so unglaublich weit weg von journalistischer Arbeit.«

In Finns Augen flackerte kurz etwas auf. Ich sah es einen Moment lang im Licht der Doppelscheinwerfer eines Lasters, doch es war schon wieder verschwunden, bevor ich es interpretieren konnte. »Vielleicht ging es ja gerade darum«, sagte er. Und dann lenkte er unser Gespräch mit einer Eleganz und Mühelosigkeit, um die ich ihn beneidete, in eine völlig andere Richtung.

Jahrelang hatte ich mir vorgestellt, dass Finn die Sorte Mann war, die am liebsten über sich selbst redete. Aber das stimmte offensichtlich nicht. Und so stellte ich mir die Frage, in welchen weiteren Punkten ich ihn wohl falsch eingeschätzt hatte.

Wir unterhielten uns, während im Hintergrund leise eine Playlist von Finns Handy lief. Sein Musikgeschmack war breit gefächert, reichte von Soft Rock und Country bis hin zu klassischem Old-School-Jazz. Mein Bild von ihm veränderte sich unablässig. Finn war ein Rätsel, das mich gegen meinen Willen faszinierte.

Als ich ein Hinweisschild zu meinem Park-and-Ride entdeckte, war ich zu meinem Beschämen geradezu enttäuscht. Doch als wir an der Ausfahrt vorbeifuhren, richtete ich mich kerzengerade auf.

»Du hast die Ausfahrt verpasst.«

Niemand mag Beifahrer, die einem reinreden, aber Finn lächelte nur entspannt. »Ich dachte, du hast bestimmt Hunger«, sagte er. »Außer diesem Cupcake am Nachmittag hast du heute bestimmt noch nichts gegessen.«

Er hatte völlig recht, doch ich widersprach. »Da irrst du dich. Ich hab mir vorhin in der Krankenhauscafeteria was geholt«, log ich.

»Oh, ach so.« Er stellte den Blinker an und wechselte die Spur. Durch die Windschutzscheibe sah ich das vertraute gelbe Logo einer bekannten Fast-Food-Kette. »Na ja, würde es dir was ausmachen, wenn wir hier kurz anhalten, damit ich mir was zu essen besorgen kann? Denn *ich* bin kurz vorm Verhungern.«

»Ich hätte nicht gedacht, dass du der Burger-Typ bist.«

Finn reihte sich in die Fahrzeugschlange am Drive-in-Schalter ein und drehte sich dann zu mir herum.

»Wieso?«

Ich spürte, wie mir die Röte in die Wangen kroch. In seiner Gegenwart war ich bereits öfter errötet als bei jedem anderen Menschen, den ich kannte. Es war beinahe, als wäre ich allergisch gegen ihn.

»Du wirkst eher wie jemand, der auf Sushi oder Steak-Tartar steht.«

Er dachte kurz über meine Einschätzung nach. »Interessant, du glaubst also, dass ich am liebsten rohen Fisch und rohes Fleisch verzehre. Da muss ich mich schon fragen, ob du denkst, ich wär so eine Art Keulen schwingender Höhlenmensch.«

»Ich denke gar nichts über dich«, sagte ich und wusste, noch während ich es aussprach, dass er mir diese Lüge ebenso wenig abnahm wie ich mir selbst.

Glücklicherweise wurde unser Gespräch von einer Stimme aus einem knisternden Lautsprecher unterbrochen, die uns nach unserer Bestellung fragte. Finn hatte es ernst gemeint, er mochte Fast Food und orderte lauter Dinge, über die sich seine Arterien in dreißig Jahren gehörig beschweren würden.

»Und du willst wirklich nichts?«, fragte er besorgt.

Das »Nein, danke« lag mir schon auf der Zunge, doch da wehte der Duft von Zwiebelringen und fettigen Hamburgern durch das offene Fahrerfenster. Mein Magen knurrte – nicht auf besonders damenhafte Art, sondern wie ein tollwütiger Streuner.

»Dasselbe für mich, bitte«, sagte ich zum Lautsprecher. Vermutlich konnte mich die Frau, die unsere Bestellung aufnahm, wegen Finns Gelächter kaum verstehen.

Ich lachte jedoch zuletzt – fand ich zumindest –, nämlich als Finn ein paar Minuten später unsere Papiertüten mit Essen entgegennahm und ich mich an ihm vorbeireckte und meine Bankkarte ans Kartenlesegerät hielt.

Finn protestierte, und als ich den Kopf hob, bemerkte ich erschrocken, wie nah sich unsere Gesichter plötzlich waren. »Du hast doch gesagt, ich soll unser erstes Abendessen spendieren«, erinnerte ich ihn, was deutlich frecher geklungen hatte, als ich es im Stillen geübt hatte, während wir auf unser Essen warteten. Nicht einkalkuliert hatte ich zudem, dass ich ihn beim Hinüberlehnen merklich streifte. Die feinen Härchen auf meinem nackten Arm stellten sich auf, als sie seine Haut berührten. Wie hätte ich ahnen können, dass mich sein warmer Duft, vermischt mit dem feinen Hauch seines Duschgels, so aus der Bahn werfen würde?

Mein Körper reagierte heftig auf seine Nähe. *Hallo,* murmelte er, als wäre er aus einem Schlummer erwacht, der zugegebenermaßen eine lange, harte Durststrecke gewesen war. Ich spürte geradezu, wie mein Begehren sich genüsslich reckte und streckte. Jetzt würde ich es nicht mehr ignorieren können.

Meiner Selbstachtung halber und wegen meines hellen, cremefarbenen Tops war ich froh, dass Finn vorschlug, irgendwo zu parken, um zu essen. Ich war mir nicht sicher, was mir peinlicher gewesen wäre: mich selbst mit Ketchup zu bekleckern oder die Sitzpolster von Finns Wagen. Finn schien jemand zu sein, dem sein Auto viel bedeutete.

An diesen langen, heißen Tagen kühlte es sich nur langsam ab, daher stimmte ich seinem Vorschlag gern zu, uns auf einen grasbewachsenen Hang am Straßenrand zu setzen. In einer Sache hatte sich Finn geirrt: Ich war nicht bloß hungrig, ich war völlig ausgehungert, und während wir uns locker über alle möglichen Themen unterhielten, schaffte ich es irgendwie, meine Mahlzeit bis auf den letzten Krümel zu vertilgen. Er erwischte mich sogar dabei, wie ich hoffnungsvoll in die leere Tüte linste, um zu sehen, ob nicht noch ein paar Pommes übrig geblieben waren. Grinsend bot er mir den letzten Rest von seinen an. Es war nicht ganz dasselbe, wie mir das letzte Karamellbonbon aus der Packung zu überlassen, aber ziemlich nahe dran.

Erst als ich in der Ferne eine Kirchenglocke Mitternacht schlagen hörte, wurde mir klar, wie spät es war.

»Na, dann sollten wir mal weiterfahren«, sagte Finn, stand auf und bot mir seine Hand. Der Hang war steil, und ich richtete mich zu rasch auf, sodass er mich festhalten musste, damit wir nicht hinfielen. Die Kirchenglocke schlug immer noch, aber das schien in einer anderen Dimension stattzufinden, denn in derjenigen, in der ich mich gerade befand, gab es nur Finn und mich. Der Mondschein war hell, und ich erkannte in Finns Augen, dass er ebenso empfand. Ich spürte, wie sein Herz ganz nah an meinem pochte, beide völlig im Gleichklang.

Ich hob den Blick. Auch wenn wir wahrscheinlich nach Fast Food rochen, hatte ich niemals zuvor jemanden so unbedingt küssen wollen wie ihn in diesem Augenblick, und einen Moment lang dachte ich, ihm ginge es genauso. Es war deshalb eine herbe Enttäuschung, als er einen Schritt zurück machte und auf Abstand ging.

»Ich bring dich zu deinem Wagen«, sagte er, plötzlich mit belegter Stimme. »Du musst ziemlich erschöpft sein. Du hattest ja wirklich einen harten Tag.«

Bis zu meinem Park-and-Ride waren es nur fünf Minuten, und obwohl ich mir in Gedanken mehrere Sätze zurechtlegte, um unser lockeres Gespräch wieder aufleben zu lassen, brachte ich keinen davon über die Lippen. Erst als wir neben meinem Auto hielten, kehrte das unerklärliche Kribbeln zwischen uns zurück.

»Hört es sich bescheuert an, wenn ich sage, dass ich den heutigen Abend toll fand?«, fragte Finn.

Ich schüttelte den Kopf, war aber offenbar vorübergehend mit Stummheit geschlagen.

»Können wir das wiederholen?«, fuhr er fort, und auch wenn ich ihn in der Dunkelheit nicht besonders gut sehen konnte, hatte ich den Eindruck, dass er nervös war.

Sofort vergaß ich all jene Artikel, die ich je gelesen – oder gar selbst geschrieben hatte –, die davon abrieten, zu früh zu viel Interesse zu zeigen.

»Ja, das fände ich toll. Sehr sogar.«

»Morgen?«, fragte Finn und lachte.

Etwas spät entschied ich, dass ein Hauch mehr Coolness nicht schaden konnte. »Ähm … morgen vielleicht lieber nicht. Ich weiß nicht, ob Hannah dann noch im Krankenhaus ist, und …« Mir war selbst nicht ganz klar, worauf ich hinauswollte.

»Tut mir leid, ich kann nur morgen«, sagte er und wirkte ziemlich enttäuscht.

»Okay. Dann morgen«, erwiderte ich und ignorierte die imaginären Protestschreie von Tausenden Feministinnen.

Finn stieg aus dem Wagen und wartete, bis ich in meinem Auto saß. Ich war absichtlich langsam eingestiegen, und doch hatte er mich nicht geküsst. *Dann eben morgen*, flüsterte eine Stimme in meinem Kopf. Trotz der warmen Nacht fröstelte ich.

»Ich hol dich ab«, versprach er und trat einen Schritt von meinem Fenster zurück, leicht widerstrebend, wie mir vorkam.

»Abgemacht«, sagte ich, nannte ihm meine Adresse und schob noch ein letztes Mal Rotwerden ein.

Seine Stimme klang sanft, als er erwiderte: »Abgemacht.«

Dann fuhren wir jeder unserer Wege.

Kapitel 12

Das Date

Vier Jahre zuvor

Hannah kramte neugierig wie ein Kind bei der Weihnachtsbescherung in der Tragetasche, die ich auf ihr Krankenbett gelegt hatte. Hellauf begeistert holte sie ein Thunfischsandwich und einen Tiegel mit ihrer Lieblings-Feuchtigkeitspflege daraus hervor.

»Du kennst mich einfach total gut«, sagte sie dankbar und riss hastig das Zellophan vom Sandwich auf. »In dem Kulturbeutel, den William mir heute früh von zu Hause mitgebracht hat, waren eine Uraltpackung Haarfärbemittel und eine Warzencreme.«

Ich lachte erleichtert, weil meine Freundin wieder deutlich mehr wie sie selbst klang als noch vor vierundzwanzig Stunden.

»Ich war mir nicht sicher, ob du es heute Nachmittag zur Besuchszeit schaffst oder vielleicht erst abends kommst«, sagte Hannah und biss genüsslich in ihr Brot.

Ich pflückte mir eine Traube von der großen Rispe ab, die ich ihr ebenfalls mitgebracht hatte, und schob sie mir in den Mund, um mir Bedenkzeit zu verschaffen. »Ich dachte, William und du hättet die Zeit heute Abend vielleicht gern für euch«, sagte ich nicht ganz aufrichtig.

Hannah kaute ihren Bissen hastig zu Ende. Ihr sechster Beste-Freundinnen-Sinn hatte bereits Alarm geschlagen, und hätte sie Antennen gehabt, hätten sie jetzt wie verrückt rotiert.

»Gemma Fletcher«, begann sie und legte das Sandwich beiseite. Dass sie meinen vollen Namen verwendete und ihrem Lieblingssnack keine Beachtung mehr schenkte, verriet mir, dass ich dem Verhör nun nicht mehr entrinnen konnte. »Gibt's da was, wovon ich nichts weiß?«

Ich hatte keine Ahnung, wie Hannah es schaffte, meine Täuschungsmanöver so zuverlässig zu durchschauen. Es war, als hätte sie Superkräfte. Mein Blick fiel auf die Tüte von Boots, die auf dem Bett lag und jene Sachen enthielt, die ich heute Vormittag für sie besorgt hatte. Der gesamte Inhalt war für Hannah gewesen – bis auf den leuchtend roten Lippenstift und den Flakon mit teurem Parfüm, die jetzt beide in den Tiefen meiner Handtasche steckten.

Hannah räusperte sich demonstrativ und machte schmale Augen, wobei ihre Brauen zu einem einzigen Strich wurden, ein untrügliches Zeichen dafür, dass ich ihr besser keinen Unsinn erzählen sollte.

Ich knickte derart schnell ein, dass es peinlich war. »Okay. Möglich, dass ich heute Abend was vorhabe«, gab ich zu.

Sie sah mich fragend an.

»Wenn du es unbedingt wissen willst, ich hab ein Date. Ich geh mit Finn Douglas aus.«

»Ich wusste es!«, rief Hannah triumphierend und schlug mit der Faust auf die Matratze, um dann wieder zu ihrem Sandwich zu greifen. »Ich war mir vollkommen sicher, dass es so kommen würde.«

»Was? Seit wann? Ich weiß es doch selbst erst seit gestern Abend.«

Ungeduldig schüttelte sie den Kopf. »Ich wusste es schon vor Jahren, seit eurer ersten Begegnung. Mir war gleich klar, dass das nur das erste Kapitel eurer gemeinsamen Geschichte war.«

»Ach, wirklich?«, fragte ich und hoffte, dabei skeptisch zu klingen, obwohl ich in Wirklichkeit fasziniert war.

»Niemand verabscheut einen Wildfremden auf den ersten Blick, ohne dass mehr dahintersteckt.«

Eigentlich wollte ich Hannah ihre Märchen-Romantik-Story gern glauben, doch sie hatte solche Logiklöcher, dass sie praktisch einem Sieb gleichkam.

»Du magst ihn, stimmt's?«, rief sie fröhlich, nachdem ich am Ende nachgegeben und ihr minutiös berichtet hatte, was alles passiert war, seit ich am Vorabend das Krankenhaus verlassen hatte.

»Er ist ganz nett«, erwiderte ich mit gespielter Gleichgültigkeit, konnte aber kaum den Schmetterlingsschwarm ignorieren, der in meinem Bauch herumflatterte, sobald ich an den bevorstehenden Abend dachte. »Vielleicht ist er nicht ganz so furchtbar, wie ich anfangs gedacht habe«, fügte ich in der Hoffnung hinzu, das Thema damit zu beenden, doch Hannah war nicht nur meine beste Freundin, sondern auch ein Bluthund, der sich nicht von der Fährte abbringen ließ.

»Ich sehe ganz genau vor mir, wie das enden wird«, sagte sie und klatschte vor Freude in die Hände, eine Geste, von der ich immer geglaubt hatte, dass niemand sie im echten Leben macht.

Aber sie konnte es natürlich nicht wissen. Wie hätte irgendjemand es wissen können?

Er hatte mir Blumen mitgebracht. Das war die erste Überraschung an einem ganzen Abend voller Überraschungen.

Ich hatte mich in meiner Wohnung im Flur herumgedrückt, mich nie weit von der Gegensprechanlage entfernt, fuhr jedoch trotzdem zusammen, als neben mir die Klingel ertönte.

»Hallo, ich bin's. Kann ich raufkommen?«

Ich schluckte und hoffte, dass die Sprechanlage, die manchmal verrücktspielte, es nicht übertrug. Bei dem Versuch, mich rechtzeitig fertig zu machen, hatte ich eine ziemliche Schneise der Verwüstung hinterlassen. Glücklicherweise beschränkte sich der größte Teil der Unordnung auf mein Schlafzimmer, in das ich Finn ganz sicher nicht bitten würde – also, zumindest nicht heute Abend. Bei dem Gedanken schoss mir die Röte in die Wangen, und ich machte mir gar nicht erst die Mühe, mir zur Kühlung Luft zuzufächeln.

»Ja, komm gern hoch. Fünfter Stock.«

Der Aufzug war immer ziemlich langsam, und ausnahmsweise war ich froh darüber, denn so blieb mir noch Zeit, mein Erscheinungsbild ein letztes Mal im Flurspiegel zu überprüfen. Meine Haare sahen ganz gut aus. Ich hatte sie zu weichen, absichtlich etwas zerzausten Locken gestylt, ein netter Kontrast zu den klaren Linien meines neuen roten Etuikleides. Selbst nach anderthalb Jahren überraschte es mich manchmal noch, wenn mir aus dem Spiegel eine blonde Frau entgegenblickte. Erinnerte sich Finn, dass ich bei unserer ersten Begegnung vor Jahren rotbraune Haare gehabt hatte, oder achteten Männer nicht auf so etwas?

Wahrscheinlich würde eine Brustvergrößerung ihm eher auffallen, meinte eine Stimme in meinem Kopf anmerken zu müssen. Ich runzelte die Stirn, denn das war nicht ganz fair. Ich hatte genug Männer gedatet, die nur zu gern lange Unterhaltungen mit meinem Dekolleté geführt hatten, doch mein Instinkt sagte mir, dass Finn, der gerade zu meiner Etage herauffuhr, um mit mir essen zu gehen, nicht zu diesem Typ Mann gehörte.

Zumindest nahm ich an, dass wir gemeinsam essen gehen würden. In den Textnachrichten, die wir uns tagsüber geschrieben hatten, war er sehr vage geblieben.

Kann ich dich um 17:00 Uhr abholen? Ich weiß, das ist früh, aber die Fahrt dauert eine Weile.

Spannend. Darf ich fragen, wo's hingeht?

Nein. Ist eine Überraschung.

Ich hörte, wie sich Schritte meiner Wohnungstür näherten, und warf einen letzten Blick in den Spiegel, um mich zu vergewissern, dass der glänzende rote Lippenstift sich nicht auf meine Zähne verirrt hatte. Das Sonnenlicht, das durchs Fenster schien, wurde vom Spiegel reflektiert und fing sich in den silbernen Creolen, dem einzigen Schmuck, den ich trug. Alles Weitere hätte von dem Kleid abgelenkt, dessen geschwungener Ausschnitt meinen schlanken Hals unterstrich und nur das Schlüsselbein enthüllte. Der tiefe, v-förmige Rückenausschnitt, der nur Millimeter über dem BH-Verschluss endete, war hingegen deutlich gewagter.

Ich lächelte meinem Spiegelbild zu und stellte fest, dass ich mich auf diesen Abend mehr freute als auf vieles seit sehr langer Zeit.

Es war weder cool noch besonders souverän, dass mir der Atem stockte, als ich die Wohnungstür öffnete und Finn lässig im Türrahmen lehnen sah. Im Sommer herrschten im Hausflur meist Temperaturen wie in einem Gewächshaus, daher hatte er seine hellgraue Anzugjacke abgelegt und trug sie mit einem in den Aufhänger gehakten Finger über der Schulter. Er sah aus, als käme er direkt aus einer Werbung für etwas sehr Teures und Maskulines. Mein Magen machte einen Satz, und ich war wie benommen.

Noch nie zuvor hatte ich körperlich so auf einen Mann reagiert. Es war, als würde sich meine Selbstbeherrschung schon jetzt in Luft auflösen. Zudem bestand ernsthaft die Gefahr, dass ich allem, was er von mir verlangen würde, ohne zu überlegen, zustimmen würde. Und das sah mir gar nicht ähnlich.

Ohne eine Spur von Nervosität – was wahrscheinlich bedeutete, dass er darin Übung hatte – überreichte mir Finn den Strauß Blumen, den er in der anderen Hand gehalten hatte. Sie bildeten ein Feuerwerk aus Rot- und Gelbtönen und sahen nicht so aus wie die, die man spontan an der Tankstelle oder an der Supermarktkasse kauft. Ich konnte mich nicht entsinnen, wann mir zuletzt jemand beim ersten Date Blumen geschenkt hatte, und ich hielt die Nase in den Strauß und atmete ihren süßen Duft ein.

»Die sind wunderschön, Finn. Danke.«

Sein umwerfendes Lächeln sorgte dafür, dass meine EKG-Kurve gerade vermutlich einem Erdbebenseismogramm glich.

»Ich stell sie nur kurz ins Wasser«, entschuldigte ich mich und verschwand in die Küche. Während ich eine Vase füllte, atmete ich mehrmals tief durch.

»Nette Wohnung«, hörte ich Finn vom Eingang her, wo ich ihn unhöflicherweise einfach hatte stehen lassen.

»Danke!«, rief ich zur Antwort und murmelte dann leise zu meinem verzerrten Spiegelbild im Wasserkocher: »Um Himmels willen, Gemma, reiß dich zusammen.«

Mit einem Lächeln, das hoffentlich meine Aufregung verbarg, ging ich wieder in den Flur.

»Kann's losgehen? Vielleicht nimmst du besser eine Jacke mit. Da, wo wir hinfahren, ist es vielleicht etwas windig.«

»Du machst es ja spannend«, entgegnete ich, schnappte meine schwarze Lederjacke und legte sie mir über die Schultern. Es machte mir nichts mehr aus, nicht zu wissen, wohin wir fuhren. Bei Finn war ich sicher. Für diese Annahme hatte ich zwar keinen Beweis, doch ich hätte bereitwillig meinen gesamten Besitz darauf verwettet.

Wir fuhren im Lift mit ein paar meiner Nachbarn zusammen ins Erdgeschoss, daher setzten wir unsere Unterhaltung erst fort, als wir das Haus verließen. Die Nachmittagssonne war immer noch kräftig, sodass ich im grellen Licht wie ein Maulwurf blinzelte und nach meiner Sonnenbrille griff.

»Wo hast du geparkt?«, fragte ich und schaute mich um, ohne jedoch Finns dunkelblauen Wagen zu entdecken. Ich stellte mich auf die Zehenspitzen, um etwas weiter sehen zu können, doch eine schwarze Stretchlimousine, die am Bordstein stand, versperrte mir die Sicht. Es war die Art Fahrzeug, bei dem man erwartet, dass gleich ein A-Promi aus Hollywood aussteigt.

»Das ist unsere«, sagte Finn und fasste mich behutsam am Ellbogen.

Idiotischerweise hielt ich weiter nach dem Wagen Ausschau, in dem ich am Vorabend mitgefahren war. Sanft glitt in dem Moment eine der dunkel getönten Fensterscheiben der Limousine nach unten, und hinter dem Steuer sah ich einen Mann in dunklem Anzug, der Anstalten machte, auszusteigen. Finn beugte sich zu ihm hinab und sagte durch das offene Fenster etwas, woraufhin der Fahrer sitzen blieb.

»Du hast eine Limousine«, stellte ich fest, nur für den Fall, dass Finn das noch nicht aufgefallen war.

Er lachte, eine Hand auf das glänzende Dach des Wagens gestützt.

»Nur heute Abend«, sagte er gut gelaunt und öffnete die hintere Tür. »Ich dachte, es wäre nett, wenn wir uns ein bisschen Komfort gönnen.«

»Dein Wagen ist komfortabel genug«, gab ich zurück, und überrumpelt, wie ich war, merkte ich erst, als ich es ausgesprochen hatte, dass meine Bemerkung unhöflich klang. »Ich meine, die Limousine ist toll, aber du brauchtest doch nicht extra einen anderen Wagen zu mieten!«

»Doch, ich habe meinen nämlich heute früh verkauft.«

Er öffnete die Tür, und alle meine Einwände waren wie weggeblasen, als ich die luxuriöse Innenausstattung sah. Die Rückbank schien mir breiter und gemütlicher als meine Couch, und in einem Sektkühler befand sich zwischen Eiswürfeln ein vermutlich sehr teurer Tropfen. Doch am besten war der eiskalte Luftstrom der Klimaanlage, den ich schon vom Gehweg aus spürte. Grinsend stieg ich ein und fragte mich, ob es sich so anfühlte, wenn man im Lotto gewann.

»Du hättest mir sagen sollen, dass du dein Auto verkauft hast«, fuhr ich fort, als Finn nach mir einstieg. »Ich hätte uns gern fahren können.«

»Aber dann könntest du heute Abend nichts trinken«, wandte er ein.

Mein Blick fiel auf den Sektkühler. »Stimmt. Aber du weißt doch, was für ein Fliegengewicht ich bin. Wenn ich auf der Hinfahrt die Hälfte davon trinke, bin ich wahrscheinlich schon sternhagelvoll, bevor wir überhaupt angekommen sind. Ach ja, wohin geht's noch mal?«

Er lachte und schüttelte den Kopf.

»Netter Versuch, Ginny«, neckte er mich und fand geschmeidig in die Masche zurück, so zu tun, als wisse er nicht, wer ich war. Nun – diesmal spielte ich mit, denn ich wusste es irgendwie auch nicht.

Auf jeden Fall war ich nicht die Frau, die Finn Douglas noch vor achtundvierzig Stunden als unangenehmen, egoistischen Typen beschrieben hätte, dem sie hoffentlich nie wieder über den Weg laufen würde. Und doch saß ich jetzt hier, neben ihm, und fragte mich, ob das vielleicht das beste Date meines Lebens war. Dabei hatte es gerade erst begonnen.

Genau wie am Abend zuvor floss unsere Unterhaltung so mühelos dahin, dass man leicht vergessen konnte, wie wenig wir eigentlich voneinander wussten. Lange bevor wir den dichten Stadtverkehr hinter uns gelassen hatten und auf die Autobahn aufgefahren waren, kam mir der Gedanke, dass ich den Rest des Abends auch gern hier in der Limousine verbracht hätte, ohne auszusteigen.

Mit über hundert Stundenkilometern rauschte die Welt an uns vorbei und drang nur hin und wieder zu uns durch, wenn andere Autofahrer uns per Hupe grüßten. »Ich frag mich, ob die Leute glauben, wir wären frisch verheiratet«, sinnierte ich.

Finns hochgezogene Augenbraue sprach Bände. »Ich bin zwar offen für stürmische Romanzen, aber ich warte normalerweise doch lieber bis nach dem ersten Date, bis ich jemandem einen Antrag mache.«

Er scherzte natürlich, aber etwas an seiner Bemerkung ernüchterte mich wirkungsvoller als ein Liter schwarzer Kaffee.

»Hast du das schon mal getan?«, fragte ich und stellte mein Champagnerglas besonders aufmerksam zurück in die Halterung. *Kein Alkohol mehr, junge Dame,* wies ich mich selbst zurecht.

»Hab ich *was* getan?«

»Jemals einer Frau einen Antrag gemacht.« Ich ärgerte mich, als mir schlagartig klar wurde, dass ich nur allzu bereitwillig angenommen hatte, Finn sei unverheiratet, bloß weil er keinen Ring trug. War das Wunschdenken oder Vogel-Strauß-Strategie? Ich war in der Vergangenheit angelogen worden und hatte offensichtlich trotzdem nichts dazugelernt. Wieso vertraute ich Finn so bereitwillig?

»Nein, Gemma, ich habe noch nie jemandem einen Heiratsantrag gemacht. Ich habe noch keine Frau kennengelernt, mit der ich den Rest meines Lebens verbringen will.«

Ich wartete darauf, dass er ein unangebrachtes »bis jetzt« hinzufügte. Aber es kam nicht. Ich bedachte mein Champagnerglas mit einem vorwurfsvollen Blick. *Das ist alles deine Schuld*, beschimpfte ich es im Stillen. Erst viel, viel später fiel mir auf, dass Finn mich bei der Antwort auf diese Frage ausnahmsweise mit meinem richtigen Namen angesprochen hatte.

Während wir auf unser geheimnisvolles Ziel zusteuerten, lenkte Finn die Unterhaltung geschickt von allen persönlichen Dingen weg, und wir glitten nahtlos von einem harmlosen Thema zum nächsten. Finn wäre wirklich ein hervorragender Journalist gewesen, denn seine Interviewtechnik schlug meine um Längen.

»In etwa fünf Minuten sollten wir da sein«, sagte der Fahrer durch die Sprechanlage, was mich hochschrecken ließ.

Ich schaute wieder aus dem Fenster, und diesmal erhaschte ich einen ersten flüchtigen Blick auf ein großes Stück Blau am Horizont.

»Wir sind am Meer«, sagte ich überrascht und wunderte mich, dass wir die Strecke in so kurzer Zeit zurückgelegt hatten. Doch die Uhr, die in die Lederpolsterung der Limousine eingelassen war, zeigte, dass wir schon seit zwei Stunden unterwegs waren.

Ich hatte mir noch nie so sehr gewünscht, die Zeit möge nicht so schnell verstreichen. *Lass sie rückwärtslaufen, oder wenigstens langsamer,* betete ich im Stillen. Ich wollte, dass es kein Gestern und kein Morgen gab, sondern einzig ein langes, endloses »heute Abend«.

Kurz nachdem wir die Autobahn verlassen hatten, befanden wir uns in einem Labyrinth aus schmalen Straßen und heckengesäumten Wegen, die immer enger zu werden schienen, je mehr wir uns unserem Ziel näherten. Als die Hecken mit dornigen Fingern nach uns zu greifen schienen, machte ich mir Sorgen um den makellosen Lack des Wagens. Die Wege waren so schmal, dass ich nicht wusste, was der Fahrer getan hätte, wenn uns ein anderes Auto entgegengekommen wäre. Glücklicherweise setzte er bald darauf den Blinker, und wir fuhren durch ein Tor mit zwei Backsteinpfeilern.

»The Manor House«, las ich auf einem diskret platzierten Schild. Unter dem Namen des Hotels befand sich eine beeindruckende Zahl von Michelin-Sternen, die das dortige Restaurant vorweisen konnte.

Die Auffahrt wurde von großen Pappeln gesäumt, die, wenn die Sonne unterging, durch Leuchtstrahler illuminiert werden würden.

Während wir die Biegungen der Kieszufahrt entlangfuhren, war das Gebäude selbst noch kaum zu sehen, nur ab und zu konnte man durch das Blattwerk der majestätischen Pappeln einen Blick auf Teile davon erhaschen. Ich vermochte ein Fenster auszumachen, das in der Abendsonne glühte, ein Stück eines Giebeldachs, und dann einen hohen Schornsteinkopf. Schließlich endete das Versteckspiel, als wir auf den kreisförmig angelegten Vorplatz einbogen.

Es war eine Location, die Leute für ihre Hochzeit buchten. Das heißt, Leute, die sich bei der Rechnung um ein paar Nullen mehr vor dem Komma keinen Kopf zu machen brauchten. Vielleicht noch beeindruckender als das historische Gebäude war aber die bis ins Kleinste gepflegte Anlage. Trotz des heißen, trockenen Wetters war alles ringsum grün und frisch.

»Wunderschön«, sagte ich begeistert.

»Das Beste hast du noch gar nicht gesehen«, entgegnete Finn, als die Limousine anhielt und der Kies dabei aufstob. Er stieg als Erster aus und hielt mir dann die Hand hin. Auch wenn ich die letzten fünfundzwanzig Jahre ziemlich erfolgreich ohne fremde Hilfe in Autos ein- und wieder ausgestiegen war, ergriff ich sie gern, denn ich mochte das Gefühl, wenn sich unsere Finger berührten.

Ich drehte mich einmal langsam im Kreis, bewunderte das Anwesen und atmete die berauschende Duftkombination aus frisch gemähtem Gras und Seeluft ein. Ich konnte das Meer von hier aus zwar nicht sehen, hörte aber durch das abendliche Vogelgezwitscher das leise Rauschen der Wellen. Während ich diese idyllische Umgebung genoss, gab Finn dem Fahrer einige Anweisungen.

Als der Motor wieder startete, drehte ich mich um und sah die Limousine auf dem Kiesweg davonfahren. Die Rücklichter blinkten, dann war sie verschwunden.

»Holt er uns wieder ab?«, fragte ich und war überrascht, wie gleichgültig es mir gewesen wäre, hätte Finn »Nein« geantwortet.

»Natürlich«, erwiderte er mit demonstrativ entrüstetem Blick. »Du hast wohl wirklich keine besonders hohe Meinung von mir?«

Unerwartet hatte sich unser Gespräch damit einem ernsten Thema zugewandt. »Stimmt. Früher. Vor ein paar Jahren«, gab ich zu. »Aber ich will ehrlich sein – gerade revidiere ich die in einem ziemlichen Tempo.«

Das Lächeln, das ich dafür erntete, hätte ich am liebsten fotografiert und eingerahmt.

»Komm«, sagte Finn und hielt mir wieder die Hand hin. »Ich will dir zeigen, wieso wir für ein Abendessen so weit gefahren sind.«

Meine Finger glitten leicht in seine, als wären sie Puzzleteile, die endlich an den richtigen Platz gefunden hatten. Ungläubig schüttelte ich bei diesem Gedanken den Kopf. *Das kommt vom Champagner,* sagte ich mir. Und das stimmte auch, aber nur zu einem gewissen Teil.

Ich hatte gedacht, Finn würde mich zu der riesigen Doppeltür am Vordereingang des Hotels führen, die weit offen stand, um den warmen Juliabend hereinzulassen, doch stattdessen gingen wir durch den tiefen, knirschenden Kies zu einer Seite des Gebäudes. Schon lange bevor wir aus dem Schatten des Hotels heraustraten, hörte ich wieder, nun deutlich lauter, wie sich irgendwo unter uns die Meereswellen brachen, wahrscheinlich an einer Felswand.

»Schließ die Augen«, sagte Finn und verlangsamte seine Schritte.

»Dann falle ich hin«, warnte ich ihn, denn bereits mit offenen Augen hatte ich Schwierigkeiten, in meinen Absatzschuhen durch den tiefen Kies zu laufen. »Hab ich schon erzählt, dass ich von Geburt an tollpatschig bin?«

Er lachte leise. »Nein, ich glaube nicht. Aber keine Sorge, ich halte dich fest.«

»Oder stößt mich von einer Klippe«, entgegnete ich und versuchte, auf diese Weise an die vorhergehenden Neckereien anzuknüpfen – in einer Situation, die sich langsam immer ernsthafter anfühlte.

Es war verrückt. Gefühle konnten sich nicht derart schnell entwickeln. So etwas brauchte Zeit, um zu wachsen. Und doch war es, als wäre unsere Beziehung in einem enormen Tempo zu einem Punkt vorgeschnellt, den zu erreichen es normalerweise Wochen oder Monate brauchte.

»Schließ die Augen, Genevieve«, forderte Finn mich auf.

Wir gingen ein paar Schritte, und er hielt Wort. Er reichte mir eine Hand und legte die andere um meine Taille, sodass er mich, selbst wenn ich gestolpert wäre, hätte festhalten können.

»Okay, jetzt kannst du sie wieder öffnen«, sagte er.

Ich machte sie langsam auf und ließ den Anblick bewusst auf mich wirken. Ein *Wow* schien keine Beschreibung, die einer Journalistin angemessen war, doch mir fiel nichts Besseres ein, um die Schönheit dessen, was ich sah, zu würdigen.

Ich wusste gar nicht, wohin ich zuerst schauen sollte. Vor uns, auf einer tieferliegenden, mit Steinplatten gepflasterten Terrasse, standen mit schneeweißen Tischdecken und glänzendem Besteck festlich eingedeckte Tische, auf denen hohe Kerzen brannten, und ins Blattwerk der Bäume hatte man LED-Lämpchen gehängt, die später zusätzlich für eine behagliche Atmosphäre sorgen würden. Doch so luxuriös diese Außenanlage auch sein mochte, war es doch die Kulisse, die diesen Ort wirklich spektakulär machte. Hinter einer niedrigen Mauer erstreckte sich das Meer, so weit das Auge reichte, und schimmerte wie ein Kaleidoskop aus Blau-, Grün- und Goldtönen, wo das Sonnenlicht sich in den Wellen fing.

»Oh. Mein. Gott. Ich glaube, das ist echt der schönste Ort, den ich je gesehen habe«, platzte ich heraus wie eine Idiotin. Und zu allem Überfluss spürte ich, wie mir die Tränen kamen. »Danke, dass du mich hierhergebracht hast.«

Finn wirkte ungewöhnlich zufrieden über meine Begeisterung.

»Woher kennst du das Restaurant?«, wollte ich wissen, als wir zusammen auf die Mauer zuliefen, hinter der das Meer lag.

»Vor ein paar Jahren, als ich noch Journalist war, hab ich mal über eine Konferenz hier berichtet«, sagte er, stellte sich an die hüfthohe Mauer und atmete tief ein, als würde er sich sammeln. »Damals fand ich, dass das genau der richtige Ort für einen besonderen Anlass wäre.«

»Zählen erste Dates zu besonderen Anlässen?«, fragte ich mit heiserer Stimme.

Finn drehte sich zu mir und sah mir so tief in die Augen, dass ich den Blick nicht abwenden konnte. Oder wollte.

»Ich weiß nicht. Sag du es mir.«

Ich hätte eine witzige Bemerkung machen und den Moment ins Banale verkehren können, aber ich tat das genaue Gegenteil. Ich hielt bereits eine seiner Hände, aber nun griff ich nach der anderen, als würden wir unsere Hochzeitsgelübde sprechen.

»Ich finde das hier sehr besonders.«

Unser Tisch sei bereit, ließ Finn mich wissen, nachdem er sich beim Oberkellner erkundigt hatte, der auf seinem Podest, von dem aus er die Gäste und das Meer dahinter überblickte, an einen Schiffskapitän auf der Kommandobrücke erinnerte.

»Wir können entweder jetzt essen oder uns einen Cocktail holen und noch ein bisschen herumspazieren, bevor die Dämmerung kommt – wenn du willst.«

»Plan B, bitte«, sagte ich voller Vorfreude, weniger aus einem brennenden Interesse für Grünanlagen heraus, sondern weil ich wusste, dass er wieder meine Hand nehmen würde, wenn wir durch den Garten schlenderten.

Und ich lag richtig, Finn griff nach meiner Hand. In der anderen hielt ich meinen Cocktail, den ich vor allem deshalb ausgesucht hatte, weil er zu den wenigen gehörte, die ich bestellen konnte, ohne wieder einmal wie ein Teenager erröten zu müssen. Der Abend kam mir bereits erotisch aufgeladen vor, ohne dass ich auch noch einen Drink mit einem zweideutigen Namen verlangte.

In der Luft lag ein warmer, süßer Duft, der entweder vom Geißblatt, meinem Getränk oder von der Erwartung herrührte, dass heute Abend noch etwas Besonderes passieren würde. Bei meinen früheren Freunden war das Verlangen immer mit einem langsamen, langen Glühen vergleichbar gewesen, doch jetzt kam ich mir vor, als liefe ich mit Finn unter einem riesigen Brennglas durch die Sonnenhitze.

Bei einer Runde durch den Garten zeigte sich, dass Finn noch weniger von Bäumen und Sträuchern verstand als ich.

»Hast du einen Garten?«, fragte ich, wobei mir auffiel, wie wenig ich immer noch über ihn wusste.

»Nein. Nicht mal einen Blumenkasten«, sagte er mit einem bedauernden Schulterzucken. »Ich wohne mit zwei anderen Jungs in einer WG. Das Einzige, was bei uns erfolgreich gedeiht, ist der Schimmel, wenn es ein Teller nicht bis in die Spülmaschine schafft.«

»Igitt«, sagte ich und schüttelte mich. »Und so jemand arbeitet im Gastgewerbe.«

Finn grinste. »Im Café ist bei Kontrollen nie etwas beanstandet worden«, sagte er stolz, und fügte dann witzelnd hinzu: »In den letzten drei Jahren habe ich keinen einzigen Gast vergiftet.«

»Es sind die kleinen Dinge, für die man dankbar sein muss«, ergänzte ich trocken, und mir gefiel, dass ich ihn zum Lachen bringen konnte; noch mehr gefiel mir allerdings, dass er irgendwann wieder den Arm um meine Taille schlang.

Ich verspürte eine kribbelnde Vorfreude, als durchliefe

mich ein schwacher elektrischer Strom. Später würde der Funke lodernd zum Leben erwachen, durchfuhr es mich mit einer Gewissheit, die ich nie zuvor empfunden hatte. Dieselbe Gewissheit stand auch in Finns Augen geschrieben, wenn er mich ansah. Sie leuchteten wie zwei Flammen. Das Glück, seine Lippen auf meinen zu spüren, hinauszuzögern, würde das Erlebnis nur noch intensiver machen.

»Hungrig?«, fragte er leise.

Ich musste mir in Erinnerung rufen, dass er vom Essen sprach, und nickte.

Wir gingen zurück zur Terrasse. Die Sonne trieb immer noch ihr Spiel mit dem Licht und verwandelte die Scheiben einiger Fenster im Erdgeschoss des Hotels in feurige Augen.

»Hier haben sie ein tolles Lachsgericht, das –«

»Was ist das für ein Geruch?«, unterbrach ich ihn.

Finn blieb stehen und atmete tief ein, dann sah er an seinen Schuhsohlen nach, ob er in eine Hinterlassenschaft der auf dem Gelände frei laufenden Pfauen getreten war. Als er feststellte, dass seine Sohlen sauber waren, lachte er mich an. Es war das letzte unbefangene Lachen, das ich für eine Weile bei ihm erleben würde.

Ich schnupperte noch einmal wie ein Spürhund und war mir sicher, dass der Geruch stärker geworden war. »Nein, das ist es nicht. Es ist irgendwie beißend, stechend.«

Ich hatte nicht gemerkt, wie Finn meine Hand losließ, doch er musste es getan haben, denn jetzt schirmte er damit das Sonnenlicht von den Augen ab. Die andere ballte er merkwürdigerweise zur Faust.

»Ich glaube, das ist ein …«

»Feuer!«, rief jemand am Hoteleingang. Nur wenige Sekunden später schrillte wie zur Bestätigung der Feueralarm los.

»O mein Gott!«, rief ich, als mir klar wurde, dass das rote

Flackern, das ich in den Fenstern im Erdgeschoss gesehen hatte, Flammen gewesen waren.

Ich lief zum Hotel für den Fall, dass man dort Hilfe benötigte, und Finn folgte mir. Noch bevor wir die Hälfte der Strecke über den gepflegten Rasen zurückgelegt hatten, kam uns ein Strom von Restaurant- und Hotelgästen entgegen, die aus dem Gebäude evakuiert worden waren und nun von Hotelangestellten in Sicherheit gebracht wurden, zu einem Sammelplatz auf dem Gelände.

Einige Gäste machten besorgte Gesichter, doch keiner wirkte so betroffen wie der Mann neben mir. Wir waren nicht annähernd in der Nähe des Feuers, und dennoch standen ihm kleine Schweißperlen auf der Stirn.

»Alles okay bei dir?«, fragte ich und merkte, dass er das, was ihn bekümmerte, hastig hinter einer undurchdringlichen Miene verbarg.

»Ja«, entgegnete er und setzte ein Lächeln auf, das seine Augen nicht erreichte.

Das Hotelpersonal war damit beschäftigt, auf Listen die Namen der Gäste und Mitarbeiter abzuhaken. Sie schwirrten um uns herum, und die Leute tauschten Gerüchte und Vermutungen aus.

»Ich habe jemanden sagen hören, dass es in einem Lagerraum ausgebrochen ist, aber schon nach wenigen Minuten gelöscht wurde.«

»Hoffen wir mal, dass sie uns bald wieder ins Restaurant lassen, meine Vorspeise sollte nämlich gerade kommen.«

»Ich wette, das Essen gibt es heute gratis«, merkte jemand vergnügt an.

Die Besorgnis der Gäste hielt sich offensichtlich in Grenzen, obwohl jetzt aus der Ferne Feuerwehrsirenen zu hören waren.

»Meine Damen und Herren«, begann der Hotelmanager, er schrie beinahe, um sich trotz der Sirenen Gehör zu verschaffen. »Ich möchte mich aufrichtig für die Störung Ihres Abends entschuldigen. In unseren Lagerräumen ist es zu einem kleinen Brand gekommen, der schnell gelöscht werden konnte. Dennoch wird die Feuerwehr das komplette Gebäude inspizieren müssen, bevor wir wieder hineindürfen. Ich bitte vielmals um Entschuldigung und möchte Ihnen auf Kosten des Hauses ein Glas Champagner anbieten, das wir Ihnen gleich servieren werden.«

Es wirkte bizarr, dass die Gruppe auf dem Rasen applaudierte, ob nun für den Hotelmanager, wegen des Champagners oder für die Feuerwehrleute, die gerade aus den Fahrzeugen sprangen und ihre Schläuche ausrollten, die sie gar nicht brauchen würden.

Ich wandte mich zu Finn um, doch er achtete nur auf die drei Feuerwehrautos und die Teams, die gleich das Gebäude betreten würden.

Inzwischen gingen Kellner mit silbernen Tabletts voller Champagnergläser durch die Menge. Einer von ihnen kam auf uns zu, doch ich schüttelte den Kopf. Seit der Feueralarm losgeschrillt war, hatte Finn kein Wort gesagt, aber ich hätte blind sein müssen, um nicht zu merken, wie angespannt er war. Die Atmosphäre zwischen uns war völlig anders als noch vor wenigen Minuten.

Während ich überlegte, wie ich die lockere Stimmung wiederherstellen konnte, schossen mir alle möglichen Gedanken durch den Kopf. »Wahrscheinlich brauchen sie eine Weile, bis sie das Gebäude freigeben können«, sagte ich schließlich und legte meine Hand in Finns Armbeuge. Es war, als würde ich mich an eine Marmorstatue schmiegen. »Was hältst du von einem kleinen Spaziergang, solange die hier zugange sind?«

Journalisten können sich in der Regel auf ihren Instinkt verlassen, und meiner sagte mir, dass Finn sich nicht entspannen würde, bevor wir nicht Abstand zwischen uns und die Brandstelle gebracht hatten. Es schien ihn einige Mühe zu kosten, den Blick von den drei Löschfahrzeugen loszureißen. Ich fragte mich, ob er früher einmal über einen Brand hatte berichten müssen, einen, der nicht so glimpflich verlaufen war wie dieser hier. So etwas konnte selbst einem abgebrühten Journalisten zu schaffen machen. War das vielleicht der Grund, weshalb er seinen Beruf an den Nagel gehängt und ein Café eröffnet hatte?

»Es gibt hier einen Weg runter zum Meer und zu einer kleinen Promenade«, riss er mich aus meinen Gedanken.

»Klingt super«, antwortete ich und war froh, als seine Anspannung sich merklich löste.

Es war nicht überraschend, dass wir die einzigen Gäste waren, die den Schauplatz verlassen wollten. Die Kombination aus Gratissekt, Feuerwehrleuten und einer Prise Drama war für die anderen Anreiz genug, um zu bleiben.

Ein Hotelangestellter sprach uns an und teilte uns freundlich mit, dass das Essen heute Abend aufs Haus gehen würde, genau wie der eine Gast es vorhergesagt hatte.

»Wir sind bald zurück«, ließ Finn ihn wissen.

Kapitel 13

Der Strand

Vier Jahre zuvor

Wir waren auf dem schmalen Weg zum Strand schon ein gutes Stück gegangen, bevor Finn wieder das Wort ergriff. Den Brandgeruch hatten wir zwar hinter uns gelassen, doch er schien immer noch wie eine dunkle Wolke über uns zu schweben.

»Tut mir leid, dass ich gerade so komisch reagiert habe«, sagte er und machte eine Kopfbewegung zurück zum »Manor House«.

Einen Moment lang überlegte ich, ob ich so tun sollte, als wäre es mir nicht aufgefallen, doch eine Lüge schien mir ein schlechter Anfang für das zu sein, was auch immer sich zwischen uns entwickelte.

»Normalerweise flippe ich nicht so leicht aus.«

»Bist du doch gar nicht«, sagte ich. »Und wenn du *das* schon schlimm findest, solltest du mich mal erleben, wenn ich eine Spinne in der Badewanne entdecke. Ich bin dafür bekannt, meine Freunde bei solchen Notfällen zu jeder Tages- und Nachtzeit anzurufen.«

Ich war erleichtert, als sich bei ihm der Anflug eines Lächelns zeigte. »Na, dann kannst du mich mit auf die Liste von möglichen Rettern setzen, wenn du möchtest. Mit Spinnen hab ich kein Problem. Ich habe die ersten Jahre meines Lebens im Land der Riesenkrabbenspinnen verbracht.«

Ich hob den Blick vom Pfad, der zunehmend schwieriger begehbar wurde, je weiter wir uns vom Hotel entfernten. »In Australien? Da bist du aufgewachsen?«

In seinen Augen flackerte etwas auf, als würde er sich gerade an etwas erinnern. Anscheinend an etwas Schönes. »Meine Mutter war Australierin und mein Vater Brite. Als ich zehn war, sind wir wegen der Arbeit meines Vaters zurück nach England gezogen.«

Dass Finn die Vergangenheitsform verwendet hatte, als er von seinen Eltern sprach, war mir nicht entgangen. Aber ich fragte nicht weiter nach. Wenn er wollte, dass ich mehr erfuhr, würde er es mir erzählen.

»Du klingst eigentlich nicht wie ein Australier«, sagte ich, weil ich unsere Unterhaltung locker halten wollte.

»Mal kommt der Akzent durch, dann wieder nicht«, sagte Finn schulterzuckend. »Vielleicht wird er richtig heftig, wenn ich wieder dort bin.« Plötzlich wirkte er um den Mund herum angespannt, als hätte er versehentlich ein Geheimnis verraten.

Der Pfad war in der Zwischenzeit noch steiler geworden, und die hochhackigen Sandaletten, für die ich mich heute entschieden hatte, erwiesen sich als völlig ungeeignet.

»Ist das okay für dich in diesen Schuhen?«, fragte Finn, als ich beinahe über einen lockeren Stein gestolpert wäre. »Wir sind gleich da.« Er hielt mir den Arm hin, um mich zu stützen. »Ich kann dich aber auch den Rest der Strecke huckepack nehmen.« Er lachte, und endlich war da wieder dieses Glänzen in seinen Augen.

Eine Millisekunde lang stellte ich mir vor, wie ich auf seinem Rücken hockte, die Beine um seinen Oberkörper geschlungen, seine Hände als Stütze unter meinem Po, und ich wurde von einem vollkommen unangemessenen Begehren erfasst, das von meinem Bauch bis zwischen meine Beine pulsierte.

»Schon gut, kein Problem«, sagte ich und beugte mich hinunter, um umständlich die Riemen meiner Schuhe zu lösen. Ich richtete mich erst wieder auf, als ich mir hundertprozentig sicher war, dass man mir meine unpassenden Gedanken nicht mehr am Gesicht ablesen konnte.

Die Sonne näherte sich weiter dem Horizont, es war die Zeit, die Fotografen gern als goldene Stunde bezeichnen. Nie hatte ich diesen Begriff passender gefunden als jetzt. Ich schob meine Hand wieder in Finns.

Das Farbenspiel war noch intensiver geworden, als der gewundene Pfad vor uns endete und wir uns auf einer Strandpromenade wiederfanden. Beim Blick auf die Reihe pastellfarben gestrichener Strandhütten, die sich so weit erstreckte, wie das Auge reichte, musste ich schmunzeln. »Die sehen aus wie kleine Monopoly-Häuschen«, bemerkte ich und lachte, als Finn trocken erwiderte, dass man ziemlich oft über »Los« würde gehen müssen, um sich eines davon leisten zu können.

»Sandstrand oder Promenade?«, fragte er und nahm mir meine Schuhe ab.

Die glühende Feministin in mir fragte sich vermutlich, was ich da gerade tat, aber ich ignorierte sie geflissentlich.

»Promenade.«

Die meisten Hütten waren schon geschlossen, doch es gab noch ein paar Besitzer, die die letzten Minuten des warmen Sommerabends offenbar unbedingt ausnutzen wollten. Sie saßen auf Liegestühlen vor ihren Miniaturhäuschen und hatten sich Plaids über die Knie gelegt, um sich vor einer Kühle zu schützen, die ich noch gar nicht wahrnahm.

Beinahe jeder, an dem wir vorbeikamen, grüßte uns, manche hoben sogar ihre Teetasse oder eine Getränkedose zu einem stummen Prosit. Mit ihrem abblätternden, verwitternden Anstrich und ihren gut gelaunten Besitzern hatten die Hütten etwas zutiefst Britisches. Ich war geradezu verzaubert – wie von fast allem an diesem Abend.

Wir hatten das Ende der Promenade beinahe erreicht, und so spektakulär das »Manor House« auch war, hatte ich es doch nicht besonders eilig, dorthin zurückzukehren. Der Finn, der gerade neben mir herschlenderte, war deutlich entspannter als der, den ich kurz vorher auf dem Hotelgelände erlebt hatte, und ich wollte ihn so lange bei mir haben wie möglich.

Finn hörte die Musik noch vor mir. Er blieb stehen und neigte den Kopf, um den leisen Klängen zu lauschen, die über das Geräusch der Wellen hinweg zu vernehmen waren. Vor uns lagen nur noch ein paar Hütten, und sie sahen eher schäbig als schick aus. Bei der, aus der die Musik kam, hatte sich an der Stirnseite verblasste gelbe Farbe vom Holz gelöst und war kurz vor dem Abblättern.

Die Musik war laut, und der Ton knisterte, sodass ich an eine alte Vinylschallplatte denken musste. Das Lied hätte zudem besser in die Musiksammlung meiner Eltern gepasst als in meine eigene.

Wir verlangsamten unsere Schritte und blieben schließlich stehen, als ein älterer Mann aus der offenen Tür der Hütte trat. Vermutlich bemerkte er uns nicht, da wir im Schatten standen und seine Aufmerksamkeit allein der älteren Frau galt, die ihm auf dem Fuß folgte. Er streckte eine mit Altersflecken übersäte Hand aus, und sie ergriff sie. Der dünne Goldring an ihrer faltigen Hand glänzte im Abendlicht.

Trotz seines vom Alter gebeugten Rückens war der Herr immer noch größer als die zierliche Dame mit dem schütteren weißen Haar. Er lächelte ihr liebevoll zu und legte ihr die Hand auf die Taille. Einen Moment lang wartete er ab, lauschte auf den Rhythmus, und bewegte sich dann mit ihr zur Musik. Nachdem ich jahrelang Promi-Tanzshows im Fernsehen geschaut hatte, konnte ich das Stück als Walzer identifizieren.

Wir sahen den beiden dabei zu, wie sie auf der Promenade tanzten, als befänden sie sich in einem Ballsaal. Sie waren ganz im Augenblick versunken, nicht nur ineinander, sondern in der anderen Zeit, in die das Lied sie zurückversetzt zu haben schien. Sie bewegten sich mit der Selbstverständlichkeit von zwei Menschen, die es schon seit Jahrzehnten gewohnt waren, miteinander zu tanzen. Ihre vorsichtigen Schritte trugen eine ganz eigene Schönheit in sich. Dieses Lied gehörte ihnen; dieser Moment war ihrer; und ihre Liebe war derart mit den Händen greifbar, dass es mir die Tränen in die Augen trieb.

Ich schaute zu Finn und war überrascht, dass er mich mit einem rätselhaften Gesichtsausdruck ansah. Später einmal, wenn sein Sehvermögen nachließ, sein Kinn weniger kantig war und sein Rücken krumm von den Jahren, würde auch jemand an seiner Seite sein. War es verrückt, dass ich mir wünschte, ich wäre dieser Jemand?

»Entschuldigen Sie vielmals! Wollen Sie vorbei?«, rief der alte Mann und versuchte eine schnelle Drehung, beinahe wie Fred Astaire.

»Nein. Bitte, tanzen Sie ruhig weiter«, sagte Finn und lächelte ihn freundlich an, sodass sich um seine Augen kleine Fältchen bildeten.

»Es ist schön, Ihnen zuzusehen«, fügte ich hinzu.

Die alte Dame strahlte. »Heute ist unser Hochzeitstag. Sechzig Jahre, auf den Tag genau. Zu diesem Lied haben wir bei unserer Hochzeitsfeier getanzt.«

»Herzlichen Glückwunsch«, sagte ich und merkte, dass Finn mir wieder seinen Arm um die Taille gelegt hatte.

Wir blieben auf der Strandpromenade stehen, bis das Lied zu Ende war, und applaudierten dann. Die Frau errötete wie ein junges Mädchen, und der Mann machte eine tiefe Verbeugung.

Ich wusste nicht, wer diese Menschen waren, und kannte ihre Lebensgeschichte nicht, doch als wir uns zum Gehen wandten, fühlte ich mich merkwürdig geehrt, diesen besonderen Moment mit ihnen gemeinsam erlebt zu haben.

»Wir sollten langsam zum Hotel zurück«, sagte Finn, und mir war, als hörte ich in seinem Tonfall eine Spur von Bedauern.

»Ja«, sagte ich und blickte zum Strand, der sich nun weitgehend geleert hatte. »Obwohl ich irgendwie auch gern hier unten bleiben würde.«

»Hast du denn keinen Hunger?«, fragte er und dachte garantiert daran zurück, wie ich am Vorabend das Fast Food verschlungen hatte.

»Doch, einen Bärenhunger«, sagte ich so entschieden, dass er auflachte. »Aber nicht unbedingt auf Haute Cuisine. Nicht heute«, fügte ich hinzu und hoffte im Stillen, dass wir künftig noch weitere Abende zusammen verbringen würden, an denen wir dann fein speisen konnten.

»Und worauf hättest du Lust?«

Einen furchtbaren Augenblick dachte ich schon, ich würde »Auf dich« antworten. Doch glücklicherweise hatte ich meine Zunge noch halbwegs unter Kontrolle.

»Rate mal«, sagte ich, und meine Augen strahlten, als ein Mann an uns vorbeilief, der eine prall gefüllte weiße Plastiktüte dabeihatte.

»Fish and Chips?«

»Was wäre ein Ausflug ans Meer ohne Fish and Chips?«

Finn schüttelte den Kopf, als hätte ich ihn schon wieder völlig überrascht, aber er schien mit meinem Vorschlag auch nicht gänzlich unzufrieden.

»Zugegeben, meine Pläne für heute waren eine Nummer größer. Ich wollte, dass es ein Abend wird, an den wir beide uns noch lange erinnern.« Er klang traurig, und in diesem Moment sehnte ich mich so sehr danach, ihn zu küssen, dass es fast körperlich wehtat, mich zurückzuhalten.

»Das ist er doch schon«, versicherte ich ihm.

Es gab mindestens vier Läden, bei denen wir uns hätten anstellen können, doch wir gingen einfach zum nächstgelegenen. Der Duft von Kabeljau im Teigmantel strömte aus der offenen Tür, und mir lief das Wasser im Mund zusammen, bis wir endlich an der Reihe waren.

Auf dem Weg zurück zum Strand kamen wir an einem Getränkeladen vorbei, wo Finn noch ein Sixpack Craft Beer kaufte – was mein Vorschlag gewesen war, nicht seiner.

Als wir die steile Steintreppe hinunterstiegen, die von der Promenade zum Strand führte, reichte er mir die Hand. Wir gingen an halb zerstörten Sandburgen vorbei, deren Erbauer sicherlich bereits fest zugedeckt im Bett lagen, bis wir schließlich auf halber Strecke zwischen der Mauer unterhalb der Promenade und dem Wasser ein Plätzchen fanden.

Kurz entschlossen breitete Finn sein Jackett auf dem Sand aus. Sein Anzug machte nicht den Eindruck, als handle es sich um billigen Zwirn, doch auf meinen entgeisterten Blick hin zuckte er bloß mit den Schultern. »Nicht so wichtig«, sagte er. »Ich glaube, den werd ich sowieso eine Weile lang nicht brauchen.«

Neugierig hob ich die Augenbrauen, doch Finn war bereits

damit beschäftigt, zwei Bierflaschen zu öffnen. Wieder eine Frage, die er elegant umschifft hatte.

Er reichte mir eine Flasche und sagte: »Tut mir leid, ich hätte den Verkäufer um Plastikbecher bitten sollen.«

»Ach was«, erwiderte ich, hob sie an die Lippen und trank durstig.

Als ich sie absetzte, bemerkte ich, dass Finn mich auf eine Weise ansah, bei der das Blut in meinen Adern zu prickeln begann.

»Weißt du, Miss Gwendoline Fletcher, an dir ist aber auch gar nichts, was mir nicht gefällt.«

Ich hätte meinen Namen korrigieren, hätte einen Witz reißen oder einfach schweigen können. Doch es war nicht der passende Augenblick dafür.

»Kann ich nur zurückgeben«, antwortete ich.

Wir plauderten beim Essen weiter, und ich unterhielt ihn mit lustigen Anekdoten aus meiner Kindheit.

»Bist du ein Einzelkind?«, wollte er wissen.

»Ja. Wenn man die imaginären Brüder und Schwestern nicht mitzählt, mit denen ich gespielt habe, als ich klein war. Ich hab mich nie einsam gefühlt, aber ich wäre wirklich gern in einer turbulenten, chaotischen Großfamilie aufgewachsen. Ich glaube, darum war Hannah immer eher eine Schwester für mich als eine Freundin. Und du? Hast du Geschwister?«

»Nein. Es gab nur mich.« Etwas an seiner Antwort bestärkte mich in der Annahme, seine Eltern könnten nicht mehr am Leben sein.

»Also, für einen Ausflug hättest du dir keinen besseren Ort aussuchen können. Ich bin schon immer gern am Meer gewesen«, sagte ich, als er mir seine Styroporschale hinhielt. Sie war leer, bis auf die längste und dickste Pommes, die ich je in meinem Leben gesehen hatte. Er hatte sie für mich übrig gelassen.

Ich sah ihm in die Augen, während ich sie nahm und hineinbiss, und war überrascht, wie erotisch es sein konnte, frittierte Kartoffeln zu verspeisen.

»Wahrscheinlich waren die Strände in deiner Kindheit komplett anders als der hier«, sagte ich. Plötzlich wurde mir bewusst, dass wir zwar den ganzen Abend ununterbrochen miteinander geredet hatten, ich aber bisher nur sehr wenig von ihm erfahren hatte.

»Auf jeden Fall war es dort wärmer«, sagte Finn und legte mir meine Jacke um die Schultern.

Er musste die Gänsehaut auf meinen nackten Armen bemerkt und angenommen haben, dass ich fror. Ich verzichtete darauf, seinen Irrtum aufzuklären. Das war besser, als zuzugeben, dass er mich so antörnte.

»Für mich waren das Wichtigste die Nippers School jeden Samstag, und die Snags beim Barbie.«

»*Jetzt* klingst du gerade sehr australisch«, sagte ich entzückt. »Ich verstehe absolut nicht, wovon du redest.«

So viele Male hatte ich an diesem Abend gedacht, Finn würde mich gleich zum ersten Mal küssen. Als er es dann tat, während ich lachte, kam es völlig unerwartet. Ich war so überrumpelt, dass ich ein paar Sekunden brauchte, bis ich den Kuss erwiderte. Meine Lippen hatten gerade begonnen, seine zu erforschen, als er sich schon wieder zurückzog.

Die Sonne war beinahe untergegangen, und es war schwer, seinen Blick zu deuten. In dem schwachen Licht wirkten seine Augen fast schwarz.

»Tut mir leid. Das wollte ich tun, seit du deine Wohnungstür geöffnet hast. Aber ich hätte nicht davon ausgehen dürfen, dass du es auch möchtest.«

Machte er Witze? Glaubte er wirklich, mein Zögern bedeutete, dass ich es mir nicht genauso gewünscht hatte wie er?

Ich hätte ihn mit vielen Worten überzeugen können, doch es war leichter für mich, Taten sprechen zu lassen.

Als wir uns schließlich voneinander lösten, atmeten wir beide schwer.

Das Verlangen in seinen Augen schien zu erlöschen, als er etwas hinter mir entdeckte. »Schau mal«, sagte er leise, legte einen Finger unter mein Kinn und drehte meinen Kopf Richtung Horizont.

Während wir uns geküsst hatten, hatte sich die Sonne in einen riesigen Feuerball verwandelt, der immer tiefer sank. Ich seufzte, während wir zusammen zuschauten, wie das Meer langsam die Sonne verschlang.

»Das ist wirklich das perfekte erste Date«, flüsterte ich. Ich bin mir nicht sicher, was für eine Antwort ich erwartet hatte, doch bestimmt nicht den gequälten Blick, den ich erntete.

»Ja, stimmt …«, sagte er und biss sich auf die Unterlippe, als würde ihm etwas auf der Zunge liegen, das er lieber nicht aussprechen wollte. »Aber es gibt eine Sache, die ich dir wahrscheinlich längst hätte sagen sollen. Weißt du, es ist zugleich auch unser *letztes* Date.«

Ich war wie vor den Kopf geschlagen und wollte mich aus seinen Armen befreien, doch er ließ es nicht zu.

»Du willst mich nicht mehr sehen?«, fragte ich und scheiterte grandios dabei, es schnippisch klingen zu lassen. »Na, das ist ja mal ganz was Neues bei einem ersten Date.«

»Es tut mir so leid, Gemma«, sagte er. Als er meinen richtigen Namen verwendete, begriff ich, dass er es ernst meinte. »Ich weiß, ich hätte es dir von Anfang an sagen sollen, aber ich wollte die Stimmung nicht verderben, besonders, weil es unser einziger gemeinsamer Abend sein wird.«

»Das klingt, als hättest du keine Wahl«, sagte ich leise und völlig verwirrt.

»Stimmt. Nicht wirklich. Ich gehe weg. Nach Australien. Ich fliege morgen.«

Mir fiel ein Stein vom Herzen. »Du meinst, du fährst in Urlaub?«

Er schüttelte den Kopf, und meine Erleichterung war genauso schnell wieder verflogen, wie sie gekommen war.

»Ich hab kein Rückflugticket.«

»Aber … aber was ist mit deinem Laden, dem Café?«

»Ich hab's verkauft«, sagte er mit tonloser Stimme. »Die neuen Inhaber haben mir ein Angebot gemacht, das ich schwer ablehnen konnte. Sie haben große Pläne und wollen eine Schwesterfiliale eröffnen.«

»Hättest *du* das nicht machen können? Wenn sie sich davon Erfolg versprechen, hättest du das doch bestimmt auch hinbekommen?«

Zum ersten Mal schien sich Finn nicht wohl in seiner Haut zu fühlen. Ich hatte eindeutig einen wunden Punkt getroffen.

»Es war Zeit für etwas Neues.«

Dann legte er mir sanft die Hand auf die Wange. Er sprach so leise, dass ich ihn durch das Rauschen der Wellen kaum verstehen konnte. »Ich hätte nicht im Traum damit gerechnet, dass ich einer Frau begegnen würde, wegen der ich diese Entscheidung bereue.« Seine Lippen waren weich, als sie meine berührten. »Ich muss immer wieder daran denken, was das zwischen uns hätte werden können – unter anderen Umständen.«

»Und an deinem Plan ist nicht zu rütteln? Könnte es nicht sein, dass du es dir anders überlegst?«

»Wahrscheinlich werde ich es auf jedem einzelnen Flugkilometer nach Sydney bereuen, aber ich muss das machen. Ich muss fliegen.«

»Und was willst du in Australien tun? Eröffnest du wieder ein Café?«

Finn zögerte einen Augenblick, ehe er antwortete. »Ich werde mein Glück versuchen und einen Roman schreiben. Ich hab schon eine Weile mit dem Gedanken gespielt, und durch den Verkauf des Cafés habe ich jetzt die finanzielle Sicherheit, um die Idee in die Tat umzusetzen.«

Ich verkniff mir den Kommentar, dass das Schreiben ja so ziemlich die am wenigsten ortsgebundene Tätigkeit war. Finn hatte sich ganz offensichtlich dafür entschieden, in sein Geburtsland zurückzukehren. Was auch immer zwischen uns war, es sollte einfach nicht sein.

»Wir sind wohl die Richtigen zum falschen Zeitpunkt«, sagte ich leise und war fest entschlossen, unseren ersten und letzten gemeinsamen Abend nicht durch schlechte Stimmung zu ruinieren.

Ich legte ihm die Hand in den Nacken und drehte seinen Kopf zu mir. Alle Befürchtungen, wir könnten verhaftet werden, waren wie weggeblasen, als wir uns in den Sand sinken ließen.

Wenn wir nur einen einzigen, perfekten Abend hatten, dann wollte ich ihn wenigstens voll und ganz auskosten.

Kapitel 14

Ich saß in meinem Flur auf dem Boden, an die Wohnungstür gelehnt, und wartete. Meine Aufmerksamkeit richtete sich im Wechsel auf die Briefklappe, mein E-Mail-Postfach und den Papierkorb-Ordner auf dem Handy. Es war schon fast drei Uhr, normalerweise war das die Zeit, um die bei uns die Post zugestellt wurde, und die letzte Viertelstunde hatte ich damit zugebracht, wie ein aggressiver Rottweiler auf den Briefträger zu lauern.

Und doch war ich einen Augenblick lang in Panik, als die Briefklappe aufschwang und mir eine Handvoll Sendungen in den Schoß fiel. Wenn Hannah recht hatte und Finn wirklich beschlossen hatte, mir eine Nachricht per Post zukommen zu lassen, bevor er das Land verließ, dann war heute der Tag, an dem dieser Brief zugestellt werden musste.

Mit steifem Nacken sah ich hinunter auf meinen Schoß. Noch nie war ich so froh über einen Haufen Werbepost und Rechnungen gewesen.

Als ich mich erhob, vibrierte mein Handy. Ich war hin- und hergerissen zwischen Angst und Hoffnung. Zwar wartete ich dringend auf eine Nachricht von Finn, aber nur, wenn er mir sagte, was ich hören wollte, und nicht das, wovon Hannah glaubte, er habe es auf diesen verdammten Zetteln entworfen.

Mit Erleichterung sah ich nach dem Antippen, dass die Textmitteilung nicht von Finn stammte, sondern von der Fluggesellschaft, die mich daran erinnerte, dass ich den Online-Check-in für meinen Flug nach Sydney am Nachmittag noch nicht abgeschlossen hatte.

»Weil ich nicht fliege«, sagte ich zum Display. »Man fliegt ja nicht in die Flitterwochen, wenn man gar nicht geheiratet hat.«

Oder etwa doch?

Ich hörte den Gedanken, als hätte ihn jemand anderes ausgesprochen, und erstarrte. Hatte Finn gerade genau dieselbe Nachricht erhalten? Oder war sie überflüssig, weil er bereits eingecheckt hatte?

Die Vorstellung war so niederschmetternd, dass ich mich wieder auf den Fußboden sinken ließ. Wir hatten unsere Flüge getrennt voneinander gebucht, da Finn unzählige Meilen gesammelt hatte und sie einlösen wollte. Auch wenn ich nicht im Traum daran dachte, heute in den Flieger nach Australien zu steigen – konnte ich das Gleiche mit Gewissheit von Finn behaupten?

War es meine Schuld? Hatte ich mich derart in die Vorbereitungen für die Hochzeit gestürzt, die meine Mutter sich für mich gewünscht hatte, dass ich Finn irgendwie zu solch einer Verzweiflungstat getrieben hatte? Doch dann erinnerte ich mich, dass er mehr als einmal gesagt hatte: »Ich freu mich weniger auf die Hochzeit als auf das Leben danach.«

Die Hochzeit hatte ich bis ins Detail im Alleingang geplant, aber für die Organisation der Flitterwochen war Finn zuständig gewesen. Er liebte Australien. Er hatte als Kind dort gelebt, und später mehrere Jahre als Erwachsener. Und er machte alles andere als ein Geheimnis daraus, dass er hoffte, mich mit unserer Reise dorthin für die Idee zu gewinnen, wir könnten eines Tages dort hinziehen. Da er dank seiner australischen Mutter eine doppelte Staatsbürgerschaft besaß, konnte er seinen Lebensmittelpunkt jederzeit nach Down Under zurückverlegen. War heute der Tag, an dem er es tun würde?

Wenn er Großbritannien verlassen wollte – *wenn er mich verlassen wollte,* korrigierte mich eine leise Stimme in meinem Kopf –, dann wäre Australien seine erste Wahl. Besonders, da er bereits ein Ticket für einen Flug gebucht hatte, der – ich schaute auf meine Armbanduhr – in drei Stunden ging.

Hätte ich es in aller Ruhe durchdacht, dann hätte ich hundert Gründe gefunden, diesen Plan sofort zu verwerfen. Doch in Bewegung zu bleiben, schien mir der beste Weg, den vielen Einwänden zu entkommen, die sich zu Wort meldeten.

Ich hüpfte auf einem Bein durch mein Schlafzimmer, während ich mir frische Jeans anzog und nach meinen Sandalen suchte. Hastig fuhr ich mir mit dem Kamm durch die Haare, für Make-up war keine Zeit. So wollte ich Finn, nach allem, was passiert war, eigentlich nicht gegenübertreten. Doch er hatte ja beschlossen, mich an unserem Hochzeitstag perfekt frisiert sitzen zu lassen, deshalb musste das jetzt ausreichen.

Ich schnappte mir eine Strickjacke, denn im Flugzeug konnte es kühl werden. Beinahe hysterisch lachte ich auf. Erwog ich etwa ernsthaft, in den Flieger zu steigen, wenn Finn tatsächlich am Flughafen war? Wenn er es will, würde ich es tun, sagte ich der Frau mit den roten Wangen, die mir aus dem Schlafzimmerspiegel entgegensah. Den Rest konnten wir später klären. Aber eins wusste ich ganz sicher: Wenn Finn Douglas heute nach Sydney flog, dann würde ich ihn begleiten.

Am Terminal war unglaublich viel Betrieb, mitten im Sommer kaum überraschend. Sofort mutierte ich zu einer dieser nervigen Reisenden, die mitten in der offenen Tür langsamer werden und dann vollends stehen bleiben und anderen Fluggästen mit Rollkoffern oder Trolleys den Weg versperren. Aber ich war immer noch fassungslos, weil ich mir ausgerechnet hatte, welche Parkgebühren auflaufen würden, falls ich tatsächlich in diesen Flieger stieg und erst drei Wochen später zurückkam.

Auf meiner Fahrt zum Flughafen hatte ich es irgendwie geschafft, mir einzureden, dass Finn dort sein würde und darauf hoffte, dass ich auftauchte. Doch jetzt präsentierte mir mein Hirn mit einer Stimme, die unangenehm an die von Hannah erinnerte, eine wirklich bedenkenswerte andere Möglichkeit. Was, wenn Finn *tatsächlich* hier war, genau in diesem Moment, und den Blick auf die Eingangstüren zum Flughafen gerichtet hatte, inständig hoffend, dass ich *nicht* aufkreuzte?

Ich ging weiter in die Flughafenhalle hinein und sah mich um, auf der Suche nach einem Mann, der etwas größer war als der Durchschnitt, mit rötlich schimmerndem, dunklem Haar. Ich entdeckte ihn nicht. Unverzagt stellte ich mich zu einer Traube Reisender, die unter der Anzeigetafel für Starts und Landungen wartete. Ich schaute wie die anderen hoch zur Tafel, und mein Magen machte einen Salto, als endlich der Flug angezeigt wurde, den Finn und ich gebucht hatten.

An den Check-in-Schaltern war bereits allerhand los, und ich reihte mich mit meiner Reisetasche – dem einzigen Gepäckstück, das ich dabeihatte – in die Schlange ein, die durch ein gewundenes Hin und Her von Absperrbändern geleitet wurde. Mit den anderen Fluggästen rückte ich langsam zu den Abfertigungsschaltern vor und musterte beim Näherkommen die vier Mitarbeiter beim Check-in genauer. Ich hoffte, von der Frau ganz hinten bedient zu werden, denn sie schien etwa in meinem Alter zu sein, lächelte viel und war freundlich zu den Fluggästen, die zu ihr an den Schalter kamen. Die zwei Airline-Mitarbeiter in der Mitte wirkten auch ganz in Ordnung, obwohl ihr unbewegter Gesichtsausdruck bedeuten konnte, dass sie für meinen Fall wenig Verständnis aufbringen würden. Der, bei dem ich auf keinen Fall landen wollte, war der genervt wirkende Mann am vordersten Schalter, der, dessen Stirn permanent gerunzelt war.

Natürlich landete ich bei Mr Runzelstirn.

»Ihren Pass, bitte«, sagte er und hielt mir die offene Hand hin, ohne mich eines Blickes zu würdigen.

Ich behielt den bordeauxroten Pass, den ich schon einige Zeit vorher aus der Tasche genommen hatte, weil alle anderen in der Schlange das auch so gemacht hatten, fest in der Hand.

Mein Zögern war für ihn eindeutig eine weitere Zumutung an diesem Tag. »Den Pass, bitte«, wiederholte er überdeutlich, als würde ich kein Englisch verstehen.

»Hallo«, sagte ich und schenkte ihm ein Lächeln, das Finn einmal als »das schönste Lächeln auf der ganzen Welt« bezeichnet hatte. Anscheinend eine sehr subjektive Einschätzung, denn ich merkte sofort, dass ich damit bei diesem Mann kein Stück weiterkam.

»Ich habe den Flug QA32 nach Sydney gebucht.«

»Dann brauche ich bitte Ihren Pass.«

»Also, die Sache ist, ich weiß nicht, ob ich fliegen will oder nicht.«

Er blinzelte hinter seinen Brillengläsern, und ich konnte quasi seine Gedanken lesen. *Wieso musste sie bei vier geöffneten Schaltern ausgerechnet an meinem landen?*

Wenigstens hatte ich nun seine volle Aufmerksamkeit. Hastig fuhr ich fort: »Ich müsste bitte wissen, ob ein anderer Passagier bereits für diesen Flug eingecheckt hat.«

»Haben Sie den Platz für ihn mitgebucht?«

Bedauernd schüttelte ich den Kopf. »Nein.«

Er schüttelte nun ebenfalls den Kopf. »Dann kann ich Ihnen leider keine Auskunft geben. Das wäre gegen die Luftsicherheitsvorschriften.«

Wirklich?, fragte ich mich, oder war es nur ein einfacher Weg, mich loszuwerden – was ihm, wenn meine Intuition mich nicht trog, wohl nur allzu lieb gewesen wäre?

»Hören Sie, darf ich ganz offen zu Ihnen sein? Der Passagier, den ich suche, ist mein Verlobter. Also, eigentlich sollte er jetzt mein Mann sein, aber …« Der Blick des Mitarbeiters wanderte an mir vorbei, wahrscheinlich wartete er auf einen anderen Flughafenangestellten, der mich vom Schalter wegführen sollte. »Finn Douglas«, sagte ich nachdrücklich. »Ich muss ihn bloß kurz sprechen. Können Sie denn gar nichts für mich tun?«

Vielleicht schlug tief unter seiner Uniform ein Herz, doch ich erreichte es nicht. Wenn ein Funke Mitgefühl in seinem Blick lag, dann galt es wohl eher Finn als mir.

»Meine Aufgabe ist es lediglich, die Passagiere für den Flug nach Sydney einzuchecken. Wenn Sie ein gültiges Ticket und einen Pass haben, dann erledige ich das für Sie. Andernfalls muss ich Sie bitten, sich zu entfernen, damit ich mich um die anderen Passagiere kümmern kann, die heute fliegen *wollen*.«

Ich konnte kaum fassen, dass ich es tatsächlich tat, dass ich ihm meinen Pass reichte und zusah, wie er meine Daten in den Computer eingab. Dass er die Informationen zu Finn, die ich haben wollte, wahrscheinlich direkt vor sich auf dem Bildschirm sah, war unglaublich frustrierend.

Er schob mir meine Bordkarte und meinen Pass zu, und als ich mich gerade umdrehen wollte, verwandelte er sich endlich in ein menschliches Wesen. »Alle Passagiere, die diesen Flug nehmen, müssen vorher in denselben Wartebereich. Wenn Sie Ihren Verlobten suchen, dann schlage ich vor, Sie begeben sich direkt zum Gate.«

Es war das erste Mal, dass ich an einem Flughafen war und mich die Verlockung der Designerläden oder Duty-Free-Shops kaltließ. Ich lief an alldem vorbei, wie auch an den verschiedenen Restaurants und Imbissen. Auf den Informationstafeln wurde nun angezeigt, dass das Gate geöffnet war, und während des langen Fußwegs dorthin schlug mir das Herz bis zum Hals.

Die Vorstellung, ich könnte die Erste sein, die dort eintraf, um auf den Flug zu warten, erwies sich schnell als naiv. Auch wenn es immer noch fast eine Stunde bis zum Boarding dauern würde, gab es bei Gate 47 schon kaum noch freie Sitzplätze. Die Passagiere waren bunt gemischt: ältere Paare, die über ihren Reiseunterlagen brüteten, und jüngere Leute mit riesigen Rucksäcken, die niemals in die Gepäckablage passen würden. Es waren auch mehr Familien darunter, als ich erwartet hatte.

Die Aufregung unter den Urlaubern und Reisenden, die entweder einen neuen Ort erkunden würden oder nach Hause flogen, war spürbar. Ich gehörte in keine Kategorie, fühlte mich verloren und hielt überall nach Finns Gesicht Ausschau.

Schon nach weniger als einer Minute entdeckte ich ihn. Mein suchender Blick blieb sofort an seinem dunklen, rötlich schimmernden Haar hängen. Er saß in der hintersten Sitzreihe, von mir abgewandt, den Kopf gesenkt, als guckte er auf etwas auf seinem Schoß. Wahrscheinlich auf sein Handy.

Zwei Tage lang hatte ich diesen Augenblick herbeigesehnt und mich gefragt, wie ich reagieren und was ich sagen würde. Nun war es endlich so weit, und doch überraschte es mich derart, dass ich mich am liebsten umgedreht hätte und weggerannt wäre. Meine Füße waren schwer wie Blei, als trüge ich klobige Wanderschuhe statt meiner leichten Sommersandalen.

Gleich würde ich die Frage stellen, die mich seit Samstag jeden wachen Augenblick gequält hatte: »Warum?« Doch ich hätte mir nie träumen lassen, dass es ausgerechnet hier sein würde. Niemand, der bei klarem Verstand war, führte eine so persönliche Unterhaltung in aller Öffentlichkeit.

Ich atmete schnell, während ich auf ihn zuschritt. Die Geräusche der anderen Reisenden verstummten in meiner Wahrnehmung, ich hörte nur noch meinen hämmernden Puls.

Neben seinem Sitzplatz blieb ich stehen und streckte die Hand nach ihm aus, die linke, an deren Finger er erst vor neun Monaten einen Diamantring gesteckt hatte. Der Stein fing das Licht ein, das durch das riesige Fenster neben ihm fiel, und reflektierte es in unzähligen Farben, als ich ihm die Hand auf die Schulter legte.

»Finn«, sagte ich mit überraschend fester Stimme.

Dann passierten mehrere Dinge auf einmal, alle wie in Zeitlupe. Er hob den Kopf, und ich weiß nicht, was mich mehr verwirrte – dass er einen Säugling auf dem Schoß hielt oder dass dieser Mann mit Finns Haarschopf ein völlig anderes Gesicht hatte als Finn.

»Schatz, es gab keine KitKats, ich hab uns stattdessen …« Eine junge Frau in modisch zerrissenen Skinny Jeans und einem Oversize-T-Shirt blieb abrupt stehen, als sie eine Wildfremde erblickte, deren Hand auf der Schulter ihres Mannes ruhte. Sie lag immer noch da, obwohl ich ihn längst hätte loslassen sollen.

Ich zog die Hand zurück, als hätte ich einen Stromschlag erhalten. »Tut mir leid, ich hab Sie mit jemandem verwechselt. Ich dachte, Sie wären mein Mann.« Ich wusste nicht, wieso ich Finn eine Rolle zuschrieb, die er nie innegehabt und wahrscheinlich auch nicht gewollt hatte.

Jetzt, da ich meine Hand zurückgezogen hatte, wirkte die Frau beruhigt. »Nein. Der gehört zu mir.«

Das Paar wechselte einen Blick, und ich entfernte mich, noch eine Entschuldigung murmelnd. Die Fluggäste, die nahe genug gesessen hatten, um meinen peinlichen Irrtum zu bemerken, schauten von ihrem Handy auf oder verfolgten das Ganze über den Rand ihrer Gratiszeitung hinweg. Zugegeben, es war eine interessante Ablenkung während der stumpfsinnigen Warterei vor dem Abflug.

Meine Wangen glühten wie von einem Sonnenbrand, als ich langsam davonging, wobei ich fast über den Gehstock eines anderen Passagiers gestolpert wäre, was alles nur noch peinlicher gemacht hätte.

Ich suchte mir einen Platz so weit weg von dem Pärchen, wie es nur ging, ließ mich darauf sinken und versuchte, mich so klein wie möglich zu machen. Die nächste Viertelstunde verbrachte ich damit, auf das Laufband zu starren, das neue Passagiere zum Gate brachte und wie ein Fabrikfließband hier im Wartebereich abwarf. Finn war nicht darunter.

Der Angestellte vom Check-in, der mir meine Bordkarte ausgestellt hatte, war nun ans Abfluggate gerufen worden, was bedeutete, dass es überflüssig war, noch einmal zu fragen, ob er für mich im Computersystem nachsehen konnte. Ich bezweifelte stark, dass sich seine Haltung zur Luftsicherheit innerhalb der letzten Stunde geändert hatte. Ich hatte auch den starken Verdacht, dass er mit seiner Kollegin über mich sprach, denn mein Nacken prickelte auf unangenehme Weise, wie immer, wenn jemand einen anstarrt. Ich drehte mich um, und die beiden zuckten schuldbewusst zusammen und schauten demonstrativ woandershin.

Es gab so viele Passagiere am Gate 47, dass schwer zu sagen war, ob Finn sich unter ihnen befand. Vierzig Minuten vor dem Abflug begann schließlich das Boarding. Die Zahl der Wartenden nahm langsam ab: Die erste Klasse und die Businessklasse machten einen deutlichen Anteil aus, außerdem Familien mit kleinen Kindern. Ich wartete, während die Reisenden Reihe für Reihe ins Flugzeug gebeten wurden. Sie riefen meine Sitzreihe auf, und ich blickte auf die Bordkarte in meiner Hand, bevor ich sie in meine Tasche schob. Nun warteten nur noch dreißig Passagiere geduldig darauf, in die Maschine zu gelangen.

Als ich Schritte hörte, riss ich den Kopf herum. Ein paar Spätankömmlinge hasteten über das Personen-Förderband, wobei ihnen die Tragetaschen aus dem Duty-Free-Shop gegen die Beine stießen. Traurig sah ich mich in dem nahezu leeren Wartebereich um und blickte dann wieder zum Hauptterminal.

Diese Szene – oder Variationen davon – hatte ich schon in unzähligen Filmen gesehen. Im letzten Augenblick, keine Sekunde zu früh, kam immer irgendwer durch das Flughafengebäude gerannt, um irgendwem den Tag zu retten, sich zu verabschieden, jemandem seine Liebe zu gestehen oder einen Menschen anzuflehen, nicht zu fliegen. Teufel, ich hatte sogar selbst mal so eine Szene erlebt.

Als ich die Augen schloss, verschwand der Flughafen, und ich fühlte mich vier Jahre in die Vergangenheit und an einen anderen Flughafen zurückversetzt.

Ich würde nicht fliegen. Es war verrückt. Das hier war keine große Liebesgeschichte. Ein Date – wenn auch zugegebenermaßen ein starker Kandidat für mein bestes Date aller Zeiten – machte das Ganze noch lange nicht zu einer Liebesgeschichte. Ich war mir nicht einmal sicher, was ich für Finn empfand. Zu Anfang hatte ich ihn definitiv nicht leiden können, doch diese neue, verbesserte Version von ihm war etwas völlig anderes.

Was aber nicht bedeutete, dass er ein passender Partner für mich wäre, und ich suchte ja auch gar keinen. Ich hatte mir gesagt, dass ich vorläufig mit dem Thema durch war. Ich machte eine Pause, gab meinem Herzen Zeit, sich von der letzten aus einer ganzen Reihe schmerzhafter schlechter Entscheidungen zu erholen. Wieso also starrte ich jetzt den Wecker an und rechnete im Kopf nach? Wenn ich zum Bahnhof rennen und den Expresszug nach Gatwick bekommen würde, dann könnte ich es – möglicherweise – vielleicht noch rechtzeitig zum Flughafen schaffen, um …

Um was?, bohrte mein vernünftiges Ich nach. *Um im Terminal eine große RomCom-Abschiedsszene abzuziehen, Finn mitten in der Flughafenhalle leidenschaftlich zu küssen, bevor er durch die Sicherheitskontrolle geht? Und wozu das alles? Weil er mich mit Augen in der Farbe geschmolzener Bitterschokolade angeschaut und mich gebeten hat, ihn zum Flughafen zu bringen? Wer machte so was überhaupt, abseits von Hollywooddrehbüchern? Niemand, oder?* Niemand außer mir, so schien es.

Ich lasse das Schicksal entscheiden, sagte ich mir, als ich die Wohnung verließ und zum Bahnhof eilte. *Wenn es mir »vorherbestimmt« ist, dass ich herausfinde, wozu sich das zwischen uns entwickeln könnte, dann erwische ich heute alle Züge. Aber wenn sie verspätet sind oder ausfallen, ist das ein Zeichen, dass es ein dummer Plan war, und dann sollte ich einfach heimfahren und mit meinem Samstagvormittag etwas Vernünftigeres anfangen. Wie viele Leute sind eigentlich so blöd, sich von den öffentlichen Verkehrsmitteln ihr Liebesleben bestimmen zu lassen?*, fragte ich mich. Doch dieses eine Mal war ich so bereit wie noch nie, einfach einem Impuls nachzugeben.

Der Zug stand am Bahnsteig, die Türen waren einladend

geöffnet. Ich sprang hinein, und sie schlossen sich direkt hinter mir. Der Expresszug zum Flughafen wartete ebenfalls schon auf mich. War das wirklich ein Zeichen?

Er ist nicht mehr da. Natürlich ist er nicht mehr da, wiederholte ich mantraartig in Gedanken, während ich die Rolltreppe zum Flughafenterminal hochfuhr. Ich sah auf die Uhr. Im Zug hatte ich die Informationen zu Finns Flug nachgeschaut. Wahrscheinlich lief das Boarding bereits. Finn hatte die Sicherheitskontrolle bestimmt schon längst passiert, wahrscheinlich war er schon am Abfluggate.

Doch Fehlanzeige. Da stand er, im Terminal, und wirkte trotz des, wie ich wusste, wenigen Schlafs, den er bekommen hatte, unglaublich ausgeruht.

Sein Lächeln war entwaffnend, meine Beherrschung war dahin. Wie im Film rannte ich auf ihn zu. Er ließ die Tasche fallen, die er in der Hand gehabt hatte, und ich konnte gerade noch denken: *Hoffentlich war da nichts Zerbrechliches drin,* bevor er mich in die Arme schloss, mich hochhob – was bisher noch kein Mann mit mir gemacht hatte – und mich herumwirbelte. Ob mein plötzliches Schwindelgefühl daher rührte oder von seiner Nähe, konnte ich nicht sagen.

»Du bist gekommen«, sagte er, und seine Lippen waren verlockend nah an meinen.

»Ja«, sagte ich. »Und ich weiß absolut nicht, wieso.«

Seine Augen funkelten, als er mich ansah. »Ich glaube, ich schon.«

Irgendwo in meinem Kopf hämmerte die vernünftige Gemma gerade mit den Fäusten gegen ein Fenster aus Sicherheitsglas und schrie mich an, ich solle diesen Wahnsinn bleiben lassen. Ich hörte nicht hin.

»Na gut, ich vielleicht auch.«

Dann küsste er mich, was, falls das überhaupt möglich war, noch schöner war als am Tag zuvor.

»Komm mit«, sagte er leise.

Zwei, drei Herzschläge lang wartete ich und überlegte, als wäre es ein vernünftiger Vorschlag und nicht völlig übergeschnappt. Dann holte mich die schmerzliche Realität ein.

»Ich kann nicht. Ich hab meine Familie hier, meinen Job, Verpflichtungen.«

Er nickte und wirkte plötzlich traurig. »Ich weiß.«

»Bleib hier«, sagte ich, was für mich ein ebenso großer Schock war wie für ihn. »Lass dein Ticket verfallen und bleib.«

Es war schön, dass er länger überlegte als ich kurz zuvor, bevor er traurig den Kopf schüttelte. »Ich kann nicht. Ich habe Pläne, Verpflichtungen.«

Er sah mich mit seinen braunen Augen an, in denen ich mich für immer hätte verlieren können.

»Echt mieses Timing.«

Ich nickte und war plötzlich den Tränen nahe.

»Stimmt. Total.«

Er drückte mich fest an sich, als uns plötzlich eine Lautsprecherdurchsage aus unserer Versunkenheit riss. »Passagier Finn Douglas, gebucht nach Sydney via Singapur, bitte begeben Sie sich umgehend zu Gate 28.«

Ich erstarrte in seinen Armen. »Sie haben dich aufgerufen.«

Er nickte und wirkte furchtbar traurig, als er mich noch einmal mit solcher Leidenschaft küsste, dass mir die Lippen kribbelten.

»Ich muss los.« Ich nickte ebenfalls und war mir plötzlich nicht sicher, ob meine Stimme mich im Stich lassen würde.

»Es ist noch nicht vorbei«, sagte er. »Ich weiß zwar nicht, was das zwischen uns ist, aber es ist noch nicht vorbei.«

Und dann nahm er ohne ein weiteres Wort seine Tasche und rannte zum Eingang der Sicherheitskontrolle. Er sah sich nicht mehr um, und doch blieb ich noch lange mitten im Terminal stehen in der Hoffnung, dass er genau das tun würde.

»Entschuldigen Sie, aber die Türen der Maschine werden gleich geschlossen.«

Jäh landete ich wieder in der Gegenwart. Vor mir stand die freundliche Mitarbeiterin vom Check-in, deren Kollege ihr offenbar meine Geschichte erzählt hatte.

»Wenn Sie mitfliegen wollen, müssen Sie jetzt einsteigen.«

Betrübt schüttelte ich den Kopf. »Ich fliege nirgendwohin.«

Sie nickte und sagte kurz etwas in ihr Funkgerät. Dann wandte sie sich um, als wollte sie zu ihrem Schalter zurückkehren, doch sie hielt noch einmal inne und sah mich mitfühlend an.

»Er ist also nicht aufgetaucht?«

Einen Moment lang war ich nicht sicher, ob sie Finns Abwesenheit bei der Hochzeit oder hier im Flughafen meinte. Es machte auch keinen Unterschied. Die Antwort war in beiden Fällen dieselbe.

»Nein.«

»Komm nach Hause, Gemma.«

Ich lächelte traurig, während ich mir das Telefon ans Ohr drückte. »Ich *bin* zu Hause, Dad.«

Er räusperte sich mehrfach, als würde er nach überzeugenden Argumenten suchen und sie der Reihe nach wieder verwerfen. Schließlich fuhr er so schweres Geschütz auf, dass ich wie vor den Kopf geschlagen war.

»Schatz, Finn wird nicht zurückkommen.« Wie konnten mich die Worte eines Menschen, den ich so sehr liebte, so tief verletzen? »Du musst dich damit abfinden. Er ist fort.«

»Das kann ich nicht, Dad. Und ich werde es auch nicht.« Doch selbst für meine Ohren klang ich wie ein trotziges Kind.

Dad seufzte tief, als hätte er Schmerzen. »Ich weiß nicht, was ich sonst noch sagen soll, um dich zu überzeugen. Finn hat seine Wohnung leer geräumt. Er geht nicht ans Telefon. Keiner seiner Freunde hat etwas von ihm gehört. Er hat sich aus dem Staub gemacht, und wenn er nur ein kleines bisschen Grips besitzt, dann wird er hier nie wieder auftauchen.«

Mein Vater, der mich vor Spinnen und Nagetieren gerettet hatte, der Mann, der keiner Fliege etwas zuleide tat, klang, als wollte er meinen Verlobten umbringen, sollte dieser je wieder auf der Bildfläche auftauchen.

Plötzlich schien mir der Raum mehrere Grad kälter, und ich kuschelte mich tiefer in Finns dicken Fleecepulli. Seit ich ihn auf dem Boden meines Kleiderschranks gefunden hatte, trug ich ihn beinahe rund um die Uhr. »Den hast du vergessen«, hatte ich traurig gesagt, als ich nach dem Kleidungsstück griff und es mir überzog. Finns Duft, der noch im Stoff hing, hatte mich sofort überwältigt. Würde ich ihn noch in Tagen, Wochen, Monaten tragen, wenn mein eigener Körpergeruch seinen längst überdeckt hatte? Was für ein trauriger Gedanke.

Dad hatte gerade die Polizei erwähnt, aber ich hatte nicht richtig hingehört.

»Tut mir leid, Dad, was hast du gesagt?«

»Ich hab gefragt, was der Polizist zu dem meinte, was du gefunden hast.«

Oder was ich nicht gefunden hatte, wenn wir genau sein wollten.

»Er meinte, es wäre offensichtlich, dass Finn aus freien Stücken verschwunden sei, und weil er nicht als hilfsbedürftig oder gefährdet gilt, könnten sie kaum was machen.« Ich seufzte schwer, wie bei meiner Unterhaltung mit Inspector Graham. »Sie gehen davon aus, dass Finn erwachsen ist und es sich offenbar anders überlegt hat. Ihrer Meinung nach hat er sich für den einfachen Weg entschieden, indem er sich den Konsequenzen der geplatzten Hochzeit entzieht.«

Jetzt, da ich es laut aussprach, musste ich beinahe lachen, denn ich fragte mich, was an dieser Situation nach Auffassung von Inspector Graham wohl »einfach« sein sollte.

»Es tut mir unfassbar leid, dass es so gekommen ist, mein Schatz«, sagte Dad. »Das hast du nicht verdient.«

»Es ist nicht so, wie ihr alle denkt«, sagte ich und war mir im Klaren darüber, dass ich inzwischen wie eine gesprungene Schallplatte klang.

»Komm doch morgen zum Mittagessen«, sagte Dad, um einen Themenwechsel bemüht. »Ich mache uns einen meiner legendären Braten. Wie in alten Zeiten.«

Bloß, dass Mum nicht dabei sein würde. Und Finn nun auch nicht mehr.

»Okay. Bis dann.«

Dienstag: Tag drei

Kapitel 15

Hätte mich jemand gefragt, wo der Stapel Postkarten steckte, hätte ich es nicht gewusst. Was es nur noch unheimlicher machte, als sie beim Verstauen der Reisetasche vom obersten Brett meines Kleiderschranks purzelten. Ich hob das Bündel vom Teppich auf, wo es mit den Bildseiten nach oben gelandet war.

Die Farben der obersten Ansichtskarte waren über die Jahre verblasst. Der australische Himmel war weniger azurblau, das Wasser im Hafen von Sydney wirkte eher gräulich als aquamarinfarben. Doch die Oper sah trotz allem beeindruckend aus. Das Gummiband, das die Sammlung zusammenhielt, war vier Jahre alt und zerriss sofort.

Ich legte die Postkarten auf die Bettdecke. Ich brauchte die Stempel gar nicht anzuschauen, um zu wissen, in welcher Reihenfolge sie abgeschickt worden waren – ich hatte die Route vor Augen, als wäre sie mit Nadeln auf einer Landkarte markiert.

Die erste Karte war in Sydney abgestempelt worden und drei Wochen, nachdem ich Finn am Flughafen verabschiedet hatte, auf meiner Fußmatte gelandet. Ich hatte mir kaum Zeit genommen, das Motiv zu betrachten, so begierig war ich gewesen, seine Nachricht zu lesen. Journalisten lernen in ihrer Ausbildung zwar, sich kurzzufassen, doch Finn hatte lediglich seinen Namen auf die Postkarte geschrieben, was den Begriff »konzis« auf ein ganz neues Level brachte.

Dann waren weitere Karten eingetroffen, alle zwei, drei Wochen eine neue. Sie kamen vom Great Barrier Reef oder von den Twelve Apostles in Victoria und dokumentierten Finns ausgedehnten Roadtrip über den Kontinent. Doch ob auf den Karten nun die majestätische, schroffe Schönheit des Uluru, süße Kängurus und Koalabären oder die atemberaubende Aussicht von der Great Ocean Road aus zu sehen waren, nie hatte er eine Nachricht auf die Rückseiten geschrieben.

Ich kannte keine Adresse, an die ich eine Antwort hätte schicken können. Finns englische Handynummer funktionierte nicht mehr, und seine australische hatte er mir nicht gegeben. Wären nicht ständig Postkarten eingetrudelt, hätte man behaupten können, Finn Douglas sei komplett aus meinem Leben verschwunden. Wenn auch nie aus meinen Gedanken.

Unseren letzten gemeinsamen Abend hatte ich wohl tausend Mal Revue passieren lassen, und wie so oft bei schönen Erinnerungen wurde er in meiner Vorstellung immer besser, bis ich mich schließlich fragte, wieso in aller Welt ich nicht mit ihm in den Flieger gestiegen war, als er mich darum bat. Ein gefährlicher Gedanke.

»Ich überlege, mir Urlaub zu nehmen«, flüsterte ich Hannah zu.

»Schön«, flüsterte sie zurück und warf einen Blick in die Korbwiege neben sich, um sich zu vergewissern, dass wir mit unserem Flüstern nicht ihr neugeborenes Kind aufgeweckt hatten, das in jeder Hinsicht vollkommen war – bis auf den kleinen Haken, dass dieses niedliche Mädchen glaubte, Schlaf sei nur etwas für andere Babys. »Und wohin soll's gehen?«

Ich schwieg einen Moment, nicht, weil ich fürchtete, Milly aufzuwecken, sondern weil ich bereits wusste, wie Hannah auf meine Antwort reagieren würde.

»Nach Australien.«

»Was?«, rief sie prompt, laut genug, dass die Kleine unruhig wurde. »Wieso denn nicht nach Europa?«

»Na ja, ich hab noch mehr als dreieinhalb Wochen Resturlaub, da bietet es sich doch an, ein bisschen weiter weg zu reisen.«

Hannah schnaubte spöttisch. »Ach ja. Und das alles hat natürlich rein gar nichts mit einem gewissen Journalisten, später Barista, später Sonst-was zu tun, der zufällig dort lebt?«

Ich wurde rot. Es machte wenig Sinn, Hannah anzulügen; sie durchschaute mich immer sofort.

»Ich fand, es wäre doch nett, Finn mal zu besuchen.«

»Aber du hast doch seine Adresse gar nicht – du weißt also nicht mal, wo er wohnt, außer, dass es irgendwo in Sydney sein muss.«

»Stimmt«, sagte ich und war mir bewusst, dass meine Wangen immer noch brannten.

Jetzt schwieg Hannah eine Weile, ehe sie sagte: »Nicht gerade ein perfekter Plan, oder?«

Ich erhob mich, denn es war mir unangenehm zu sitzen, solange sie im Staatsanwältinmodus war.

»Damals, als Finn und ich zusammen ausgegangen sind, hast du doch gesagt, dass du dich freust. Du hast sogar behauptet, du hättest immer gewusst, dass es so kommen würde.«

»Hab ich das? Weiß ich gar nicht mehr«, entgegnete sie – eine seltsame Erinnerungslücke. »Ich meine, klar will ich, dass du glücklich bist, Gem, aber Finn hat ja nicht wirklich Kontakt gehalten, seit er weg ist, oder?«

»Er schickt mir eine Postkarte nach der anderen«, entgegnete ich und bereute bereits, dass ich diese Unterhaltung überhaupt begonnen hatte. »Die sind so eine Art Einladung für mich, mal dahin zu reisen … irgendwie«, argumentierte ich nicht besonders überzeugend.

Milly rührte sich erneut, und Hannah schaukelte sanft die Wiege, bis ihre Tochter wieder ruhig war.

»Und, was hast du vor? Einfach hinzufliegen, in der Hoffnung, dass du ihm irgendwo in Sydney zufällig über den Weg läufst?«

»Mach dich nicht lächerlich.«

Wir waren schon lange genug befreundet, um uns gegenseitig den Kopf zurechtzurücken, ohne dass sich die andere auf den Schlips getreten fühlte, aber ihre Antwort traf mich trotzdem ziemlich: »Eine von uns macht sich hier tatsächlich gerade lächerlich, aber ich glaub nicht, dass ich es bin.«

Doch ich hatte einen Plan, gewissermaßen, und man musste Hannah anrechnen, dass sie ihn sich anhörte, ohne mich zu unterbrechen.

»Ich schreib ihm über Instagram«, sagte ich. »Irgendwas Lockeres.«

»A-ha.« Es war beinahe so, als *wüsste* Hannah schon, wie viele Stunden ich mit dem Versuch zugebracht hatte, die vorgeblich ohne jeden Hintergedanken gestellte Frage zu formulieren. Ich nahm mein Telefon zur Hand, doch ich brauchte gar nicht auf das Notizen-Icon zu klicken, denn ich kannte den Nachrichtenentwurf in- und auswendig.

Hallo Finn. Wie geht's? Wollte mich nur mal für die ganzen Postkarten bedanken, die du mir während der letzten acht Monate geschickt hast. Ich hab mich sehr gefreut, und nun will ich Australien doch unbedingt mal mit eigenen Augen sehen. Also, ich hab eine Idee. Ich hab noch drei Wochen Urlaub übrig und frag mich, ob du nächsten Monat Lust auf einen Hausgast hättest? Es wäre toll, dich wiederzusehen. Schreib mir, und hoffentlich bekommen wir was hin. Liebe Grüße Gemma x

Glücklicherweise wachte Milly in dem Moment abrupt auf und schrie sofort los, weil sie wieder Hunger hatte, sodass Hannah keine Einwände vorbringen konnte.

Es war nicht so, als hätte sie irgendetwas sagen können, worüber ich mir nicht selbst schon Gedanken gemacht hatte, ging es mir durch den Kopf, als ich zu mir nach Hause fuhr. Finns Postkarten waren ein Rätsel. Einerseits legten sie nahe, dass er immer noch viel an mich dachte, aber wenn das wirklich stimmte, wieso hatte er dann nicht mal zum Telefon gegriffen oder mir eine Textnachricht geschickt? Es ergab keinen Sinn. Ließ er mich nur zappeln, damit ich ihn vermisste? Wenn das seine Absicht war, brauchte er nicht länger zu warten: Er fehlte mir bereits.

Hannah mochte vielleicht glauben, dass in Bezug auf mich und Finn der Zug abgefahren war, doch wenn ich nachts allein in meinem Bett lag, durchlebte ich in meiner Fantasie von Neuem seinen leidenschaftlichen Kuss, den zärtlichen Blick und die Ernsthaftigkeit, mit der er mir in der Flughafenhalle gesagt hatte, dass »das zwischen uns noch nicht vorbei« sei. Obwohl meine Freundin skeptisch war, verließ ich mich darauf, dass diese Erinnerung mich nicht trog.

Jetzt starrte ich die Postkarten an, die vor mir auf der Bettdecke lagen, als könnten sie mir einen versteckten Hinweis liefern. Befand Finn sich bereits auf der anderen Seite des Erdballs? War meine Suche nach ihm erfolglos, weil eines der Reiseziele, die hier vor mir ausgebreitet lagen, ihm attraktiver erschienen war, als den Rest seines Lebens mit mir zu verbringen?

Wütend wischte ich die Karten beiseite und sah zu, wie sie zu Boden fielen, dann sackte ich auf dem Teppich zusammen und schluchzte lautlos. Denn sooft ich mir auch sagte, die

Ansichtskarten seien ein Beweis dafür, dass Finn mich wollte, war die Wahrheit vor vier Jahren etwas schwerer zu verdauen gewesen.

Es verging eine ganze Woche, bis Finn auf meine Instagram-Nachricht antwortete. Zu dem Zeitpunkt hatte ich schon eine zweite hinterhergeschickt, mit meiner Telefonnummer, für den Fall, dass er sie verloren hätte. Doch letztlich entschied er sich, nicht mit mir zu sprechen, was kein gutes Zeichen war, wie selbst ich zugeben musste. Sieben Tage, nachdem ich ihn kontaktiert hatte, kam seine Antwort. Oder – wie es Hannah so treffend formuliert hatte: Sie schlug bei mir ein.

> Hey G, schön, von dir zu hören. Hoffentlich ist im guten alten verregneten England alles in Ordnung. Ich versteh vollkommen, wieso du in die australische Sonne flüchten willst. Aber leider passt es mir nächsten Monat nicht.

Ich hatte ernsthaft überlegt, Hannah nichts davon zu erzählen, denn niemand hört gern den Satz »Hab ich dir doch gleich gesagt«, aber man musste ihr zugutehalten, dass sie diesen Satz niemals laut äußerte, auch wenn ihre Körpersprache ihre Einstellung mehr als deutlich verriet.

Sie las die Nachricht mehrmals, bevor sie mir mein Handy zurückgab. »Was ist das denn für eine idiotische Ausrede? Sein Haus wird ausgeräuchert, und er muss ausziehen. Hallo?«

Instinktiv verteidigte ich Finn, und ich hatte wirklich keinen Schimmer, wieso, denn Hannah sprach lediglich aus, was ich selbst auch schon gedacht hatte. »Schädlinge sind in Australien ein Riesenproblem. Gebäude auszuräuchern ist da was ganz Normales. Niemand will, dass überall Kakerlaken rumkrabbeln.«

»In dieser Geschichte gibt's nur eine Kakerlake, meine Liebe, und die ist keine von der Sorte mit sechs Beinen und Facettenaugen«, entgegnete Hannah grimmig.

Ich seufzte resigniert. »Es könnte aber doch wirklich stimmen.«

Hannah schüttelte den Kopf. »Und was ist mit dem, was danach kommt?«

Ich schaute noch einmal auf mein Handy und las die vermutlich letzten Sätze, die Finn Douglas mir jemals schreiben würde.

> In der Zwischenzeit wohne ich bei einer Freundin von mir, und danach folgt eine Grundrenovierung, und leider hat sie nur *ein* Gästezimmer, sodass ich dir keine Übernachtungsmöglichkeit anbieten kann. Vielleicht ein andermal? Finn

Es würde kein »andermal« geben. Ich wusste es. Und wie zum Beweis erhielt ich danach keine Postkarten mehr. Finn hatte offensichtlich mit seinem Leben weitergemacht, und obwohl es mir schwerfiel, wurde mir klar, dass ich dasselbe tun musste.

Ich klopfte an die Haustür und wartete, dass sie geöffnet wurde. Zu meinen Füßen tat Chester, der griesgrämige und übergewichtige Kater meines Vaters, das Gleiche. Er flitzte als Erster durch den Türspalt, garantiert direkt zu seinem Futternapf. Ich hatte etwas bessere Manieren, obwohl ich anerkennend schnupperte, da der Duft von Rinderbraten im Flur hing. Zum ersten Mal seit Tagen hatte ich das Gefühl, Appetit zu haben.

»Wie geht's, Kleines?«, fragte Dad und schloss mich in die

Arme. Unvermittelt sehnte ich mich nach der Zeit zurück, als es kein Problem gegeben hatte, das er nicht lösen, kein Monster, das er nicht vertreiben konnte.

»Gut«, log ich in sein Baumwollhemd hinein und achtete darauf, ein halbwegs überzeugendes Lächeln aufzusetzen, bevor ich mich aus der Umarmung löste. »Ich schlag mich wacker.«

Dad nickte. »Ein Tag nach dem anderen, Gem, nur so kommt man damit zurecht.« Er betrachtete Finns Verschwinden wie einen Todesfall, einen Verlust, den ich verarbeiten musste, während es für Hannah ein Verbrechen war, für das die einzige angemessene Strafe nur die Kastration sein konnte. Beide waren rückhaltlos auf meiner Seite und irrten sich doch so sehr.

Ich folgte Dad in die Küche und warf dabei einen Blick auf den Pfosten vom Treppengeländer, über den er wie immer seine Krawatte gehängt hatte. Ich strich im Vorbeigehen mit den Fingern über den Seidenstoff und hob als stummen Kommentar zu dem grellen, psychedelischen Muster die Augenbrauen.

»Es wird immer schwerer, neue zu finden. Ich habe hier in der Gegend beinahe jeden Wohltätigkeitsladen abgegrast.«

Dad trug jeden Dienstag einen neuen Schlips, ausnahmslos. Je verrückter, desto besser. Er war eigentlich durch und durch der Typ für Jeans und T-Shirt, aber Mum hatte sich immer gern hübsch gemacht und versucht, ihn dazu zu kriegen, dienstags, wenn sie ausgingen und ihre »Date Night« hatten, Hemd und Krawatte zu tragen. Er hatte sich regelmäßig gesträubt und dabei eine Sturheit an den Tag gelegt, die ich nicht verstand. Sie wiederum schenkte ihm zu jedem Geburtstag, Weihnachtsfest und Jahrestag eine neue Krawatte. Er hatte sie nie getragen, bis zu dem Tag ihrer Beerdigung.

Seitdem nahm er jede Woche eine neue aus seiner Kommodenschublade und trug sie bei seinem Besuch jenes Ortes, wo Mum in einer Hälfte einer Doppelgrabstelle ruhte und geduldig auf den Tag wartete, an dem er wieder an ihrer Seite wäre.

»Es ist seine Art, ihr zu sagen, dass sie recht hatte, und ihr zu zeigen, dass er sie immer noch liebt«, hatte ich Finn einmal die diensträglichen Ausflüge meines Vaters erklärt. »Jede Woche bügelt er ein Hemd, bindet sich einen neuen Schlips um und setzt sich auf die Bank an ihrem Grab. Er erzählt ihr alles über die vergangene Woche – Neuigkeiten von mir, was die Nachbarn so tun und vieles andere, von dem er denkt, dass es sie vielleicht interessiert.«

Ich hatte angenommen, Finn würde sich davon abgeschreckt fühlen oder sagen, das sei ja ziemlich morbide – eine Bemerkung, die einer meiner Ex-Freunde idiotischerweise hatte fallen lassen. Aber Finn war anders. Er dachte einen Moment darüber nach und nickte dann langsam.

»Ich kann verstehen, warum er das macht. Es ist für sie beide etwas Schönes.«

Möglicherweise war das der Moment, in dem mir zum ersten Mal klar wurde, dass sich alles, was ich je in einem Partner zu finden gehofft hatte, direkt vor meiner Nase befand. Finn war das unerwartete Wunder, an das ich schon fast nicht mehr geglaubt hatte.

Dad fragte gar nicht erst, ob ich einen Tee wollte, sondern ging direkt zum Wasserkocher. Die Küche wirkte gemütlich und einladend. Ich setzte mich an denselben Tisch, wo ich früher mit Fingerfarben Kunstwerke erschaffen, mit Mum Kuchen gebacken und stundenlang mit den Mathehausaufgaben gekämpft hatte. Die Erinnerungen waren für mich wie ein Schmerzmittel.

»Gab's heute irgendwas Neues?«, fragte Dad und stellte mir einen dampfenden Becher Tee hin, bevor er sich mit seinem eigenen zu mir setzte.

»Nein«, antwortete ich und nippte an dem brühheißen Getränk.

»Was haben sie bei der Polizei gesagt?«

»›Bitte rufen Sie nicht mehr dreimal täglich bei uns an, Miss Fletcher.‹« Ich hatte es als Witz gemeint, aber es war zu nahe an der Wahrheit, um lustig zu sein.

»Glaubst du, dass sie jemals richtige Ermittlungen einleiten werden?«

Ich zuckte mit den Schultern. »Laut denen gibt es immer noch nichts zu ermitteln. Sie sagen, Finn hat seinen gewohnten Lebensbereich verlassen, gilt aber nicht als vermisst. Wahrscheinlich ist das ein Semantikproblem.«

Dad sah aus, als schmerzte es ihn, dass er mir nicht helfen konnte.

»Inspector Graham hat die Krankenhäuser im Auge und hält die Ohren offen, also, das sagt er zumindest. Ich glaube nicht, dass er noch weitere Sinnesorgane einsetzt, mit denen er nach meinem vermissten Verlobten sucht.«

In den nächsten zwanzig Minuten redeten wir über alle möglichen Themen und ignorierten erfolgreich den Elefanten im Raum. Doch als Dad mit Spülen beschäftigt war, begann der Dickhäuter, sich lautstark bemerkbar zu machen. Manche Fragen sind leichter zu stellen, wenn man dem anderen dabei nicht in die Augen sehen muss.

»Und was wirst du jetzt machen, Gemma?«

Ich hatte die Hände gerade in der Besteckschublade, aber irgendwie dachte ich, dass die Antwort »Den Tisch decken« nicht die war, die er hören wollte.

»Ich suche weiter nach ihm.«

Dad trocknete sich die Hände an einem Geschirrhandtuch ab und drehte sich zu mir um. Ich spürte, dass nun eine Frage kommen würde, bei der man sich doch anschauen sollte. »Und wie lange noch?«

Die Zinken einer Gabel stachen mir in die Handfläche, aber das tat nicht so weh wie seine Worte.

»Solange es eben dauert. Ich werde nicht aufhören, denn wenn *ich* diejenige wäre, die verschollen ist, würde Finn niemals aufgeben, bis er mich gefunden hätte.«

Dads Seufzer sprach Bände.

»Das Essen ist gleich fertig.«

Es war beinahe eine Erleichterung, ihn nicht mehr ansehen zu müssen, als ich über den Flur ins Esszimmer ging. Die große Eiche im Garten sorgte dafür, dass der Raum permanent im Schatten lag, weshalb ich auch jetzt im Sommer automatisch nach dem Lichtschalter tastete. Die Lampe blitzte einen Augenblick lang extrem hell auf, bevor sie mit einem leisen Pling den Geist aufgab. Ich legte das Besteck auf den Esstisch und ging zur Treppe ins Obergeschoss.

»Ich trag doch gleich das Essen auf!«, rief Dad aus der Küche.

»Ich hol nur schnell eine neue Birne aus dem Gästezimmer«, antwortete ich und lief die Stufen nach oben.

»Okay. Oh, nein. Äh, warte, Gemma. Ich hol sie. Bitte.«

»Bin schon oben!«, rief ich vom Treppenabsatz hinunter und wunderte mich über die seltsame Panik in seiner Stimme. Doch ich erkannte schnell den Grund dafür, als ich die Tür zum Gästezimmer öffnete, das über die letzten Jahre zu einer Art Abstellkammer geworden war. Und heute ganz besonders.

»Oh«, sagte ich leise, blieb wie angewurzelt stehen und ließ den Blick durch das Zimmer schweifen. Dort stand ein kleines

Doppelbett. Als ich Finn das erste Mal zu meinem Vater mitgebracht hatte, hatte Dad darauf bestanden, dass unser Besuch dort schlief. Jetzt war das Bett jedoch unter einem Berg von Geschenken begraben. Dad hatte die Hochzeitsgeschenke nicht erwähnt, und ich hatte zu viel anderes im Kopf gehabt, um mir die Frage zu stellen, was wohl damit passiert war. Er musste Ewigkeiten gebraucht haben, um sie alle hochzutragen, und wie mir jetzt klar wurde, hatte er das wohl getan, damit mich nicht noch mehr an die Hochzeit erinnerte, die nicht stattgefunden hatte.

In der Luft lag ein leicht süßlicher Geruch, den ich fast schmecken konnte, und schon bevor ich mich umdrehte, wusste ich, woher er kam. Ich hörte Dads leise Schritte auf der Treppe und hatte gerade noch Zeit, mir die Tränen wegzuwischen. Er legte mir seine warme Hand auf die Schulter und zog mich an sich.

Es war das erste Mal, dass ich meine Hochzeitstorte in natura erblickte, und sie sah noch besser aus als in dem Katalog, in dem wir sie ausgesucht hatten. Mit den Geschenken konnte ich umgehen, das waren bloß hübsch eingewickelte Päckchen. Aber das dreistöckige Kunstwerk, dessen feine Verzierungen an Spitzenstoff erinnerten, war zu viel für mich.

»Warum ist die hier? Warum habt ihr sie nicht bei der Feier gegessen?«

Dad wand sich verlegen. »Niemand hat es über sich gebracht, sie anzuschneiden, mein Schatz, geschweige denn, ein Stück davon zu essen. Irgendwie schien es … nicht richtig.«

Ich schluckte mehrmals, bis der Kloß in meinem Hals klein genug war, dass ich sprechen konnte. »Na, dann hoffe ich, dass du immer noch Früchtekuchen zum Tee magst, denn es sieht so aus, als würde er noch für die nächsten paar Jahre reichen.«

Ich brauchte ihn nicht anzusehen, um zu wissen, dass er den Kopf schüttelte.

Ich atmete tief durch und schaute ein letztes Mal das kleine Brautpaar an, das auf der obersten Tortenetage stand, Seite an Seite, wie es Finn und ich nie getan hatten. Ich hatte gesagt, die Figuren seien zu kitschig, aber Finn hatte entgegnet, ohne sie wäre es keine richtige Hochzeitstorte. Mit dem Finger berührte ich vorsichtig den Bräutigam.

»Kannst du dafür sorgen, dass sie in das Pflegeheim am Stadtrand gebracht wird?«, fragte ich leise. »Es wäre schade, wenn sie im Müll landet.«

Der Appetit war mir vergangen, aber ich aß meinen Teller trotzdem bis auf das letzte Fitzelchen leer, denn Dad sorgte sich auch so schon genug um mich und sollte nicht noch »latente Essstörung« auf die Problemliste setzen müssen. Wir waren beim Apple Crumble angelangt, ohne uns in unserer Unterhaltung wieder auf Treibsand zu begeben. Als es dann doch passierte, lag das an einer beiläufigen Bemerkung, die ich über die leuchtend orangefarbenen Gerbera gemacht hatte, die in einer Vase mitten auf dem Esstisch standen.

»Die sind wunderschön.«

»Ich hab deiner Mutter heute Vormittag einen Strauß vorbeigebracht, und sie sahen so hübsch aus, dass ich noch einen zweiten für hier besorgt habe.«

»War es heute ruhig auf dem Friedhof? Wahrscheinlich hattest du Mum diese Woche eine Menge zu erzählen.«

Dad lächelte zärtlich, wie jedes Mal, wenn er von seinen wöchentlichen Besuchen bei Mum sprach. »So früh ist es immer ruhig. Es ist nur selten noch jemand …« Plötzlich brach er ab, als wäre er beinahe in einen gähnenden Abgrund gestürzt. Er kniff mehrmals die Augen zusammen, wie jemand, der etwas zu erkennen versucht. Da das Einzige, was er vor sich hatte, sein leerer Teller war, nahm ich an, dass es etwas sein musste, was er vor seinem inneren Auge sah.

»Was ist, Dad? Stimmt was nicht?«

Er brauchte einen Moment, um von dem Ort zurückzukommen, an den ihn seine Gedanken geführt hatten. »Nein, nein«, sagte er kopfschüttelnd. »Es ist nichts.«

Das entsprach eindeutig nicht der Wahrheit. Doch genauso offensichtlich war, dass er mir nicht sagen wollte, was ihn bedrückte.

»Wirklich. Es ist nichts«, wiederholte er und erhob sich so hastig, dass er beinahe über Chester gestolpert wäre, der bei einem gedeckten Tisch nie weit weg war. »Trinken wir den Kaffee doch im Garten, was meinst du? Es ist so ein schöner Nachmittag.«

Er lenkte mich – nicht besonders subtil – vom Thema ab, aber weil ich ihn liebte und weil er alles war, was mir jetzt noch blieb, ließ ich es zu.

Kapitel 16

In diesem Moment hätten wir in Sydney Hand in Hand durch den botanischen Garten schlendern oder uns darauf vorbereiten sollen, die berühmte Harbour Bridge hochzuklettern, oder wir hätten die Bar vor dem weltbekannten Opernhaus angesteuert, um dort Cocktails zu schlürfen. Unser Programm für die ersten Reisetage war voll mit typischen Touristenaktivitäten gewesen.

Doch stattdessen stand ich vor dem Büroturm der Zeitschriftenredaktion und versuchte, den Mut aufzubringen, das Gebäude zu betreten. Ich hatte meinen Wagen auf genau dem Stellplatz geparkt, um den Finn und ich uns bei unserer ersten Begegnung gestritten hatten. Merkwürdigerweise hatte ich ihn heute frei vorgefunden, auch wenn der Rest des Parkplatzes komplett voll war. Ich war nicht abergläubisch, doch es schien mir ein Zeichen zu sein.

Dad hatte mit Erstaunen reagiert, als er mich nach meinen Plänen für den Rest des Tages gefragt hatte und ich antwortete: »Ich fahr noch ins Büro.«

»Zur Arbeit?«, hatte er ungläubig nachgehakt. »Aber du hast doch noch fast drei Wochen von … deinem Urlaub.« Höflich umschiffte er im letzten Moment das Wort »Flitterwochen«.

»Nicht zum *Arbeiten*. Um dort den großen Farbkopierer zu benutzen. Ich will Flugblätter mit Finns Foto kopieren und an so vielen Stellen wie möglich verteilen.« Ich seufzte erschöpft. »Wenn die Polizei mir nicht dabei helfen will, dann muss ich es eben selbst in die Hand nehmen.« Ich machte mich auf Einwände von Dad gefasst. Doch es kamen keine.

»Klingt doch nach einer sehr guten Idee.«

Ich hatte niemanden im Büro über mein Kommen informiert und hoffte, mich unbeobachtet reinschleichen und dann so unauffällig wie möglich wieder aus dem Staub machen zu können. Ich war mir nämlich nicht sicher, ob ich der Aufgabe gewachsen wäre, zu erklären, wieso ich noch in England war und nicht in den Flitterwochen auf der anderen Seite der Erdkugel.

Nicht einkalkuliert hatte ich, dass ich keinem zu erzählen brauchte, was mir passiert war – denn alle wussten bereits Bescheid. Ich hatte ein paar gute Kolleginnen zur Hochzeit eingeladen, und Neuigkeiten machen in Büros schnell die Runde, erst recht in unserer Branche. Finn und ich waren diese Woche garantiert Gesprächsthema Nummer eins am Wasserspender. Mich schauderte, denn ich konnte mir nur zu gut vorstellen, wie diese Unterhaltungen wahrscheinlich abliefen.

Bei manchen Zeitschriftenredaktionen herrscht eine unangenehme Lästerkultur, und die *Glow* war da keine Ausnahme. Wahrscheinlich hatte es nicht lange gedauert, bis jemand die Krallen ausgefahren hatte und die mitfühlenden Kommentare ins Negative gekippt waren.

Die junge Frau am Empfangsschalter zum Beispiel war über die ganze Geschichte anscheinend voll im Bilde. Dabei war sie noch so neu hier, dass ich nicht einmal ihren Namen kannte. Als ich per Firmenausweis die Tür zum Gebäude öffnete, ihr kurz zunickte und dann zu den Liften ging, fielen ihr fast die Augen aus dem Kopf.

Ich machte einen großen Bogen um meinen Schreibtisch und schlich auf einigen Umwegen in den Druckerraum in der

Hoffnung, er würde leer sein. Leider ging meine Rechnung nicht auf. Jacqueline, die Geschäftsführerin, blickte hoch, als ich eintrat. Ihre jüngste Botox-Behandlung verhinderte zwar, dass sich ihr Erstaunen in ihrem Mienenspiel zeigte, doch immerhin blieb ihr der Mund offen stehen.

»Gemma, was machst du denn hier?«

Jacqueline war altersmäßig praktisch nicht einzuordnen, doch von den Jahren her zu schließen, die sie schon in der Zeitschriftenbranche arbeitete, schätzte man sie allgemein auf Mitte fünfzig. Sie hatte sich gut gehalten, und heute sah ich mindestens zwanzig Jahre älter aus als sie und fühlte mich auch so.

»Ich will nur kurz den Kopierer benutzen«, erklärte ich und hielt mich an meiner Schultertasche fest, in der ein Flyer mit einem Foto von Finn steckte. Zu spät wurde mir klar, dass ich wahrscheinlich um Erlaubnis hätte fragen sollen, ob ich die Geräte meines Arbeitgebers privat nutzen durfte. »Also, wenn das in Ordnung ist?«, fügte ich hastig hinzu. »Ich würde gern ein paar Vermisstenflyer kopieren.«

Jacquelines Augen wurden erst groß und dann so schmal, wie es ihre Schönheitseingriffe zuließen.

»Ich zahle natürlich für den Materialverbrauch.«

Sie schüttelte den Kopf. »Natürlich musst du nichts dafür zahlen! Mach, so viele du brauchst. Wir sind alle für dich da, Gemma. Ich hoffe, das weißt du.«

Ich nickte heftig und fürchtete, meine Stimme würde versagen, wenn ich jetzt versuchte zu antworten.

»Schau noch mal bei mir im Büro vorbei, bevor du gehst.«

Es war eher eine Anweisung als eine Einladung.

Ich nickte erneut und wartete, bis sie den Raum verlassen hatte, ehe ich den Umschlag mit dem Flyer aus meiner Tasche zog.

Während unserer Beziehung hatte ich wahrscheinlich Hunderte Fotos von Finn geknipst. Sosehr mir unsere zahllosen gemeinsamen Selfies auch gefielen, für den Flyer brauchte ich eine Aufnahme, auf der Finn allein zu sehen war, am besten eine, in der er keine Grimasse für die Kamera schnitt.

Am Ende blieb nur ein Foto übrig, das infrage kam. Es war mein Lieblingsbild von allen, die ich je von ihm gemacht hatte, weshalb es auch in einem silbernen Rahmen auf meinem Nachttisch stand. Letzten Sommer hatte ich es spätabends bei Sonnenuntergang aufgenommen. Finn hatte direkt in die Kamera geschaut, und irgendwie war es mir gelungen, die Begeisterung, die wir beide in dem Moment empfanden, in Pixel zu bannen.

Gemeinhin sagt man, dass man sein Leben selbst in der Hand hat, aber manchmal mischt sich das Schicksal ein und übernimmt die Führung. Wie hätten wir ahnen können, dass es den Gang unserer gemeinsamen Zukunft beeinflussen würde, als wir uns an einem Sommerabend mitten im Nirgendwo verfahren hatten?

Ich hatte auf den ersten Blick gewusst, dass das Mushroom Cottage mein Traumhaus war, und Finns ebenfalls – zumindest hatte er das gesagt.

Erst viel, viel später wurde mir klar, dass wir beide zwei völlig verschiedene Träume gehabt hatten.

Nach fünfhundert Blatt überlegte ich, aufzuhören, doch dann schob ich einen zweiten Packen Papier in das entsprechende Fach. Was, wenn das tausendste Exemplar dasjenige war, welches bei jemandem eine Erinnerung weckte? Was, wenn es genau dieses Flugblatt war, das Licht in Finns Verschwinden bringen konnte?

Es hatte etwas merkwürdig Hypnotisches, auf den schnell wachsenden Stapel zu schauen, während der Kopierer Finns Bild fünfzig Mal in der Minute ausspuckte. Ich konnte den Blick nicht davon abwenden, auch wenn das Gebäude am oberen Rand des Fotos genauso meine Aufmerksamkeit fesselte. Mushroom Cottage. Allein beim Gedanken daran schlug mein Herz etwas schneller.

Schwer zu sagen, wie viel Büromaterial der *Glow* ich noch verbraucht hätte, wäre es nicht zu einem plötzlichen, dienstlich begründeten Ansturm auf den Fotokopierer gekommen. Hastig packte ich meine Flugblätter in einen Karton, wobei ich merkte, dass eine Frau aus der Buchhaltung – deren Name mir entfallen war – interessiert auf das Wort »Vermisst« schielte, das in großen Lettern oben auf jedem Flyer prangte. Schwungvoll schloss ich die Pappschachtel und machte mich eilig aus dem Staub, bevor mir jemand eine Frage stellen konnte, die zu beantworten ich nicht bereit war.

Jacquelines Büro befand sich am anderen Ende des Großraumbüros, und ein kurzer Blick auf die Uhr verriet mir, dass es kurz vor der Zeit war, wo viele Mitarbeiter der *Glow* üblicherweise zum Café auf dem Dach des Büroturms hochfuhren, um dort Pause zu machen. Im Stillen gratulierte ich mir zu meinem hervorragenden Timing und legte einen Abstecher zum Damenklo ein, das seit ein paar Jahren keinen Unisex-Status mehr hatte.

Ich hatte definitiv eine Glückssträhne, denn die Toilette war leer. Dennoch wählte ich die Kabine, die am weitesten vom Eingang entfernt war. In den folgenden Minuten hörte ich mehrmals, wie sich die Tür zum Waschraum öffnete und schloss, und mir wurde klar, dass ich künftig wohl kaum jede Begegnung mit Kollegen vermeiden konnte. Früher oder später würde ich entweder allen wieder über den Weg laufen, oder ich musste mir eine andere Arbeitsstelle suchen. Merkwürdigerweise hatte die zweite Option durchaus etwas für sich. War es an der Zeit, mich nach etwas Neuem umzusehen?

Ich hörte undeutlich, wie sich mehrere Frauen unterhielten, doch da der Händetrockner an war und Wasser in die Waschbecken lief, war es schwer zu sagen, wer zeitgleich mit mir im Damenklo war. Es waren drei, vielleicht vier verschiedene Stimmen. Ich atmete tief durch und wollte gerade den Riegel zurückschieben, um die Kabinentür zu öffnen, als mein Name fiel und ich erstarrte.

»Habt ihr mitbekommen, dass Gemma heute hier war?«

Ich runzelte die Stirn beim vergeblichen Versuch, die Stimme zuzuordnen.

»Neiiiiin!«, antwortete eine ihrer Kolleginnen. Ich hätte nie geglaubt, dass man dieses kleine Wort derart in die Länge ziehen konnte.

»Doch. Gott, wenn ich an ihrer Stelle wäre, dann hätte ich mich jetzt mit einem Becher Eis und einer Flasche Wodka irgendwo in einem dunklen Zimmer verkrochen.«

Sie lachten, und ich biss die Zähne zusammen, damit ich nicht mit dem herausplatzte, was mir gerade auf der Zunge lag.

»Aber es muss ihr echt furchtbar gehen«, sagte eine Dritte, die ziemlich sicher Melanie war, eine der jüngeren Mitarbeiterinnen.

Jetzt sollte ich etwas tun, damit sie wissen, dass ich hier bin, dachte ich. Und doch öffnete ich die Verriegelung nicht.

»Lucy ist dabei gewesen, also, bei der Hochzeit am Samstag. Sie hat gesagt, es war unerträglich. Offenbar hat Gemma bis zuletzt darauf beharrt, dass ihm was Schlimmes zugestoßen sein muss.«

»Was denn zum Beispiel?«

Einen Moment lang herrschte Stille, und ich stellte mir vor, dass die Sprecherin gerade mit den Schultern zuckte.

»Keine Ahnung. Echt mies, das jemandem anzutun. Ich meine, schön und gut, wenn Finn es sich anders überlegt hat und sie nicht heiraten will, aber er hätte sich nicht einfach so aus dem Staub machen dürfen.«

»Wie kommst du darauf, dass es so war?«, fragte die Frau, bei der ich mir jetzt sicher war, dass es sich um Melanie handelte. Hätte sie diese Frage nicht gestellt, wäre es ein guter Moment gewesen, um die Klokabine zu verlassen. Aber die Gelegenheit war verpasst, und was ich dann hörte, machte es unwahrscheinlich, dass ich mich von der Stelle rühren würde, ehe nicht alle weg waren.

»Das fragst du noch? Du hast Finn doch gesehen, oder? Ich meine, Gemma sieht gut aus, also, durchschnittlich gut eben, aber sie muss doch gemerkt haben, dass er eine Nummer zu groß für sie ist. Aber so was von! Eine Freundin von mir ist vor einigen Jahren ein paarmal mit Finn ausgegangen und hat gesagt, es kam ihr vor, als würde sie einen Filmstar daten. Und das war, *bevor* er als Autor erfolgreich wurde! Die Frauen werden ihm doch immer zu Füßen liegen. Typen wie der binden sich nicht dauerhaft.«

Nun war zum ersten Mal eine vierte Stimme zu hören.

»Ich glaub nicht, dass sich Liebesbeziehungen einfach so danach beurteilen lassen, wer von beiden attraktiver ist. Und ich fand immer, Gemma und Finn waren ein schönes Paar.«

Die andere Frau, die sicher als ursprüngliche Inspiration für *Girls Club – Vorsicht bissig!* gedient hatte, schnaubte wenig damenhaft. »Na ja, wenn du gesehen hättest, was ich vor ein paar Wochen mitgekriegt habe, würdest du anders darüber denken.«

Mir rutschte das Herz in die Magengrube.

Die Bemerkung sorgte für Aufregung unter den Frauen, und sie erinnerten mich an einen Schwarm Krähen, die sich über die Überreste von etwas hermachten, das es leider nicht auf die andere Straßenseite geschafft hatte. Es fühlte sich fast so an, als würden sie mein Herz mit ihren Schnäbeln traktieren.

»Was? Was hast du gehört?«, fragte eine.

»Ich hab es nicht gehört, sondern *gesehen.*«

Mir war schlecht. Dass ich mich in unmittelbarer Nähe einer Toilette befand, traf sich gut, doch noch nie in meinem Leben war es so wichtig gewesen, mucksmäuschenstill zu sein.

Zu spät fiel mir wieder ein, dass meine Mutter mir einmal den Rat gegeben hatte, ich solle nie anderer Leute Gespräche belauschen, da der Lauscher an der Wand oft die eigene Schand' höre. Nicht erwähnt hatte sie dabei, dass Lauscher auch nichts Gutes über die Menschen hörten, die sie liebten.

»Vor zwei Wochen hab ich Finn zu einer ziemlich attraktiven Frau ins Auto steigen sehen. Sie hatte lange, blonde Haare. Alles wirkte sehr intim, als würden sie sich ›sehr gut kennen‹.«

»Das beweist aber nicht, dass er fremdgegangen ist.«

»Also, ich weiß nicht … Irgendwas daran kam mir nicht ganz geheuer vor. Die Frau hat am Lenkrad gesessen, und ich war im Auto hinter ihnen und hab gesehen, wie sie sich immer wieder zu ihm rübergebeugt und gelacht hat, und wie er sich umgeguckt hat, als sie an der Ampel warten mussten, so als wollte er nicht, dass sie jemand zusammen sieht.«

»Und wieso hast du Gemma nichts davon erzählt?«

Wieder hatte mir die Unbekannte die Frage aus dem Mund genommen, die ich mir auch gerade selbst gestellt hatte.

»Weil es mich nichts angeht. Und, wie du ja festgestellt hast, vielleicht gibt's eine ganz vernünftige Erklärung dafür.

Ich will jedenfalls nicht, dass man mir nachsagt, ich würde Gerüchte und Tratsch verbreiten.«

Zu spät, dachte ich bitter, als die Frauen den Waschraum verließen, nachdem sie gerade ganz nebenbei meine Beziehung runtergemacht hatten.

»Schließ die Tür«, forderte Jacqueline mich auf.

Ich drehte mich um und tat wie geheißen, wobei ich zu meiner Bestürzung merkte, dass meine Hand immer noch leicht zitterte. Was ich zuvor mit angehört hatte, hatte mich völlig durcheinandergebracht, und das Einzige, was mich davon abhielt, die Flucht zu ergreifen, war, dass ich Jacqueline versprochen hatte, noch bei ihr vorbeizuschauen.

Nachdem sich der Waschraum geleert hatte, verbrachte ich einige Minuten damit, mir meine glühenden Wangen mit Unmengen von Wasser zu kühlen. Es hatte nicht nennenswert geholfen, ich sah immer noch aus, als hätte ich mehrere Ohrfeigen kassiert. Kein schlechter Vergleich, denn die Worte meiner Kolleginnen hatten sich wirklich wie ein tätlicher Angriff angefühlt.

Nicht die geheimnisvolle Frau, die mit Finn im Auto gesessen hatte, machte mir Sorgen, denn Finn und ich hatten viele Freunde des jeweils anderen Geschlechts, die wir regelmäßig trafen. Es war nicht mal das Urteil meiner Kolleginnen, dass Finn eine Nummer zu groß für mich war, weil die Beziehung zwischen Finn und mir zu sehr von Vertrauen geprägt war, als dass so ein Unsinn mir Sorgen gemacht hätte. Das alles bewies nur, dass niemand die Dynamiken einer fremden Paarbeziehung wirklich kennt oder verstehen kann.

Was mir aber sehr wohl Sorgen bereitete, war der Umstand, dass die eine Frau sich so sicher gewesen war, dass Finn damals im Auto nicht gesehen werden wollte. Was hatte Finn nur gemacht, von dem andere auf keinen Fall etwas erfahren sollten?

»Hast du deine Kopien erledigt?«, fragte Jacqueline mit einem kurzen Blick auf den Karton, den ich unter dem Arm trug, als ich auf ihren Schreibtisch zuging.

»Ja. Danke noch mal dafür.«

Jacqueline lächelte mir zu und deutete mit einer Kopfbewegung auf den Stuhl vor ihrem Schreibtisch. Widerstrebend setzte ich mich, denn meine Hoffnungen, dass dies nur eine Stippvisite werden würde, zerschlugen sich gerade.

»Wie geht's dir, Gemma?«, fragte meine Chefin und beugte sich noch weiter vor, das Kinn in die Hand gestützt. Es war die typische »Ich-höre-dir-zu«-Pose, und sie sorgte dafür, dass ich mich unbehaglich fühlte.

»Gut. Also, na ja, nicht gut. Nicht wirklich.«

»Wenn wir irgendwas für dich tun können, brauchst du es nur zu sagen.«

Keine Sekunde lang hatte ich in Erwägung gezogen, sie könnte mit mir gemeinsam Zettel an Baumstämmen befestigen, aber plötzlich fiel mir ein, wie sie mich unterstützen konnte – ganz erheblich sogar.

»Ja, da wäre tatsächlich etwas.«

Jacqueline veränderte sofort ihre Sitzposition, was mir zeigte, dass sie eigentlich nicht gewollt – oder damit gerechnet – hatte, dass ich auf ihr Angebot einging.

»Wäre es möglich, eins von denen auf die *Glow*-Website zu stellen?«, fragte ich, zog den Deckel vom Pappkarton und reichte ihr eines der »Vermisst«-Flugblätter.

Jacqueline betrachtete es eine ganze Weile, wie einen Artikel, der noch stark überarbeitet werden musste, bevor er in den Druck gehen konnte. Nach einer unangenehm langen

Pause legte sie das Papier auf den Schreibtisch und sah mir in die Augen.

»Finn ist ein ausgesprochen attraktiver Mann.«

Ich fragte mich, was ich auf diese Bemerkung antworten sollte. Danke? Ich weiß?

»Es muss sehr schlimm gewesen sein, am Tag der Hochzeit verlassen zu werden.«

Unwillkürlich umklammerte ich die Armlehnen des Stuhls. »So war es nicht ganz.«

Botox erlaubt es einem nur sehr eingeschränkt, die Augenbrauen hochzuziehen, doch Jacqueline reizte ihren Spielraum voll aus.

»Ich meine, ja, Finn ist nicht zur Kirche gekommen, aber nicht aus dem Grund, den offenbar jeder annimmt. Er hat mich nicht verlassen. Er wird vermisst.«

»Natürlich.«

Dieses eine Wort sagte eigentlich schon alles, und doch fuhr ich fort: »Also, wäre es möglich, dass du das auf die Website stellst?«

Jacqueline tat so, als würde sie über meine Bitte nachdenken, doch da ich seit sieben Jahren hier arbeitete, wusste ich, dass sie ihre Entscheidung bereits getroffen hatte. »So gern ich es machen würde, es ist nicht wirklich … angemessen. Das wäre sehr *unüblich.*«

»Nun, aber das ist ja auch nicht die Art von Ereignis, das üblicherweise passiert«, entgegnete ich, zu wütend, um zu bemerken, dass sie vor Überraschung fast unmerklich zurückzuckte.

Sie tippte mit ihren perfekt manikürten Gelnägeln auf die Schreibtischplatte. »Vielleicht könnten wir einen Artikel darüber bringen, wie es sich anfühlt, in deiner aktuellen … misslichen Lage zu sein.«

Angesichts ihrer Wortwahl hätte ich fast losgelacht. Als sei es eine bedauerliche Unannehmlichkeit, seinen Verlobten am Hochzeitstag zu verlieren, in etwa vergleichbar mit der Situation, dass das Taxi, das man sich bestellt hat, nicht rechtzeitig kommt.

»Du meinst, einen Artikel darüber, dass man sitzen gelassen wird«, forderte ich sie im Aufstehen heraus.

Für einen Augenblick machte sie immerhin den Eindruck, als wäre ihr unbehaglich zumute, doch lange konnte nichts sie aus der Fassung bringen. Um in den Printmedien auf der Karriereleiter so weit aufzusteigen wie sie, brauchte man einiges an Selbstbeherrschung. Plötzlich wurde mir klar, dass ich hingegen absolut nicht schwindelfrei war.

»Nein, Jacqueline. Danke für das Angebot, aber solch einen Artikel werde ich nicht schreiben.« Ich fragte mich, ob das Klopfen, das ich hörte, mein Herz war oder der erste Nagel, den ich gerade in meinen Karrieresarg hämmerte. »Aber danke für das Papier und dass ich den Kopierer benutzen durfte. Bis in drei Wochen dann«, sagte ich und wandte mich zum Gehen.

Sie hielt mich nicht auf.

»Du solltest dort kündigen«, sagte Finn. Es war sechs Monate vor unserer Hochzeit, und wir lagen an einem gemütlichen Sonntagmorgen gemeinsam im Bett. Ich hatte die entspannte Stimmung gerade verdorben, indem ich an die ganze Arbeit dachte, die am nächsten Morgen in meinem Posteingang auf mich warten würde. »Du bist zu gut für diesen Job, Gemma.«

Ich lachte, zog ihn dichter an mich heran und atmete den warmen Duft seiner Haut ein. Hätte ich den in Flaschen abfüllen können, hätte ich in meinem Leben nie mehr ein anderes Parfüm verwendet. »Ich glaube, du bist parteiisch«, sagte ich und rutschte näher an ihn heran, bis wir Haut an Haut, Herz an Herz dalagen. Seines begann, schneller zu klopfen, und meines ebenfalls.

»Und was würde ich dann machen, wenn ich gekündigt habe?«, fragte ich ihn, wobei es mir plötzlich schwerfiel, mich zu konzentrieren, weil sein Körper auf meine Nähe reagierte. »Außerdem finde ich es undankbar, den Job aufzugeben, den du mir ganz offensichtlich geschenkt hast.«

Er lachte aus voller Kehle. »Nicht schon wieder. Wie oft muss ich dir noch sagen, dass mir der Job bei der *Glow* nie angeboten wurde?«

Das Thema war immer wieder ein Streitpunkt bei uns, den ich von Zeit zu Zeit auf den Tisch brachte. Finn hatte kein einziges Mal zugegeben, dass er den Job abgelehnt hatte, damit ich ihn bekam, und trotzdem hatte ich nie aufgehört, das zu glauben.

Seine Hände lagen jetzt auf meinen Hüften, und mit einer Bewegung, die von Übung zeugte – worüber ich nicht so genau nachdenken wollte –, hob er mich mühelos hoch, sodass ich auf ihm saß. In einer halben Minute würde ich garantiert nicht mehr an diese Unterhaltung denken.

»Du könntest alles machen. Dir was bei einer anderen Zeitschrift suchen, oder einer anderen Zeitung, oder du schmeißt alles hin und schreibst ein Buch.«

Ich lachte, doch sein letzter Vorschlag hatte meine Neugier geweckt.

»Worüber? Ich hab doch nichts zu erzählen.«

»Jeder hat etwas zu erzählen«, entgegnete Finn, und ich spürte seinen warmen Atem an meinem Hals. »Du hast deine Geschichte nur noch nicht gefunden. Dass ich das Risiko eingegangen bin und ein Buch geschrieben habe, war die beste Entscheidung meines Lebens.« Dann schüttelte er den Kopf, als hätte er gerade etwas Albernes gesagt. »Nein. Die zweitbeste Entscheidung, meine ich. Zu dir zurückzukehren, wird immer die beste bleiben.«

Er schaute zu mir hoch, und in seinem Blick lag Zärtlichkeit und zunehmend auch etwas Verführerisches.

Den Job bei der *Glow* an den Nagel zu hängen, war etwas, was gut überlegt sein wollte, doch als Finns Hände langsam über meine Brüste strichen, konnte ich erst einmal keinen klaren Gedanken mehr fassen.

Kapitel 17

Die Buchhandlung

Anderthalb Jahre zuvor

»Entschuldige! Ich bin viel zu spät dran!«, rief Hannah, als sie mir über den glatten Bürgersteig entgegengerannt kam.

»Nicht wirklich«, log ich, denn ich wollte nicht, dass sie ein schlechtes Gewissen hatte, und außerdem war es nicht *ihre* Schuld, dass meine Zehen derart kalt waren, dass ich sie schon seit einer Viertelstunde nicht mehr spürte. Das hatte ich allein mir selbst zuzuschreiben, da ich heute zu den schicken Stiefeln mit dünnen Sohlen gegriffen hatte und nicht zu etwas Vernünftigem. »Ich bin auch gerade erst angekommen«, fügte ich sicherheitshalber hinzu.

»Also, das ist eine dreiste Lüge«, sagte Hannah und hängte sich bei mir ein. »An deiner leuchtend roten Nase seh ich doch, dass du schon ziemlich lange hier im Schneetreiben rumstehst.«

Ich zog eine Grimasse. Eine leuchtend rote Nase war definitiv nicht der Look, für den ich so viel Zeit vor dem Spiegel verbracht hatte.

»Ist doch süß. Du siehst ein bisschen aus wie Rudolph, das Rentier«, versuchte Hannah, mich zu trösten. »Obwohl du damit etwas früh dran bist, noch ist ja nicht Weihnachten.«

Da hatte sie recht. Wir hatten erst Mitte November, und der Mini-Blizzard hatte alle überrascht. Auf den Straßen war noch nicht gestreut worden, die öffentlichen Verkehrsbetriebe waren schlecht vorbereitet und die Züge alle verspätet. Noch ärgerlicher war, dass der Da-siehst-du-was-dir-entgangen-ist-Look, auf den ich abgezielt hatte, nicht annähernd so gut funktionierte, wenn man den Eindruck erweckte, als würde man an Unterkühlung leiden.

Ich zitterte und vergrub mich tiefer in dem dicken weißen Schal, den ich mir fest um den Hals gewickelt hatte. Beim Warten an der viel befahrenen Kreuzung hatte mich die Schaufensterdeko der Buchhandlung auf der anderen Straßenseite ganz in ihren Bann gezogen. Jener Buchhandlung, wo in diesem Augenblick ein Mann, den ich seit zweieinhalb Jahren nicht gesehen hatte, den letzten Auftritt seiner Lesereise hatte.

»Glaubst du, es hat schon angefangen?«, fragte Hannah besorgt und drückte auf den Ampelknopf.

»Wahrscheinlich«, antwortete ich und schaute wieder zu dem glänzenden Plakat im Schaufenster. Unter Finns Gesicht war ein Banner geklebt, auf dem stand: »Heute Abend Signierstunde«.

Finns Augen schienen mich zu beobachten, während wir auf das grüne Ampelmännchen warteten. Ich spürte ihren Blick auch noch auf mir, als wir die Straße überquerten.

»William ist bei der Arbeit aufgehalten worden«, entschuldigte sich Hannah, »deshalb hab ich meine Bahn nicht bekommen, und jetzt hast *du* den Beginn der Veranstaltung verpasst.«

»Nicht so schlimm«, tröstete ich sie, denn sie hatte mir bereits einen Gefallen getan, indem wir unseren monatlichen Frauenabend mit Pizza und Prosecco (beides mochte sie sehr) gegen ein Autoreninterview mit Finn Douglas (den sie eindeutig nicht mochte) getauscht hatten.

»Du willst, dass ich zu seiner Signierstunde mitkomme?«, hatte sie vor ein paar Wochen ungläubig gefragt, nachdem ich ihr auf meinem Handy einen Screenshot von der Werbung für seine Tour gezeigt hatte.

»Ähm … ja«, hatte ich geantwortet und mich bereits auf ihre Reaktion gefasst gemacht.

»Von einem Mann, der dich die letzten zweieinhalb Jahre quasi geghostet hat?«

Ich rutschte unbehaglich auf meinem Stuhl herum. »Na ja, streng genommen hab ich ihn genauso geghostet wie er mich.«

Hannah schnaubte wütend. »Er hätte Kontakt halten können. Er hätte dir zumindest schreiben können, als deine Mutter gestorben ist.«

Ich schluckte den Kaffee hinunter, der mir bis eben noch prima geschmeckt hatte. Nun hatte er plötzlich eine sehr bittere Note. »Finn konnte das mit Mum nicht wissen, es sei denn, er wäre mir in den sozialen Medien gefolgt – was er nicht gemacht hat.«

Energisch riss Hannah einen Streifen von dem Plunderstück auf ihrem Teller ab. Mir schien, als symbolisierte es den Mann, den sie zerfetzen wollte, weil er aus meinem Leben verschwunden war und kein Interesse daran gezeigt hatte, wieder Teil davon zu werden.

»Okay, ich komm mit«, sagte sie mampfend. »Aber nur fürs Protokoll: Ein Mann, der zuerst einen tollen Job sausen lässt, dann ein gut gehendes Café und schließlich die tollste Frau, der er je begegnen wird, ist definitiv keiner, an dem man festhalten sollte. Er ist ein verdammter Idiot.«

»Sag ihm das unbedingt bei der Lesung«, entgegnete ich und umarmte sie dankbar.

Beim Betreten des Ladens klingelte ein altmodisches Glöckchen über unseren Köpfen. Fast im selben Moment erschien wie aus dem Nichts eine wichtig aussehende Frau mit einem Clipboard.

»Wollen Sie zu der Veranstaltung mit Finn Douglas?«, flüsterte sie, was mir unnötig erschien, da der Laden vollkommen leer wirkte. War die Veranstaltung etwa so schnell schon vorbei? Oder war niemand gekommen? Wenn ja, war das wahrscheinlich das erste Mal, dass Finn versetzt wurde.

»Den Wein und die Kanapees haben Sie leider verpasst«, flüsterte die Frau mit Bedauern und führte uns an mehreren Tischen vorbei, auf denen die aktuellen Bestseller auslagen.

»Es sind also Leute gekommen?«

Sie sah mich an, als hätte ich etwas Absurdes gefragt.

»In Scharen! Vor allem Frauen, natürlich, aber so war es bei jeder Station auf der Lesereise. Es gibt nicht viele Thriller-Autoren, die weltweit so gut ankommen, außerdem ist Finn wie für die Bühne gemacht.«

Er ist auch unter vier Augen ziemlich umwerfend, meldete sich eine leise Stimme in meinem Kopf. Ich ignorierte sie, wie ich es über die letzten Jahre ziemlich gut gelernt hatte.

»Sein aktuelles Buch ist großartig«, fuhr die Frau fort, die wohl seine PR-Agentin sein musste. »Letzte Woche hat der Thriller es auf die *Times*-Bestsellerliste geschafft, müssen Sie wissen.«

Ich wusste es. Und ich wusste auch, wie gut er war, denn ich hatte vor einigen Monaten von der Literaturredakteurin der *Glow* ein Vorabexemplar geschnorrt. Und es dreimal gelesen. Finns Karriere war eindeutig auf dem aufsteigenden Ast, und das machte seine Entscheidung, ihr einer möglichen Beziehung mit mir den Vorzug zu geben, irgendwie ein bisschen erträglicher. Finn war seinem Herzen gefolgt, und so etwas konnte man niemandem zum Vorwurf machen, auch wenn mein eigenes Herz dadurch einige Schäden erlitten hatte.

»In der letzten Reihe müssten noch ein paar Plätze frei sein«, sagte die PR-Frau im Flüsterton, während sie uns in den rückwärtigen Teil des Ladens lotste, wo ich nun erkannte, wie lächerlich meine Frage gewesen war, ob denn jemand gekommen sei. Dort standen mindestens zwanzig Stuhlreihen, und praktisch jeder Platz war besetzt.

Ich ging an der hinteren Reihe entlang, bis ich zwei freie Stühle entdeckte. Erst als wir sie uns gesichert hatten, erlaubte ich mir einen Blick nach vorn, wo der Mann, dessentwegen ich hier war, auf einem Podium saß.

Er hatte in einem Ohrensessel Platz genommen, die langen Beine vor sich ausgestreckt und an den Knöcheln übereinandergeschlagen. Er wirkte entspannt und selbstbewusst und war mir so schmerzlich vertraut, dass ich sofort einen trockenen Mund bekam und leider im Gegenzug auch noch feuchte Augen.

Dass er ganz in Schwarz gekleidet war, ließ ihn interessant und ein bisschen gefährlich wirken. Ich ignorierte den Teil meines Gehirns, der dieser Beschreibung noch »sexy« hinzufügen wollte, auch wenn es stimmte. Finn lächelte die Interviewerin an, die ihm schräg gegenüber auf der Bühne saß. Sie stellte ihn gerade mit einer Fülle an Komplimenten und leichter Rückkopplung vom Mikro vor. Mit feiner Selbstironie dankte ihr Finn für die herzliche Begrüßung und lehnte das ihm angebotene Mikrofon höflich ab.

»Versteht man mich dahinten gut?«, fragte er ins Publikum. Ich rutschte auf meinem Stuhl ein kleines bisschen tiefer und hoffte inständig, er würde nicht in unsere Richtung schauen. »Ich nehme lieber kein Mikrofon, wenn möglich. Ohne ist es etwas intimer.«

Die Vorstellung, es könne mit Finn nun »etwas intimer« werden, kam beim vorwiegend weiblichen Publikum bestens an. Während die Menge lachte, beugte Hannah sich zu mir herüber.

»Dein Finn mag ein Arschloch sein, aber ich muss zugeben, er ist genauso scharf, wie du gesagt hast.«

»Er ist nicht *mein* Finn«, zischte ich zurück. »Und auch kein Arschloch.«

Mit süffisantem Lächeln lehnte sich Hannah wieder zurück.

Ich brauchte einen Moment, bis mir klar wurde, dass ich mich von ihrer dritten Behauptung nicht distanziert hatte: dass Finn scharf war. Wahrscheinlich, weil man es unmöglich abstreiten konnte.

Das Interview war überraschend unterhaltsam. Finn war amüsant und mitreißend, und als früherer Journalist schien er instinktiv zu wissen, was die Leute hören wollten. Er machte weiterhin einen zufriedenen und entspannten Eindruck, selbst als angekündigt wurde, dass er nun für Publikumsfragen zur Verfügung stünde.

»Du könntest ihn fragen, wieso er sich nie die Mühe gemacht hat, sich mal bei dir zu melden«, schlug Hannah vor, nicht annähernd so leise, wie ich es mir gewünscht hätte. Ich bedachte sie mit einem Blick, der ihr, sollte sie noch ein einziges Wort sagen, einen langsamen und qualvollen Tod versprach.

Finns Blick schweifte auf der Suche nach erhobenen Händen über die Stuhlreihen. Ich spürte, dass er sich mir näherte wie ein Suchscheinwerfer, und wappnete mich für den Moment des Wiedererkennens. Darauf, dass man es an Finns Stimme hören würde, an einem leichten Zögern vielleicht, oder daran, dass er den Faden verlor, sobald er mich sah.

Mein Herz hämmerte so heftig, dass ich nicht mehr mitbekam, was er sagte, als sein Blick an der Unbekannten neben mir vorbeiwanderte und schließlich auf mein Gesicht fiel. Doch er zögerte nicht, verhaspelte sich nicht. Mit einem freundlichen, aber vollkommen nichtssagenden Lächeln ließ er den Blick weiter die Stuhlreihe entlanggleiten.

»Also, so ungern ich es zugebe, das war ziemlich interessant«, sagte Hannah zwanzig Minuten später zu mir. Finn hatte nach den Fragen aus dem Publikum begonnen, eine kurze Passage aus seinem Roman vorzulesen, und die Gäste lauschten ihm so gebannt, dass man die sprichwörtliche Stecknadel hätte fallen hören können. Jetzt, wo er die Augen auf das Buch in seinen Händen gerichtet hatte, konnte ich ihn endlich genauer anschauen, ohne befürchten zu müssen, dass er mich dabei ertappte.

Er sah noch besser aus als in meiner Erinnerung. Vielleicht war er inzwischen etwas schlanker geworden, sein Kinn etwas kantiger, auch wenn das wegen seines Dreitagebarts schwer auszumachen war. Seine Haut war gleichmäßig gebräunt und hatte die Farbe von Sommerhonig, und ungeachtet des aktuellen Kälteeinbruchs hatte er die Hemdsärmel hochgekrempelt. Mein Blick wanderte immer wieder zu seinen Unterarmen, an deren seidig weiche Härchen sich meine Fingerspitzen noch erinnerten. Das war das Problem. Ich hatte nichts vergessen, und er erinnerte sich an nichts mehr.

»Glaubst du, er hat dich wirklich nicht erkannt?«, fragte Hannah nach der Lesung und traf mich damit zielsicher ins Herz.

»Ich weiß es nicht«, sagte ich und schaute hinüber zu dem Tisch im anderen Raum, in den Finn geführt worden war und wo er nun zwischen zwei hohen, an Jenga-Türme erinnernden Bücherstapeln saß, einen schwarzen Filzstift in Reichweite. Es hatte sich bereits eine lange Schlange von Leuten gebildet, die ein vom Autor signiertes Exemplar haben wollten.

»Vielleicht ist es wegen meiner Haare. Als er mich zuletzt gesehen hat, waren sie blond«, sagte ich und fuhr mir durch meine kastanienbraunen Locken, die offensichtlich ihre übliche Sprungkraft verloren hatten.

»Tja, und heute hast du wohl das typische Mützenproblem«, sagte Hannah – ein Kommentar, den sich nur eine langjährige Freundin ungestraft erlauben konnte.

Hastig schaute ich mich im Laden nach einer Toilette um.

»Also treten wir offenbar nicht den sofortigen Rückzug an«, sagte Hannah trocken. »Du bist echt wild entschlossen, das bis zum Ende durchzuziehen?«

»Wär doch unhöflich, nicht Hallo zu sagen«, antwortete ich und hatte endlich das Schild zu den Toiletten entdeckt.

»Auch nicht unhöflicher, als dich jahrelang links liegen zu lassen«, gab Hannah zurück.

Ich erwiderte nichts, sondern kramte in meiner Tasche nach einem Zwanzigpfundschein und hielt ihn Hannah hin.

»Willst du mich bestechen, damit ich bleibe?«

»Sehr witzig. Das ist für eins von Finns Büchern. Kannst du es für mich kaufen, während ich meine Haare in Ordnung bringe?«

Leider bestätigte der Spiegel auf der Damentoilette meine schlimmsten Befürchtungen: Ohne ein Glätteisen oder eine geschickte Friseurin war da wenig auszurichten. Ich verbrachte mehrere Minuten mit dem Versuch, meine Haare so hinzukriegen, dass es etwas weniger danach aussah, als hätte sich versehentlich ein Nilpferd auf meinen Kopf gesetzt, und versuchte, die feuchten Locken anzutoupieren, damit sie als kupferfarbene Ringellocken fluffig mein Gesicht umrahmten. Erst als ich mich enttäuscht vom Spiegel abwandte, wurde mir klar, wie sehr ich der ersten Version von mir ähnelte, der Finn am Tag des Bewerbungsgesprächs begegnet war. Meine Haare waren ein einziges Durcheinander, und ich ebenfalls, und leicht überfordert obendrein. Wie das Leben so spielte.

Hannah wartete an der Kasse, nicht mit einem, sondern zwei Exemplaren von Finns Buch unter dem Arm.

»Das wär doch nicht nötig gewesen.«

»Ich weiß. Aber der Teil, den er gelesen hat, klang echt spannend«, gab sie zähneknirschend zu. »Auch wenn das noch lange nicht heißt, dass ich ihn mag.«

Die Signierschlange war inzwischen extrem lang geworden. Die meisten Leute wollten nicht bloß eine persönliche Widmung, sondern auch noch ein Selfie mit Finn schießen. Diese Bitte würde ich definitiv nicht an ihn herantragen.

Finns PR-Agentin stand hinter ihm wie sein persönlicher Bodyguard. Nicht, dass Finn den Eindruck machte, er hätte Personenschutz nötig. War er damals, bevor er nach Australien ging, schon so muskulös gewesen? Vor meinem inneren Auge sah ich uns im Mondlicht an einem Strand, ein Bild, das aus den dunklen Tiefen meines Gedächtnisses hochgekommen war. Ich schluckte und hoffte, die Erinnerung, wie meine Hände unter sein Hemd und über seine Haut gewandert waren, würde wieder verblassen, bevor mir die Luft wegblieb.

Die Schlange bewegte sich nur langsam vorwärts, da Finn mit jedem Besucher gut gelaunt plauderte. Ich sah, wie die PR-Frau ihm zwischendurch die Hand auf die Schulter legte und ihm etwas ins Ohr flüsterte. Eine Empfindung, die sich schmerzhaft wie Eifersucht anfühlte, überkam mich. Finn und die PR-Frau blickten zur Wanduhr und dann auf die noch verbliebene Schlange der Gäste.

Um die Dinge zu beschleunigen, begann eine Assistentin,

die Reihe der Wartenden abzugehen und Post-it-Zettel zu verteilen, auf die die Fans den gewünschten Namen für die Widmung notieren konnten.

»So wird er wenigstens deinen Vornamen richtig hinbekommen«, bemerkte Hannah düster mit Blick auf das kleine gelbe Stück Papier, auf das ich fein säuberlich GEMMA geschrieben hatte.

Ich lächelte schwach, denn ich fand die Möglichkeit, dass Finn sich vielleicht überhaupt nicht mehr an mich erinnerte, nicht mal ansatzweise amüsant.

Vor uns waren jetzt noch drei Kunden. Wir standen nahe genug am Signiertisch, um zu hören, was Finn sagte, während er die immer gleichen Sätze auf die Titelseite schrieb.

Danke für den Besuch der Lesung heute Abend.
Viel Freude mit dem Buch.

Unter den Text setzte er seine Unterschrift, die so unleserlich war, dass sie von einem Arzt hätte stammen können.

Während wir langsam weiter auf den Tisch zurückten, kribbelte mein Nacken vor Erwartung.

»Vielleicht ginge es ein klein wenig schneller?«, sagte die PR-Frau.

»Klar«, erwiderte Finn gelassen und wandte sich der nächsten Frau in der Schlange zu.

Mir.

Das war er. Der Moment, auf den ich gewartet hatte. Meine Knie zitterten wie Wackelpudding, und ich war mir sicher, wenn ich an mir hinabgeschaut hätte, hätte ich durch mein weiches Wollkleid sehen können, wie mein Herz hämmerte.

»Hallo«, begrüßte Finn mich freundlich. Er hielt mir die

Hand hin, und ich wollte sie gerade ergreifen, als mir im letzten Augenblick klar wurde, dass er nur darauf wartete, dass ich ihm mein Buch reichte.

Die PR-Frau löste mein Post-it vom Umschlag und legte es vor Finn auf den Schreibtisch, während eine Verkäuferin auf der anderen Seite eine Papiertragetasche auffaltete. Finn schaute nur weniger als eine Sekunde auf den kleinen gelben Zettel, und dann wieder hoch zu mir. Die Zeit schien stillzustehen, und ich merkte, dass ich unwillkürlich den Atem angehalten hatte.

»Danke, dass du bei so lausigem Wetter gekommen bist. Ich hoffe, das Buch gefällt dir«, sagte Finn und griff bereits nach dem Filzschreiber.

Ich hätte mich am liebsten umgedreht und wäre weggerannt, oder hätte mich, schlimmer noch, über den Tisch gebeugt und Finn an seinen unglaublich breiten Schultern gepackt und ihn gezwungen, mir ins Gesicht zu sehen. *Ernsthaft?*, hätte ich ihn gern zur Rede gestellt. *Hab ich dir tatsächlich so wenig bedeutet, dass du mich ganz vergessen hast?*

Jetzt schrieb er die Widmung, den Blick auf die Titelseite gerichtet. Aus dem Augenwinkel beobachtete ich, wie die PR-Frau auf das Buch schaute und die Stirn runzelte, aber in dem Moment schlug Finn es bereits zu, schob es in die Tragetasche und reichte sie mir mit einem höflichen »Einen schönen Abend noch!«.

»Darf ich ihn ab jetzt als Schweinepriester bezeichnen?«, fragte Hannah mit nie gekannter Giftigkeit.

»Ich dachte, du willst, dass ich nichts mehr mit ihm zu tun habe«, wandte ich ein und hob die Hand, damit uns der vorbeilaufende Kellner bemerkte. »Ist roter okay?«, fragte ich sie und legte die Getränkekarte der Weinbar, in die wir uns nach dem Verlassen der Buchhandlung verzogen hatten, auf den Tisch.

»Mir geht's mehr um die Menge als um die Farbe«, entgegnete Hannah, die um meinetwillen immer noch so aufgebracht war, dass man es fast amüsant finden konnte – wäre es nicht so unglaublich traurig gewesen, dass man zweieinhalb Jahre einer derart trügerischen Erinnerung aufgesessen war. Wie war es möglich, dass eine gemeinsame Nacht zwei Menschen so unterschiedlich viel bedeutete?

»Wie auch immer, ich glaub jedenfalls nicht, dass ich mir jetzt noch die Mühe mache, sein idiotisches Buch zu lesen«, schnaubte Hannah und nahm ihr Exemplar aus der Tragetasche. Dann wartete sie, während der Kellner unsere Flasche roten Hauswein und einen Teller Oliven brachte, die nicht den Eindruck machten, als wären sie eine gute Grundlage für den Alkohol.

Hannah legte das Buch auf den Tisch, schob es in den Lichtkegel der Hängelampe und las mit immer noch empörter Miene die handschriftliche Widmung. Abwesend blätterte sie weiter und hielt dann inne. Sie nahm das Buch in die Hand, um das Gedruckte besser erkennen zu können, als würden ihre Adleraugen sie heute im Stich lassen.

Als sie es wieder auf den Tisch sinken ließ und es langsam zu mir herumdrehte, war ihr Gesichtsausdruck völlig verändert.

»Hast du die Widmung gesehen?«

»Nein«, sagte ich und zog das Buch näher heran. »In dem Vorabexemplar, das ich hatte, war keine Widmung.«

»Also, hier steht jetzt eine«, sagte Hanna.

Ich las sie mit klopfendem Herzen, das gerade auszutesten schien, wie viele Extraschläge es in einer Minute unterbringen konnte.

»Für G«, las ich laut, mit deutlich unsicherer Stimme, als mir angenehm war. »Für die beste Nacht aller Zeiten.«

»Denkst du, er meint dich? Und euer Date?«

Ich griff nach meinem Weinglas und hoffte, in der Bar war es dunkel genug, dass Hannah das leichte Zittern meiner Hand entging.

»Natürlich nicht. Er hat mich doch nicht mal wiedererkannt. Die Widmung ist eindeutig für eine andere Frau gedacht, deren Name zufällig auch mit G beginnt. Die Chance, dass es so ist, beträgt sechsundzwanzig zu eins. Und vielleicht datet Finn einfach gern Frauen mit demselben Anfangsbuchstaben im Namen. Das ist vermutlich praktischer, wenn er den Namen vergisst.«

Hannah schüttelte den Kopf. »Erstens funktioniert Wahrscheinlichkeitsrechnung anders, und zweitens … ich weiß nicht. Wo ist dein Exemplar?«

Ich wollte es ihr nicht geben. Wollte es nicht mal aus der Tasche holen. Es gab Grenzen in Bezug darauf, wie viele Enttäuschungen man an einem Abend verkraften konnte.

Hannah nutzte mein Zögern aus und schnappte sich die Tragetasche. Sie zog das Buch heraus, blätterte zur Titelseite, auf der die mit schwarzem Filzstift geschriebene persönliche Widmung zu lesen war, und runzelte die Stirn, genau wie die PR-Frau in der Buchhandlung.

»›Für Geena‹?«, rief Hannah empört. »Ist der Typ blind? Du hast deinen Namen doch klar und deutlich aufgeschrieben! Was? Gemma, was ist denn?« Sie schaute hoch, weil ich lachte. »Wieso lachst du? Kapier ich nicht. Was ist denn daran so komisch?«

Ich nahm ihr das Buch aus den Händen. Die Widmung war schwer zu entziffern, weil ich Tränen in den Augen hatte, doch es waren Freudentränen.

»›Für Geena‹«, las ich vor. »›Danke fürs Kommen. Ich hoffe sehr, du rufst mich an.‹«

Unter der handschriftlichen Widmung, wo bei allen anderen jetzt seine Unterschrift stand, prangte bei mir seine Telefonnummer.

Kapitel 18

London

Achtzehn Monate zuvor

»Was meinst du: Zählen wir das hier in ein paar Jahren als unser erstes oder als unser viertes Date?«

Ich war derart verdutzt, dass ich einen Moment fürchtete, mich an dem Wein, von dem ich gerade getrunken hatte, zu verschlucken. Glücklicherweise gelang es mir, ihn hinunterzuschlucken, ohne dass jemand eingreifen und mich vor dem Erstickungstod retten musste. Trotzdem räusperte ich mich mehrfach, bevor ich »Wie bitte?« stammeln konnte. Schließlich gab es so einiges an Finns Frage, worüber man diskutieren konnte.

Er bezeichnete den heutigen Abend also als richtiges Date statt nur als ein zwangloses Abendessen von Bekannten (wie ich mir selbst den ganzen Tag über immer wieder versichert hatte). Damit nicht genug, schien er unbekümmert, fast selbstverständlich davon auszugehen, dass wir in ein paar Jahren immer noch zusammen sein und darüber streiten würden, um unser wievieltes Date es sich hier handelte. Es schien mir am sichersten, zuerst in Hinblick auf die Zahl nachzuhaken.

»Wie kommst du bitte auf *vier* Dates?«, fragte ich, stellte das Weinglas beiseite und lächelte ihn über den Restauranttisch hinweg an. »Das hier ist maximal unser zweites.«

»Na ja, da wären die Verlobungsfeier in der Bar, das McDonald's-Essen am Straßenrand und natürlich die Fish and Chips am Strand.«

Finn sah mir in die Augen, und ich spürte, wie mir bei der Erinnerung an den Vorabend seiner Abreise nach Sydney die Röte ins Gesicht schoss. Darüber, dass er sich offenbar an jede einzelne unserer Begegnungen genauso lebhaft erinnerte wie ich, würde ich später sicher noch viel nachdenken; fürs Erste genoss ich das wohlig warme Gefühl, das dieses Wissen mir verschaffte.

»Ich glaube, du verwechselst Gelegenheiten, bei denen sich unsere Wege zufällig gekreuzt haben, mit Dates.«

Finn griff über den Tisch hinweg nach meiner Hand. »Nein, ich verwechsle nichts. Ganz im Gegenteil, in meinen Augen war noch nie etwas eindeutiger.«

Seine Worte hatten eine stärkere Wirkung auf mich als hochprozentiger Alkohol. Sie waren wie pures Adrenalin und schon auf halbem Weg zu meinem Herzen, bevor ich etwas dagegen tun konnte. Doch als die Stimme der Vernunft in meinem Kopf »Nicht so schnell!« rief, wusste ich, dass ich diesmal auf sie hören musste.

Vielleicht sah Finn es mir an, denn er lenkte das Gespräch so geschickt wieder in unverfängliche Bahnen, dass ich mich später fragte, ob ich mir diesen kurzen Augenblick der Vertrautheit nicht nur eingebildet hatte.

Natürlich hatte meine Entscheidung, Finn anzurufen, in dem Moment festgestanden, als ich seine Telefonnummer in dem Buch entdeckt hatte. Hannah hatte sich trotzdem alle Mühe gegeben, mich davon abzubringen.

»Ziemlich anmaßend von ihm, einfach davon auszugehen, dass du gerade Single bist, findest du nicht? Oder dass du in den letzten zweieinhalb Jahren jeden Mann mit ihm verglichen hast und keiner ihm das Wasser reichen konnte.«

»Ist es nicht genau das, was ich getan habe?«, fragte ich trocken, den Blick noch immer auf Finns Nachricht gerichtet.

»Finn Douglas hat nicht die geringste Ahnung, was in deinem Leben gerade vor sich geht. Es ist ja nicht so, als wärt ihr in Kontakt geblieben oder hättet einander liebeskranke Versprechungen gemacht, auf den anderen zu warten. Und das war auch gut so«, fügte sie mit Nachdruck hinzu.

»Ist mir schon klar. Und ich weiß auch, dass du das alles nur sagst, weil du mir helfen willst …«

»Wieso hab ich den Verdacht, dass da gleich ein Aber folgt?«

Ich lächelte meine alte Freundin an, die mich vor etwas beschützen wollte, vor dem ich gar nicht beschützt werden wollte.

Sie seufzte, denn sie kannte mich gut genug, um zu wissen, wann sie verloren hatte. »Versprich mir wenigstens, dass du ihn nicht sofort anrufst. Lass ihn ein bisschen zappeln. Warte noch eine Woche – oder besser zwei.«

Doch Hannahs Miene verriet, dass ihr klar war, ich würde Finns Nummer bereits sehr viel früher wählen.

Ich hielt bis zum Morgen nach der Lesung durch. Es war gerade mal kurz nach acht, und erst als ich seine verschlafene Stimme hörte, ging mir auf, dass das womöglich übereifrig rüberkommen konnte. Aber immerhin hatte ich gute Gründe dafür. Schließlich wusste ich nicht, wie lange Finn überhaupt noch in England war.

»Hi. Guten Morgen. Ich bin's«, sagte ich hastig. »Ähm … Gemma, meine ich.«

»Ich bin mir nicht sicher, ob ich jemanden mit diesem Namen kenne«, sagte Finn, dessen Stimme immer noch leicht schläfrig klang. Das gab mir ein merkwürdiges Gefühl, fast so, als würde er gerade neben mir aufwachen.

»Also hast du meine Nachricht entdeckt?«, sagte er, und man hörte ihm an, dass er lächelte.

»Nein, ich wähle seit zweieinhalb Jahren willkürlich Nummern, und ob du es glaubst oder nicht, heute hatte ich Glück.«

Finn lachte, aber nicht laut genug, um die Frauenstimme im Hintergrund zu übertönen.

Ich schloss die Augen und sah die Szene mit einer solchen Klarheit vor mir, dass ich mich einen Moment lang fragte, ob ich vielleicht Hellseherin war. Eine wunderschöne Blondine (sie waren immer blond) kam gerade aus dem Badezimmer, maximal mit einem Handtuch bekleidet, die langen, gebräunten Beine noch feucht vom Duschen.

Wie hatte ich nur so dumm sein können?

»Da drüben hin, bitte«, sagte Finn, der kurz abgelenkt schien.

»Du bist anscheinend beschäftigt. Ich kann auch später noch mal anrufen«, sagte ich in dem Wissen, dass ich es nicht tun würde. Dies war unser letztes Gespräch.

»Nein, bitte, nicht auflegen«, entgegnete Finn hastig. Der panische Unterton in seiner Stimme überraschte mich. »Das ist nur der Zimmerservice mit dem Frühstück.«

Ich hörte ihn ein Dankeschön murmeln und war heilfroh, dass er nicht sehen konnte, wie ich vor Verlegenheit puterrot anlief. »Na ja, dann sollte ich dich in Ruhe essen lassen, bevor es kalt wird.« Mein Gott, verdiente ich wirklich meinen

Lebensunterhalt damit, immer die richtigen Worte parat zu haben? Warum klang auf einmal alles, was aus meinem Mund kam, total idiotisch?

»Ist nur Joghurt mit Obst. Der kann warten.«

Ich musste schmunzeln, weil er ganz genau das bestellt hatte, was ich selbst auch aus dem Zimmerservice-Menü ausgewählt hätte. Nüchtern betrachtet mochte das noch kein Beweis sein, dass wir dazu bestimmt waren, gemeinsam alt zu werden, aber ich baute gerade ein Traumhaus aus zerbrechlichen Glasbausteinen und griff dankbar nach jedem einzelnen, den ich finden konnte.

»Ich hab mich echt gefreut, dass du zur Lesung gekommen bist.«

»Das hast du gestern Abend schon gesagt.« Ich nahm mir selbst den Wind aus den Segeln, indem ich hinzufügte: »Ich dachte zuerst, du hättest mich nicht erkannt oder würdest dich nicht an mich erinnern.«

Finn sog schockiert die Luft ein. »Wie kommst du denn darauf?«

Ich fächelte mir mit der Hand Luft zu, was jedoch wenig gegen die Hitze in meinen hochroten Wangen ausrichtete. »Du hast durch mich hindurchgeschaut, und das nicht nur einmal, sondern immer wieder.«

Er schwieg lange, bevor er antwortete. »Ich wollte nicht, dass unser erstes Gespräch nach so langer Zeit von einem Haufen fremder Leute mit angehört wird. Und dass ich durch dich hindurchgesehen habe, ist totaler Quatsch. Ich hab die gesamte Lesereise über nach dir Ausschau gehalten. Und mir gleichzeitig gesagt, dass ich kein Recht habe, zu erwarten, dass du mich überhaupt wiedersehen willst, geschweige denn, dass du zu mir kommst.«

»Soll das heißen, wenn ich gestern Abend nicht gekommen

wäre, wärst du wieder ins Flugzeug gestiegen und zurück nach Australien gedüst, ohne Kontakt zu mir aufzunehmen?«

»Nein, Gemma Fletcher. Unvorstellbar. Ich hatte meinen Terminkalender für heute freigeschaufelt, um mich auf die Suche nach dir zu machen. Mein Plan war, zuerst im Büro der *Glow* vorbeizuschauen, und für den Fall, dass du dort nicht mehr arbeitest oder man mir nicht sagen will, wo du steckst, hätte ich vor deiner Wohnungstür campiert, bis du nach Hause kommst oder deine Nachbarn die Polizei rufen.«

»Oh.« Was für ein nichtssagendes Wort als Reaktion auf ein so vielsagendes Geständnis.

»Womit wir zu einer wichtigen Frage kommen: Was hast du heute noch vor?«

Ich grübelte kurz darüber nach, ob ich mich nicht krankmelden konnte, und hörte eine imaginäre Uhr ticken, die die verstreichende Zeit maß, die Finn und mir noch blieb, bis er wieder abreiste. Aber ich hatte Verpflichtungen und einen Abstecher nach London geplant, um dort eine Familie für eine größere Reportage zu interviewen, die in der nächsten Ausgabe der *Glow* erscheinen sollte. Das konnte ich nicht so einfach für jemanden abblasen, der aller Wahrscheinlichkeit nach schon wieder aus meinem Leben verschwunden sein würde, bevor mein Artikel in Druck ging.

Fairerweise muss man sagen, dass Finn nicht verständnisvoller hätte reagieren können, als ich es ihm erklärte.

»Dann habe ich eine Idee. Was hältst du davon, wenn ich auch nach London komme und wir uns nach deinem Interview treffen? Ich könnte aus dem Hotel hier auschecken und mir stattdessen ein Zimmer in London nehmen.«

Ich hätte einen Moment überlegen oder zumindest so tun sollen, als würde ich zögern. Das Mindeste wäre gewesen, ihm klarzumachen, dass ich hoffte, er meine ein Zimmer für eine

Person, nicht für zwei. Doch ich tat nichts dergleichen. Ich war schon bei »Dann habe ich eine Idee« einverstanden, bevor ich überhaupt wusste, was er vorschlagen wollte.

Sich am zwanzig Meter hohen Weihnachtsbaum im Covent Garden zu treffen, war ziemlich klischeehaft und gehörte, rückblickend betrachtet, nicht unbedingt zu meinen brillantesten Ideen. Ich hatte nicht bedacht, dass die Weihnachtsbeleuchtung gerade erst eingeschaltet worden war, sodass sich dort noch mehr Menschen tummelten als sonst.

Aber auch wenn ich nicht den praktischsten Ort für ein Treffen ausgewählt hatte, die Atmosphäre war kaum zu übertreffen. Wir waren umgeben von Weihnachtsschmuck und Tausenden funkelnden Lichtern; von der Gewölbedecke der Markthalle hingen mit Mistelzweigen geschmückte Kronleuchter, die von zahlreichen Paaren als Vorwand zum Küssen genutzt wurden.

Als ich schließlich Kurs auf die riesige norwegische Fichte nahm, hatte ich den Überblick verloren, wie oft ich schon »Verzeihung« gesagt hatte, und war unbeabsichtigt auf unzähligen Touristenfotos verewigt worden. Nur einmal hatte ich mich aus den Menschenmassen gelöst, als mir der verlockende Duft von Glühwein in die Nase stieg. Spontan erstand ich zwei Becher Glühwein an einem Stand am Rande des Markts. Zwei heiße Getränke und hochhackige Schuhe auf rutschigem Kopfsteinpflaster erwiesen sich zwar als ungünstige Kombination, doch irgendwie gelang es mir, den Weihnachtsbaum ohne Zwischenfälle zu erreichen.

Ich war früh dran. Auch wenn ich meinen Interviewpartnern nicht gerade das Wort abgeschnitten hatte, so hatte ich mich im Anschluss an das Gespräch definitiv nicht mehr lange aufgehalten.

Die Uhr schlug Viertel vor, und die Aufregung ließ mein Herz schneller schlagen. In weniger als fünfzehn Minuten würde ich Finn endlich wiedersehen. Lange hatte ich darüber nachgegrübelt, ob ich das, was zwischen uns gewesen war, vielleicht zu sehr idealisiert hatte, als Finn nach Australien ging. Jetzt würde ich endlich herausfinden, ob ich mir alles nur eingebildet hatte.

Auch wenn ich mir beharrlich einzureden versuchte, dass dies kein richtiges Date war, mein Verhalten sprach eine andere Sprache. Am Morgen hatte ich im Badezimmer nach dem teuren Duschgel für besondere Anlässe gegriffen, nicht nach dem billigen aus dem Supermarkt, das ich normalerweise benutzte. Ich hatte meine Alltagskleidung beiseitegeschoben und ein Kleid aus dem Schrank gezogen, das meinem Körper schmeichelte. Mein Haar zeigte sich von seiner besten Seite, mein Make-up war dezent. Ich war bereit.

Doch als ich Finn schließlich entdeckte, der sich mit einem umwerfenden Lächeln einen Weg durch die Menge zu mir bahnte, war ich verloren, noch ehe er überhaupt den Mund aufgemacht hatte.

»Zwei Dumme, ein Gedanke!«, sagte er und hielt zwei Styroporbecher mit Glühwein in die Höhe. Wir hatten zu viele heiße Getränke und zu wenig freie Hände, sodass uns das peinliche Sollen-wir-uns-umarmen-oder-nicht-Dilemma erspart blieb. Stattdessen gab Finn mir einen flüchtigen Kuss auf die Wange.

»Komm, wir suchen uns ein ruhiges Plätzchen«, schlug er vor, nahm mir die Becher ab und balancierte sie scheinbar mühelos auf seinen eigenen.

»Gelernt ist gelernt«, sagte er lächelnd, als er meinen beeindruckten Blick bemerkte.

»Fehlt dir das Café manchmal?«, erkundigte ich mich. Es

erschien mir eine unverfänglichere Formulierung für das, was ich eigentlich wissen wollte, nämlich, ob er das Leben in England vermisste – oder vielleicht sogar jemand Bestimmtes, den er dort zurückgelassen hatte.

»Es fehlt mir, jeden Tag unter Leuten zu sein«, sagte Finn nachdenklich. »Bücher zu schreiben ist ein ziemlich einsamer Job.« Zufälligerweise kamen wir genau in diesem Moment an einer Buchhandlung vorbei, in deren Schaufenster sein neuestes Werk ausgestellt war.

»Aber dafür ein Job, den du verdammt gut machst. Dein Thriller hat mir übrigens super gefallen«, sagte ich.

»Da musst du dir ja die ganze Nacht um die Ohren geschlagen haben, wenn du ihn schon komplett gelesen hast.«

Ich schüttelte den Kopf. »Nein. Ich hab schon vor ein paar Monaten ein Vorabexemplar in die Finger bekommen.« Finn lächelte.

Irgendwie war es Finn gelungen, den Arm schützend um meine Schultern zu legen, ohne dabei unsere Getränke fallen zu lassen, während wir uns einen Weg durch die Menge bahnten. Wir gelangten zum Rand des Platzes. Finn stellte die vier Becher auf einer niedrigen Mauer ab, entfernte den Deckel von zweien und reichte mir einen davon.

»Prost«, sagte er und stieß seinen Becher sanft gegen meinen. »Auf alte Freunde und neue Chancen.«

Verwirrt sah ich zu ihm auf. Wir waren keine alten Freunde, eher zwei Menschen, deren Lebenswege sich für einen kurzen Moment gekreuzt hatten. Wollte er mir damit zu verstehen geben, dass das zwischen uns rein platonisch bleiben sollte? Ich wusste es nicht, also ignorierte ich einfach den ersten Teil des Satzes und konzentrierte mich stattdessen auf den, der mir gefiel.

»Auf neue Chancen«, erwiderte ich leise.

Das Restaurant war ein Traum. Es befand sich im achtundzwanzigsten Stock eines der teuersten Londoner Hotels und bot einen fantastischen Ausblick auf den Hyde Park – den Garten hinterm Haus der Königin, wie man ihn salopp nannte. Die Küche war mehrfach ausgezeichnet worden, aber wenn ich ehrlich war, hätte das Essen auch nach Pappe schmecken können und ich hätte trotzdem geschworen, dass ich nie besser gespeist hatte. Das lag zum einen an der spektakulären Aussicht; die Stadt lag funkelnd wie ein Edelstein vor uns. Der andere Grund, warum dieser Abend als eine der schönsten Erinnerungen in die Geschichte meines Lebens eingehen würde, war der Mann, der mir gegenübersaß.

Nachdem wir unseren Glühwein in Covent Garden getrunken hatten, hatte ich die drei Meilen zum Restaurant ohne Murren zu Fuß zurückgelegt. Doch dann fielen ein paar unerschrockene Schneeflocken, und mit ihnen die Temperatur.

»Ich kämpfe noch mit dem Wechsel vom brütend heißen australischen Sommer zum verschneiten britischen Winter. Sollen wir uns ein Taxi nehmen?«

Bevor er eins anhielt, nahm Finn die beiden ungeöffneten Getränke und stellte sie neben einem Obdachlosen und seinen Hund auf den Gehweg. »Versuch, einen warmen Platz für die Nacht zu finden, Kumpel«, sagte er so leise, dass seine Worte von der Geräuschkulisse der Stadt fast verschluckt wurden. Vermutlich wollte er nicht, dass ich sie hörte oder sah, wie er dem Mann etwas in die Hand drückte, bevor er dem Hund den Kopf streichelte und sich wieder aufrichtete.

Dann kam Finn zu mir und hielt mir die Hand hin. Nie hatte sich etwas richtiger angefühlt, als meine hineinzulegen.

Mit der Lässigkeit eines Großstädters winkte er ein Taxi heran, nannte dem Fahrer unser Ziel und bat ihn, den Weg

»über The Mall« zu nehmen. »Das ist die hübschere Strecke«, fügte er erklärend hinzu, als er sich zu mir auf die Rückbank setzte. »Ich hab London in den letzten Jahren wirklich vermisst.«

Mit Mühe und Not schaffte ich es, mir die Frage »Nur London?« zu verkneifen.

Die fünfzehnminütige Taxifahrt verging wie im Flug mit dem Gespräch über Finns Leben in Sydney. Die Frage, wann er zurückfliegen würde, brannte mir zwar auf der Zunge, blieb jedoch unausgesprochen.

»London hat eine ganz besondere Atmosphäre, besonders um diese Jahreszeit«, sagte Finn, doch er sah dabei mich an, nicht die Wahrzeichen der Hauptstadt, die draußen vorbeizogen. »Aber nichts kommt an das Gefühl heran, bei Sonnenuntergang über die Sydney Harbour Bridge zu fahren oder einen eisgekühlten Drink neben dem Opernhaus zu trinken.«

»Klingt, als könntest du es kaum erwarten, zurückzufliegen«, sagte ich bemüht unbekümmert.

Im Taxi wurde es mit einem Mal dunkler, weil wir unter dem Admiralty Arch durchfuhren, und ich konnte Finns Augen nicht mehr erkennen, was ärgerlich war, da wir gerade einen wichtigen Punkt in unserem Gespräch erreicht hatten.

»Es gibt gute Gründe, zurückzukehren, aber ebenso gute, zu bleiben«, sagte Finn leise.

Ich schluckte, vielleicht nicht ganz so geräuschlos, wie ich es mir gewünscht hätte.

»Wir sind da«, unterbrach uns der Taxifahrer, und der Moment war verstrichen. Ich wusste nicht genau, ob ich enttäuscht oder erleichtert über die Unterbrechung war. Finn beglich den Fahrpreis, und wir betraten das Hotel.

Die Tische mit Ausblick waren in dem Restaurant natürlich heiß begehrt, aber Finn hatte uns einen gesichert. Wie eine aufgeregte Touristin, die zum ersten Mal in London ist, verbrachte ich gut zehn Minuten damit, die verschiedenen Wahrzeichen der Stadt anhand der auf dem Tisch ausgelegten Karte zu identifizieren. Ich spürte, wie Finns warmer Blick auf mir ruhte.

»Was?«, fragte ich nervös.

»Nichts. Ich freue mich einfach, dich wiederzusehen, Ginny Fletcher.«

Ich lächelte, denn es war ein schönes Gefühl, nach zweieinhalb Jahren endlich wieder scherzhaft beim falschen Namen genannt zu werden.

Wir teilten uns eine Vorspeisenplatte und plauderten dabei über dieses und jenes. Finn berichtete über sein Leben als Autor, fiese australische Krabbeltiere und das Surfen, während ich von meiner Arbeit bei der *Glow*, meine Freude darüber, Patin von Hannahs Tochter geworden zu sein, und mein neues Hobby, dem Tango Argentino, erzählte.

»Bist du gut?«, fragte Finn ehrlich interessiert.

»Ganz im Gegenteil. In Wahrheit will vermutlich niemand mein Tanzpartner sein, wenn wir zu den Passagen mit den *Ganchos*, den Beinhaken, kommen. Anscheinend gelte ich als Gefahr für Leib und Leben.«

»Ich würd's wagen«, sagte Finn und sah mich so eindringlich an, dass ich den Blick nicht abwenden konnte.

Mein Lachen klang etwas zu hoch, weil ich mir auf einmal nicht mehr sicher war, ob wir immer noch über *Ganchos* und *Ochos* oder über etwas ganz anderes sprachen.

»Und hast du einen – also, einen festen Tanzpartner?«

Finn beugte sich über mein Glas, um mir Wein nachzuschenken, sodass ich seinen Gesichtsausdruck nicht sehen konnte.

»Was genau willst du wissen, Finn?«

Er stellte die Flasche schmunzelnd zurück auf den Tisch. »Ich hatte ganz vergessen, wie direkt du manchmal bist.« Er schüttelte den Kopf. »Ich weiß, dass ich kein Recht habe, diese Frage zu stellen, aber ich tu's trotzdem. Gibt es jemanden in deinem Leben, der dir wichtig ist? Bist du in einer Beziehung?«

Die Zeit für Spielchen schien vorbei zu sein. Endlich.

»Nein. Niemanden. Und bei dir?«

Langsam schüttelte Finn den Kopf. »Sonst wäre ich jetzt nicht hier. Dafür bin ich nicht der Typ.«

Mein Mund verzog sich zu einem immer strahlender werdenden Lächeln.

Irgendwann zwischen dem Hauptgang und dem Dessert wandte sich das Gespräch ernsteren Themen zu. Finn erkundigte sich nach meiner Familie, und ich erzählte ihm vom Tod meiner Mutter vor fünfzehn Monaten. Manchmal konnte ich darüber reden, ohne dass mir die Tränen in die Augen stiegen oder meine Stimme versagte. Heute gelang es mir allerdings nicht.

»Ich dachte immer, dass Menschen über dreißig ihre Mutter nicht mehr so sehr brauchen. Aber weißt du was? Man braucht sie weiterhin. Sehr sogar.« Meine Augen brannten.

»Das tut mir schrecklich leid, Gemma«, sagte Finn und griff über den Tisch hinweg nach meiner Hand. Seine Fingerspitzen streiften mein Handgelenk und trieben meinen Puls in die Höhe. Ich versuchte, es mir nicht anmerken zu lassen, denn Finn sollte nicht mitbekommen, welche Wirkung er auf mich hatte, bevor ich mir nicht im Klaren darüber war, wie es weiterging.

»Wie kommt dein Vater allein zurecht?«

Ich seufzte. »Es geht ihm inzwischen etwas besser, aber es war alles andere als leicht für ihn.«

Wir schwiegen einen Moment, und ich beschloss, die nächste Frage zu riskieren, bevor die Gelegenheit verstrich.

»Und deine … deine Eltern leben nicht mehr?«

Finn wurde auf einmal stocksteif. Jede Faser, jeder Muskel, jede Sehne seines Körpers schien auf meine Worte zu reagieren. Er war wie erstarrt, sodass ich fast nicht mehr mit einer Antwort rechnete. Doch schließlich riss er sich zusammen.

»Nein. Kurz nachdem wir zurück nach England zogen, sind sie bei einem Unfall ums Leben gekommen.«

»Aber da warst du doch erst zehn?«, sagte ich und dachte an unser Gespräch vor zwei Jahren zurück.

Falls Finn überrascht war, dass ich mich an derartige Details erinnerte, ließ er es sich nicht anmerken. »Ja. Ich spreche nicht oft darüber.«

Ich hakte nicht offensiv nach, denn als Journalistin wusste ich, dass Menschen einem dann meist mehr verrieten.

»Meine Großmutter hat mich aufgenommen.« Finn griff nach seinem Weinglas, als könne er diesen Teil seiner Geschichte am besten mit einem Glas Alkohol in der Hand erzählen. »Sie war nicht gerade der mütterliche Typ, weder als mein Vater klein war, noch Jahre später bei mir. Ich habe mich im Internat heimischer gefühlt als bei ihr.«

Wieder traten mir Tränen in die Augen, aber diesmal um seinetwillen.

»Oh, Finn, wie schrecklich. Das tut mir wirklich leid. Du musst furchtbar einsam gewesen sein ohne deine Eltern, ganz allein in einem fremden Land.«

Seine Lippen waren zu einem schmalen Strich zusammengepresst. »Das alles ist schon sehr lange her.«

Ich hätte noch unzählige Fragen gehabt, aber als ich aufblickte, sah ich einen Kellner mit meinem Dessert auf unseren

Tisch zusteuern. Offenbar gehörte zu der Schokoladenbombe ein hausinternes Ritual, bei dem die geschmolzene Schokosoße aus beträchtlicher Höhe über den Kuchen gegossen wurde und es eine Runde Applaus gab, wenn die darin steckenden Wunderkerzen heruntergebrannt waren. Als die Zeremonie vorbei war und die Gäste ringsherum sich wieder abwandten, hatte Finn seine Erinnerungen längst in einem Safe mit Stahltür verschlossen, aus dem er sie, wie ich vermutete, nur selten hervorholte.

Ich versuchte, das Gespräch noch einmal auf seine Familie zu lenken, doch er ließ sich nicht darauf ein.

»Entschuldige, macht es dir etwas aus, wenn wir das Thema wechseln?«

Natürlich sagte ich »Kein Problem«, was hätte ich sonst tun sollen? Doch ich konnte mir nicht verkneifen, hinzuzufügen: »Aber wenn du irgendwann mal darüber reden willst …« Ich ließ den Satz vielsagend verklingen.

Finn verzog den Mund zu einem schiefen Lächeln. »Danke, aber in den letzten Jahren habe ich mehr als genug über meine Vergangenheit gesprochen.« Das klang, als hätte es sich um mehr als nur ein bisschen lockeres Geplauder mit seinen neuen australischen Freunden gehandelt.

Er holte tief Luft und seufzte. »Ich hab wohl eine der effektivsten Methoden gefunden, einen Abend gründlich zu vermiesen. Wahrscheinlich fällt dir gleich ein dringender Termin ein, der dir entfallen war, oder du verschwindest zur Toilette und kommst nie wieder.«

Trotz seiner Scherze sah ich etwas in seinen Augen, das den winzigen Rest meines Herzens eroberte, der noch nicht auf dem besten Weg gewesen war, sich in ihn zu verlieben.

»Ich gehe nirgendwohin«, sagte ich.

Wir gehörten zu den letzten Gästen, die das Restaurant verließen. Auf dem Weg zu den Aufzügen griff Finn nach meiner Hand, und ich verschränkte meine Finger glücklich mit seinen.

»Das war ein wunderschöner Abend, Finn. Danke«, sagte ich, als wir in die Fahrstuhlkabine stiegen.

Vier Finns lächelten mich aus den Spiegeln an den Fahrstuhlwänden an. »Der Abend muss ja noch nicht zu Ende sein.«

Seine Hand verharrte über den Fahrstuhlknöpfen, und Enttäuschung überkam mich und verdarb mir die gute Laune. Finn wohnte in diesem Hotel, denn er hatte das Essen auf sein Zimmer gebucht. Schlug er etwa gerade vor, dass ich mit zu ihm gehen sollte? War das etwa den ganzen Abend über sein Plan gewesen? Und wenn ja, warum war ich so enttäuscht? *Weil du nicht willst, dass das hier zu einem bedeutungslosen One-Night-Stand wird*, sagte diese innere Stimme. *Du willst, dass es mehr bedeutet.* Ohne mein Zögern zu bemerken, drückte Finn entschlossen auf den Knopf mit der Aufschrift »EG«. »Meinst du, wir haben noch Zeit für einen Spaziergang im Park, bevor du zum Bahnhof musst? Wann genau geht dein Zug?«

»Der letzte fährt um Mitternacht«, entgegnete ich erleichtert. Noch nie hatte ich mich so gefreut, jemanden komplett falsch eingeschätzt zu haben.

»Na dann, Aschenputtel«, sagte er lächelnd. »Wir liefern dich dort ab, bevor die Uhr zwölf schlägt.«

Der Aufzug brachte uns in das mit Marmor verkleidete Foyer, und während Finn unsere Mäntel aus der Garderobe holte, zog ich mein Handy aus der Tasche und schrieb Hannah eine kurze Nachricht.

Bester Abend aller Zeiten, tippte ich und fügte der WhatsApp-Nachricht noch ein paar Emojis mit Herzchenaugen hinzu.

Sofort kam ein augenrollendes GIF zurück, über das ich wie der verliebte Teenager kicherte, in den ich mich offenbar zurückverwandelt hatte.

Mit tadellosen Manieren, die meine Mutter beeindruckt hätten, half Finn mir in den Mantel und befreite meine Haare vorsichtig aus dem Kragen. Ich schauderte, als seine Finger kurz meinen Nacken streiften. Vielleicht war es gut, dass wir an einem öffentlichen Ort waren. Vielleicht war *ich* diejenige, der man nicht trauen konnte, wenn wir miteinander allein waren.

Die Novembernachtluft war eisig, als wir uns auf den Weg zum nächsten Parkeingang machten. Ich zog meinen Mantel enger um mich.

»Ist dir kalt?«, fragte Finn, der dabei war, seinen eigenen dicken Wollmantel zuzuknöpfen.

»Geht schon. Ihr Aussies seid doch diejenigen, die nicht für unseren harten britischen Winter gemacht sind.«

Er grinste mich an. »Klingt wie eine Herausforderung. Aber da ich nur ein Halb-Australier bin und über zwanzig Jahre in England gelebt habe, bin ich mir ziemlich sicher, dass ich es überleben werde.«

»Super«, sagte ich und legte meine behandschuhte Hand in seine Armbeuge. »Dann treffen wir uns beim nächsten Date in der Icebar? Ich lad dich ein. Mal sehen, wie du dich bei minus fünf Grad an einem Ort schlägst, wo sogar die Stühle aus Eis sind.«

Wir kamen zu einem Zebrastreifen, und während wir darauf warteten, dass ein Lieferwagen anhielt, damit wir die Straße überqueren konnten, sah ich ein Lächeln über Finns Lippen huschen. »Vorausgesetzt, du düst nächste Woche nicht gleich wieder nach Sydney ab«, fügte ich hastig hinzu. So. Jetzt war es raus. Weder subtil noch beiläufig oder besonders raffiniert, aber wenigstens würde ich nun erfahren, wo wir standen.

»Unter uns gesagt, ich habe vor, noch eine ganze Zeit lang zu bleiben.«

Auch wenn ich mich bemühte, nicht vor Freude zu strahlen, waren meine Gefühle mir bestimmt deutlich anzusehen.

»Ach, tatsächlich?«, sagte ich möglichst lässig.

»Ich hab die Entscheidung erst kürzlich getroffen. Genau in diesem Moment, um ehrlich zu sein«, entgegnete Finn und drückte meine Hand. Und ich hätte schwören können, dass ich die Wärme seiner Finger trotz der zwei Lederschichten, die uns trennten, spüren konnte.

Es war schon elf, aber es waren immer noch viele Menschen auf den Straßen unterwegs. Etliche schienen am Tor zum Park auf etwas zu warten. Sie stampften auf der Stelle, vermutlich, um wieder etwas Gefühl in ihre längst tauben Füße zu bekommen. Wenn sie sprachen, breiteten sich Atemwolken wie Sprechblasen über ihren Köpfen aus.

Als wir näher kamen, fiel mir auf, dass die Gruppe überwiegend aus Paaren zu bestehen schien. Ich hatte noch immer keine Ahnung, weshalb sie Schlange standen, bis ich ein Geräusch vernahm, das sich wie Schlittenglocken anhörte, gefolgt von dem Rumpeln schwerer Holzräder auf Asphalt.

Die Leute wurden sichtlich aufgeregt, als drei altmodische Kutschen aus dem dunklen Park auftauchten und unter dem ungeduldigen Hufgetrappel und Wiehern der Pferde vor den Wartenden zum Stehen kamen.

Mich amüsierte, dass den Kutschenpassagieren kaum Zeit zum Aussteigen blieb, weil sich schon die Nächsten auf ihre Plätze drängten.

»Bist du schon mal mit so was gefahren?«, wollte Finn wissen.

»Nein.« Ich schüttelte den Kopf, sodass die Enden meines

Schals wie Segel im Wind flatterten. »Das ist nur was für Touris.«

Finn nickte, als stimme er mir zu, bevor er sagte: »Hast du mich gerade einen Touri genannt?«

Ich legte meine Hand wieder in seine Armbeuge und zog uns ein Stück von der Warteschlange weg. »Touristen aus Übersee, meinte ich.«

Finn nickte weise, hielt einen Moment lang inne und sagte dann betont gleichgültig: »Übrigens, als ich das letzte Mal nachgesehen habe, gehörte Australien zu ›Übersee‹.«

»Willst du damit etwa andeuten, dass du eine Kutschfahrt machen möchtest, Finn Douglas?«, neckte ich ihn.

Er grinste und schüttelte den Kopf. »Nö, eigentlich nicht. Aber ich hab den leisen Verdacht, dass du es willst.«

»Ach was. Völliger Quatsch«, entgegnete ich und zog ihn weiter den Weg entlang. »Erstens ist das viel zu kitschig, und zweitens kostet es wahrscheinlich ein Vermögen. So was ist immer Abzocke«, fügte ich hinzu, als würde ich gerade einen ausführlichen Bericht darüber schreiben, wie man ausländische Urlauber am besten um ihr Geld brachte.

»Na gut«, sagte Finn achselzuckend.

Wir hatten maximal zwanzig Schritte zurückgelegt, als er wieder zum Stehen kam. »Du würdest die Fahrt gern machen, stimmt's?«

»Unbedingt«, gab ich verlegen zu.

Wir hatten Glück: Eine vierte Kutsche war gerade zurückgekehrt, und wie durch ein Wunder hatte sich die Warteschlange in Luft aufgelöst.

»Haben wir überhaupt noch Zeit für so was?«, überlegte ich reichlich spät, als ich eingestiegen war und die dicke karierte Decke, die der Kutscher mir gereicht hatte, um unsere Beine wickelte. Es fühlte sich seltsam intim an, sich mit Finn eine Decke zu teilen, obwohl wir beide vollständig bekleidet waren und noch dazu Wintermäntel trugen.

»Die Fahrt dauert nur eine halbe Stunde«, sagte Finn, rutschte auf der gepolsterten Lederbank näher an mich heran und legte mir den Arm um die Schultern. »Das passt schon.«

Es *war* kitschig. Und ich vermute, dass unser Fahrer sich seine »interessanten Fakten über London« einfach ausdachte, denn einige klangen verdammt weit hergeholt. Trotzdem genoss ich jede Minute.

Ich lehnte mich zurück und sah zum klaren, sternenübersäten Himmel auf, während unsere Kutsche sich einen Weg durch den Londoner Park bahnte. Finn hatte mich fest an sich gezogen, und ich sog seinen Geruch ein. Was auch immer in den kommenden Tagen, Wochen und Monaten geschehen würde, diesen Moment würde ich nie vergessen.

Ich bekam den Zug gerade noch. Der Taxifahrer, der uns zum Bahnhof fuhr, hatte garantiert mehrere Anläufe gebraucht, um seine Lizenz zu bekommen, so miserabel, wie es um seine Ortskenntnis bestellt war.

»Wie ist es möglich, dass er den Weg zu einem der wichtigsten Bahnhöfe nicht kennt?«, japste ich, während Finn dem Fahrer ein paar Geldscheine zuwarf, nach meiner Hand griff und mit mir die Treppe zur Bahnhofshalle hinaufstürzte.

Die Uhr über unseren Köpfen zeigte an, dass weniger als vier Minuten bis zur Abfahrt meines Zuges verblieben. Zwar hielt ich die Fahrkarte bereits in der Hand, hatte aber keinen blassen Schimmer, von welchem Bahnsteig der Zug fuhr. Wie bei einem Hindernislauf schlängelten wir uns schnellen Schrittes durch die Menschen.

»Was, wenn ich ihn verpasse?«, keuchte ich. Ich musste

feststellen, dass nur einer von uns beiden ernsthaft außer Atem war. Im neuen Jahr würde ich definitiv regelmäßig ins Fitnessstudio gehen.

»Dann verbringst du die Nacht eben bei mir«, sagte Finn.

Ich zögerte kurz und wäre beinahe stehen geblieben, denn plötzlich kam mir die Vorstellung, meinen Zug zu verpassen, gar nicht mehr so furchtbar vor.

Finn biss sich auf die Lippe und sah genauso hin- und hergerissen aus, wie ich mich fühlte, bis er schließlich entschlossen den Kopf schüttelte. »So verlockend der Gedanke auch ist, wir sollten es zumindest versuchen.«

Wir fanden den richtigen Bahnsteig heraus und konnten ihn gerade erspähen, als der Zeiger der Bahnhofsuhr eine Minute weiter rückte. Zwei Minuten blieben noch, als wir auf das Drehkreuz zustürmten. Ohne Bahnsteigkarte war hier Endstation für Finn.

Im Laufe des Abends hatte er einige Gelegenheiten gehabt, mich zu küssen, doch dummerweise hatten wir sie alle verstreichen lassen. Ich wünschte mir sehnlichst, dass es ein Moment sein würde, an den wir beide gern zurückdachten. Unter dem sternenklaren Nachthimmel in der Pferdekutsche oder vielleicht sogar auf dem Rücksitz des Taxis wäre der passende Augenblick gewesen. Aber doch nicht hier. An Finns zerknirschtem Gesichtsausdruck konnte ich erkennen, dass er den gleichen Gedanken hatte.

In meinem Kopfkino sah ich eine Montage aus Schwarz-Weiß-Filmszenen mit leidenschaftlichen Umarmungen auf Bahnsteigen, bei denen Paare einander inmitten von Wolken aus Dampflokomotiven küssten.

Meine Hand verharrte zögernd vor der automatischen Schranke, die nur darauf wartete, mein Ticket einzuziehen. Finn ignorierte die Nachzügler unter den Fahrgästen, die an uns vorbeistürzten, griff nach den Enden meines Schals und zog mich an sich.

Für einen ausgiebigen Kuss blieb keine Zeit, aber als er seine Lippen auf meine presste, traten die nachhallenden Lautsprecherdurchsagen, das Pfeifen der Schaffner und das allgemeine Durcheinander des Bahnhofs in den Hintergrund. Doch kaum hatte ich den Mund geöffnet, da war der Kuss auch schon vorbei.

Finn nahm mein Ticket, steckte es in den Schlitz und schob mich sanft durch die Schranke, sobald sie sich öffnete.

»Lauf«, drängte er, als die Uhr auf Mitternacht umsprang.

»Wir sehen uns doch wieder?«, platzte ich heraus.

Sein Lächeln sollte mich auf der gesamten Heimreise begleiten. »Natürlich«, versicherte er mir und rief mir hinterher: »Ich ruf dich morgen an!«

Der Zug verließ bereits den Bahnhof, als ich mich auf den Sitz warf. Ich war noch immer außer Atem, vielleicht vom Rennen, vielleicht von dem Kuss. Oder einer Mischung aus beidem.

Ich schloss die Augen, doch kurz darauf klingelte mein Handy.

»Hallo«, sagte ich, ohne mich darum zu kümmern, dass der ganze Wagen mithörte.

»Es ist schon morgen«, sagte Finn, und obwohl die Entfernung zwischen uns wuchs, wusste ich, dass er lächelte. »Wann kann ich dich wiedersehen?«

Kapitel 19

Die Weihnachtsfeier

Achtzehn Monate zuvor

»Ich habe wirklich ein schlechtes Gewissen, dich allein zu lassen, Gemma. Vielleicht sollte ich lieber hierbleiben.«

So etwas hatte ich schon erwartet. Seit ich Dad zu Weihnachten eine Kreuzfahrt geschenkt hatte, musste ich mir ständig solche Einwände anhören. Ich schlug den Kofferraum meines Wagens zu, für den Fall, dass ihn seine Bedenken in letzter Minute auf die Idee brachten, sein bereits verstautes Gepäck wieder hervorzuholen.

»Du solltest unbedingt fahren. Du wirst dich großartig amüsieren.« Mein Enthusiasmus war etwas übertrieben. Hätte ich noch ein Paar Pompons zur Hand gehabt, hätte ich glatt als Cheerleaderin durchgehen können. Ich schaltete einen Gang zurück. »Ehrlich, Dad, ich komm schon klar.«

»Mir gefällt einfach der Gedanke nicht, dass du über die Feiertage allein bist«, sagte er, einen Fuß bereits im Auto, den anderen noch auf dem Bürgersteig.

»Mach dir um mich mal keine Sorgen. Ich freu mich einfach auf eine herrliche, lange Erholungspause von der Arbeit«, versicherte ich ihm und umging geschickt seinen Einwand, dass ich allein sein würde. Ich stieg in den Wagen, in der Hoffnung, dass er meinem Beispiel folgen würde. Es funktionierte.

»Und vergiss nicht, am ersten Weihnachtsfeiertag bin ich nicht allein, sondern bei Hannah, William und Milly.«

Dad lächelte wehmütig, und ich wusste, dass er an unsere früheren Weihnachtsfeiern zurückdachte. »Im Grunde ist es ein Fest für die Kinder«, sagte er seufzend. Seine Augen waren ein wenig feucht, als er zu mir herüberblickte, und ich fragte mich, wen er gerade vor sich sah. War es die erwachsene Frau, die ihn zum Bahnhof fahren wollte, oder der fünfjährige Wirbelwind, der immer viel zu aufgeregt war, um an Heiligabend ins Bett zu gehen?

»Hab dich lieb, Dad«, sagte ich, beugte mich vor und drückte ihm einen Kuss auf die faltige Wange, bevor ich den Motor startete.

Das letzte Weihnachtsfest war eine Katastrophe gewesen. Wir hatten erst wenige Monate zuvor die Frau verloren, die unsere Familie zusammengehalten hatte, und keinem von uns war nach Feiern zumute. Genau deshalb erschien es mir umso wichtiger, in diesem Jahr etwas ganz anderes zu machen. Wir mussten Weihnachten neu erfinden. Und so fuhr Dad zu den Azoren, und ich wollte ein paar entspannte Tage zu Hause verbringen. Dad hatte also nicht ganz unrecht: Ich würde zu Hause sein – wenn auch nicht unbedingt allein.

»Heute ist ein großer Abend für dich, nicht wahr, mein Schatz?«

Einen Moment lang war ich wie erstarrt, und das Auto machte einen Satz, als ich versehentlich den falschen Gang einlegte. Ich gab ein leicht erstickt klingendes Geräusch von mir.

»Heute findet doch die tolle Weihnachtsfeier deiner Zeitung statt, oder? Die piekfeine Party?«

»Ich bin nicht sicher, ob man das Wort ›piekfein‹ heutzutage noch benutzt, Dad«, entgegnete ich, in der Hoffnung, dass er nicht bemerkte, wie krampfhaft ich das Lenkrad umklammert hielt oder wie sehr mein Puls raste.

Ja, ich hatte Pläne für diesen Abend. Große Pläne. Ein Besuch der traditionell prunkvollen *Glow*-Weihnachtsfeier gehörte dazu, aber über die anderen wollte ich mit meinem Vater lieber nicht reden.

In den letzten vier Wochen hatte ich das Gefühl gehabt, in einen Wirbelsturm der Emotionen geraten zu sein. Es war noch nicht ganz klar, ob es sich dabei um eine turbulente, mitreißende Romanze oder um einen verheerenden Tornado handelte. Ich war zumindest immer noch keinen Deut klüger, was genau zwischen Finn und mir lief.

Seit dem Abschiedskuss am Drehkreuz im Bahnhof wusste ich, dass ich in Schwierigkeiten steckte. Ich war dabei, mich Hals über Kopf in einen Mann zu verlieben, bei dem die Gefahr bestand, dass er genauso plötzlich wieder aus meinem Leben verschwand, wie er darin aufgetaucht war. Fairerweise musste man sagen, dass Finn das nie abgestritten hatte. Sein Zuhause und sein Leben waren in Australien, doch soweit ich wusste, wartete dort niemand auf ihn. In England hatte er nur eine Airbnb-Buchung ohne festes Abreisedatum. Und natürlich mich.

Alles war aufregend und neu. Wir bauten zusammen etwas auf, das aus tausend ersten Malen bestand, ohne zu wissen, ob es das Fundament für etwas Dauerhaftes sein würde.

Ein gutes Zeichen war, dass Finn seinen Rückflug storniert hatte, ein schlechtes, dass er die Buchung nicht komplett gecancelt, sondern sich die Option offengelassen hatte, das Ticket zu einem anderen Zeitpunkt zu nutzen, anstatt es sich auszahlen zu lassen. Daran konnte man ablesen, wie es um uns stand. Wir wussten es einfach noch nicht.

»Nur nichts überstürzen« war zu unserem Mantra geworden. Um die Sache zu vereinfachen, hatte Finn das Londoner Hotel verlassen und war vorübergehend in eine Unterkunft hier in der Stadt gezogen, die so nah lag, dass wir uns so oft sehen konnten, wie wir wollten.

»Das soll aber nicht heißen, dass ich dich irgendwie unter Druck setzen will«, beteuerte er. »Du bist zu nichts verpflichtet. Wenn du dich mit anderen treffen willst, ist das vollkommen in Ordnung.«

Ich vermutete, das war der Punkt, wo es an mir gewesen wäre zu sagen: »Das gilt in Bezug auf dich natürlich auch.« Stattdessen schwieg ich vielsagend.

Einen Moment später lächelte er und zog mich in seine Arme. »Gott sei Dank. Ich hatte gehofft, dass du so reagieren würdest.«

Unsere Beziehung war nicht exklusiv … aber ich war mit niemand anderem zusammen und hatte nicht das geringste Bedürfnis, es je wieder zu sein.

Wir nannten es nicht Liebe … aber es fühlte sich verdammt danach an.

Wir sprachen nicht über die Zukunft … aber ich konnte sie mir ohne ihn nicht mehr vorstellen.

Wir schliefen noch nicht miteinander … aber ich hoffte, dass es heute Nacht endlich so weit sein würde.

»Ist dein australischer Freund heute Abend auch bei der Feier?«, fragte Dad, als er seinen Koffer aus meinem Auto hievte und wir Kurs auf den Bahnhof nahmen.

Ich hatte ihm nur wenig von Finn erzählt, denn seit dem Tod meiner Mutter hatte er die Angewohnheit, sich für zwei Sorgen zu machen. Ich hatte immer geglaubt, dass sie die Aufmerksamere der beiden gewesen war, dass sie besser zwischen den Zeilen lesen konnte. Doch jetzt fragte ich mich, ob ich Dad in dieser Hinsicht nicht unterschätzt hatte.

»Gut möglich«, erwiderte ich und umarmte ihn fest, denn es war ja schließlich das erste Mal, dass wir Weihnachten getrennt voneinander verbringen würden. Außerdem konnte ich so mein Gesicht vor seinem prüfenden Blick verbergen.

»Du hast ihn in der letzten Zeit ganz schön oft gesehen, was?«, fragte er unschuldig.

Ein weitaus weniger unschuldiges Bild von Finn, dessen Hemd von meinen ungeduldigen Fingern aufgeknöpft wurde, tauchte vor meinem inneren Auge auf und ließ sich nicht mehr verdrängen. Ich täuschte ein plötzliches Interesse an einem Schild über die Parkregelungen rund um den Bahnhof vor, um meine Verlegenheit zu überspielen.

»Ja, stimmt«, sagte ich achselzuckend. »Aber er wird da vermutlich alle möglichen Leute kennen. Er war ja selbst mal in der Branche tätig.«

Die Weihnachtsfeier der *Glow* war in der Zeitschriftenbranche legendär. Irgendwann vor unserer Zeit hatte irgendein Hochglanzmagazin mal herausfordernd gefragt, wer wohl die schrillste Feier veranstalten konnte. Und seitdem war man bei der *Glow* stolz darauf, Jahr für Jahr der unangefochtene Sieger dieses Wettbewerbs zu sein.

Normalerweise besuchte ich allein solche branchenüblichen Veranstaltungen, denn letzten Endes ging es dabei ohnehin nur ums Netzwerken. Doch dieses Jahr war alles anders. Als die Chefsekretärin mich fragte, ob ich eine Begleitperson mitbringen würde, antwortete ich mit einem entschiedenen »Ja«, obwohl ich Finn zu dem Zeitpunkt noch nicht einmal gefragt hatte, ob er mitkommen wollte.

»Bist du bereit, es öffentlich zu machen?«, fragte Finn, als ich das Thema schließlich ansprach.

»Gibt es denn etwas öffentlich zu machen?«, entgegnete ich.

Er zog mich in seine Arme und küsste mich. »Erinner mich daran, nie mit dir Schach zu spielen. Ich hätte keine Chance gegen dich.« Es folgte ein weiterer Kuss, den ich leidenschaftlich erwiderte. »Keine Chance«, wiederholte er atemlos, als wir uns schließlich voneinander lösten.

Eigentlich gab es nur ein einziges Kleid, das ich an diesem Abend tragen wollte. Ich hatte es im Schaufenster einer kleinen Boutique in der Nähe meiner Wohnung entdeckt, die keine Preise für die ausgestellten Waren angab. Auch wenn es ein unangenehm kalter Dezembertag gewesen war und ich, den Kopf wie eine Schildkröte in den Kragen meines Mantels eingezogen, an dem Laden vorbeihuschte, hatte ich gehört, wie das Kleid meinen Namen rief.

»Wie sieht's denn aus?«, hatte sich Hannah erkundigt.

»Stell dir eine Mischung aus einer Discokugel und einem Kleid für den roten Teppich vor«, entgegnete ich.

»Wow«, sagte sie und pfiff anerkennend. »Kannst du es dir leisten?«

»Vermutlich nicht.«

»Wird dich das vom Kauf abhalten?«, fragte sie lächelnd.

»Vermutlich nicht.«

Hannah schüttelte den Kopf. »Der arme Finn. Der Mann ist so was von verloren, was?«

In Anbetracht der Tatsache, dass ich plante, die Hälfte eines Monatsgehaltes für das Kleid hinzublättern, hoffte ich inständig, dass sie damit recht hatte.

Ich hatte noch nie aktiv versucht, jemanden zu verführen. Und trotz meines vorgeblichen Selbstbewusstseins brauchte ich das Kleid als Rüstung. Anfangs war ich froh gewesen, dass Finn die intime Seite unserer Beziehung langsam angehen wollte. Aber vier Wochen zu warten, ging mir dann doch zu weit.

»Ich möchte nicht, dass du später irgendwas bereust«, hatte Finn bei einem unserer vorherigen Treffen gesagt. »Nicht, dass du dir irgendwann wünschst, wir hätten gewartet und es nicht nur getan, weil wir Lust aufeinander hatten.«

Um ehrlich zu sein, hatte ich kein Problem mit der guten alten Lust, aber ich spürte, dass Finn Neuland betrat.

»Ich habe mit Leuten Sex gehabt, mit denen ich eigentlich nicht hätte schlafen sollen, weil sie mir nicht wichtig genug waren.« Er sah mir in die Augen.

Ich war mir nicht sicher, ob ich über dieses Eingeständnis schockiert sein sollte, auch wenn es nicht überraschend kam. Genau das hatte ich seit unserer ersten Begegnung vermutet. Er war der Typ Mann, der sich wahrscheinlich nie für irgendetwas anstrengen musste. Wahrscheinlich waren die Frauen schon immer fröhlich mit ihm ins Bett gehüpft, und die Tatsache, dass er wollte, bei uns möge es anders laufen, war im Grunde das größte Kompliment, das er mir machen konnte. Gleichzeitig war es unglaublich frustrierend, es zu akzeptieren.

»Ich will keinen Sex mit dir haben und dann aus deinem Leben verschwinden. Der Typ will ich nicht mehr sein.«

»Warum machst du nicht einfach selbst den ersten Schritt?«, hatte Hannah mit dem Selbstbewusstsein einer Frau vorgeschlagen, die jede Nacht in den Armen eines Mannes verbrachte, der sie anbetete und andere Frauen keines Blickes würdigte. »Du bist ein Millennial. Du musst nicht rumsitzen und brav darauf warten, dass ein Mann dich fragt, ob du mit ihm ausgehen oder mit ihm schlafen willst. Du kannst selbst die Initiative ergreifen.«

Also hatte ich tief durchgeatmet und Finn gefragt, ob er mich zur Weihnachtsfeier der *Glow* begleiten würde. Und was das andere anging ... Na ja, da würde ich einfach sehen müssen, wie meine Nerven das mitmachten.

Als ich die Wohnungstür öffnete, herrschte einen Moment lang absolute Stille. Finns Gesichtsausdruck sagte mir, dass das neue Kleid jeden Cent wert gewesen war – auch wenn es bedeutete, dass meine Haushaltskasse im Januar nur noch für Bohnen auf Toast reichen würde. Besonders zu schätzen wusste ich, dass sein Blick trotz des Ausschnitts – der tiefer war, als ich mich normalerweise traute – am längsten auf meinem Gesicht verweilte.

Er lächelte und sah mich voller Zuneigung an. Ich war nicht die Einzige, die sich für heute Abend in Schale geworfen hatte. Finn trug einen pechschwarzen Anzug, dazu ein Hemd, so strahlend weiß, dass er es wohl zum ersten Mal trug. Er hatte keine Krawatte umgebunden – so formell war die Feier nicht –, und die beiden obersten Knöpfe standen offen, was einen verlockenden Ausblick auf seine Sonnenbräune freigab, die sich, wie ich wusste, mindestens bis zum Bund seiner Boxershorts erstreckte. Wie es weiter unten aussah, konnte ich noch nicht sagen.

»Du siehst absolut hinreißend aus«, sagte er. »Was für ein atemberaubendes Kleid.«

»Was ... der alte Fummel?«, frotzelte ich.

Ich drehte mich um, um meine Tasche zu holen, doch Finn griff nach meinem Handgelenk und zog mich an sich. Die Berührung seiner Finger auf meinem nackten Rücken ließ mich wohlig erschauern, obwohl seine Hände warm waren. Gleich darauf waren sie wieder verschwunden, und er hielt ein kleines, rechteckiges Stück Papier in der Hand.

»An dem ›alten Fummel‹ hing noch das Preisschild«, sagte er und reichte es mir.

Ich lachte peinlich berührt auf. »Okay, dann wird das wohl nichts mehr mit meinem Plan, ihn morgen zurückzubringen.«

»Denk nicht mal dran«, entgegnete Finn. »Das Kleid wird mich jedes Mal, wenn du es trägst, an heute Abend erinnern.« Und da war sie wieder, Finns beiläufige, unerschütterliche Gewissheit, dass es eine gemeinsame Zukunft für uns gab.

Als wir uns zum Gehen wandten, warf ich im Flur noch einen letzten Blick auf unser Spiegelbild. Mein Kleid funkelte unter den künstlichen Lichtern wie Diamantsplitter, doch meine Augen strahlten noch heller. Finn hatte etwas in mir entfacht, eine Art innere Flamme. Man sah es in meinem Gesicht, und heute Abend hatte ich das Gefühl, dass es sich auch in seinem zeigte.

Als wir eintrafen, war die Party bereits in vollem Gange. Das ehemalige viktorianische Badehaus war bis in den letzten Winkel mit Lichterketten und Weihnachtssterngirlanden geschmückt, was unglaublich festlich aussah.

»Tolle Location«, sagte Finn und griff nach meiner Hand, als wir eine kurze Treppe hinunterstiegen.

»Letztes Jahr haben wir im Zoo gefeiert«, sagte ich dicht an seinem Ohr, um das Wummern der Musik zu übertönen, das vom anderen Ende des Raumes zu uns drang, wo der DJ später die Gäste auf die Tanzfläche locken würde.

Ein paar Leute drehten sich zu uns um, und einige Arbeitskollegen winkten uns zur Begrüßung zu, doch unser Auftritt blieb weitgehend unbemerkt – glaubte ich zumindest. Allmählich stellte ich jedoch fest, dass ein neugieriges Raunen durch die Leute ging, nicht wegen mir, sondern wegen des Mannes an meiner Seite. Ich hatte damit gerechnet, dass einige Gäste sich vermutlich noch aus Finns Zeit als Journalist an ihn erinnern würden, aber nicht damit, dass noch wesentlich mehr Menschen den Autor erkennen würden, dessen jüngster Roman gerade in allen Buchhandlungen und Supermärkten auslag.

Ich sah, wie der eine oder andere auf uns zusteuerte, sodass meine Hoffnungen auf einen romantischen Abend zu zweit noch schneller zerstoben als die auf Gratis-Cocktails an der Bar.

Ein alter Trinkkumpan von Finn erreichte uns als Erstes und schlug ihm so kräftig auf den Rücken, dass ich es bis in meinen Arm spürte. Umgeben von Wolken aus Alkoholdämpfen – so hoch konzentriert, dass er offene Flammen besser meiden sollte –, versuchte Tim, Terry oder wie auch immer er hieß, Finn zu bequatschen, sich zu seiner Clique zu gesellen.

»Vielleicht später«, sagte Finn, und seine Finger drückten meine beruhigend.

»Geh ruhig hin und sag Hallo«, entgegnete ich. »Das macht mir nichts aus.« Denn ich war nie eine von denen gewesen, die sich den ganzen Abend über am Arm eines Mannes festhalten mussten, und ich war definitiv zu alt, um jetzt damit anzufangen.

»Komm schon, sie hat's dir erlaubt«, sagte der Mann. Ich fragte mich, warum Finn je mit ihm befreundet gewesen war.

»Wir sind gerade erst angekommen, also wie gesagt, vielleicht später.« Finns Antwort schien durch den Tequila-Dunst gedrungen zu sein, und sein alter Kumpel verschwand wieder in der Menge, wobei er etwas murmelte, das verdächtig nach »Weiberregiment« klang.

Der Sieg war allerdings nur von kurzer Dauer, denn gerade als wir uns durch die Menschenmenge auf eine Gruppe meiner Freunde zubewegten, legte sich eine perfekt manikürte Hand mit einem übergroßen Diamantring auf Finns Schulter. Ich wusste, wem sie gehörte, ohne dass ich aufschauen musste.

»Finn Douglas. Was für eine wunderbare Überraschung, Sie hier zu sehen.«

Ich hatte keine Ahnung, ob Finn unserer Furcht einflößenden Geschäftsführerin schon einmal begegnet war, doch er war professionell genug, um sich vorher schlaugemacht zu haben.

»Jacqueline Carstairs. Freut mich sehr, Sie kennenzulernen«, sagte er, ließ mich los und gab meiner Chefin zur Begrüßung die Hand. Sie war allerdings schon auf dem halben Weg zum branchenüblichen doppelten Wangenkuss.

»Ich wusste gar nicht, dass Sie unsere Gemma kennen«, sagte Jacqueline und versuchte – ziemlich erfolglos –, ihr Erstaunen darüber zu verbergen, dass er als mein Begleiter hier war.

»Wir sind schon ewig befreundet«, entgegnete Finn und drehte sich mit einem warmen Lächeln zu mir um.

Ich versuchte zurückzulächeln, doch der viel zu süße Cocktail, den ich einem vorbeieilenden Kellner entrissen hatte, klebte an meinen Lippen. Schon ewig befreundet. Es fühlte sich an, als stünden die Worte in Neonlettern an der Wand und wären zudem vom DJ über die riesigen Lautsprecher verkündet worden. Er hätte auch sagen oder zumindest andeuten können, dass wir mehr waren als das. So viel zu seinem Wunsch, unsere Beziehung öffentlich zu machen.

»Es macht dir doch sicher nichts aus, wenn ich ihn für eine Weile entführe, nicht wahr, Gemma?« Und bevor ich Karriereselbstmord begehen konnte, indem ich zugab, dass es mir sehr wohl etwas ausmachte, fügte sie hinzu: »Ich bin sicher, dass unser CEO Sie gern kennenlernen würde, und es gibt etwas, das ich wirklich dringend mit Ihnen besprechen möchte.«

Finn sah mich mit aufrichtigem Bedauern an, und ich reagierte mit einem kurzen Kopfschütteln. Arbeit war Arbeit, und es gab einen guten Grund, warum man immer sagte, man solle sie nicht mit Privatem vermischen.

»Ab mit dir«, redete ich ihm zu. »Ich lauf schon nicht weg. Wenn du mich suchst, halte einfach nach der Frau Ausschau, die auf der Tanzfläche alle mit ihren Tangoschritten umhaut.«

Wenigstens hatte er gelacht, als wir auseinandergingen, sagte ich mir stolz.

Es war ein schöner Abend, wenn auch nicht so, wie ich ihn mir vorgestellt hatte. Kaum hatte Finn es geschafft, ein Gespräch zu beenden, wurde er sofort ins nächste verwickelt. Während ich mit meinen Freunden kicherte, herumblödelte und mehr Cocktails trank, als ich vertrug, spürte ich, wie Finn mich vom anderen Ende des Raumes aus immer wieder ansah. Wenn unsere Blicke sich trafen, schalteten alle meine Sinne einen Gang höher. Meine Finger sehnten sich danach, ihn zu berühren, meine Ohren wünschten sich, dass er etwas in sie hineinflüsterte, meine Nase wollte das Aftershave riechen, das für mich von nun an untrennbar mit ihm verbunden war, und mein Mund wollte seinen Kuss schmecken. Finn gelang es auf einzigartige und beunruhigende Weise, jede einzelne Faser meines Körpers anzuregen.

Ich verlor ihn eine Weile aus den Augen, was mich zunächst nicht weiter beunruhigte, bis ich ihn schließlich in einer dunklen Ecke des Raumes mit Felicity entdeckte, der Literaturredakteurin der *Glow*. Mein gesunder Menschenverstand sagte mir, dass sie sich wahrscheinlich über einen Beitrag für die Zeitschrift unterhielten, doch jedes Mal, wenn ich zu ihnen hinübersah, schien Felicity ein Stück näher an ihn herangerückt zu sein. Ich hatte sie immer ganz gern gemocht und wenig darauf gegeben, dass man ihr nachsagte, jeden Mann als potenzielle Eroberung zu betrachten, doch diese Meinung musste ich revidieren, als ich beobachtete, wie sie ihre Hand ständig auf Finns Unterarm legte und schallend lachte, wenn er etwas sagte. Ja, Finn konnte witzig sein, aber *so* brüllend komisch war er nun auch nicht. Ich neigte eigentlich nicht zur Eifersucht, stellte nun jedoch besorgt fest, dass Felicitys Lachen für mich auf einmal hyänenartig klang und mich ihre blutroten Acrylnägel an ausgefahrene Krallen erinnerten.

Schluss jetzt, rief ich mich zur Ordnung. »Hat jemand Lust zu tanzen?«, fragte ich und kippte den letzten Rest meines Cocktails hinunter. Es war ein wenig beunruhigend, dass ich nicht genau wusste, wie viele ich eigentlich schon getrunken hatte.

»Na klar«, sagten meine Freunde im Chor.

Ich schaute demonstrativ nicht zu Finn und Felicity hinüber, während ich mich zur Tanzfläche begab.

Dort herrschte ein ziemliches Gedränge, und es war schon so viel Alkohol geflossen, dass die Leute ihre Hemmungen abgelegt hatten und sich an Tanzschritte wagten, von denen sie nur hoffen konnten, dass Aufnahmen davon nicht am nächsten Morgen in den sozialen Medien landeten.

Wir suchten uns einen Platz auf der Tanzfläche, nah genug am DJ, um Wünsche anmelden zu können, aber trotzdem mit genug Sicherheitsabstand zu den anderen zuckenden Gliedmaßen. Die Musik bestand aus Neunzigerjahre-Pop und Disco, eine Mischung, die alle Altersgruppen ansprach.

Während die letzten Töne eines Bee-Gees-Songs verhallten, meldete sich auf einmal der DJ zu Wort. »Und jetzt kommt ein Song, um den ich eher selten gebeten werde.«

Wie eine Antilopenherde hielten alle inne und versuchten zu erkennen, um welches Lied es sich handelte, damit sie entscheiden konnten, wie sie dazu tanzen sollten. Ich nicht. Ich hatte es sofort erkannt.

Erwartungsvoll stand ich da und spürte tatsächlich einen Moment später eine Hand auf meiner Schulter. Ich drehte mich lächelnd um und nickte in Richtung des DJs.

»Ich vermute mal, du bist dafür verantwortlich?«, fragte ich, als aus den Lautsprechern *Roxanne* in der Version aus *Moulin Rouge* ertönte.

»Schuldig, Euer Ehren«, entgegnete Finn und griff nach meinen Händen. »Mir ist einfach kein anderer Tango eingefallen.«

»Falls du glaubst, ich tanze hier Tango, hast du dich geschnitten«, warnte ich ihn.

Bei diesen Worten zog Finn mich an sich, hob meine Arme und legte sie sanft um seinen Hals, bevor seine Hände zu meinen Hüften hinunterglitten. Wir begannen zu tanzen und uns im Rhythmus zu bewegen, auch wenn es nicht unbedingt der war, den die Musik gerade vorgab.

Wir wiegten uns auf der Tanzfläche hin und her, die sich aufgrund des ungewöhnlichen Songwunsches stark geleert hatte. Ich spürte Finns Kraft, während wir uns im Neonlicht in kleinen Kreisen drehten, und einen schnellen Herzschlag – schwer zu sagen, ob es meiner oder seiner war. Unstrittig war jedoch die Wirkung, die wir aufeinander hatten. Ich atmete schneller, und Finns Reaktion auf meinen Körper machte mich dankbar für die schummerige Beleuchtung.

»So tanzt man *garantiert* keinen Tango«, flüsterte ich, mein Gesicht so nah an seinem, dass er mich hätte küssen können, wenn er gewollt hätte – und ich sah ihm an, dass er sich gerade nichts mehr wünschte als das.

»Ich schon«, entgegnete er.

Wir hielten fast bis zum Ende des Liedes durch, und obwohl es uns beiden auf der Zunge lag, war ich froh, dass er derjenige war, der es aussprach.

»Sollen wir den Abflug machen?«

Ich habe nur verschwommene Erinnerungen daran, wie wir die Party verließen und in ein Taxi fielen, das glücklicherweise gerade vorbeikam, als wir in die kalte Dezembernacht hinaustraten. Ich hatte damit gerechnet, dass der plötzliche Temperatursturz auf uns wie ein Eimer kaltes Wasser wirken würde, doch uns war beiden warm. Um nicht zu sagen, heiß.

Auf dem Rücksitz des Taxis küsste mich Finn, wie ich noch nie im Leben geküsst worden war. Nur mit Mühe gelang es mir, meine Hände unter Kontrolle zu halten, indem ich mich an den Fahrer mit seinem Rückspiegel direkt vor uns erinnerte.

Finn zog einen Geldschein aus dem Portemonnaie, ohne darauf zu achten, ob er einen Fünfer oder einen Fünfziger erwischt hatte. Dem verblüfften »Danke schön« des Fahrers nach zu urteilen, war es wohl Letzteres.

Wir küssten uns, während wir auf den Lift warteten, in den wir schließlich – ungeduldig und immer noch eng umschlungen – hineinstürzten. Seit wir die Tanzfläche verlassen hatten, waren wir zum ersten Mal allein. Unsere Küsse wurden leidenschaftlicher, und wir ließen uns gegen die Aufzugwand sinken, wodurch ich versehentlich mit dem Rücken alle Knöpfe auf dem Bedienfeld drückte, was zur Folge hatte, dass wir in jeder Etage bis zu meiner einen Zwischenstopp einlegten – die reinste Folter.

Ich brauchte vier Anläufe, bis es mir gelang, den Schlüssel ins Schloss zu stecken, und das hatte rein gar nichts mit dem Alkohol zu tun, den ich bei der Party konsumiert hatte. Nie zuvor in meinem Leben hatte ich ein solches Verlangen empfunden. Es gab definitiv kein Zurück mehr.

Ich konnte nur hoffen, dass es Finn ebenso ging.

Als er die Wohnungstür hinter uns zustieß, war das für mich wie ein Startschuss. Ungeduldig zerrte ich an Finns Jackett und fummelte an den Knöpfen seines Hemdes herum. Peinlicherweise landete mindestens einer davon auf dem Holzfußboden.

Dann kam der Moment, den ich gefürchtet hatte. Finn griff nach meinen Handgelenken und hielt sie fest, sodass ich mich nicht mehr bewegen konnte. Ich stöhnte auf, doch er war mir in Sachen Stärke und Selbstbeherrschung eindeutig überlegen.

»Ich will nicht aufhören. Zwing uns bitte nicht dazu«, flehte ich.

»Bist du sicher, Gemma?«

»Wie kannst du daran zweifeln?«, entgegnete ich und wusste, dass es nicht gerade fair von mir war, mich während dieser Unterhaltung an ihn zu pressen.

Diesmal stöhnte er auf.

Nie in meinem Leben hatte ich mich so hilflos und gleichzeitig so mächtig gefühlt. »Willst du mich?«, fragte ich, selbstbewusst wie nie.

»Ich hab noch nie jemanden so sehr begehrt wie dich«, sagte Finn. Er schloss mich in die Arme und hob mich hoch.

Ich schlang meine Arme und Beine fest um ihn, als er mich ins Schlafzimmer trug.

Kapitel 20

Heiligabend

Achtzehn Monate zuvor

Irgendwann in den Tagen nach der *Glow*-Party müssen wir das Bett wieder verlassen haben. Es muss Toilettenpausen gegeben haben und Unterbrechungen für existenzielle Dinge wie Essen, Trinken oder Duschen. Aber wenn ich an diese Tage zurückdenke, erinnere ich mich nur daran, wie ich in Finns Armen lag und seinen Körper auf oder unter meinem spürte.

Mal ließen wir uns Zeit, mal waren wir wie getrieben, begierig auf jede Erfahrung und jede Empfindung, als könnten sie uns plötzlich wieder entrissen werden. Wir unterhielten uns in jener unsinnigen Sprache, die nur frisch Verliebte beherrschen.

Es war das beste Wochenende meines Lebens.

»Ich wünschte, die Zeit würde nicht vergehen«, flüsterte ich in seine Schulterbeuge und schmeckte den salzigen Schweißfilm auf seiner Haut. »Ich hab Angst, dass der Zauber verfliegt, wenn wir die reale Welt reinlassen«, gestand ich ihm im dunklen Schlafzimmer.

Finn stützte sich mit dem Ellbogen auf und sagte leise: »Das wird nicht passieren.« Und dann küsste er mich mit einer Zärtlichkeit, die es mir unendlich schwer machte, nicht mit den Worten »Ich liebe dich« herauszuplatzen. In den letzten zwei Tagen hatten sie mir mehr als einmal auf der Zunge gelegen. Es war absurd, nach so kurzer Zeit schon von Liebe zu sprechen, aber wenn Finn mir in die Augen sah, musste ich mich zurückhalten, damit sie mir nicht entschlüpften.

Er strich mir eine feuchte Haarsträhne aus der Stirn. »Du kannst dir nicht vorstellen, wie viel Angst ich hiervor hatte.«

»Warum das denn? Hat dir etwa jemand gesagt, du wärst schlecht im Bett?«, zog ich ihn mit einem Lächeln auf, von dem ich wusste, dass er es im vom Mondlicht erfüllten Zimmer sehen konnte. »Denn das stimmt wirklich nicht.«

Finn entfuhr ein tiefes, volltönendes Lachen, das mich sofort wieder scharfmachte. Der Mann konnte tun, was er wollte, mich törnte einfach alles an.

Dann wurde er wieder ernst und sah mich im Halbdunkel eindringlich an. »Ich wollte es auf keinen Fall verbocken. Und traditionell passiert mir genau das.« Es war ein seltsames Geständnis für einen Mann, dem scheinbar alles gelang. Ich wartete darauf, dass er näher ausführte, was er meinte, doch stattdessen beugte er sich zu mir herunter und presste seine Lippen an meinen Hals. Es war eindeutig ein Ablenkungsmanöver, wie ich selbst in einem Moment erkannte, in dem mein Körper instinktiv seine Nähe suchte, und ich merkte, dass es aus seiner Vergangenheit Geheimnisse gab, die er noch nicht mit mir zu teilen bereit war.

Ein leiser, lang gezogener Laut drang in meinen Traum und riss mich aus dem Schlaf. Es klang wie das Heulen des Windes, der Ruf einer Möwe oder der Schrei eines Kindes.

»Dad …« Der Ruf hallte durch den finsteren Raum.

Ich richtete mich abrupt auf und schob die verhedderten Laken weg, die Finn beiseitegestrampelt hatte. Er lag noch neben mir, wand sich und warf den Kopf heftig auf dem Kissen hin und her.

»Finn?«, sagte ich zögernd.

Es folgte ein weiteres Stöhnen, dann erneut: »Dad!«

Natürlich war es nicht das erste Mal, dass ich jemanden sah, der einen Albtraum hatte, aber so etwas hatte ich noch nie erlebt. Finns nächtlicher Angsttraum versetzte mich einen Moment lang in Panik. War es gefährlich, ihn zu wecken, wie bei Schlafwandlern? Sollte ich lieber warten, bis er von selbst aufwachte?

»Dad, nein!«, rief Finn und nahm mir die Entscheidung ab. Ich dachte dabei nicht an den fünfunddreißigjährigen Mann, mit dem ich das Bett teilte, sondern an das Kind, das er früher gewesen war.

Als ich seine Schulter berührte, stellte ich schockiert fest, dass sie schweißüberströmt war, obwohl es im Raum kühl war. »Finn, wach auf. Du hast einen Albtraum.«

Ich schüttelte ihn und war erstaunt, wie lange es dauerte, bis es ihm gelang, den schrecklichen Ort zu verlassen, an den sein Unterbewusstsein ihn geführt hatte. Verwirrt schaute er zu mir auf. Ich sah etwas auf seiner Wange glitzern, und obwohl es auch Schweißperlen hätten sein können, hielt ich es eher für Tränen. Er wischte sich mit der Hand über das Gesicht, und sie waren verschwunden.

»Alles okay? Du hattest einen Albtraum.«

»Mir geht's gut«, sagte er brüsk, setzte sich hin und schwang die Beine über die Bettkante.

»Wovon hast du denn geträumt?«

»Ist nicht so wichtig. Ich weiß es auch gar nicht mehr«, entgegnete er und erhob sich. Ich fragte mich, ob ihm bewusst war, wie angespannt seine Rückenmuskeln waren, als er log. Finn hatte das Schlafzimmer bereits halb durchquert und ging auf die Tür zu. »Ich hol mir nur ein Glas Wasser. Schlaf weiter.«

Ich ließ mich aufs Kissen zurückfallen und starrte an die Decke. Einerseits wollte Finn offensichtlich allein sein, um sich vom Schrecken seines Albtraums zu erholen, andererseits gingen mir seine Worte nicht aus dem Kopf. Ein Hilferuf, der mit seinem Vater zu tun hatte. Es erschien mir zu bedeutsam, als dass ich es einfach ignorieren konnte.

Ich warf einen Blick auf die Leuchtanzeige des Weckers. Drei Uhr morgens, die nächtliche Stunde, in der einem alles immer irgendwie noch schlimmer vorkommt. Es war der Morgen des ersten Weihnachtstages. Überall lagen Kinder jetzt wach, doch meine Sorge galt nicht denen, die es kaum erwarten konnten, dass endlich der Tag anbrach und sie ihre Geschenke auspacken konnten, sondern einem Kind, das ich niemals kennenlernen würde und das immer noch nach seinem Vater rief, obwohl der bereits seit über zwanzig Jahren tot war.

Fröstelnd ging ich durch das Schlafzimmer und griff nach dem erstbesten Kleidungsstück, um meine Blöße zu bedecken. Es stellte sich als Finns T-Shirt heraus, das jemand achtlos über den Stuhl geworfen hatte – ich, wie ich mich bei näherem Nachdenken erinnerte. Ich zog es mir über den Kopf und genoss das Gefühl des weichen Stoffs, der nach ihm roch. Es reichte mir bis zu den Oberschenkeln und bedeckte alles, was bedeckt werden musste.

In der Wohnung war es dunkel. Ich warf zunächst einen Blick in die Küche und schlich dann leise zum Wohnzimmer. Finn saß auf der äußersten Sofakante, als wollte er jeden Moment aufspringen und die Flucht ergreifen. Er sah auf, als ich den Raum betrat, sagte jedoch kein Wort. Sein Haar war zerzaust, als wäre er sich mit den Fingern hindurchgefahren.

Ich überlegte, das Licht anzumachen, beschloss jedoch, dass Finn die Dunkelheit vermutlich lieber war. Als Kompromiss schaltete ich die Lichterkette des Weihnachtsbaums ein. Sie blinkte fröhlich vor sich hin.

Ich beschloss, mich nicht zu Finn auf die Couch zu setzen, sondern ging stattdessen vor ihm auf die Knie. »Alles okay?«, fragte ich erneut.

Finns Lippen verzogen sich. Es sah aus, als versuche er zu lächeln, doch es gelang ihm nicht ganz. »Ja. Mir geht's gut.«

Das war zwar nicht der Eindruck, den man bekam, wenn man ihn ansah, aber es war auch definitiv nicht der richtige Zeitpunkt zu widersprechen. Also griff ich nach seiner Hand und wartete ab.

Eine Minute nach der anderen verging. Es wurden zehn, bevor er schließlich sprach.

»Tut mir leid, wenn ich dir Angst gemacht habe. Es ist lange her, seit ich diesen Traum zuletzt hatte.«

»Möchtest du darüber reden?«

Er schüttelte den Kopf. »Eigentlich nicht. Ich hab das Gefühl, als hätte ich dafür schon Hunderte Stunden und Tausende australische Dollar aufgewendet.« Er sah im Schein der blinkenden LED-Lichter zu mir herunter. »Aber du hast eine Erklärung verdient.«

»Nur, wenn du sie mir geben willst.«

Er nickte langsam.

»Ich vermute, es hat mit dem Unfall deiner Eltern zu tun?«, fragte ich.

»Ja und nein«, antwortete er kryptisch. »Und es war eigentlich gar kein Unfall. Meine Eltern sind gestorben, als sie versucht haben, mich aus einem brennenden Haus zu retten.«

»O Gott, Finn, wie schrecklich!«

Seine Augen waren fest auf unsere ineinander verschlungenen Hände gerichtet, als er fortfuhr.

»Sie waren an dem Abend ausgegangen und sind zurückgekommen, noch bevor der Rettungsdienst eintraf. Die Babysitterin hatte es geschafft, das Haus zu verlassen und Alarm zu schlagen. Unter meinem Schlafzimmerfenster stand eine Gruppe von Nachbarn, die schrien, ich solle springen. Aber ich hatte viel zu viel Angst. Als Dad gesehen hat, dass ich mich nicht traute, ist er ins Haus gerannt, um mich zu holen. Als er fünf Minuten später noch nicht zurück war, ist meine Mutter ihm gefolgt.«

Finn hob den Kopf; sein Gesicht war tränenüberströmt. »Sie sind gestorben, um mich zu retten, und das nur, weil ich zu viel Angst hatte zu springen.«

Ich versuchte, ihm die Tränen abzuwischen, doch es kamen so viele, dass es mir nicht gelang. Während ich Finn an mich zog, erinnerte ich mich plötzlich, wie er bei unserem ersten echten Date auf das Feuer im Manor House reagiert hatte. Jetzt ergab auf einmal alles auf furchtbare Weise Sinn.

»Wie hast du es geschafft, dem Feuer zu entkommen?«

»Irgendwann erreichten die Flammen mein Zimmer. Da bin ich auf die Fensterbank geklettert und endlich gesprungen. Wenn ich mich nur zehn Minuten eher getraut hätte, wären meine Eltern heute wahrscheinlich noch am Leben.«

»Du darfst dir nicht die Schuld daran geben. Du warst schließlich noch ein Kind.«

Finn gab einen lang gezogenen Seufzer von sich. »Ich dachte, ich hätte es verarbeitet. Aber anscheinend hab ich es nur verdrängt. Ich hab echt gedacht, dieses Bedürfnis, immer alles hinzuschmeißen, wie ich es wieder und wieder gemacht hab, hätte nichts damit zu tun.«

»Alles hinzuschmeißen?«

Finn umfasste sanft mein Gesicht und strich mit dem Daumen über meine Wange. »Immer, wenn irgendetwas – egal, was – in meinem Leben richtig toll lief, habe ich einen Weg gefunden, es kaputt zu machen.«

Ich sah ihn verständnislos an. Er war doch einer der erfolgreichsten Menschen, die ich kannte! Mir schwirrten unzählige Fragen im Kopf herum, aber jetzt war nicht der richtige Zeitpunkt, sie zu stellen.

»Es sah so aus, als würde ich das Studium mit Auszeichnung abschließen, aber mitten in den Prüfungen hab ich alles hingeschmissen. Stattdessen habe ich all meine Habseligkeiten in einen Rucksack gepackt und bin ein Jahr lang durch Europa getingelt. Auch ohne Abschluss hab ich einen richtig guten Job bekommen – mehrere richtig gute Jobs sogar –, aber überall habe ich einen Grund gefunden, das Handtuch zu werfen, wenn es gerade richtig gut lief.«

»Oder du hast beschlossen, wegzugehen, und die Stelle der einzigen anderen Kandidatin zu überlassen«, sagte ich leise.

Finns Daumen strich sanft über meine Unterlippe. »Du warst immer die Beste für den Job.«

»Und deshalb hast du wohl auch das Café verkauft, statt zu expandieren, wie es die neuen Eigentümer getan haben?«

Finn nickte. »Ich hab immer eine Rechtfertigung dafür gefunden, weiterzuziehen: Das Leben war langweilig geworden, ich brauchte eine neue Herausforderung …« Er hielt einen Moment inne, als überlege er, wie er am besten fortfahren sollte. »Dasselbe habe ich auch in Beziehungen gemacht, immer und immer wieder. Sobald mir jemand zu nahe kam, habe ich alles torpediert.«

»Oder ein Flugzeug ans andere Ende der Welt genommen«, ergänzte ich leise.

»Na ja, um ehrlich zu sein, hatte ich das Flugticket damals schon gekauft.« Finn hielt inne, als würde er zum ersten Mal über diese Entscheidung nachdenken. »Aber du hast recht. Ich hätte bleiben können. Schreiben kann man schließlich überall. Ich glaube, es war einfacher, mir einzureden, dass ich einfach gehen *musste.*«

Er zeigte sich verletzlich, verwundbar, offenbarte mir sein Innerstes – das musste doch etwas bedeuten, oder?

»Es gibt sogar einen Namen dafür, es ist eine anerkannte Krankheit. Man nennt es Methatesiophobie, Angst vor Veränderungen oder Erfolg.«

»Klingt befremdlich.«

»Genau das hab ich auch gesagt, nachdem der Therapeut meinte, dass ich darunter leide.«

Mein Herz schlug schneller bei dem Gedanken, was dieser Mann alles durchgemacht hatte.

»Viele Menschen haben diese Krankheit, aber die meisten wissen es nicht einmal. Es ist das Gefühl, dass man es nicht verdient hat, glücklich zu sein oder Glück im Leben zu haben, und darum sabotiert man es. Anscheinend gibt es eine ganze Reihe von Ursachen – traumatische Erlebnisse in der Kindheit gehören dazu.«

»Wieso hast du dir in Australien nach all den Jahren endlich Hilfe gesucht?«

Erstmals seit Beginn des Gesprächs huschte ein Lächeln über Finns Gesicht.

»Wegen dir. Du bist der Grund dafür. Ich begriff, dass ich etwas gefunden hatte, vor dem ich nicht weglaufen wollte. Etwas, wofür es sich lohnt, zu bleiben.«

Er neigte den Kopf, und sein Kuss fühlte sich sanft und warm an.

»Zweieinhalb Jahre sind eine ganz schön lange Zeit, um zu

begreifen, dass einem jemand fehlt, den man zurückgelassen hat«, erwiderte ich leise.

Finn schüttelte den Kopf. »Du hast mir schon gefehlt, bevor das Flugzeug abgehoben hat.«

»Ich nahm an, du wärst nicht mehr an mir interessiert. Die Postkarten haben mich verwirrt. Zunächst dachte ich, sie würden mehr bedeuten. Aber als ich dich besuchen kommen wollte und du mir einen Korb gegeben hast, glaubte ich, du hättest jemand anderen gefunden.«

»Überhaupt nicht. Und es war nicht fair, dir die Karten zu schicken, aber ich wollte, dass du weißt, dass ich noch immer an dich denke. Auch wenn es für mich noch zu früh war, auch wenn ich noch nicht bereit war. Ich war immer noch in dem Teufelskreis gefangen. Ich musste erst rausfinden, warum ich am Ende doch wieder auf den Selbstzerstörungsknopf gedrückt habe. Denn ich wollte nicht riskieren, dir das anzutun – *uns* das anzutun.«

Das klang wundervoll, aber die Vorstellung, Finn könne sich plötzlich wieder umentscheiden und einfach aus meinem Leben verschwinden, erfüllte mich mit Panik. Konnte man endgültig von dieser Erfolgsangst-Sache geheilt werden, oder würde sie immer wieder dazwischenfunken?

»Was hättest du denn gemacht, wenn ich in einer anderen Beziehung gewesen wäre, als du zurückkamst?«

Finns Blick verdüsterte sich, und ich sah, dass er sich dieser Angst bereits gestellt hatte. »Wenn du glücklich gewesen wärst, hätte ich das akzeptiert, auch wenn es mir unendlich schwergefallen wäre. Aber irgendetwas hat mir gesagt, dass unsere Geschichte noch nicht zu Ende ist. Ich konnte nur hoffen, dass es dir genauso geht.« Er berührte sanft meine Wange. »Du warst die Frau, über die ich nie hinwegkam, die ich nie vergessen habe.«

Er ließ die Hände zu meiner Taille hinuntergleiten und zog mich an sich.

»Ich mein's ernst, Gemma. Absolut. Nur damit du Bescheid weißt, ich hab nicht vor, wegzugehen. Ganz im Gegenteil …« Wurde er etwa rot? »Und ich sehe eigentlich nur eine Möglichkeit für unsere Zukunft, und zwar, dass du deinen Namen in meinen änderst.«

Mein Herz hämmerte in meiner Brust. »Damit du ihn dir endlich merken kannst?« Mein Lächeln hätte nicht breiter sein können.

Er grinste zurück. »Du hast echt keine Ahnung, wie sehr ich dich liebe«, sagte er und nahm mir damit die Worte aus dem Mund, die ich bisher nicht hatte aussprechen können.

Mittwoch:
Tag vier

Kapitel 21

Hier, bitte sehr«, sagte ich und stellte Hannah einen perlenden Prosecco vor die Nase. Sie griff nach dem Glas, wollte mit mir anstoßen, doch dann zögerte sie.

»Ich hätte fast ›auf die Liebe‹ gesagt, aber das wäre vielleicht nicht ganz angemessen.«

»Dann lass uns stattdessen einfach auf unsere Freundschaft trinken«, sagte ich und prostete ihr zu. »Denn nur eine wahre Freundin hätte sich freiwillig dazu bereit erklärt, am heißesten Tag des Jahres mit mir Plakate aufzuhängen.«

»Das nennst du *freiwillig?*«, fragte Hannah, deren Augen in der Mittagssonne funkelten. »Ich denke, ›dazu verdonnert werden‹ trifft es eher.«

Ich lächelte und lehnte mich auf der Holzbank zurück, die ich uns beiden gesichert hatte. Ich hatte Hannah zum Mittagessen in den Biergarten eines Pubs eingeladen, nachdem wir die letzten vier Stunden damit verbracht hatten, überall in der Stadt die Flyer aufzuhängen. Finns Konterfei hing nun an Tankstellen, an Schwarzen Brettern im Supermarkt und an unzähligen Bäumen.

Hannah streifte ihre Flip-Flops ab und rieb sich gedankenverloren die Fußsohlen, die, wie ich entsetzt feststellte, rot und wund aussahen. Kein Wunder, schließlich hatten wir an diesem Morgen schon eine beachtliche Strecke zurückgelegt, auch wenn wir bisher nur einen Bruchteil der Orte auf der Liste, die ich zusammengestellt hatte, abgeklappert hatten. Man musste sich seine Kräfte einteilen. Obwohl ich am liebsten bis Sonnenuntergang weitergemacht hätte, war mir klar, dass Hannah für heute erledigt war.

»Zwei Baguettes mit Brie und Speck und eine Portion Pommes«, verkündete der Kellner, der ein Tablett mit Essen vor uns abstellte.

Hannahs Augen leuchteten auf. Wir alle hatten uns im Laufe der Zeit verändert, aber die Vorliebe meiner Freundin für Pommes frites war ungebrochen. Sie griff schon in die Schale, während der Kellner sich mir zuwandte.

»Ich habe den Flyer, den Sie mir gegeben haben, an der Bar aufgehängt, und einer unserer Stammgäste hat sich erkundigt, ob es eine Belohnung gibt.«

Ich stellte mein Glas Prosecco so abrupt ab, dass die Hälfte über den Rand schwappte. »Hat er denn irgendwelche Informationen?«

Der Kellner sah mich verlegen an. »Nein. Tut mir leid. Ich glaube, er will nur auf die Schnelle ein paar Pfund verdienen.«

»Eine Belohnung, ich fass es nicht«, sagte Hannah, sobald der Mann außer Hörweite war. »Klingt, als wäre Finn ein entlaufener Labradoodle oder so.«

»Nein, ich hätte dran denken sollen, eine Belohnung auszusetzen«, sagte ich und ärgerte mich, dass mir das nicht eingefallen war.

»Wieso?«, fragte Hannah herausfordernd, immer noch empört. »Um Geld sollte es dabei nun wirklich nicht gehen, und es ist ja nicht so, als wäre Finn entführt worden und du müsstest Lösegeld aufbringen, um ihn zurückzubekommen.«

Ich biss mir auf die Lippen, wandte mich von ihr ab und täuschte ein plötzliches Interesse an der Hüpfburg des Pubs vor.

»Mensch, Gemma, ist das dein Ernst? *Entführt?*«

»Es ist nur eine von vielen Möglichkeiten und nicht besonders wahrscheinlich«, murmelte ich und griff schnell nach meinem Sandwich, bevor sie mich fragen konnte, an welche anderen abwegigen Theorien ich noch glaubte, statt endlich die anzuerkennen, die alle anderen für offensichtlich hielten.

»Okay, ein finanzieller Anreiz könnte nicht schaden«, räumte Hannah ein, nachdem sie sich ihrem Mittagessen gewidmet und einen Moment lang nachgedacht hatte. »Aber die Summe müsste so hoch sein, dass es sich auch lohnt. So viel Geld hast du doch nicht auf der hohen Kante, oder?«

Hannah wusste zwar ziemlich gut Bescheid über mich und mein Leben, aber in diesem Punkt irrte sie sich.

»Na ja … ich könnte etwas Geld auftreiben.«

»Bitte versprich mir, dass du kein Verbrechen planst«, flehte sie, nur halb im Scherz.

Ich lachte kurz auf. »Natürlich nicht«, entgegnete ich und griff nach meiner Tasche, um mein Smartphone hervorzuholen. »Es ist unter Umständen ein bisschen unmoralisch, aber verboten ist es garantiert nicht.«

Hannah wurde auf einmal ernst und stellte ihren Teller beiseite. »Jetzt mal raus mit der Sprache«, drängte sie mich.

Ich drehte mich so, dass die Sonne nicht mehr auf den Bildschirm des Telefons fiel. »Finn und ich haben ein gemeinsames Bankkonto eröffnet, nachdem wir letzten Sommer das Haus entdeckt hatten.«

»Diese Sache mit dem Fliegenpilzhaus, aus der am Ende nichts geworden ist?«

»Mushroom Cottage, also Pilzhaus«, korrigierte ich sie, überrascht, wie enttäuscht ich immer noch war, dass wir unser Traumhaus erst gefunden und dann gleich wieder verloren hatten. »Wir haben unsere Ersparnisse für die Anzahlung zusammengeworfen, und als dann alles den Bach runterging, haben wir das Geld einfach auf dem Konto gelassen.« Ich seufzte. »Wir wollten nach der Hochzeit einen weiteren Versuch starten, etwas zu finden.«

Es folgte ein längeres Schweigen. Ich loggte mich in das Konto ein und gab die PIN ein. Nach nur zwei Klicks öffnete sich die Seite.

Hannah hatte sich vorgebeugt. Sie war besser auf das vorbereitet, was ich gerade entdeckte, als ich. Sie hatte es anscheinend bereits geahnt.

»Irgendwas stimmt hier nicht«, sagte ich stirnrunzelnd, noch nicht bereit, das zuzugeben, was ich schwarz auf weiß vor mir sah.

»Hat er etwa alles mitgenommen?« Hannahs Stimme klang so eisig, wie ich es noch nie erlebt hatte.

»Nein. Nicht alles. Nur fünfzigtausend. Drei sind noch da.« Ein erstickter Laut entfuhr mir. »Oh, und die Zinsen. Die hat er mir auch gelassen.«

Auf einmal hielt ich einen Brandy in der Hand, ohne die geringste Ahnung, wie er dorthin gekommen war. Hannah musste an die Bar gegangen sein und ihn geordert haben. Es war schwer zu sagen, was mehr brannte: die feurige Flüssigkeit in meiner Kehle oder meine Augen, die noch immer auf die Seite starrten, auf der die letzte Transaktion auf dem Konto angezeigt wurde.

»Wann hast du dich zuletzt eingeloggt?«, wollte Hannah wissen.

»Ungefähr eine Woche vor der Hochzeit.«

»Und du bist nicht auf den Gedanken gekommen, früher nachzuschauen, nach allem, was passiert ist?« Ihr Tonfall und ihr Blick sagten unmissverständlich: *Ich hätte es garantiert getan.*

»Nein, bin ich nicht«, log ich. Natürlich hatte ich darüber nachgedacht. Als ich nachts wach lag und mir die schlimmsten Szenarien durch den Kopf gingen, hatte ich natürlich auch mit dem Gedanken gespielt, auf das Konto zu schauen. Aber das hätte mir vollends den Rest gegeben. Ich durfte mir nicht erlauben, den Glauben an Finn zu verlieren.

Hannahs Nasenlöcher bebten, als sie tief durchatmete. Wäre sie ein Drache gewesen, hätte sie den halben Garten in Brand gesetzt.

»Du musst dich noch mal mit der Polizei in Verbindung setzen. Vielleicht unternehmen sie jetzt endlich was, um Finn zu finden. Jetzt, wo eine Straftat begangen wurde.«

Ich stellte das Brandyglas auf den Tisch. Es war noch halb voll, aber wenn ich nachher nach Hause fahren wollte, durfte ich es nicht austrinken. »Finn hat nichts Illegales getan.«

Zum zweiten Mal an diesem Tag wurde ich von Hannahs Wutanfall überrascht.

»Schluss jetzt, Gemma! Hör auf, ihn zu verteidigen. Der Typ hat dich vor dem Altar sitzen lassen und dich ausgeraubt, und du suchst immer noch nach Ausreden für ihn.«

Falls Hannah noch die geringsten Zweifel an Finns Schuld gehabt hatte, hatten sie sich nach der jüngsten Entdeckung zerstreut. Für sie war er nicht viel besser als der Fürst der Finsternis.

Aber sie irrte sich.

»Als wir das Geld für die Anzahlung für Mushroom Cottage brauchten, hat jeder von uns seine Ersparnisse auf das Konto eingezahlt«, wiederholte ich. »Finn hatte noch ziemlich viel vom Verkauf des Cafés übrig. Ich besaß viel weniger.«

»Wie viel von dem Geld gehörte ihm?«

»Fünfzigtausend«, sagte ich seufzend. »Finn hat nur seinen Anteil abgehoben. Niemand hat hier irgendjemanden bestohlen. Alles ist vollkommen legal.«

Es sei denn, es zählte als Verbrechen, mutwillig das Herz eines anderen Menschen zu zerstören. Dann hätte ich mir eingestehen müssen, dass Finn wohl doch schuldig war.

Kapitel 22

Mushroom Cottage

Zwölf Monate zuvor

Dieser Wagen ist Wahnsinn.«

Finn wandte seinen Blick kurz von der Straße ab und grinste mich an. »Das meinst du hoffentlich im positiven Sinn.«

»Nein, im Sinne von vollkommen durchgeknallt, von ›Wer, bitte, kauft so einen Schlitten?‹«

»Ich. Ich kauf so einen Schlitten … Hab ihn gekauft«, entgegnete Finn mit einem unbekümmerten Schulterzucken. Auf einmal sah ich nicht mehr den sechsunddreißigjährigen Mann hinter dem Steuer des imposanten amerikanischen Ford sitzen, sondern einen unbeschwerten, verschmitzten kleinen Jungen. Und plötzlich wurde mir klar, dass ich gerade in das Gesicht des Sohnes blickte, den wir vielleicht eines Tages bekommen würden. Vielleicht war es das, was mich sofort milder stimmte.

»Ist jedenfalls nicht gerade ein unauffälliges Modell, oder?«

Finns Hand verirrte sich kurz vom Lenkrad auf meinen Oberschenkel und lenkte mich vorübergehend von dem rotweißen Ford Gran Torino Oldtimer ab, den er an dem Nachmittag abgeholt hatte.

»Zumindest müssen wir ihn auf dem Parkplatz nicht lange suchen«, sagte er, als sei das der wahre Grund dafür, weshalb er den Wagen erstanden hatte.

Ich schüttelte amüsiert den Kopf. »Logisch, weil er gleich zwei Plätze in Anspruch nimmt.«

»Nur, wenn du ihn einparkst«, stichelte Finn, und wir wechselten einen vielsagenden Blick. Jede Unterhaltung über das Thema Parken versetzte uns unweigerlich an jenen Tag zurück, an dem wir uns vor sechs Jahren zum ersten Mal begegnet waren. Ein seltsamer Auslöser, aber es erinnerte mich immer daran, wie sehr ich diesen Mann liebte.

Wir fuhren zu einer Cocktailparty, die am frühen Abend im Haus von Finns Lektor Tom stattfinden sollte. Tom lebte in einem kleinen Dorf, das seiner Aussage nach »am Arsch der Welt« lag. Die Straßen hier waren schmal, der Wagen dagegen breit. Trotz der Herumalberei merkte man, dass Finn sich sehr aufs Fahren konzentrieren musste. Ich hingegen konnte die Landschaft genießen und musste zugeben, dass sie wirklich spektakulär war. Ich war in einer hügeligen Gegend aufgewachsen. Hier hingegen war alles flach, sodass die Felder um uns herum wie eine überdimensionierte Patchwork-Decke in allen möglichen Grünschattierungen aussahen.

»Wunderschön hier«, sagte ich.

»Stimmt. Erinnert mich ein bisschen an Australien – Raum zum Atmen. Ich könnte mir sogar vorstellen, dass wir eines Tages an einem solchen Ort leben.«

»Wirklich?«, fragte ich und drehte mich erfreut zu ihm um. Es gefiel mir immer, wenn Finn über unsere Zukunft sprach, als handele es sich um das nächste Kapitel von einem Buch, an dem wir gerade gemeinsam schrieben.

»Absolut«, erwiderte er, während er mit den Fingern im Takt der Radiomusik auf das Lenkrad trommelte. »Wir suchen uns ein gemütliches altes Häuschen mit einem Garten, der so groß ist, dass ein paar Hunde drin rumtollen können.«

Ich kam mir vor wie ein Kind, das zum hundertsten Mal

seine Lieblingsgeschichte vor dem Schlafengehen hören wollte. Ich kannte jedes Wort auswendig, trotzdem wurde ich es nicht müde, sie immer wieder zu hören.

»Hunde?«, hakte ich nach. »Du meinst, mehr als einer?«

»Das ist verhandelbar«, entgegnete Finn und warf mir einen Blick zu, der etwas in mir dahinschmelzen ließ.

Mit einem zufriedenen Lächeln lehnte ich mich auf meinem Sitz zurück und stellte mir zwei quietschfidele Border Collies und einen kleinen Jungen vor, der Finn wie aus dem Gesicht geschnitten war und fröhlich hinter ihnen herlief.

Wir folgten der Navigation meines Handys, bis wir plötzlich in ein Funkloch gerieten. Eine Weile lang setzen wir die Fahrt ohne Unterstützung fort und versuchten, uns zu erinnern, wie die Route, die mein Smartphone jetzt nicht mehr anzeigte, weitergegangen war. Es dauerte nicht lange, bis wir merkten, dass wir irgendwo eine falsche Abzweigung genommen haben mussten.

Finn wirkte völlig entspannt, doch ich begann, mir Sorgen zu machen. Immerhin war es schon eine ganze Weile her, dass wir das letzte Dorf passiert hatten, und ich hatte seit Ewigkeiten kein Straßenschild mehr gesehen.

»Wir kommen viel zu spät«, sagte ich.

»Probier mal mein Handy«, schlug Finn vor. Er zog es aus der Tasche und warf es mir in den Schoß.

Ich schwenkte das iPhone in dem Versuch, ein Signal zu bekommen. Ich hielt es sogar aus dem offenen Autofenster, was total hätte danebengehen können, falls es mir aus der Hand gefallen wäre, denn auf beiden Seiten der schmalen Straße, über die wir fuhren, befanden sich tiefe Gräben. Das dichte Laub, von dem sie überwuchert waren, ließ nicht einmal erahnen, wie tief genau.

»Schau mal, dahinten!«, rief Finn und deutete auf etwas, das er durch eine dichte Baumreihe erspäht hatte. »Da hat was im Sonnenlicht geglitzert. Sah aus wie eine Fensterscheibe. Da wohnt bestimmt jemand.«

Ich verzog das Gesicht. Ich wäre lieber umgekehrt und den Weg, den wir gekommen waren, zurückgefahren, statt mitten im Nirgendwo bei Wildfremden zu klingeln.

»Mach dir keinen Kopf«, sagte Finn, der schon auf einen Feldweg abbog. »Was soll schon groß passieren?«

»Für jemanden, der beruflich Psychothriller schreibt, hast du eine ziemlich miese Vorstellungskraft«, sagte ich düster. »Stephen King hätte so eine Frage bestimmt nicht gestellt.«

Finn lachte und griff wieder nach meiner Hand.

Das Cottage war von einem riesigen Grundstück umgeben. Der Rasen musste dringend gemäht werden und war von Unkraut überwuchert. Efeu rankte sich so zielstrebig um alle Fenster herum, als wollte er einen Blick hineinwerfen. Die Natur war dabei, diese einsame Behausung zu erobern, doch trotz seines baufälligen Aussehens hielt das Cottage ihr tapfer stand.

Es war die Art von Haus, die kleine Kinder zeichneten, wenn man ihnen ein Blatt Papier und eine Handvoll Buntstifte in die Hand drückt. Es war vollkommen symmetrisch, mit vier Fenstern auf jeder Seite der Eingangstür, die früher mal dunkelgrün gewesen sein mochte, deren Farbe jetzt aber eher an ein Gemüse-Smoothie erinnerte. Ein einzelner Schornstein ragte aus dem Dach, an dem mehrere Ziegel fehlten, das aber ansonsten weitgehend intakt aussah. Wie eine alternde Schönheit hatte das Haus sich ein ausgezeichnetes Knochengerüst bewahrt. Altersbedingte Patina und Vernachlässigung konnten ihm nichts anhaben.

Ich hatte nie an Liebe auf den ersten Blick geglaubt, immerhin war es bei Finn und mir genau das Gegenteil gewesen. Es kam daher ziemlich überraschend für mich, dass ich mich Hals über Kopf verliebte, nicht in eine Person, sondern in ein Gebilde aus Ziegelsteinen und Mörtel.

Unser Wagen kam vor der Einfahrt von Mushroom Cottage zum Stehen, und einen Moment sagte keiner von uns etwas. Ich drehte mich mit kaum verhohlener Begeisterung zu Finn um und sah dasselbe Gefühl in seinem Gesicht widergespiegelt.

Hätten wir uns in einem Film befunden, hätte ganz sicher ein »Zu-verkaufen«-Schild im Vorgarten gestanden, doch auf dem zu hohen Rasen waren bloß eine riesige Eiche und jede Menge Unkraut zu sehen.

Das Haus war nicht zu verkaufen, sondern ganz eindeutig bewohnt. In der Einfahrt stand ein alter Wagen, hinter den Fensterscheiben hingen Spitzengardinen und geblümte Vorhänge. Eine der Gardinen bewegte sich, während wir unentschlossen in der Einfahrt standen.

»Hast du wieder Empfang?«, erkundigte sich Finn nach einem Blick auf sein eigenes Telefon.

Ich schüttelte den Kopf, und Finn löste den Sicherheitsgurt, um auszusteigen.

Ich schaute mich um. Wir befanden uns praktisch mitten im Nirgendwo, und obwohl das Haus absolut reizend aussah, hieß das noch lange nicht, dass dasselbe für seine Besitzer galt.

»Ich glaube, du solltest meine Bücher nicht mehr lesen«, zog Finn mich auf und nahm meine Hand.

Wir gingen unter der Baumkrone der Eiche hindurch, die die Einfahrt überragte, und ich erspähte eine verwitterte, alte Schaukel, die um einen der dickeren Äste geschlungen worden war. Offensichtlich hatte hier einmal eine Familie gelebt, und aus irgendeinem Grund beruhigte mich der Gedanke.

Wir hatten die Haustür schon fast erreicht, als mein Telefon sich auf einmal doch wieder mit einem Funkmast in der Nähe verband. Der eingefrorene Kartenausschnitt erwachte plötzlich wieder zum Leben, und unsere Route war wieder zu sehen. Ich stupste Finn an, doch es war bereits zu spät. Hinter der grünen Eingangstür hörte ich das Rasseln einer Sicherheitskette, die zurückgeschoben wurde.

Die Tür knarrte, als sehne sie sich nach Öl oder häufigeren Besuchen. Letzteres schien auch für den älteren, runzeligen Mann zu gelten, der uns öffnete.

»Hallo«, sagte er. »Wir kennen uns nicht, oder irre ich mich?«

»Nein, Sir, Sie haben recht«, entgegnete Finn und reichte dem älteren Herrn die Hand. »Mein Name ist Finn Douglas, und das ist meine Freundin Gemma Fletcher. Entschuldigen Sie die Störung, aber ich fürchte, wir haben uns verfahren.«

Ich sah Finn an und gleich darauf bedeutungsvoll auf das Display meines Smartphones, doch Finn schüttelte nur knapp den Kopf.

»Wir wollen nach Hodgeson Creek. Wissen Sie zufällig, wo das ist?«

Als der alte Mann lächelte, kam ein Gebiss zum Vorschein, das vermutlich noch älter war als Finns Ford.

»Um Himmels willen! Da sind Sie falsch abgebogen. Aber keine Sorge, ich kann Ihnen den Weg erklären.«

Ich war noch immer dafür, mich höflich für die Störung zu entschuldigen und Google Maps das tun zu lassen, wofür man es erfunden hatte, aber Finn hatte offensichtlich andere Pläne.

»Möchtet ihr jungen Leute nicht einen Moment reinkommen und ein Glas Limonade trinken, während ich euch den Weg aufzeichne? Ich heiße übrigens Walter. Walter Simpson.«

»Vielen Dank für das Angebot, Walter. Wir nehmen es gern an«, sagte Finn.

Walter drehte sich mit einem fröhlichen »Folgt mir« um.

»Ist das klug?«, zischte ich Finn zu, als wir das Haus betraten. »Was, wenn er gemeingefährlich ist?«

Wir sahen zu dem alten Mann hinüber, der stehen geblieben war und nach einem Gehstock griff, um den Weg von der Haustür zur Küche zurückzulegen.

»Wenn es hart auf hart kommt, kann ich es mit ihm aufnehmen, schätze ich«, flüsterte Finn schelmisch.

Die Küche stammte anscheinend noch aus den 1970ern, sodass ich mich sofort in das Haus meiner Großeltern zurückversetzt fühlte. Trotz der alten Möbel und der in die Jahre gekommenen Haushaltsgeräte war es ein heller und sonniger Raum mit Blick auf den weitläufigen Garten hinterm Haus.

Walter kramte im Schrank nach Gläsern, während ich mich bereits nach einer Topfpflanze umsah, in die ich heimlich mein Glas entleeren konnte. Als könne er meine Gedanken lesen, zwinkerte Finn mir zu.

Zu meiner Überraschung holte Walter einen Krug mit selbst gemachter Limonade aus dem Kühlschrank. Er stellte ihn auf einen original Resopal-Küchentisch, der bei eBay vermutlich ein Vermögen eingebracht hätte.

»Lasst sie euch schmecken«, sagte Walter und schenkte drei Gläser randvoll ein. »Das Rezept stammt von meiner Alice.«

Er griff nach einem Glas und trank genüsslich schmatzend einen kräftigen Schluck.

»Ist Alice Ihre Frau?«, fragte ich, während ich meinen Blick durch die Küche schweifen ließ, als verstecke sich seine Lebensgefährtin dort irgendwo.

»Sie *war* meine Frau«, sagte Walter und stellte sein Glas wieder auf den Tisch, mit einem Zittern in der Hand, das vorher nicht da gewesen war.

»Sie ist letztes Jahr krank geworden. Krebs.« Er schüttelte betrübt den Kopf. »Ich habe immer befürchtet, dass einer von uns diese schreckliche Krankheit bekommt. Und es vergeht kein Tag, an dem ich mir nicht wünsche, dass es mich getroffen hätte.«

»Das tut mir wirklich sehr leid, Walter«, sagte Finn mitfühlend.

Ich griff nach meinem Glas, schämte mich für mein unbegründetes Misstrauen und nahm ebenfalls einen Schluck. Die Limonade war die perfekte Mischung zwischen süß und sauer.

Ich lächelte dem Mann, der sich spontan zu unserem Gastgeber erklärt hatte, über den Tisch hinweg zu. »Alice wusste wirklich, wie man Limonade macht.«

Walter erwiderte mein Lächeln. »O ja. Und ob.«

Wir unterhielten uns mit dem älteren Herrn über sein Cottage, während er die detaillierteste und zugleich verworrenste Karte zeichnete, die ich je gesehen hatte. Dagegen konnte nicht einmal Google anstinken.

»Wohnen Sie schon lange hier?«, fragte ich Walter, während er seiner Skizze mit gesenktem Kopf und viel Liebe Orientierungshilfen, die wir definitiv nicht brauchten, hinzufügte.

»Seit wir geheiratet haben«, sagte er mit einem traurigen Lächeln. Er sah hinüber zur Eingangstür. »Ich habe sie als meine Braut vor fünfundfünfzig Jahren über diese Schwelle getragen und letztes Jahr mit angefasst, als sie in einem Mahagonisarg hinausgetragen wurde.«

Unerwartet spürte ich, wie mir Tränen in die Augen traten. Unter dem Tisch griff Finn nach meiner Hand und drückte sie.

»Es ist wirklich ein ganz wunderbares altes Haus«, sagte Finn.

Walter sah mit neuem Glanz in seinen müden Augen auf. »Soll ich Sie mal rumführen?«

Ich war hin- und hergerissen. Einerseits waren wir schon sehr spät dran für die Party, andererseits spürte man, wie einsam Walter war. Ich fragte mich, wie oft hier wohl jemand vorbeikam. Und dann gab es neben diesen noblen Gedanken natürlich auch noch meine brennende Neugierde, mich in diesem hinreißenden Haus näher umzusehen.

»Sehr gern, aber nur, wenn es Ihnen nicht zu viele Umstände macht«, sagte Finn.

Walter brauchte seinen Gehstock, um wieder auf die Beine zu kommen. Ich spürte, wie Finn sich bereit machte, als der alte Mann kurz schwankte, doch es gelang ihm irgendwie, das Gleichgewicht zu finden.

»Meine Tochter macht sich Sorgen, weil ich allein hier in diesem großen, alten Haus lebe«, erklärte er, während er sich mit leicht ruckartigen Schritten vorwärtsbewegte. »Sie hat Angst, dass ich stürzen und tagelang da liegen könnte, bevor mich jemand findet.« Walters Gang schien mit jedem Schritt über die Tonfliesen des Küchenbodens geschmeidiger zu werden. »Ich sage ihr immer wieder, dass alles halb so schlimm wäre, wenn ich mich nicht noch mit Arthritis herumschlagen müsste.« Er sprach es »Arthur Ritis« aus, sodass es fast klang, als redete er von einem lästigen Nachbarn. Ich unterdrückte ein Lächeln und wusste, ohne dass ich zu ihm hinübersehen musste, dass Finn dasselbe tat.

Es wurde ein ausgedehnter Rundgang durch das Haus, der nicht nur die Räume im Erdgeschoss, sondern auch die vier großzügig geschnittenen Zimmer im ersten Stock umfasste. Ich war froh, dass wir nur im Schneckentempo vorankamen, da es mir die Zeit gab, mir alles ausgiebig anzusehen. Es war interessant und berührend, denn Walters Kommentare machten deutlich, dass er mit jedem einzelnen Raum liebevolle Erinnerungen an seine verstorbene Frau Alice verband. Ganz sicher würde er das Haus niemals aufgeben.

»Ich kann verstehen, warum Sie so an diesem Ort hängen, Walter«, sagte Finn, als wir die Führung beendet hatten und im Flur standen, um uns zu verabschieden.

»Meine Tochter Chrissie liegt mir ständig in den Ohren, ich solle zu ihr ziehen.« Walter seufzte und schaute sich im Flur um, als suche er nach etwas – oder jemandem. »Aber so schön es wäre, mehr Zeit mit den Enkelkindern zu verbringen, ich kann mir einfach nicht vorstellen, dieses Haus jemals zu verlassen.«

Ich nahm Walters Hand und drückte sie. »Das verstehe ich. An Ihrer Stelle würde es mir genauso gehen.«

»Für den unwahrscheinlichen Fall, dass Sie jemals über einen Verkauf nachdenken, Walter«, sagte Finn und griff in sein Portemonnaie, um eine Visitenkarte herauszuziehen, »würden wir uns sehr gern für Sie um dieses Haus kümmern.«

Finn erwähnte mit keinem Wort, wie viel wir zu zahlen bereit wären, und ich glaube, das beeindruckte Walter fast genauso sehr wie mich.

An der Tür drückte ich unserem Gastgeber spontan einen Kuss auf die Wange, und er wirkte darüber so erfreut, dass ich mich fragte, wie lange es her war, seit ihm so etwas zuletzt passiert war.

»Vielen Dank, dass Sie uns Ihr Haus gezeigt haben«, sagte Finn und schüttelte dem alten Mann die Hand. »Aber, bitte, Walter, seien Sie in Zukunft vorsichtig. Sie sollten wirklich keine völlig Fremden in Ihr Haus bitten. Da kann viel passieren.«

Walter gab ein gackerndes Lachen von sich, wie es nur Menschen jenseits der achtzig zustande bringen. »Danke, mein Junge. Ich weiß. Ich hätte euch auch fast nicht reingelassen. Aber Alice meinte, ihr seht aus wie anständige Leute, und ich vertraue immer noch ihrem Urteil.«

Wir winkten Walter vom Ende der Einfahrt aus noch einmal zu, bevor wir wieder ins Auto stiegen. Ich schaute zu dem Haus zurück, bis es hinter Bäumen und Sträuchern verschwunden war. Selbst Walters etwas verstörende letzte Worte hatten Mushroom Cottage nichts von seinem Charme genommen.

»Aus dem Haus könnte man wirklich was Tolles machen, falls Walter es jemals verkaufen sollte«, sagte ich, den Kopf bereits voller Ideen. »Hast du das süße kleine Zimmer neben dem einen Schlafzimmer gesehen, das mit dem großen Erkerfenster?« Ich stellte mir vor, wie es wohl mit einem antiken Schaukelstuhl im Erker und einem Kinderbett aussehen würde.

»Klar«, erwiderte Finn mit einem zufriedenen Grinsen. »Das wäre der perfekte Platz für einen Schreibtisch. Als wir den Raum betraten, hab ich mich direkt dort sitzen und schreiben sehen.«

Mit einem Anflug von Besorgnis wegen unserer gegensätzlichen Pläne biss ich mir kurz auf die Lippe. Aber da das Haus sowieso nicht zum Verkauf stand, war es müßig, darüber zu diskutieren.

Nur zwei Tage später erschien auf einmal eine unbekannte Nummer auf Finns Handy, die sich als die von Walter entpuppte. Anscheinend hatte er sich die Sache noch einmal durch den Kopf gehen lassen, denn er sagte, wenn wir tatsächlich Interesse hätten, würde er uns sein Haus gern verkaufen. In der darauffolgenden Aufregung war das kleine Zimmer nicht mehr von Belang. Erst später sollte sich herausstellen, dass es sich dabei um den wichtigsten Raum des Hauses handelte.

Kapitel 23

Wir hängten an dem Tag keine weiteren Plakate auf. In Anbetracht von Hannahs Stimmung erschien es mir ehrlich gesagt zu riskant, ihr einen Hammer in die Hand zu drücken.

Stattdessen blieben wir im Biergarten des Pubs sitzen. Unsere Unterhaltung war etwas mühsam, da wir krampfhaft versuchten, nichts zu erwähnen, was auch nur im Entferntesten mit Hochzeiten, leer geräumten Bankkonten oder verschwundenen Verlobten zu tun hatte. Erst als ich Hannah in meinem Wagen zu ihrem Auto mitnahm, stellte sie mir die unvermeidliche Frage.

»Und was hast du jetzt vor?«

Ich starrte durch die Windschutzscheibe. Draußen war es so heiß, dass die Luft wie bei einer Fata Morgana zu flimmern schien. Oder vielleicht lag es auch nur an den Tränen, die mir bei Hannahs sanftem Ton in die Augen traten. Ich versuchte krampfhaft, nicht zu blinzeln, damit sie hinter meiner Sonnenbrille verborgen blieben.

»Ich mache weiter«, sagte ich nüchtern.

Ich führte nicht näher aus, ob das bedeutete, dass ich weiterhin Flugblätter verteilen, nach Finn suchen oder an den Mann glauben würde, von dem die ganze Welt dachte, er hätte mich einfach sitzen lassen. Denn wenn ich ehrlich war, meinte ich das alles zusammen.

Den Rest des Nachmittags verging mit Hausarbeit und diversen Besorgungen. Einem zufälligen Beobachter wäre vermutlich alles vollkommen normal vorgekommen. Doch ich stand ganze fünfzehn Minuten an der Fleischtheke im Supermarkt und fragte mich, ob ich ein oder zwei Steaks kaufen sollte. Und dann weitere zehn, um zu überlegen, ob Finns Lieblingsschokoladenkekse einen Platz im Einkaufswagen verdient hatten. Sie wanderten viermal hinein und wieder heraus, bevor ich trotzig nicht nur eine, sondern gleich zwei Packungen zu den anderen Einkäufen legte.

Ich fuhr bei der Reinigung vorbei, um ein paar Sachen abzuholen, die ich erst in ein paar Wochen wieder für die Arbeit brauchen würde, ohne daran zu denken, dass ich auch einen von Finns Anzügen mit abgegeben hatte. Ich war ziemlich stolz, wie gut ich mich im Laden beherrschen konnte, weniger stolz hingegen auf mein Verhalten am Auto, wo ich sofort die Schutzhülle aus Plastik aufriss und die Nase an das Revers drückte, in der Hoffnung, dort noch einen Hauch seines vertrauten Geruchs zu finden. Doch Lohn meiner Mühen war nur ein starkes chemisches Aroma und der verwunderte Blick einer Passantin.

»Schluss damit, Gemma, das reicht«, sagte ich zu mir, als ich wieder auf dem Fahrersitz Platz nahm und den Motor anließ, um nach Hause zu fahren.

Ich hatte seinen Wagen nicht auf dem Parkplatz gesehen, weder auf meinem persönlichen Stellplatz, wo er manchmal stand, noch auf meinem Besucherparkplatz, der allerdings auch gern von Nachbarn in Beschlag genommen wurde. Er wartete auch nicht an den Fahrstühlen auf mich. Dementsprechend war ich völlig überrumpelt, als ich um die Ecke bog und ihn im Flur neben meiner Haustür sitzen sah.

Er erhob sich mit einer Steifheit, die mir verriet, dass er bereits seit einiger Zeit auf mich gewartet hatte. Ich ließ die

Sachen aus der Reinigung und die Supermarkttüten sinken und eilte zu ihm, um ihm aufzuhelfen. Er schlang die Arme um mich und drückte mich, genau so, wie ich es gerade brauchte. Seine Umarmungen waren schon immer die besten gewesen.

»Was machst du denn hier, Dad? Warum hast du nicht angerufen und Bescheid gesagt, dass du kommst?«

Er zuckte verlegen mit den Schultern. »Es war eine spontane Entscheidung. Ich hab erst unterwegs gemerkt, dass mein Akku leer ist, also hab ich einfach darauf gehofft, dass du zu Hause bist.«

Er lachte leise – jenes Lachen, das in so vielen meiner Kindheitserinnerungen vorkam. »Dumm gelaufen.«

Ich holte die Tüten und schloss die Wohnungstür auf. Ich hatte mir idiotischerweise angewöhnt, jedes Mal, wenn ich eintrat, ein hoffnungsvolles »Hallo« in die leere Wohnung zu rufen, und musste aufpassen, es nicht auch diesmal zu tun, als Dad neben mir stand. Ich fragte mich, ob ich wohl eines Tages aufhören würde, damit zu rechnen, Finn in der Küche sitzend vorzufinden. Wahrscheinlich würde das erst passieren, wenn ich irgendwann resignierte und die Schlösser austauschen ließ, dachte ich traurig.

Dads Gesicht war gerötet, als wäre ihm heiß, was vermutlich auf das Warten im schlecht belüfteten Flur zurückzuführen war. Anstatt nach alter Fletcher-Manier Wasser für Tee aufzusetzen, ging ich deshalb schnurstracks zum Kühlschrank und holte eine von Finns Bierflaschen heraus. Ich machte mir eine gedankliche Notiz, welches nachzukaufen, die ich gleich darauf mit unsichtbarem Rotstift wieder durchstrich, auch wenn ich ganz genau wusste, dass ich es am Ende doch tun würde.

»Was verschafft mir die Ehre?«, fragte ich, während ich die

verderblichen Lebensmittel in den Kühlschrank stellte und nach einer Dose eiskalter Limo griff.

Ich öffnete sie und nahm gegenüber von meinem Vater Platz. Er hatte dunkle Ringe unter den Augen, die wiederum so ernst dreinblickten, dass mir leicht flau im Magen wurde.

»Ist alles in Ordnung, Daddy?«, fragte ich, ein unbewusster Rückgriff auf eine Anrede, die ich seit Jahren nicht mehr benutzt hatte. »Du siehst ganz schön fertig aus.« *Und älter,* fügte ich stumm hinzu. *Viel älter als gestern.*

»Ich hab letzte Nacht nicht besonders gut geschlafen«, begann er, während er nervös am Etikett der Bierflasche knibbelte.

Das ungute Gefühl in meiner Magengegend verstärkte sich, und ich empfand einen Brechreiz, über den ich jeden Moment die Kontrolle zu verlieren drohte.

»Bist du etwa krank?«

In der Zeit, die verging, ehe er antwortete, warf ich Gott, mit dem ich seit dem Kindergottesdienst kein ernsthaftes Gespräch mehr geführt hatte, im Geiste den Fehdehandschuh hin. *O nein, wag es bloß nicht. Nicht Dad. Du hast mir schon zu viele geliebte Menschen genommen. Ihn kriegst du nicht auch noch.*

Erschrocken stellte ich fest, dass ich Finn gedanklich in dieselbe Kategorie eingeordnet hatte wie meine Mutter. Glaubte ich wirklich, dass er mich auf die gleiche Art »verlassen« hatte? Jetzt war mir wirklich schlecht.

»Seit wir uns gestern gesehen haben, beschäftigt mich etwas.«

»Bist du krank?«, wiederholte ich. Meine Stimme klang nicht wie die einer dreiunddreißigjährigen Frau, sondern wie die eines verängstigten Kindes.

Dad hörte auf, am Flaschenetikett herumzufummeln, und griff nach meinen Händen. »Nein, mein Schatz, das ist es nicht. Es ist wie ein Juckreiz, den ich einfach nicht loswerde.«

Ich runzelte verwirrt die Stirn.

»Na ja, ich hätte im Bad eine Creme …«, bot ich zögernd an.

Sein Lachen löste die angespannte Stimmung, sodass ich mein Besorgnis-Level von »Panik« wieder auf »ungutes Gefühl« herabstufte.

»Kein körperliches Jucken, Gemma, Schatz. Eher ein geistiges.«

»Oh«, erwiderte ich und nickte, als ergäben seine Worte einen Sinn. Was natürlich nicht zutraf.

»Bei unserem Mittagessen haben wir über etwas geredet, das mir nicht mehr aus dem Kopf gegangen ist. Und heute ist es mir auf einen Schlag alles klar geworden. Deshalb bin ich hier.«

»Hättest du mir das nicht am Telefon erzählen können?«, fragte ich. »Musstest du dafür extra herkommen?«

Er schüttelte ernst den Kopf.

»Nein. Was ich dir zu sagen habe, ist so wichtig, dass ich bei dir sein will, wenn ich es dir erzähle.«

Sofort war die Angst zurück, bevor sie wenige Augenblicke später von Ungläubigkeit abgelöst wurde.

»Ich glaube, du könntest recht haben, Gemma. Nein, mehr noch. Ich weiß, dass du recht hast.«

Mein Herz schlug schnell, denn wenn mich nicht alles täuschte, würde ich gleich etwas zu hören bekommen, mit dem ich nicht gerechnet hatte.

»Du hattest recht in Bezug auf Finn. Ich glaube jetzt auch, dass ihm etwas zugestoßen ist.«

Meine Hände begannen zu zittern. Es grenzte an ein Wunder, dass ich die Limo nicht über den ganzen Tisch verschüttete. Dad löste die Dose sanft aus meinem Griff und nahm meine Hände in seine.

»Es ist wegen der Gerbera«, sagte er.

Ich nickte eifrig, immer noch ohne den blassesten Schimmer, was er meinte. Aber ich wartete geduldig darauf, dass ich ihm folgen konnte.

»Wir haben uns über die Blumen unterhalten, die ich deiner Mutter morgens aufs Grab gelegt hatte, und du wolltest wissen, ob auf dem Friedhof viel los war.«

Ich nickte erneut und fragte mich, ob meine Unfähigkeit, auch nur ein Wort über die Lippen zu bringen, von Dauer sein würde oder nur temporär.

»Weißt du noch, was ich geantwortet hab?«

Diesmal schüttelte ich zur Abwechslung den Kopf.

»Ich habe gesagt, frühmorgens ist es dort immer ruhig. Und dann bin ich ins Grübeln gekommen. Das hat alles ins Rollen gebracht.«

Kopfbewegungen allein waren nicht mehr genug. »Tut mir leid, Dad. Aber ich kann dir nicht folgen.«

Seine Hände fühlten sich warm an, als er meine drückte. »Ich muss dir etwas erzählen, und ich möchte, dass du mir aufmerksam zuhörst, ohne mich zu unterbrechen. Okay?«

»Ist es was Schlimmes?«, flüsterte ich.

Dad lächelte sanft und schüttelte den Kopf. »Nein. Das nicht. Hör mir einfach zu …«

»Es war an einem Dienstagmorgen Ende September. Draußen war es bitterkalt, und über dem Boden hing dieser dichte Nebel, der sich stundenlang hält und bei dem man die Scheinwerfer einschalten muss. Deshalb war ich nicht überrascht, dass mein Wagen der einzige auf dem Friedhofsparkplatz war. Ich hab mich auf den Weg zum Grab deiner Mutter gemacht – den würde ich mit verbundenen Augen finden, ich kenne ja jede Biegung, jeden unebenen Pflasterstein. Bestimmt habe ich dasselbe getan wie sonst auch, wenn ich deine Mutter besuche: Ich hab sie begrüßt, ihr von meinem Tag erzählt und nebenbei ein paar Blätter aufgehoben. Um die Jahreszeit liegt dort immer Laub, oder der Wind hat irgendwelchen Müll angeweht.

Ich wundere mich immer, wie friedlich es dort ist. Anfangs dachte ich jedes Mal, wenn ich ihr Grab besuchte, ich könnte es nicht ertragen. Es hat eine Weile gedauert, bis ich merkte, dass es ein Trost ist, in ihrer Nähe zu sein.

Ich saß also auf der Bank und plapperte vor mich hin, als sich plötzlich eine Hand auf meine Schulter legte. Du weißt, dass mich so leicht nichts aus der Fassung bringt, aber auf einem nebelverhangenen, verlassenen Friedhof ist das nun wirklich das Letzte, was man erwartet. Ich bin aufgesprungen wie von der Tarantel gestochen und hab wahrscheinlich vor lauter Schreck die Nachbarn deiner Mutter mit ein paar deftigen Flüchen schockiert. Ich weiß nicht, mit wem ich gerechnet hatte, als ich mich schließlich umdrehte, aber ganz sicher nicht mit Finn.

›O Gott, Ted, tut mir schrecklich leid‹, sagte er ehrlich zerknirscht. ›Ich wollte dir erst etwas zurufen, aber dann fürchtete ich, du erschreckst dich.‹

›Und da dachtest du, mir auf einem menschenleeren, nebligen Friedhof eine eiskalte Hand auf die Schulter zu legen, wäre eine bessere Idee?‹, konterte ich.

Finn entschuldigte sich erneut, und dann fragte ich ihn, was ihn hergeführt habe. Ich meine, es konnte ja kein Zufall sein. Ich weiß nicht, wie oft ich ihn zu dem Zeitpunkt schon gesehen hatte oder wie lange ihr beide schon zusammen wart – du kennst mich ja, Daten bringe ich immer durcheinander. Aber ich kannte Finn gut genug, um zu merken, dass er irgendwie aufgewühlt wirkte – nicht unbedingt nervös, aber angespannter, als ich ihn je erlebt hatte.

Außerdem war es noch früh am Morgen, aber er trug Hemd, Krawatte und ein schickes Jackett. Ich weiß noch, dass ich mich fragte, ob er danach noch einen Termin hatte. Er hielt mir einen Strauß exotisch aussehender Blumen vor die Nase und schaute dann zum Grab deiner Mutter hinüber.

›Das ist Catherine?‹ Mir gefiel, dass er ihren Namen nannte, ohne zu fragen, ob es ihr Grab sei oder so.

Ich bejahte. Finn schaute auf den Blumenstrauß in seiner Hand und dann wieder zu mir. ›Darf ich?‹, wollte er wissen. Ich nickte natürlich. Er ging zum Grabstein und kniete sich davor. In aller Ruhe las er die Gravur, auch dieses ›geliebte Ehefrau und Mutter‹, und er sah ziemlich bedrückt aus.

›Hallo, Catherine‹, sagte er schließlich. ›Ich bin Finn, und ich wünsche mir nichts mehr, als dass unsere erste Begegnung unter anderen Umständen stattgefunden hätte.‹ Er legte die Blumen behutsam auf das Grab und fügte, bevor er wieder aufstand, hinzu: ›Falls Sie sich wundern, was ich hier mache, ich bin der Mann, der sich in Ihre Tochter verliebt hat.‹

Ich geb gern zu, dass ich feuchte Augen bekam. Ich hatte mich wieder gesetzt, und Finn gesellte sich zu mir. Man merkte, dass er etwas auf dem Herzen hatte, und ich ahnte schon, was es war.

›Vermutlich erscheint es ein wenig seltsam, dass ich einfach hierherkomme‹, sagte Finn, während sein Blick von mir zum Grabstein wanderte, als stünde dort deine Mutter höchstpersönlich und nicht nur ein großes Stück Marmor. ›Aber ich möchte euch beide etwas Wichtiges fragen.‹

Ich sage dir, wenn deine Mutter in diesem Moment leibhaftig bei uns gewesen wäre, hätte sie Tränen vergossen. Und wenn ich ehrlich bin, stand ich selbst kurz davor. Ich nickte Finn aufmunternd zu.

›Ich liebe Gemma‹, sagte er. ›Ich liebe sie mehr, als ich je für möglich gehalten hätte, dass man einen anderen Menschen lieben kann. Ich kann mir ein Leben, eine Welt, eine Zukunft ohne sie nicht vorstellen. Und ich weiß, wie viel Anteil ihr daran habt, dass sie zu dem besonderen Menschen geworden ist, der sie heute ist.‹

Ich sah zur Grabstelle hinunter. ›Das meiste Lob gebührt ihrer Mutter Catherine, nicht mir.‹

Finn legte seine Hand einen Moment lang auf meine. ›Ich sehe dich in ihr, Ted, und zwar ständig‹, sagte Finn leise. Ich glaube, nie hat mir jemand ein schöneres Kompliment gemacht.

Finn lächelte, als wäre der schwierigste Teil für ihn vorbei. ›Und der Grund, warum ich heute hier bin, ist, dass ich euch beide bitten möchte, mir euren Segen zu geben, denn ich werde eure Tochter fragen, ob sie meine Frau werden will.‹«

»Oh, Dad«, sagte ich und zog gleich eine ganze Handvoll Papiertaschentücher aus der Schachtel auf dem Tisch. »Warum hast du mir das nie erzählt? Ich hatte keine Ahnung, dass Finn das getan hat.«

Dad wischte sich hastig über die Wange. »Finn wollte es nicht. Es sollte ein Geheimnis zwischen ihm, mir und deiner Mutter bleiben.«

Ich nickte und war zu gerührt, um etwas zu sagen.

»Ich bin nicht leicht zu beeindrucken, Gemma, aber dein Finn hat es an jenem Morgen geschafft. Er ist in aller Herrgottsfrühe aufgestanden, hat sich in Schale geworfen – und das nicht etwa, weil er danach noch einen Termin hatte, sondern weil es für ihn ein wichtiger Anlass war und er alles richtig machen wollte. Er war respektvoll, höflich und rücksichtsvoll und ganz offensichtlich bis über beide Ohren in dich verliebt.

Ein Mann, der sich so verhält, lässt dich an deinem Hochzeitstag nicht einfach sitzen. Es tut mir leid, dass ich so lange gebraucht habe, um zu merken, dass du recht hast, mein Schatz. Aber ich glaube dir jetzt voll und ganz.«

»Ach, Dad«, sagte ich traurig, »hättest du mir das vor ein paar Stunden gesagt, würde ich jetzt wahrscheinlich durch die Küche tanzen.«

Dad setzte sich aufrechter hin. »Ist irgendwas passiert?«

Ich nickte und erzählte ihm weinend und unter Zuhilfenahme unzähliger Taschentücher von dem Geld, das Finn abgehoben hatte.

Dads Gesicht sah aus wie aus Granit gemeißelt.

»Ich weiß nicht, was ich sagen soll, Gemma. Ich dachte, das, was ich zu berichten hatte, würde dir helfen, aber ich fürchte, es hat alles nur noch schlimmer gemacht.«

Ich wollte seine Hand nehmen, griff wegen meines tränenverschleierten Blicks jedoch beim ersten Mal daneben. »Jeden Tag entdecke ich etwas Neues, das ich mir nicht erklären kann: fehlende Kleidungsstücke, mysteriöse Frauen und leer geräumte Bankkonten. Wenn es um jemand anderen ginge, hätte ich gesagt, dass es an der Zeit ist, aufzuwachen und den Tatsachen ins Auge zu sehen. Aber wir reden von Finn, Dad. *Finn.*«

Er nickte.

»Und dann erzählst du mir von eurer Begegnung auf dem Friedhof, und ich sehe es vor mir, als wäre ich dabei gewesen. Mein Kopf sagt mir, dass ich aufgeben muss, aber mein Herz will es einfach nicht hören.«

»Weil du ihn liebst«, entgegnete Dad.

»In guten wie in schlechten Zeiten«, erwiderte ich, und bei dem Gedanken, dass ich ausgerechnet jene Worte aussprach, die ich nicht vor dem Altar hatte sagen können, zog sich in mir alles zusammen. »Aber es ist immerhin möglich, dass Finn es sich anders überlegt hat und nicht mehr mit mir zusammen sein will. Wie lange will ich noch versuchen, einen Mann zu finden, der vielleicht gar nicht gefunden werden will?«

»Nur du weißt, wann es an der Zeit ist, aufzugeben, mein Schatz. Die Entscheidung kann dir keiner abnehmen.«

Ich fällte sie nachts um zwei, als gerade draußen die Glockenschläge einer nahe gelegenen Kirche erklangen. Es war Zeit, aufzuhören. Finn war schließlich schon einmal aus meinem Leben verschwunden, und auch wenn es höllisch wehgetan hatte, hatte ich es überlebt. Und jetzt musste ich mich eben damit abfinden, dass es wieder passiert war.

Keine zwei Stunden später hatte ich es mir schon wieder anders überlegt. Achtzehn Monate, die mir bewiesen, wie sehr Finn mich liebte, standen gerade einmal fünf Tagen gegenüber, die vermuten ließen, dass er es nicht tat. Die Rechnung ging einfach nicht auf.

Doch ich konnte nicht ewig so weitermachen, das würde ich nicht aushalten. Irgendwann – und zwar bald – würde ich meine Suche nach ihm einstellen müssen. *Eine Woche,* hatte Inspector Graham beim ersten Gespräch gesagt. *Wenn jemand verschwindet und in den ersten sieben Tagen nicht gefunden wird, heißt das, dass er wahrscheinlich nicht gefunden werden will.*

Nachdem ich die Hoffnung auf Schlaf aufgegeben hatte, tappte ich durch die stille Wohnung in Richtung Küche, doch mein Verlangen nach Antworten war stärker als das nach

Tee. Meine Füße trugen mich deshalb ins Wohnzimmer, genauer gesagt zu meinem Schreibtisch. Wie von selbst begannen meine Hände, Stromrechnungen und Steuerbescheide durchzublättern, bis sie schließlich fanden, wonach sie gesucht hatten – den grauen Hefter ganz hinten in der Schublade. Die E-Mails waren längst aus meinem Posteingang gelöscht, doch ich hatte es nicht über mich gebracht, die Unterlagen und die Korrespondenz zu Mushroom Cottage wegzuwerfen.

Ich nahm den Stapel Papier aus der Mappe und betrachtete einen Moment lang das Foto unseres perfekten Zuhauses, auf dessen Rasen nun doch ein Schild mit der Aufschrift »Zu verkaufen« stand. Walters Tochter hatte darauf bestanden, dass er einen Immobilienmakler einschaltete, auch wenn es sich letztlich als unnötige Ausgabe herausgestellt hatte. Denn der Kauf von Mushroom Cottage im letzten Jahr war nicht »geplatzt«, auch wenn ich das allen erzählt hatte. Der Eigentümer hatte es sich nicht etwa in letzter Minute anders überlegt und beschlossen, doch zu bleiben. Walter war glücklich mit der Vorstellung, sein geliebtes Zuhause an uns zu verkaufen.

Wir waren diejenigen gewesen, die ihre Meinung geändert hatten.

Oder besser gesagt, *ich*.

Ich hatte lange gebraucht, um zu erkennen, dass es ein Problem gab. Dass die dunklen Ringe, die sich unter Finns Augen gebildet hatten, nicht etwa auf Schwierigkeiten mit dem Plot seines neuesten Buchs zurückgingen.

»Alles sollte sehr schnell gehen«, hatte die Maklerin zu uns gesagt. Der Papierkram war schon fast erledigt, und ich hatte *noch immer* nicht bemerkt, dass der Ausdruck in Finns Augen dem eines Tieres glich, das in eine Falle getappt war.

Eines Abends, kurz vor der Vertragsunterzeichnung, war ich dabei, eine WhatsApp-Nachricht an Hannah zu verfassen, während Finn sein aktuelles Kapitel fertig schreiben wollte. Mit einem Seufzer beendete er seine Arbeit und sah mich an. Erst jetzt fiel mir auf, wie erschöpft und müde er aussah. Ich fragte mich plötzlich, ob es außer seinem Buch wohl noch etwas gab, das ihm Kopfzerbrechen bereitete.

»Tut mir leid, dass ich in letzter Zeit so oft in Gedanken versunken war«, sagte er und streckte sich, als er von seinem Stuhl aufstand. Er setzte sich neben mich und hob einen Arm, damit ich mich an ihn kuscheln konnte. Ich ließ mich nicht lange bitten.

»Was hältst du davon, wenn wir am Wochenende einen Ausflug machen?«, schlug er vor.

»Das wäre sehr schön«, sagte ich mit bedauerndem Tonfall, »aber ich hab Hannah gerade versprochen, dass ich am Samstagabend bei Milly babysitte. Auch wenn sie gar kein Baby mehr ist«, fügte ich wehmütig hinzu. Und dann redete ich Depp einfach weiter, ohne die geringste Ahnung, dass ich mir selbst die Grube grub, in die ich gleich hineinfallen würde. »Du hättest mich mit ihr sehen sollen, als sie noch *richtig* klein war! Ich hatte keinen blassen Schimmer, wie man mit Babys umgeht. Vielleicht sollten die beiden noch ein Kind kriegen, damit ich mehr Übung bekomme.«

Finn rührte sich nicht, doch er zog sich spürbar von mir zurück. Die Sekunden fühlten sich wie Minuten, dann wie Stunden an.

»Wir müssen reden, Gemma«, sagte er schließlich traurig.

Er hielt meine Hand, als ob mich das vor dem Schmerz hätte bewahren können, doch seine Worte waren wie winzige Rasierklingen, die tiefe Wunden schlugen. »Ich glaube nicht, dass das mit uns funktioniert«, sagte er und schüttelte den

Kopf. Mir blieb die Luft weg, als hätte ich einen Schlag in die Magengrube bekommen. »Du willst Kinder«, sagte er.

»Na ja, aber natürlich nicht sofort«, antwortete ich in einem verzweifelten – und vergeblichen – Versuch, die Stimmung aufzulockern.

»Dann eines Tages«, sagte er, bevor er wie ein widerstrebender Henker zum Todesstoß ansetzte. »Aber ich will keine. Niemals.«

»Wieso denn nicht? Du kannst doch gut mit Kindern umgehen.«

Finns Lächeln war unendlich traurig. »Das heißt aber noch lange nicht, dass ich auch selbst welche haben will.«

Im Grunde kam es nicht überraschend. In den neun Monaten, die wir zusammen waren, hatte es Andeutungen und Hinweise gegeben, nur hatte ich beschlossen, sie einfach zu ignorieren. Darüber konnten wir später sprechen, sagte ich mir, wenn wir zusammenlebten oder vielleicht sogar verlobt waren.

»Es ist meine Schuld«, sagte Finn schuldbewusst. »Ich hätte meine Haltung schon viel eher deutlich machen sollen.«

Ich schüttelte den Kopf, weil ich nicht wollte, dass er die ganze Schuld auf sich nahm. »Nein. Sag das nicht. Ich glaube, tief in mir drin hab ich immer geahnt, wie du dazu stehst.« Mit Tränen in den Augen sah ich ihn an. »Ich hatte bloß gehofft, dass du … irgendwann deine Meinung ändern würdest.«

Finn stand auf und schuf dadurch eine Distanz zwischen uns, von der ich befürchtete, dass wir sie nie wieder überwinden würden. »Du hattest eine wunderbare Kindheit, Gemma, voller Liebe und mit unzähligen wunderbaren Erinnerungen. Ich kann verstehen, dass du dir wünschst, das an jemanden weiterzugeben.« Er ging vor mir auf und ab wie ein Anwalt, der einer einköpfigen Jury seinen Fall darlegte. »Aber du solltest wissen, dass meine Kindheit das *Allerletzte* ist, was ich einem Kind wünschen würde.«

»Finn, was dir und deinen Eltern zugestoßen ist, war eine furchtbare Tragödie. Aber man kann sich nicht davor verschließen, jemanden zu lieben, nur weil man Angst hat, ihn zu verlieren.«

»Es geht mir nicht darum, mich selbst zu schützen. Aber ich kann und will das, was ich durchgemacht habe, nicht meinem eigenen Kind zumuten.«

»Kannst du nicht mit irgendjemandem darüber sprechen, mit einem Therapeuten, so wie damals in Australien? Außerdem ist es doch mehr als unwahrscheinlich, dass deinem Kind genau dasselbe widerfährt wie dir damals!« Es war ein verzweifelter Vorschlag, doch Finn liebte mich zu sehr, um mir noch einen letzten Funken Hoffnung zu lassen, an den ich mich hätte klammern können.

Er hockte sich vor mich und umfasste zärtlich mein Gesicht. »Du wirst eine wunderbare Mutter sein, Gemma. Du hast so viel Liebe in dir.«

»Ich liebe *dich*«, entgegnete ich verzweifelt.

Seine Augen standen voller Tränen. »Das weiß ich. Ich liebe dich auch. Und zwar so sehr, dass ich lieber jetzt einen Schlussstrich ziehe, als dir etwas vorzuenthalten, was du dir sehnlichst wünschst. Wenn wir zusammenbleiben, dann fürchte ich, dass dir in deinem Leben immer etwas fehlen wird. Deshalb macht mich die Geschichte mit dem Hauskauf so fertig.«

»Was? Ich dachte, du möchtest das Haus genauso gern haben wie ich.«

Finn schüttelte betrübt den Kopf. »Ich will es auch, aber nicht aus denselben Gründen. Du betrachtest Mushroom

Cottage als Zuhause für eine Familie«, sagte er, »und damit hast du vollkommen recht. Aber ich bin nicht der Mann, mit dem du sie gründen kannst.«

»Dann will ich auch keine«, erklärte ich aufgebracht. »Du hast kein Recht zu entscheiden, was richtig für mich ist, Finn, oder was ich bereit bin aufzugeben. Das sind ganz allein *meine* Entscheidungen. Und ich treffe sie gerade. Ich habe schon einen geliebten Menschen verloren, und ich glaube nicht, dass ich den Verlust eines weiteren verkraften könnte. Du kommst für mich an allererster Stelle, Finn. Und zwar *immer.*«

Am nächsten Tag rief ich die Maklerin an, um ihr zu sagen, dass wir vom Kauf zurücktraten, ohne noch einmal mit Finn darüber gesprochen zu haben. Er hatte recht. Mushroom Cottage *war* ein Zuhause für eine Familie, und es sollte an ein Paar gehen, das dort Kinder großziehen wollte. Außerdem hatte ich die Vermutung, den kleinen Raum neben dem Schlafzimmer nie ohne das quälende Gefühl eines Verlustes sehen zu können.

Hing Finns Verschwinden etwa damit zusammen? Hatte er sich in letzter Minute eingebildet, er müsste mich von ihm »befreien«, damit ich jemanden kennenlernen konnte, der Kinder haben wollte, und dass dies der ultimative Beweis dafür war, wie sehr er mich liebte?

Durch das Fenster beobachtete ich, wie sich der Nachthimmel erst grau, dann rosa und schließlich blau färbte.

Die Dämmerung des fünften Tages.

Donnerstag:
Tag fünf

Kapitel 24

Mein Handy lag auf dem Vordersitz des Wagens. Durch das offene Fenster hörte ich es klingeln. Ich nahm den Nagel, den ich mir zwischen die Zähne gesteckt hatte, aus dem Mund und hämmerte ihn mit wenigen Schlägen in die Rinde der Eiche. So langsam hatte ich den Dreh raus: Es gelang mir immer schneller, die Flugblätter aufzuhängen, und es kam nur noch selten vor, dass ich mir mit dem Hammer auf den Daumen schlug.

Der Stapel im Karton war schon um einiges kleiner geworden. Bevor ich die Wohnung verlassen hatte, hatte ich die verbliebenen Zettel gezählt, und ich verstand einfach nicht, weshalb die sechshundertdreißig Flyer, die ich bereits verteilt hatte, bisher zu keinem Ergebnis geführt hatten.

Finns Bild hing schief am Baum, sodass er aus einem Winkel von fünfundvierzig Grad auf mich herabschaute. Das verlieh ihm ein fast skeptisches Aussehen, als würden auch ihm Zweifel am Erfolg meines Unterfangens kommen. »Immer noch besser, als nichts zu tun«, sagte ich zu ihm, während ich mich durch das Autofenster beugte und nach meinem Telefon griff.

»Ich bin's«, sagte Hannah überflüssigerweise, da ich ihren Namen bereits auf dem Display gesehen hatte. »Wo bist du gerade?«

»In der Gegend von Southland Woods, ich häng noch ein paar Flugblätter auf.«

»Das ist ja nicht weit weg von hier. Kannst du vorbeikommen?« In Hannahs Stimme schwang etwas mit, das ich nicht deuten konnte.

»Stimmt was nicht? Ist was mit Milly?« Ich verspürte ein nervöses Ziehen in der Magengrube. Ich hatte Hannah wegen ihrer Tochter schon bei zwei Abstechern in die Notaufnahme begleitet, und während Hannah in einen eigenartigen Zen-Modus geschaltet hatte, um mit der Situation umgehen zu können, hatte ich mich in übertriebene Panik hineingesteigert – und das nur wegen eines verknacksten Knöchels und einer Wunde nach einem Sturz vom Klettergerüst, die nicht mal genäht werden musste. Ich würde eine furchtbare Mutter abgeben. *Falls ich je die Chance dazu kriege*, kommentierte die leise Stimme in meinem Kopf.

»Es geht um Milly, aber auch wieder nicht«, erwiderte Hannah geheimnisvoll. »Ich muss dir was zeigen – oder besser gesagt, dich was fragen. Aber ich will nicht am Telefon darüber reden. Kannst du vorbeikommen?«

»Ich bin da, so schnell ich kann«, versprach ich und war erleichtert, als ich Milly im Hintergrund lachen hörte. Was auch immer los war, es hatte ganz offensichtlich nichts mit gebrochenen Knochen oder Strahlerbrechen zu tun, einem Phänomen, das ich nur aus Horrorfilmen kannte, bis meine Freundin ein Kind bekam.

Auf dem Weg zu Hannahs Haus musste ich meinen rechten Fuß im Zaum halten, um mich an die Geschwindigkeitsbegrenzung zu halten, und lenkte mich ab, indem ich an Dads gestrige Enthüllung dachte.

Dass Dad mir glaubte, hätte ein Wendepunkt sein sollen, doch in Wahrheit hatte sich nichts geändert. Ich hatte Inspector Graham im Polizeipräsidium angerufen, und er hatte sich die Geschichte meines Vaters angehört wie eine hübsche, kleine Anekdote. Aber sie hatte ihn nicht dazu bewegen können, Finn offiziell als vermisst zu erklären.

»Das ist doch ein gutes Leumundszeugnis«, sagte ich, in

dem Wissen, dass ich den Satz aus den unzähligen Gerichtsszenen klaute, die ich im Fernsehen gesehen hatte.

Am anderen Ende der Leitung herrschte einen Moment lang Stille. »Das ist schon richtig. Aber die Tatsache, dass Finn vor zwölf Monaten etwas Nettes getan hat, hat nicht zwangsläufig etwas damit zu tun, was letzte Woche passiert ist.«

Was mich am meisten schockierte, war nicht die Art, auf die er meinen vermeintlichen Durchbruch in diesem Fall – ich hatte wirklich zu viele Krimis gesehen – beiläufig abtat, sondern die Erkenntnis, dass Finn schon fast eine Woche verschwunden war. Falls es Spuren gab, würden sie bald verwischt sein. Und wenn auch nur der Hauch einer Chance bestand, mit meinen Flugblättern dem Gedächtnis irgendeiner Person, die etwas gesehen hatte, auf die Sprünge zu helfen, musste ich mich beeilen, bevor jemand ein Werbeplakat für einen Garagenflohmarkt über Finns Gesicht klebte.

Wenigstens waren wir jetzt schon zwei Menschen, die daran glaubten, dass Finn mich niemals einfach so vor dem Altar hätte stehen lassen. Nicht viel, aber immerhin ein Anfang.

Ich fuhr in Hannahs Einfahrt und parkte den Wagen hinter ihrem Mini. Sie öffnete die Tür auf mein Klopfen hin fast sofort, vermutlich hatte sie schon durch das Fenster nach mir Ausschau gehalten. Die quälende Sorge stahl sich wieder in meine Gedanken.

Als Hannah sich vorbeugte, um mir einen Kuss auf die Wange zu drücken, stieg mir der Geruch der Sonnenmilch in die Nase, in der sie Milly geradezu gebadet haben musste. Heute hatten im Kindergarten die Sommerferien begonnen, und wenn sich das schöne Wetter hielt, würde Milly sicher die meiste Zeit draußen verbringen.

»Komm mit in den Garten«, bat mich Hannah, die schon auf dem Weg in die Küche war.

»Was ist eigentlich los, Hannah?«

»Ich muss dir was zeigen«, gab sie über die Schulter zurück.

Die sonnendurchflutete Küche drohte wie üblich im Chaos zu versinken. Ich liebte ihren behaglichen, schlichten Charme. Die Holzstühle, die um den Tisch standen, hatten verschiedene Farben, ebenso wie das Keramikgeschirr, und der Kühlschrank war über und über mit Millys jüngsten Meisterwerken bedeckt.

Hannah öffnete die Terrassentür weit, und das Sonnenlicht traf mich wie eine Schockwelle, als wir nach draußen traten. Aber nicht die Hitze sorgte dafür, dass ich wie angewurzelt stehen blieb. Im Schatten eines ausladenden Eukalyptusbaumes saß Milly auf den Knien und spielte mit etwas, das bei meinem letzten Besuch mit Sicherheit noch nicht da gewesen war.

»Das gibt's nicht!«, rief ich aus. »Ihr habt Milly ein Kaninchen gekauft. Ihr hattet ja gesagt, dass sie eins bekommen soll, aber schon so bald?«

Hannah wandte sich mir mit einem Gesichtsausdruck zu, den ich nicht deuten konnte. »William und ich haben ihr das Kaninchen nicht gekauft«, sagte sie langsam.

Ich runzelte die Stirn und sah meine Patentochter an, die über das ganze Gesicht strahlte, als wäre Weihnachten.

Schon lange hatte Milly sich ein Haustier gewünscht. Und jetzt kuschelte sich das niedlichste silbergraue Kaninchen, das ich je gesehen hatte, in ihren Schoß. Sein winziges schwarzes Näschen zuckte possierlich, und Milly drückte ihm einen Kuss mitten zwischen die langen Schlappohren.

»Na, wenn *ihr* Milly das Kaninchen nicht geschenkt habt, wer war es dann?«, fragte ich verwirrt.

»Du.«

Ich starrte zuerst meine Freundin, dann ihre Tochter und schließlich das Kaninchen an, das offenbar zusammen mit einem Stall angekommen war, der der Kaninchenversion eines Herrenhauses entsprach. Außerdem waren in der Lieferung ein Auslauf, Futter für mehrere Monate und genug Spielzeug enthalten, um selbst das anspruchsvollste Langohr zufriedenzustellen. Ich hatte anscheinend an alles gedacht. Die Sache war nur die: Ich hatte nichts damit zu tun.

»Hannah, das muss ein Irrtum sein. Ich meine, ich wusste natürlich, dass Milly sich ein Kaninchen *wünscht*, sie hat ja von nichts anderem geredet. Aber ich habe ihr keins gekauft.«

»Hier steht aber was anderes«, widersprach Hannah und zog eine kleine Karte aus der Gesäßtasche ihrer abgeschnittenen Jeans.

Ich nahm das Kärtchen und schob die Sonnenbrille nach hinten, damit ich es besser lesen konnte. Die Handschrift war mir unbekannt, aber der Inhalt umso verblüffender.

Für Milly,

als kleines Dankeschön für das beste Blumenmädchen der Welt bei unserer Hochzeit.
Dieser kleine Kerl braucht einen Namen und jemanden, der ihn lieb hat. Er hat wirklich großes Glück, dass du seine neue Besitzerin bist.
Alles Liebe, Tante Gemma und Finn xxx

»Deinem überraschten Gesichtsausdruck nach zu urteilen, hast du nichts davon gewusst?«

Ich schüttelte den Kopf und las erneut die Karte. Ich konnte Finns Stimme in jedem einzelnen Wort hören, als stünde er direkt neben mir.

»Wir hatten darüber gesprochen, ihr ein besonderes Geschenk zu machen, aber ich hatte dabei eher an einen kuscheligen Plüschkoala aus Australien gedacht.«

»Fluffy ist das beste Geschenk, das ich je gekriegt hab, Tante Gemma«, verkündete Milly, setzte ihr neues Haustier behutsam auf den Boden, rannte zu mir und schlang die Arme um meine Beine.

Ich beugte mich vor und küsste sie auf den Kopf, wobei ich immer noch Hannah ansah.

»Lass uns in der Küche weiterreden«, schlug Hannah vor, während Milly zu dem neuen Familienmitglied zurückeilte.

Ich nahm mir einen der farbenfrohen Küchenstühle und stellte ihn so, dass ich Milly beobachten konnte, die begeistert mit dem Kaninchen spielte.

»Ich hab in der Zoohandlung angerufen«, erzählte Hannah, goss mir eine Tasse Kaffee ein und stellte sie mir hin. »Sie haben bestätigt, dass ein Mr Finn Douglas die Bestellung letzten Freitag aufgegeben hat.« Sie hielt inne, bevor sie überflüssigerweise hinzufügte: »Am Tag vor der Hochzeit.« Sie schüttelte den Kopf, als sei die Wahrheit eine lästige Wespe, die sie umschwirrte.

»Ich hab mir den ganzen Vormittag den Kopf zerbrochen, aber es ergibt einfach keinen Sinn. Warum sollte ich mir die Mühe machen, ein Geschenk für ein Kind auszusuchen, als Dankeschön dafür, dass es bei meiner Hochzeit Blumen streut, wenn ich schon genau weiß, dass ich nicht zur Trauung erscheinen werde?«

Sie sah mich an, als wüsste ich eine Antwort auf diese Frage.

»Keine Ahnung, warum er das gemacht hat«, sagte Hannah, und ich konnte sehen, wie schwer es ihr fiel, Finn nicht länger zu verabscheuen, nachdem sie ihm zuvor die Rolle des

Bösewichts zugewiesen hatte. Sie deutete auf die Karte, die ich immer noch in der Hand hielt. »Aber es ändert alles.« Sie seufzte verwirrt. »Es sieht jedoch immer mehr danach aus, dass Finn tatsächlich vorhatte, dich zu heiraten.«

Sie nahm einen großen Schluck Kaffee, als hätte dieses Eingeständnis einen unangenehmen Nachgeschmack auf ihrer Zunge hinterlassen. »Tut mir leid, dass ich so lange gebraucht habe, um das einzusehen.«

Ich lächelte sie über den Tisch hinweg an; sie verschwamm immer wieder hinter dem Schleier meiner Tränen.

Mittlerweile glaubten schon drei Menschen an Finn.

Kapitel 25

Finn

Wieder hatten ihn die Vögel geweckt. Er konnte sie zwar nicht sehen, dafür aber umso deutlicher hören. Ihre Stimmen waren zu rau und unmelodisch für Stare oder Amseln; er war davon überzeugt, dass es Krähen sein mussten. Und sie klangen hungrig. Mit diesem scheußlichen Gedanken war er an seinem fünften Morgen hier aufgewacht – oder war es schon der sechste? Die Tage schienen ineinander überzugehen, und ohne das Licht der Sonne, das sich nur selten einen Weg durch die Dunkelheit bahnte, vermochte er Tag und Nacht kaum zu unterscheiden. Aber das war nicht alles, was ihn quälte. Er verlor immer mehr das Gefühl für die Wirklichkeit, hörte Dinge, die keinen Sinn ergaben, die Stimmen von Menschen, die unmöglich hier sein konnten. Und doch kam es ihm so vor.

Anfangs hatte er ständig Schmerzen gehabt, doch auch sie ließen langsam nach. Eigentlich hätte ihn das freuen sollen, doch dass er in seinem rechten Bein nichts mehr spürte, machte ihm Angst. Seinen Schädel spürte er dafür umso mehr – seit er wieder bei Bewusstsein war, litt er ständig unter pulsierenden Kopfschmerzen. Sie waren seine einzige Gesellschaft.

Es mussten weitere Stunden vergangen sein, denn es war heißer geworden. Er war schweißgebadet. Das würde sich erst ändern, wenn die Sonne unterging; dann würde der Film auf seiner Haut sich verflüchtigen wie Flüssigeis. Stundenlang würde er so heftig zittern, dass das Zähneklappern in seinem Kopf widerhallte, was die Schmerzen noch schlimmer machte.

Der Gestank im Wagen wurde allmählich unerträglich. An den ersten beiden Tagen hatte er nichts als Benzin gerochen. Es tröpfelte langsam, aber unaufhaltsam aus dem Tank, den er erst kurz vor dem Unfall gefüllt hatte, auf den Beifahrersitz. Sein gesunder Menschenverstand sagte ihm, dass ein Wagen nicht so leicht in Flammen aufging, wie Filmemacher es einem weismachen wollen. Doch Feuer war sein Erzfeind. Als Kind war er ihm zwar entkommen, aber sollte sich das ausgelaufene Benzin entzünden, während er in dem völlig zerstörten Auto in der Falle saß, würde ihm das wohl nicht noch einmal gelingen.

Im Laufe der Stunden und Tage hatten sich andere Gerüche dazugesellt. Seine eigenen Ausdünstungen rochen so penetrant, dass er sich fast übergeben musste. Und als er seinem Harndrang schließlich nachgeben musste, brannte der Urin in seinen Wunden.

An den Unfall selbst konnte Finn sich nicht erinnern. Er hatte keine Ahnung, wie sein Wagen hier in diesem Graben gelandet war, auf der Seite liegend und unter dichtem Gebüsch verborgen. Er hatte auf den Klang der Sirenen und das Flackern des Blaulichts gewartet. Aber vergeblich.

Das konnte nur bedeuten, dass das Auto von der Straße aus nicht zu sehen war. Offensichtlich gab es auch keine Reifenspuren auf dem Asphalt, kein schief stehendes Verkehrsschild. Das Gebüsch hatte ihn einfach verschluckt.

Manchmal hörte er in der Ferne einen Wagen vorbeifahren. Dann schrie er so angestrengt, dass er würgen musste. Aber er hörte keine Bremsen quietschen. Niemand rief ihm panisch zu, er solle durchhalten, Hilfe sei schon unterwegs.

Und sie mussten doch nach ihm suchen! Gemma war inzwischen bestimmt außer sich vor Sorge. An sie zu denken, war ein zweischneidiges Schwert. Nachts, wenn die Dunkelheit undurchdringlich war und er sich an ihren warmen, weichen Körper erinnerte, der in seinen Armen gelegen hatte, ließ er seinen Tränen freien Lauf. Ihr Lächeln war alles, woran er denken konnte, und ihm war fast, als könnte er ihre Stimme hören, die ihn anflehte, durchzuhalten, sie würde ihn finden. Dann überkam ihn die Verzweiflung, denn er wusste, wie ängstlich und allein sie sich fühlen musste.

Seine Lippen waren spröde und aufgesprungen, und er warf einen sehnsüchtigen Blick auf die Literflasche Wasser, die er hinter die Sonnenblende geklemmt hatte. Sie war noch fast voll gewesen, als er von seinem Junggesellenabschied aufgebrochen war, und hatte den Unfall wie durch ein Wunder unbeschadet überstanden. Es fiel ihm zunehmend schwer, dem Drang zu widerstehen, sie in wenigen Zügen auszutrinken. Was machte es schon für einen Unterschied, ob er sich nur zwei kleine Schlucke erlaubte, und das viermal am Tag, oder einfach alles auf einmal gierig in sich hineinschüttete? Es würde sowieso bald nichts mehr übrig sein.

Sein Körper war mit Schnitt- und Schürfwunden übersät, doch trotz der Schmerzen wusste Finn, dass die meisten dieser Verletzungen harmlos waren. Sein rechter Arm machte ihm weit mehr Sorge, denn er hing in einem bizarren, unnatürlichen Winkel an seiner Seite. Die Finger der rechten Hand zuckten nur, wenn er sie bewegen wollte. Mehr war nicht drin.

Beim Rugbyspielen an der Uni hatte er sich mal zwei Rippen gebrochen, und der stechende Schmerz, der ihn durchfuhr, wenn er tief einatmete, ließ ihn vermuten, dass es erneut passiert war – und dass es diesmal noch gravierender war.

Doch am schlimmsten hatte es sein Bein getroffen. So, wie

er im Fahrersitz hing, konnte er das Ausmaß der Verletzung nicht richtig erkennen, doch seine erste tastende Erkundung hatte ihn in Panik versetzt. Als seine zitternden Finger auf das lange Metallstück gestoßen waren, das sich durch sein Bein gebohrt hatte, hatte er sie entsetzt wieder zurückgezogen. Fassungslos hatte er seine linke Hand angestarrt. Es sah aus, als würde er einen bluttriefenden Handschuh tragen. Er kannte sich mit Erster Hilfe gut genug aus, um zu wissen, dass er das besser nicht wiederholen sollte, aber was blieb ihm schon anderes übrig? Er musste es zumindest versuchen.

Mit zitternder Hand griff er nach der Wasserflasche, trank einen kräftigen Schluck, und wünschte sich – nicht zum ersten Mal –, es wäre Scotch oder Brandy.

Sein Atem ging schon jetzt stoßweise, und er konnte nur hoffen, dass er nicht wieder ohnmächtig wurde. Das Metall war rutschig, und seine Finger fanden kaum Halt. Er umfasste es unbeholfen und begann, von zehn an rückwärts zu zählen. Drei. Zwei. Bevor er »eins« erreichte, schloss er die Augen und beschwor vor seinem inneren Auge Gemmas Gesicht herauf. Er zog mit aller Kraft, doch das Metallstück bewegte sich keinen Zentimeter. Sein gequälter Aufschrei wurde von der Dunkelheit des Grabens verschluckt, die auch ihn einhüllte, als er erneut das Bewusstsein verlor.

Panisch und orientierungslos kam er wieder zu sich. Er hörte ein Rauschen und brauchte eine Weile, bis ihm klar wurde, dass das Geräusch von der Straße kam. Was auch immer dort vorbeifuhr, war schwer, denn das Autowrack erzitterte in dem Graben, und das Metallstück grub sich unter höllischen Schmerzen noch tiefer in das weiche Fleisch seines Oberschenkels.

Schnell legte Finn die Hand auf die Hupe. Er musste diesmal unbedingt den richtigen Moment abpassen. Seine früheren Versuche waren zu übereilt gewesen, und die Motoren der vorbeikommenden Fahrzeuge hatten das klägliche Hupen seines Fords übertönt.

»Eins … zwei … drei«, stammelte er heiser, bevor er mit aller Kraft zudrückte. Stille. Nicht der kleinste Pieps.

Er drückte wieder und wieder auf die Hupe, doch anscheinend hatte die Elektronik endgültig den Geist aufgegeben.

Wie durch ein Wunder hatte der Unfall keinen Kurzschluss ausgelöst. Im Nachhinein erkannte er, dass er in den ersten Tagen zu viel Strom damit vergeudet hatte, das Radio einzuschalten, in der Hoffnung, Nachrichten über sein Verschwinden zu hören. Doch weder in den lokalen noch in den landesweiten Nachrichten wurde sein Verschwinden auch nur mit einer Silbe erwähnt. Warum suchte niemand nach ihm?

Sein Überraschungsgeschenk zur Hochzeit hatte sich als die dümmste Idee aller Zeiten entpuppt. Wieso hatte er bloß keiner Menschenseele davon erzählt? Es war geradezu lächerlich, wie besorgt er gewesen war, jemand könnte aus Versehen die Überraschung verderben. Nur zwei Menschen wussten, was er vorhatte, doch solange er in den Medien nicht als vermisst gemeldet wurde, würde sich keiner der beiden melden. Und darüber hinaus würde es niemandem einfallen, ihn hier in dieser Gegend zu suchen.

Für den Rest der Welt musste es so aussehen, als hätte er seinen Hochzeitsplänen und der Frau, die er liebte, den Rücken gekehrt – genauer gesagt, seinem ganzen Leben.

Und er konnte es niemandem verdenken, schließlich wäre es nicht das erste Mal gewesen, dass er kalte Füße bekam. Aber Gemma musste doch klar sein, dass er ihr, dass er ihnen beiden so etwas niemals antun würde? Sie wusste doch, wie sehr er sie liebte, und dass er sich geändert hatte. Oder?

Kapitel 26

Erneut rief ich bei Inspector Graham an, und dabei umklammerte ich Millys Karte so fest, dass ich sie fast zerknüllt hätte. Er ließ mich ausreden, das musste man ihm lassen, und obwohl ich vermutete, dass er am anderen Ende der Leitung die Augen verdrehte, hörte man es ihm nicht an.

»Miss Fletcher – Gemma –, ich weiß, Sie wollen das, was ich Ihnen jetzt sagen werde, nicht hören.« Er hätte gar nicht weiterzureden brauchen, ich wusste genau, was kommen würde. »Was mir fehlt, was die Polizeivorschriften erfordern, ist ein handfester, stichhaltiger, eindeutiger Beweis, dass Mr Douglas nicht einfach beschlossen hat, sich der Situation … zu entziehen.«

Mit »Situation« meinte er mich.

»Mir ist klar, dass Sie das Geschenk aus der Zoohandlung, das Ihr Verlobter zu Ihrer Freundin hat bringen lassen, für so einen Beweis halten, aber es reicht einfach nicht, um die Sache weiterzuverfolgen.«

Am Ende brach sich mein Frust doch noch Bahn. Erstaunlich, dass es nicht schon früher passiert war.

»Sie möchten Beweise dafür, dass dieser Mann mich niemals am Tag unserer Hochzeit im Stich gelassen hätte? Davon kann ich ihnen Hunderte, nein, Tausende liefern.« Ich war außer Atem, als müsste ich mich beeilen, um meine Rede zu Ende bringen. »Aber nicht die Art von Beweisen, die Sie haben wollen. Sie können sie nicht in sterile Plastiktütchen verpacken und auch nicht vor einem Gericht präsentieren, wenn jemand Beweisstück A verlangt. Sie passen auch in keine der Spalten auf Ihrem beschissenen Formular für vermisste Personen.«

Inspector Graham atmete hörbar ein, als wollte er mich unterbrechen, aber ich redete einfach weiter.

»Meine Beweise sind nicht materiell – Sie können sie nicht mit Händen greifen, aber sie sind und bleiben stichhaltig. Zum Beispiel, dass sich Finn mit mir *Wie ein einziger Tag* ansieht, obwohl ich den schon hundertmal gesehen habe und er gar nicht auf solche Filme steht. Oder dass er mir genau im richtigen Moment eine Packung Taschentücher reicht, weil er weiß, an welchen Stellen ich weinen muss. Oder dass er viel weniger Chili ins Curry gibt, als er möchte, weil ich es nicht so scharf vertrage. Oder die Tatsache, dass wir unter einer extrawarmen Winterdecke schlafen, obwohl ihm viel zu heiß ist, weil ich sonst kalte Füße bekomme.« Ich holte hastig Luft. »Und dass er mir jedes Jahr am Geburtstag meiner Mutter Blumen kauft, obwohl sie schon längst gestorben war, als wir zusammengekommen sind. *Das* sind meine Beweise. *Darum* weiß ich, wie sehr dieser Mann mich liebt. Und darum weiß ich ohne den geringsten Zweifel, dass ihm etwas Furchtbares zugestoßen sein muss.«

Inspector Graham seufzte, mit einem Hauch von Traurigkeit, wie mir schien.

»Sind Sie verheiratet, Inspector Graham?«, fragte ich ihn unvermittelt.

Er hatte die Frage wohl nicht erwartet. »Hm – ich wüsste nicht, inwiefern das von Bedeutung sein soll.«

»Das ist doch eine ganz einfache Frage. Gibt es eine Mrs Graham?«

Er zögerte kurz, und mir kam der Gedanke, dass es wahrscheinlich irgendeine Vorschrift gab, die es Polizeibeamten untersagte, persönliche Informationen preiszugeben.

»Ja, die gibt es.«

»Dann ist Ihnen ja längst klar, wovon ich spreche. Es gibt Dinge in Ihrer Beziehung, von denen nur Sie und Ihre Frau wissen. Dinge, die sich hinter verschlossenen Türen abspielen und die kein Außenstehender verstehen würde. Die DNA Ihrer Liebesgeschichte: die Vorgeschichte, die Geheimnisse, die Erinnerungen, die albernen Witzchen, die nur Sie beide verstehen. Das sind Ihre Beweise. Die hat jedes Paar.«

Eine Weile sagte niemand etwas. Lenkte er etwa ein?

»Ich brauche mehr, Gemma. Liefern Sie mir nur einen einzigen handfesten Beweis, damit ich die Untersuchung einleiten kann.«

»Das mache ich«, versprach ich ihm.

Hannah überredete mich, zum Mittagessen zu bleiben, und Milly bestand darauf, ein Picknick im Garten zu veranstalten, damit Fluffy auch dabei sein konnte.

»Das heftige Unwetter, von dem alle sprechen, müsste bald aufziehen«, sagte Hannah und sah zweifelnd in den klaren, wolkenlosen Himmel. »Genießen wir also besser die Sonne, solange sie scheint.«

Sie war dabei, eine Tüte Möhrenstifte, mit denen Milly wahrscheinlich heimlich Fluffy füttern würde, in eine Schüssel zu leeren, als ihr plötzlich ein Gedanke kam. »Das ist vielleicht eine dumme Frage, aber ich geh mal davon aus, dass du immer noch Finns Accounts in den sozialen Medien überprüfst?«

Ich nickte. »Andauernd«, gab ich zu. Hannah lächelte, aber ich merkte, dass sie allmählich die Seiten wechselte. »Auf Instagram gibt es nichts Neues, und bei WhatsApp war er seit dem Abend des Junggesellenabschieds auch nicht mehr online«, erwiderte ich.

»Ich weiß wirklich nicht, was wir sonst noch tun können.«

Dass sie »wir« gesagt hatte, bedeutete mir alles.

Ich ging mit einem Tablett in den Garten und ließ mich neben Milly nieder, die verzückt im Gras saß.

»Dein Verlobter kann von Glück sagen, dass wir sowieso schon beschlossen hatten, ein Kaninchen anzuschaffen, sonst säße er jetzt ganz schön in der Klemme«, grummelte Hannah, während sie mir den Teller mit den Sandwiches reichte. Dankbar nahm ich mir eins mit Käse und Gewürzgurke. Es tat unfassbar gut, dass sie Finn wieder als meinen Verlobten bezeichnete.

»Weißt du nicht mehr, du hast doch mit William darüber gesprochen, als wir vor ein paar Wochen sonntags zum Mittagessen hier waren«, erinnerte ich sie. Während ich in das weiche Sandwich biss, sah ich uns vor meinem inneren Auge hier auf dem Rasen sitzen und süßen, klebrigen Likör aus hohen Gläsern trinken. William hatte kurz zuvor den Rasen gemäht, und ich roch das frisch geschnittene Gras und hörte das träge Summen der Bienen, die uns umschwirrten, während Milly ihre Eltern unablässig anbettelte, ein Haustier anzuschaffen. Finn hatte neben mir in einem Liegestuhl gesessen und die Lokalzeitung durchgeblättert, wobei er sich anscheinend besonders für den Immobilienteil interessierte. Es war keine besonders bemerkenswerte Erinnerung, nur eine von vielen, die wir vier im Laufe der Jahre angesammelt hatten, trotzdem blieb mir plötzlich das Sandwich im Hals stecken.

Es folgte ein langer, unangenehmer Hustenanfall, der mir die Tränen in die Augen trieb, sodass Hannah sich beeilte, mir ein Glas Wasser in die Hand zu drücken.

»Alles in Ordnung?«, fragte sie, als das Schlimmste vorüber war. Besorgt musterte sie mein rot angelaufenes Gesicht.

»Einen Moment lang dachte ich, ich muss das Heimlich-Manöver anwenden.«

»Du hättest Mama bitten sollen, die Krusten abzuschneiden, das macht sie bei mir auch immer«, sagte Milly weise von ihrem Platz neben dem Kaninchenstall aus.

Meine Kehle fühlte sich an wie Schmirgelpapier, als ich das Wasserglas in einem Zug leerte; dann sprang ich auf.

»Ich muss los.«

Hannah warf einen Blick auf meinen Teller, auf dem das kaum angerührte Sandwich lag. »Wie? Jetzt sofort?«

Ich nickte, während ich hastig die Sandalen überstreifte und mit zitternden Fingern die Schnallen zu schließen versuchte.

»Tut mir echt leid, dass ich einfach abhaue«, entschuldigte ich mich, »aber wenn ich mich beeile, schaff ich's vielleicht gerade noch.«

»Dir ist klar, dass ich keinen Schimmer habe, wovon du redest?«, sagte Hannah und folgte mir in die Küche, wo ich in aller Eile nach meiner Tasche suchte.

Ich zerrte sie von der Stuhllehne und nahm mir einige kostbare Momente für eine Erklärung. »Es sind noch zwei Stunden, bis die Zeitung in den Druck geht. Mit etwas Glück komme ich noch rechtzeitig, um etwas in die morgige Ausgabe zu setzen.«

»Die Ausgabe der *Glow*?«, fragte Hannah sichtlich verwirrt.

Ich legte die Hand auf die Haustürklinke, war aber in Gedanken schon auf halbem Wege zu meiner alten Arbeitsstelle. »Nein. Vom *Chronicle*. Keine Ahnung, warum mir das nicht eher eingefallen ist. Sie könnten einen ganzseitigen Bericht über Finns Verschwinden bringen. Damit erreichen wir wesentlich mehr Leute als mit den Flugblättern.«

Ich wartete nicht ab, um zu fragen, ob Hannah das für eine ausgezeichnete oder eine hirnrissige Idee hielt. Aber als ich aus der Einfahrt zurücksetzte, hätte ich schwören können, dass sie mir etwas nachrief.

Es klang verdächtig wie: »Das muss unbedingt auf die Titelseite!«

Kapitel 27

Der vertraute Geruch weckte Erinnerungen. Wie ein Schulgebäude, bei dessen Betreten man sofort in seine Jugend zurückversetzt wird. Zugegeben, in den Räumen des *Chronicle* roch es nicht nach gekochtem Kohl, aber es war trotzdem eine olfaktorische Zeitmaschine. Die Büros der Lokalzeitung verströmten einen warmen, leicht muffigen Geruch, den ich im Laufe der Jahre als eine Mischung aus überhitzten Elektrogeräten, stapelweise Papier und den übel riechenden Ausdünstungen einiger Kollegen identifiziert hatte, die Deo für überbewertet und ovale Schweißflecken unter ihren Achseln für Beweise harter Arbeit hielten.

Anders als bei der *Glow* gab es hier keinen exklusiven Empfang und kein hochmodernes elektronisches Zugangssystem, sondern nur eine Türklingel, auf die ich jetzt drückte. Sofort ertönte der Summer, und dank dieses erschreckenden Mangels an Sicherheitsmaßnahmen konnte ich eintreten.

Auf der Fahrt zur Zeitung hatte ich gerade genug Zeit gehabt, mir Gedanken zu machen, ob ich von den Mitarbeitern überhaupt noch jemanden kennen würde. Meine Sorge war vollkommen unbegründet, denn abgesehen von zwei oder drei Neulingen, die wahrscheinlich noch zur Schule gegangen waren, als ich hier gearbeitet hatte, kannte ich so gut wie alle.

Während in der Welt des Zeitschriftenjournalismus oftmals ein zickig geführter Konkurrenzkampf stattfand, war es bei Lokalzeitungen das genaue Gegenteil. »Wir sind alle eine große, glückliche Familie«, wurde mir bei meinem Vorstellungsgespräch erklärt. Und ich hatte tatsächlich immer mit einer gewissen Wehmut auf meine Jahre beim *Chronicle* zurückgeblickt. Irgendwie hatte ich es geschafft, die Erinnerungen an die unsozialen Schichten zu verdrängen, die man den Neulingen aufdrückte, ganz zu schweigen von dem Grauen, wenn man mit Änderungen übersäte Artikel vom Korrektor zurückbekam, sodass man sich fragte, ob man wenigstens den eigenen Namen richtig geschrieben hatte.

»Gemma Fletcher!«, rief Marjorie, die Büroleiterin, und sprang mit einer Schnelligkeit auf, die mich überraschte. Es war unmöglich, ihr Alter zu schätzen. Ich hätte sie als kurz vor der Rente eingeordnet, als ich Volontärin gewesen war, aber sie war immer noch hier, eine stattliche Erscheinung und so überschwänglich wie eh und je. Sie drückte mich an ihren ausladenden Busen, und mein verzweifeltes Ringen nach Luft lenkte mich von der Tatsache ab, dass sie den Bruchteil einer Sekunde gezögert hatte, bevor sie den Nachnamen aussprach, der nicht mehr meiner hätte sein sollen.

»Wie geht's dir, Liebes?« Ihre außergewöhnlich dicken Brillengläser machten es mir schwer, ihr an den Augen anzusehen, ob sie wusste, was passiert war. Doch dann drückte sie mich noch einmal fest an sich, ehe sie mich losließ. Natürlich wusste sie es.

Es gab wahrscheinlich nur wenig, was ihr entging, ob im Büro des *Chronicle* oder außerhalb. Es war ein schwerer Verlust für die Welt des Enthüllungsjournalismus, dass sie sich mit ihrer Rolle als Hüterin der Schreibutensilien zufriedengab, statt als Reporterin zu arbeiten.

»Geht's dir wieder einigermaßen?«, fragte sie, direkt und ohne Umschweife wie immer.

»Ich geb mir alle Mühe«, antwortete ich, während ich meinen Blick durch das Großraumbüro schweifen ließ. Die anwesenden Mitarbeiter, ein gutes Dutzend, taten mehr schlecht als recht so, als würden sie arbeiten, ein paar von ihnen winkten mir verstohlen, nur um die Hände gleich wieder sinken zu lassen, als hätten sie plötzlich Zweifel, ob das angebracht war.

Ich wandte mich wieder Marjorie zu. »Ist Bill da? Hat er eventuell Zeit?«

Sie schenkte mir ein herzliches Lächeln. »Für dich doch immer.«

Bill war schon Chefredakteur des *Chronicle*, als es auf der Erde noch Dinosaurier gab. Er hatte mir meinen ersten Job angeboten, obwohl ich davor nur für ein Studentenblatt geschrieben und mehr Begeisterung als Stilgefühl zu bieten hatte. Doch irgendwann hatte ich den *Chronicle* verlassen, um mich Wichtigerem zuzuwenden, wie ein undankbares Kind. Blieb nur zu hoffen, dass Bill noch genug väterliche Zuneigung für mich übrig hatte, um mir das zu verzeihen und mir einen Gefallen zu tun. Einen riesigen Gefallen.

Seine Umarmung war nicht so ganz so überschwänglich wie Marjories, aber ebenfalls herzlich. »Ich hoffe, dein Vater ist diesem Mistkerl von einem Verlobten mit dem Gewehr auf den Fersen.« Wie immer fiel er mit der Tür ins Haus, ohne sich über die Wirkung seiner Worte Gedanken zu machen. Ich fragte mich, wie ich Bills taktlosen Humor hatte vergessen können. »Jetzt mal ehrlich, Kleines, Frannie und ich waren beide total geschockt, als wir hörten, was der Arsch dir angetan hat.«

Ich lächelte traurig und schüttelte den Kopf. »Also wirklich, Bill, du solltest es besser wissen, als nur dem ersten Anschein zu trauen.«

Eine Viertelstunde später war ich immer noch nicht sicher, ob ich erreicht hatte, was ich wollte. Bill verzog das Gesicht derart, dass er damit einen Wettbewerb im Grimassenschneiden hätte gewinnen können, und die Mitarbeiter des *Chronicle* wussten nur zu gut, was diese Miene bedeutete – er hatte sich noch nicht entschieden.

»Die Zeitung geht gleich in Druck«, sagte er und deutete mit dem Kopf auf die riesige Wanduhr in seinem Büro. »Uns bleibt nicht mal mehr eine Dreiviertelstunde, bis alles in der Druckerei sein muss, und du willst, dass ich das als neuen Aufmacher bringe?«

»Meine Story könnte sich durchaus besser verkaufen als der Artikel über die Debatte im Rathaus«, erwiderte ich, wobei ich mich bemühte, nicht so verzweifelt zu klingen, wie ich mich allmählich fühlte. Mein Blick folgte dem Sekundenzeiger, der unerbittlich vorrückte.

»Ich weiß wirklich nicht, ob ich jemanden aus der Nachrichtenredaktion entbehren kann, der das Ganze in nicht mal einer Dreiviertelstunde schreibt.«

Zumindest auf diesen Einwand war ich vorbereitet. »Das mach ich schon selbst. Wenn du mir einen Schreibtisch und einen Computer zur Verfügung stellst, hast du den Artikel in einer halben Stunde.«

Ich hätte noch jede Menge Argumente vorbringen können, aber ich kannte Bill gut genug, um zu wissen, wann es besser war, zu schweigen.

»Und du hast auch ein paar anständige Fotos, die wir verwenden können? Nicht nur von Finn, sondern auch von seinem schnittigen amerikanischen Wagen, und vielleicht eins von seinem neuen Buch?«

Ich hielt ihm mein Handy hin. »Alles hier drin.«

Ich hatte das Gefühl, dass meine gesamte Zukunft von dem abhing, was als Nächstes geschah. Er seufzte ergeben.

»In einer halben Stunde auf meinem Schreibtisch«, sagte er barsch, doch sein breites Lächeln ruinierte die erwünschte Wirkung des Tonfalls.

Ich war bereits aufgesprungen und schon halb aus der Tür, als ich ihm zurief: »Alles klar!«

Meine Finger flogen nur so über die Tastatur. Es war Jahre her, dass ich einen solchen Artikel geschrieben hatte, aber es war wie Fahrradfahren. Ich mochte eingerostet sein, hatte jedoch nichts verlernt. Hätte ich viermal so viel Zeit gehabt, hätte ich es nicht besser hinbekommen. Ich druckte den Text aus, da Bill in dieser Hinsicht sehr altmodisch war, und um Zeit zu sparen, mailte ich ihn parallel an die stellvertretenden Chefredakteure und die Nachrichtenredakteure.

Während sie die Story aufmerksam lasen, suchte ich auf dem Handy nach einem Foto von Finns Wagen. Der rot-weiße Ford Gran Torino war selbst in seinem Herkunftsland ein seltener Anblick. Finn hatte mir erklärt, dass es im Vereinigten Königreich nur eine Handvoll davon gab. Falls jemand den Wagen in den letzten sechs Tagen gesehen hatte, würde er sich garantiert daran erinnern.

»Gemma!«, rief Bill von der Bürotür aus. Einen Augenblick lang vergaß ich, dass er nicht mehr mein Chef war und mich nicht mehr zu sich zitieren konnte, um mir wegen einer verpassten Deadline die Hölle heißzumachen. Ich eilte in sein Büro, wo meine Geschichte auf seinem Schreibtisch lag. Zu meinem Erstaunen konnte ich nirgendwo Rotstiftmarkierungen entdecken. Es gab keine einzige Korrektur.

»Du kriegst deinen Aufmacher«, sagte er.

Kapitel 28

Finn

Sein Handy klingelte, was verrückt war, denn Finn wusste genau, dass es in tausend Stücke zerbrochen war, die im Wrack seines Wagens verstreut lagen.

»Willst du nicht rangehen?« Er fuhr in seinem Sitz zusammen und sah nach rechts, wo Gemma auf dem Beifahrersitz saß. Sie trug ein Hochzeitskleid, das er tief aus seinem Unterbewusstsein heraufbeschworen haben musste. Er hatte keine Ahnung, ob es auch nur annähernd dem Kleid ähnelte, das sie letzte Woche getragen hatte, vor der Kirche vergeblich darauf wartend, dass er endlich aufkreuzte. »Das Handy ist kaputt«, erwiderte er mit heiserer Stimme, als würden sich die Worte gegen seinen Willen seiner ausgedörrten Kehle entringen.

Sie nickte, und ihr hauchdünner Schleier wippte im Rhythmus der Bewegung. Sie sah so wunderschön aus, dass ihm die Tränen kamen. Er konnte es sich nicht leisten, noch mehr Flüssigkeit zu verlieren, und doch ließ er sie widerstandslos an seinen Wangen hinunterlaufen. Er streckte die rechte Hand aus – die er eigentlich nicht bewegen konnte – und berührte sanft ihr Gesicht. Sie schmiegte es in seine Handfläche, so wie sie es immer tat.

»Du bist gar nicht hier, stimmt's?«

Sie schüttelte traurig den Kopf. Er hatte es gewusst, aber es tat trotzdem weh.

Sein Handy klingelte noch immer, aber er achtete nicht

darauf. Er wollte sich ganz auf Gemma konzentrieren, auf das Gefühl, als sie ihm über die Wange strich, auf den Duft ihres Parfüms, der die Gerüche im Wagen überdeckte, und auf die Liebe in ihren strahlenden Augen.

»Es tut mir so leid«, sagte er mit gebrochener Stimme. »Ich hatte eine riesige, unglaublich tolle Überraschung für dich geplant und hab's total versaut.«

»Schsch … Schon gut«, sagte sie beschwichtigend, beugte sich zu ihm und presste die weichen, warmen Lippen auf seine aufgesprungenen.

»Ich wollte dir was sagen, etwas ungeheuer Wichtiges. Und jetzt wirst du es nie erfahren.«

»Was erfahren?«

»Dass du recht hattest. In Bezug auf dich und mich, unsere Zukunft, einfach alles«, sagte er. »Und das Schlimmste ist, dass ich dich verlassen werde, ohne dir sagen zu können, dass ich meine Meinung geändert habe. Ich hab dich so schrecklich enttäuscht, Gemma.«

Das Trugbild schüttelte energisch den Kopf. »So darfst du nicht denken. Du kannst mich nur auf eine einzige Art enttäuschen – wenn du aufhörst, daran zu glauben, dass du hier wieder rauskommst.«

»Das mache ich nicht. Ich werde nicht aufgeben, zu versuchen, zu dir zurückzukehren«, schwor er.

Ein ohrenbetäubender Knall. Wie von einer Explosion. Finn öffnete die Augen, sah jedoch anfangs nichts. Blinzelnd wartete er, bis sich die Dunkelheit nach und nach in erkennbare Schattierungen von Schwarz und Grau unterteilte.

Es knallte erneut, und er duckte sich, als würde er beschossen. Es war den ganzen Tag über unerträglich heiß gewesen, doch nachts fiel die Temperatur rapide ab, wie in der Wüste.

Das Grollen war jetzt genau über ihm, und dieses Mal erkannte er, worum es sich handelte. Donner.

In den Wochen vor der Hochzeit hatten sie die Wettervorhersage aufmerksam verfolgt. Mitten in einer Hitzewelle zu heiraten, barg das Risiko, von Sommergewittern überrascht zu werden, was Gemma mehr beunruhigt hatte als ihn.

Finn hätte sie auch dann mit Freuden geheiratet, wenn ein Monsun aufgezogen wäre.

»Wir haben Glück«, hatte sie freudestrahlend verkündet, als sie vom Bildschirm ihres Laptops aufsah. »Sieht aus, als würde das Wetter erst in der Woche nach unserer Hochzeit umschlagen.«

Er hatte sich über die Webseite des Wetterdienstes gebeugt, um besser sehen zu können, wurde allerdings kurz vom Duft ihres Parfüms abgelenkt. »Bis dahin sind wir längst ein Ehepaar und genießen das Wetter auf der anderen Seite des Globus«, hatte er lächelnd erwidert.

Ein Blitz durchdrang unvermittelt den dichten Blätterwald, wie es die Sonne nie vermocht hatte. Er gewährte Finn für einen kurzen, schrecklichen Moment einen Blick auf das zusammengequetschte Fahrzeug, in dem er eingezwängt war.

Wie zum Teufel hat er es geschafft, da heil rauszukommen?

Hat er ja gar nicht.

Die Stimmen klangen so real, dass er einen Blick über die Schulter auf die Rückbank warf, als der nächste Blitz den Wagen erhellte. Doch alles, was er sah, war zerfetztes Leder und verbogenes Metall.

Das hier war ein Grab. Sein Grab. Er konnte nicht sagen, wann sich diese Gewissheit in seine Gedanken eingeschlichen hatte, aber jetzt war sie da.

Es waren nicht nur der Gurt, den er nicht lösen konnte, oder der Metallstab in seinem Bein, die ihn gefangen hielten;

der Wagen selbst war eine riesige, stählerne Falle, die beim Aufprall zugeschnappt war. Ohne Acetylen-Schneidbrenner, die sogenannte Rettungsschere, und ein ganzes Rettungsteam würde er auf keinen Fall hier rauskommen.

Düster dachte er darüber nach, wie lange es wohl dauern würde, bis irgendwer das Auto fand. Um Gemmas willen hoffte er inständig, dass es jahrelang verschüttet bleiben würde. Es sollte erst weit in der Zukunft gefunden werden. *Es soll erst geschehen, wenn sie den Ring eines anderen am Finger trägt,* dachte er. *Erst, wenn sie von kleinen, rothaarigen Kindern umgeben ist, die genauso aussehen wie sie.* Dann würde es vielleicht nicht mehr ganz so wehtun, wenn man ihr endlich die Nachricht überbrachte, auf die sie so lange gewartet hatte: »Sie haben Finns Wagen gefunden.«

Freitag:
Tag sechs

Kapitel 29

Während ich duschte, lag mein Handy auf der gläsernen Ablage über dem Waschbecken. Als ich mir die Wimpern tuschte, stand es zwischen Lippenstiften und Rouge in meiner Kosmetiktasche. Beim Frühstück klemmte ich es zwischen Marmeladenglas und Butterdose.

Ich hatte schon um sechs Uhr früh vor dem Zeitungskiosk gestanden und ungeduldig darauf gewartet, dass er endlich öffnete. Ich glaube, ich war nicht mehr so nervös und aufgeregt wegen eines Artikels, den ich verfasst hatte, seit mein allererster in der Zeitung erschienen war.

Jetzt sah Finn von der Titelseite der Zeitung zu mir auf, während ich vom Marmeladentoast abbiss. Selbst leicht verpixelt war es ihm immer noch ein Leichtes, mein Herz schneller schlagen zu lassen.

Daneben befand sich ein Foto von Finn und mir, auf dem wir albern in die Kamera lachten, nicht ahnend, dass unser Weg zum Glück mit Landminen gepflastert sein würde. Darunter prangte das deutlichste Foto, das ich von Finns Wagen hatte finden können. Das Modell hatte dank einer amerikanischen Krimiserie Kultstatus erlangt; sie lief im Fernsehen, als ich noch gar nicht auf der Welt war. Ich interessierte mich nicht besonders für Autos, geschweige denn für Oldtimer, aber selbst ich konnte mir denken, warum gerade dieser Wagen so berühmt geworden war. Blieb nur zu hoffen, dass er mit seinem amerikanischen Design und der auffälligen Lackierung – Tomatenketchup-rot mit einem breiten weißen Streifen – auffällig genug war, um allen, die ihn gesehen hatten, im Gedächtnis zu bleiben.

Zu spät erkannte ich, dass es keine so gute Idee gewesen war, meine private Telefonnummer auf den Flugblättern und in der Zeitung zu veröffentlichen. Ein Prepaid-Handy mit nicht registrierter Nummer wäre geschickter gewesen. Es war noch nicht einmal zehn, doch es hatten schon eine Handvoll Spinner angerufen und auch eine einsame alte Dame, die offen zugab, Finn nicht gesehen zu haben, aber dringend jemanden zum Reden brauchte.

Es war klar, dass ich die Anrufe filtern musste. Aber um ehrlich zu sein, machte ich bei jedem Klingeln einen Satz in Richtung Telefon – wie eine Katze, die eine Maus erspähte. Der letzte Anruf war von einer Frau gekommen, deren Sprachnachricht so zögerlich und unsicher klang, dass ich sicher war, in einer weiteren Sackgasse zu landen.

»Hallo. Ich hoffe, ich bin bei Ihnen richtig. Ich rufe wegen des Artikels heute im *Chronicle* an. Der über den vermissten Mann. Ich weiß nicht genau, ob es wichtig ist, aber ich dachte, ich melde mich trotzdem, nur zur Sicherheit. Letzten Freitagabend, so um kurz nach elf, hab ich nämlich bei mir in der Gegend getankt, und gerade als ich losgefahren bin, hat ein großer amerikanischer Wagen an der Tankstelle gehalten. Es war schon dunkel, und ich konnte ihn nicht deutlich erkennen, also weiß ich leider nicht, ob der Wagen rot war, tut mir leid. Ich konnte noch nicht mal den Fahrer sehen. Aber … na ja, es kam mir schon ein bisschen seltsam vor. Wissen Sie, hier ist es ziemlich ländlich, und man sieht sonst fast nur Geländewagen oder Traktoren. Wie auch immer, ich hinterlass Ihnen einfach meine Nummer, aber vielleicht haben Sie mehr Glück, wenn Sie die Tankstelle direkt anrufen. Sie heißt Foxton Garage, und selbst hier in der Gegend sind die Zapfsäulen bestimmt kameraüberwacht.«

Ich hörte mir die Nachricht dreimal an, ehe ich aufstand.

Meine Hände waren damit beschäftigt, das Frühstücksgeschirr wegzuräumen, doch meine Gedanken waren ganz woanders. *Foxton?* Wieso kam mir das nur so bekannt vor?

Ich kannte niemanden, der dort wohnte, und konnte mich nicht erinnern, selbst jemals in diesem Ort gewesen zu sein. *Foxton. Foxton. Foxton.* Der Name hallte wie ein Echo in meinem Kopf wider.

Wie eine Schlafwandlerin ging ich zur Spüle; es war, als befände ich mich nicht mehr in meiner feuchtwarmen Küche, sondern irrte durch ein Labyrinth von Erinnerungen. Ich schloss die Augen und sah eine lange Straße vor mir, zu beiden Seiten von Bäumen und Büschen gesäumt, und halb hinter einer wuchernden Hecke versteckt entdeckte ich ein Schild, auf dem der Name Foxton stand.

Ein ohrenbetäubendes Klirren riss mich jäh aus meinem Trancezustand. Der Teller war mir aus den Fingern gerutscht und in der Spüle zerbrochen, wobei er meine Lieblingstasse und zwei Gläser beschädigt hatte; trotzdem lächelte ich, als ich auf die Scherben hinunterblickte.

Ich wusste jetzt, warum der Name Foxton so vertraut geklungen hatte, doch was Finn in der Gegend gemacht hatte – wenn es wirklich sein Wagen gewesen war –, blieb mir ein Rätsel.

Ich ließ das zerbrochene Geschirr in der Spüle liegen und kehrte an den Tisch zurück. Ich konnte schon immer besser nachdenken, wenn ich Papier und Stift vor mir liegen hatte, also ignorierte ich die Toastkrümel und die Ränder, die meine Kaffeetasse hinterlassen hatte, und griff nach meinem Notizblock.

Eine Viertelstunde später hatte ich mehrere Blätter gefüllt, wenn auch eher mit Kritzeleien und Fragezeichen als mit brauchbaren Ideen. Warum hätte Finn sich in einer Gegend aufhalten sollen, in der wir niemanden kannten außer dem Besitzer eines Cottage, das wir am Ende doch nicht gekauft hatten, und der Maklerin, die für den Verkauf zuständig gewesen war?

Mein Blick fiel auf eins der Bilder, die aus meinem Unterbewusstsein aufgetaucht waren, während meine Gedanken ziellos umherschweiften. Ich hatte die Maklerin gemalt, und obwohl es eher eine Karikatur war, hatte mein Stift ihr Gesicht mit den großen Rehaugen unverkennbar dargestellt. Sie hatten Finn immer eine Spur zu lange angestarrt und gleichzeitig durch mich hindurchgesehen wie durch einen Geist, der gleich exorziert werden sollte. Damals hatte ich es amüsant gefunden, aber jetzt fand ich es längst nicht mehr so lustig.

Ich hatte ihre langen Locken in meiner Zeichnung übertrieben dargestellt, sodass sie fast wie eine Medusa aussah. In Wirklichkeit waren ihre aschblonden Haare nur leicht gewellt gewesen.

Mein Unterbewusstsein mobilisierte all seine Kräfte; es schrie mir geradezu von meinem Notizblock entgegen.

Vor zwei Wochen hab ich Finn zu einer ziemlich attraktiven Frau ins Auto steigen sehen. Sie hatte lange, blonde Haare. Alles wirkte sehr intim, als würden sie sich »sehr gut kennen«.

Hastig schob ich den Notizblock beiseite, als wäre er radioaktiv verseucht. Mir war die Unterhaltung wieder eingefallen, die ich auf der Damentoilette der *Glow* mit angehört hatte. War die unbekannte Frau in Finns Wagen, mit der er offensichtlich nicht gesehen werden wollte, die Maklerin gewesen, die ständig mit ihm geflirtet hatte?

Konnte es wirklich sein, nach all dem Schmerz und der Angst der letzten Tage, dass der Grund für Finns Verschwinden so abgeschmackt war? Hatte er unsere Beziehung sabotiert, als unser Glück nahezu perfekt war?

Er hatte seine Dämonen hinter sich gelassen, zumindest hatte er mir das immer wieder versichert. Aber jetzt fragte ich mich, ob sie nicht die ganze Zeit im Verborgenen gelauert hatten, bereit zuzuschlagen, um ihn wieder in die Tiefe zu reißen.

»Hallo. Hier ist der Geschäftsführer. Sie wollten mich sprechen?«

Ich holte tief Luft und erklärte alles noch einmal. Der Automechaniker, der zuerst ans Telefon gegangen war, hatte sich meine Geschichte angehört und dann geseufzt, als müsse er mir den unverschämt hohen Preis für eine Reparatur offenbaren, um dann zu gestehen, er sei »leider nicht befugt«, mir meine Frage zu beantworten. Ich hoffte, bei seinem Chef würde ich mehr Glück haben.

»Es tut mir wirklich leid, aber ich glaube, das geht nicht.« Er hatte sich meine Bitte angehört, und in seiner Stimme lag aufrichtiges Bedauern. Aber in der Zeit, die vergangen war, seit ich die Nummer der Foxton Garage herausgefunden und endlich einen Gesprächspartner in der Leitung hatte, der mir eventuell weiterhelfen konnte, hatte ich mir in Ruhe passende Argumente zurechtlegen können.

»Ich verstehe ja, dass Sie Ihre Kunden schützen wollen, und ich würde auch nie von Ihnen verlangen, sensible Daten preiszugeben. Alles, worum ich Sie bitte, ist, dass sich jemand die Überwachungsvideos vom letzten Freitag anschaut und mir sagt, ob der Wagen meines Verlobten bei Ihnen war. Ich kann Ihnen Marke, Modell und Kennzeichen nennen. Sie brauchen mir nur zu sagen, ob er da war oder nicht.«

Es klang ganz einfach, wenn man es so zusammenfasste. Ich konnte nur hoffen, dass der Geschäftsführer der Tankstelle das ähnlich sah. Leider schien das nicht der Fall zu sein.

»Es geht mir gar nicht um den Datenschutz – wobei, jetzt wo Sie es erwähnen … Da könnte ich mich durchaus auf dünnes Eis begeben.« Ich biss mir auf die Unterlippe und ärgerte mich darüber, dass ich mit meinem Vorpreschen meine Chancen ruiniert hatte. »Das Problem ist, dass wir die Bänder nur etwas mehr als eine Woche aufbewahren, bevor wir sie wieder überspielen. Ich hab keine Ahnung, ob die Aufnahme, von der Sie sprechen, überhaupt noch existiert.«

»Könnten Sie bitte nachsehen?«, flehte ich.

Der Leiter der Tankstelle schwieg so lange, dass ich schon fürchtete, er habe aufgelegt.

»Ich seh mal nach«, sagte er schließlich. »Aber mehr kann ich Ihnen nicht versprechen.«

Ich bedankte mich so überschwänglich, dass ich nicht sicher war, wen von uns beiden ich mehr in Verlegenheit brachte.

Kapitel 30

Finn

Er hatte seine Wasserrationen bereits halbiert, aber es würde trotzdem nicht mehr lange reichen. Mit jeder Stunde, die verging, wurde sein Verstand langsamer, schwerfälliger. Seine Gedanken zerstreuten und verflüchtigten sich wie Bilder in einem Kaleidoskop.

Waren das Symptome extremen Flüssigkeitsmangels? Er wusste gerade genug darüber, um panische Angst vor dem zu haben, was folgen würde.

Kraftlos und erschöpft fiel Finn in einen unruhigen Schlaf. Doch er wurde jäh wieder geweckt, als etwas auf seine gebrochenen Rippen drückte und ein derartiger Gestank den Wagen erfüllte, dass die anderen üblen Gerüche kaum mehr auffielen. Es dauerte einen Moment, bis er begriff, dass es sich nicht um eine weitere schreckliche Halluzination handelte, sondern dass wirklich etwas auf seine Brust drückte. Ein warmer, pulsierender Körper und scharfe, spitze Krallen. Finn schrie angewidert auf, als sein Blick klarer wurde und er nur wenige Zentimeter vor seinem Gesicht die größte Ratte erblickte, die er je gesehen hatte.

Er konnte sie mit seinem nutzlosen rechten Arm zwar nicht abwehren, doch dank seines erschrockenen Aufschreis hatte das Tier den Halt verloren. Einen entsetzlichen Moment lang rutschte die Ratte weiter auf sein Gesicht zu, doch dann schaffte er es, sie mit dem linken Arm aus dem Fenster zu befördern, durch das sie wahrscheinlich auch hereingekommen war.

Der Hunger hatte der Ratte anscheinend Mut verliehen, denn sie verschwand nicht gleich wieder im Blätterdschungel. Sie war riesig, fast so groß wie eine Hauskatze, und sie sah ihn an, als wisse sie genau, wer hier die Oberhand hatte. Und das war nicht Finn.

»Verschwinde!«, schrie Finn und tastete panisch im Fußraum des Wagens herum, in der Hoffnung, etwas zu finden, das er nach dem Tier werfen konnte. Seine Suche förderte zunächst nur einen leeren Fast-Food-Behälter zutage, den er sofort wieder fallen ließ. Als er erneut in den Fußraum greifen wollte, stieß er mit der Hand gegen den Schlüsselbund, der immer noch im Zündschloss hing. Der Schlüsselanhänger war schwer und fast zu groß für nur zwei Schlüssel, aber er hatte ihn als Souvenir von einem romantischen Wochenendausflug mit Gemma mitgebracht, und jedes Mal, wenn er auf der glänzenden Messingscheibe den Namen des Hotels eingraviert sah, musste er lächeln. Jetzt lächelte er allerdings nicht, als er den Schlüssel hastig aus der Zündung riss und den Bund mit mehr Wucht als Zielgenauigkeit nach dem Nager warf, der wieder im offenen Fenster hockte. Die Schlüssel verschwanden tief im dichten Blätterwald, die Ratte jedoch zum Glück auch.

Finn hievte sich dichter an das zerschmetterte Seitenfenster, um sich zu vergewissern, dass sie wirklich weg war. Doch er schreckte sofort wieder zurück, als ein weiterer grauer Schatten mit einem unglaublich langen, rosafarbenen Schwanz am Auto vorbeihuschte. Und dann noch einer. Zum Glück schien sich keins der Tiere, die an ihm vorbeirannten, sonderlich für ihn zu interessieren. Es war ihnen anscheinend mehr daran gelegen, so schnell wie möglich von diesem Ort zu verschwinden.

Es dauerte eine Weile, bis Finn die verängstigten Nager und das Donnergrollen mit einem neuen Geräusch in Verbindung brachte, das er zunächst nicht zuordnen konnte. Es rauschte in den Blättern rund um den Gran Torino, dann begann ein unheimliches Trommeln auf der Karosserie des Wagens. Finn drehte den Kopf und fühlte etwas am Leder des Fahrersitzes, das vor einer Minute definitiv noch nicht da gewesen war. Feuchtigkeit. Plötzlich ergab alles einen Sinn: der Donner, die fliehenden Ratten und das seltsame, klopfende Geräusch auf dem Blech des Wagens. Es regnete. Nein, mehr als das – es schüttete wie aus Eimern, und ein Teil des Wolkenbruchs fiel durch das Blätterdach bis auf den Grund des Grabens.

Die neuen Kratzer, die er sich zuzog, als er den Arm aus dem zerbrochenen Fenster in das dichte Gestrüpp streckte, nahm er kaum noch wahr. Mit äußerster Vorsicht, denn jetzt einen Fehler zu machen, hätte fatale Folgen haben können, ertastete Finn eine Lücke in der dornigen Blätterwand und zwängte den Fast-Food-Behälter hinein. Sofort wurde er mit dem befriedigenden »Platsch« eines Regentropfens auf dem Boden des leeren Behälters belohnt.

Und dann noch einer. Und noch einer. Verzweifelt hatte er auf ein Zeichen gehofft, dass er nicht aufgeben sollte. Da war es also.

Der Regen würde ihn retten.

Kapitel 31

Die altmodische Uhr in meiner Küche tickte gleichmäßig wie ein Metronom vor sich hin, heute allerdings im Duett mit dem fernen Donnergrollen. Die Regenfälle der letzten Nacht waren mit fast sintflutartiger Gewalt über die Gegend niedergegangen, und doch schien das Tief Edna sich noch nicht verabschieden zu wollen. Trotz der unangenehm hohen Luftfeuchtigkeit zog ich das Schiebefenster zu. Wer auch immer auf die Idee gekommen war, dass man Tiefdruckgebieten nur nette Namen zu geben brauchte, um sie freundlicher erscheinen zu lassen, war gewaltig auf dem Holzweg gewesen. Edna hatte Straßen überflutet und Flussufer durchbrochen, ganz wie es ihr beliebte, und anscheinend war sie noch lange nicht fertig.

Ich vertrieb mir die Zeit damit, das angeschlagene Geschirr zu entsorgen und zwei Tassen Kaffee zu kochen, die ich beide nicht anrührte. Dann lief ich unruhig auf den schachbrettartigen Küchenfliesen hin und her wie ein Tier im Käfig, bis mich meine Füße schließlich in den Flur und von dort an meinen Schreibtisch trugen.

Ich hatte ein Déjà-vu, als ich ein weiteres Mal die Unterlagen über das Mushroom Cottage aus der Schublade zog. Ich fuhr mit der Hand in jeden noch so kleinen Winkel der Mappe und fluchte leise, als ich eine rechteckige Visitenkarte erwischte und mich das Papier in den Daumen schnitt. Ich zog sie heraus. Ein winziger Blutstropfen bedeckte den Namen, der in extravaganten Lettern auf der Karte prangte. Ich wischte ihn ab. Amelia Holmwood. Ich dachte, ich hätte den

Namen und auch alles andere vergessen, was mit ihr zu tun hatte, aber jetzt kehrten die Erinnerungen zurück, als hätte man sie bei einer Séance heraufbeschworen.

Nach unserem ersten Besuch im Maklerbüro waren wir strahlend in Finns Wagen gestiegen, noch ganz aufgedreht bei der Vorstellung, bald gemeinsam ein Haus zu besitzen.

»Ich glaube, du hast dir eine neue Freundin angelacht«, zog ich ihn auf und deutete mit dem Kopf auf das Gebäude, das wir gerade verlassen hatten.

Finn sah mich verdutzt an.

»Echt? Wen denn?«

Ich lächelte ironisch. An diesem Nachmittag waren nur zwei Mitarbeiterinnen da gewesen; die hübsche Blondine mit der rauchigen Stimme und den Augen einer Disney-Prinzessin sowie eine bebrillte, grauhaarige Sekretärin um die sechzig. Wobei Finn die Art Charme besaß, die mühelos alle Altersgrenzen überwindet; es hätten also beide sein können.

»Die Junge, Hübsche«, antwortete ich.

Finn zuckte leichthin mit den Achseln. »Ist mir gar nicht aufgefallen.« Ich sah ihm an den Augen an, dass er die Wahrheit sagte. Er beugte sich vom Fahrersitz aus zu mir und küsste mich zärtlich. »Macht keinen Unterschied – egal, wo wir hingehen, ich hab nur Augen für dich. Miss Wie-hieß-sie-nochgleich könnte sich die Kleider vom Leib reißen und splitternackt durchs Büro tanzen, es würde mich nicht die Bohne interessieren.«

Ich spürte seine Liebe; sie hüllte mich ein wie ein Mantel, den er mir als Schutz gegen die Kälte um die Schultern gelegt hatte. »Ich glaube, das macht sie erst, wenn du den Vertrag unterschrieben hast«, sagte ich trocken.

Finn lachte lauthals, als wir davonfuhren.

Eine gute Erinnerung.

Das Telefon klingelte, als ich mich gerade dazu durchgerungen hatte, noch einmal bei der Tankstelle anzurufen.

»Gute Neuigkeiten«, sagte der Geschäftsführer ohne Einleitung. Ich gab ein unverständliches Geräusch von mir, das er korrekt als »Und welche?« interpretierte.

»Wir haben die Kameraaufzeichnung von letztem Freitagabend noch.«

»Und ist der Wagen meines Verlobten darauf zu sehen?«

Der Geschäftsführer seufzte. »Sie wollen das bestimmt nicht hören, aber mir ist wirklich nicht wohl dabei, Ihnen diese Information zu geben«, erwiderte er.

Ich taumelte gegen die Anrichte, als hätte man mir einen Schlag in die Magengrube versetzt.

»Falls sich die Polizei das Band ansehen will, werde ich es ihnen selbstverständlich zur Verfügung stellen. Bis dahin bewahre ich es an einem sicheren Ort auf.«

Tränen der Enttäuschung brannten in meinen Augen, aber ich hatte lange genug als Journalistin gearbeitet, um mich mit gesetzlichen Regelungen zum Identitäts- und Datenschutz bestens auszukennen. Und selbst in meiner gegenwärtigen Lage wollte ich nicht so tief sinken, diesen Mann zu drängen, gegen seine Überzeugung vertrauliche Informationen preiszugeben.

»Tut mir leid, dass ich Ihnen nicht helfen kann«, entschuldigte er sich. Er sprach betont langsam und deutlich, als läse er einen vorgeschriebenen Text ab. »Ach, da ist noch etwas. Es ist wirklich schade, dass ich letzten Freitag nicht Spätschicht hatte, ich war nämlich früher ein Riesenfan von *Starsky und Hutch.*«

Kapitel 32

Der sich verdunkelnde Himmel hatte die Farbe eines hässlichen Blutergusses angenommen, und das Prasseln des Regens klang wie Trommelfeuer. Durch das Küchenfenster beobachtete ich, wie die Fußgänger Schutz vor der Nässe suchten. Sie hielten sich im Laufen Jacken, Taschen und Aktenkoffer über die Köpfe, in dem verzweifelten Versuch, trocken zu bleiben, doch vergeblich. Diese Art Regen war gnadenlos.

Trotz des Wolkenbruchs öffnete ich das Fenster und genoss die erheblich abgekühlte Luft in vollen Zügen, auch wenn die Wohltat wahrscheinlich nur von kurzer Dauer sein würde.

Ich hockte mich auf die niedrige, tiefe Küchenfensterbank und setzte meinen Rücken den Elementen aus. Ich spürte, wie der Regen auf mein T-Shirt spritzte, aber ich tat nichts, um ihm zu entkommen. Das Wetter hatte etwas Wildes, Urzeitliches an sich, das zu meiner Stimmung passte.

Mir war klar, was ich zu tun hatte. Ich hatte es gewusst, noch bevor der Tankstelleninhaber mich angerufen und indirekt bestätigt hatte, dass Finn sich in der Nacht vor unserer Hochzeit in der Gegend um Foxton aufgehalten hatte.

Deshalb hatte ich die Mappe überhaupt erst vom Schreibtisch genommen.

Ich sah auf meine Hände hinunter; in der einen hielt ich das Telefon, in der anderen Amelia Holmwoods Visitenkarte. Ich starrte auf ihre Handynummer, bis die Zahlen verschwammen und vor meinen Augen zu tanzen begannen. Vom Fensterflügel über mir rieselte der Regen. Ein paar waghalsige, vereinzelte Tropfen fanden die Lücke zwischen meinem Hals und meinem T-Shirt und rannen mir den Rücken hinunter, aber ich zitterte aus ganz anderen Gründen. Ein Teil von mir hätte die Visitenkarte am liebsten symbolisch in konfettigroße Fetzen zerrissen. Doch der sachlichere andere Teil riet mir, das besser bleiben zu lassen. Was, wenn sie die Antwort auf die Frage kannte, die mich die ganze Woche um den Schlaf brachte? Wusste diese Frau, wo Finn war?

Und hatte ich die Kraft, sie danach zu fragen, auch wenn die Antwort »Er ist bei mir« lautete und mir ein für alle Mal das Herz brechen würde?

Du schaffst das, flüsterte die Stimme in meinem Kopf.

Ich biss mir so heftig auf die zitternde Unterlippe, dass es wehtat. Dieser Anruf, das spürte ich ganz deutlich, war mehr als nur ein Schuss ins Blaue. Ich hatte keine Ahnung, woher die Gewissheit kam, ich wusste es einfach. Vielleicht war es journalistischer Instinkt oder einfach nur weibliche Intuition. Beide hatten mir in der Vergangenheit gute Dienste geleistet, wie ich mir wieder und wieder sagte, während ich die Nummer ins Handy tippte. *So muss es sich anfühlen, wenn man an der offenen Tür eines Flugzeugs steht und jemand »Jetzt!« ruft*, ging es mir durch den Kopf. *Du kannst nur noch springen und darauf vertrauen, dass sich dein Fallschirm im richtigen Moment öffnet.*

Es klingelte viermal, ehe sie sich meldete.

»Hallo?« Ihre Stimme klang genauso rauchig, wie ich sie in Erinnerung hatte. Meine hörte sich dagegen wie eine armselige Micky-Maus-Imitation an.

Obwohl ich wusste, dass sie es war, verschaffte ich mir ein paar Sekunden Aufschub, bevor meine Welt sich für immer verändern sollte. »Amelia Holmwood?«

»Am Apparat.«

»Ich weiß nicht, ob Sie sich noch an mich erinnern …«, begann ich. Ich wählte meine Worte mit Bedacht. Wenn ihr mein Name nichts sagte, bestand immerhin noch der Hauch einer Chance, dass alles nur ein riesiges Missverständnis war.

»Ich heiße Gemma Fletcher.«

Sie atmete hörbar ein, und falls sie nicht wie ich die Luft anhielt, war sie offensichtlich erschrocken.

Das konnte nichts Gutes bedeuten. Im Gegenteil.

»Sie wissen, wer ich bin?« Es war mehr eine Feststellung als eine Frage, denn ich hatte keinen Zweifel, dass sie mich erkannt hatte.

»Aber ja, natürlich«, erwiderte sie. Sie sprach langsam, betonte jedes Wort. Ich konnte praktisch hören, wie es in ihrem Kopf ratterte. Auch wenn sich alles gegen mich verschworen zu haben schien, den Überraschungseffekt hatte ich auf meiner Seite.

»Ich bin etwas erstaunt, von Ihnen zu hören«, sagte Amelia.

Glaub ich gern, dachte ich bitter.

»Ich habe nicht damit gerechnet, dass er Ihnen schon davon erzählt hat. Ich dachte, er wollte noch zwei Wochen warten.« Das Messer glitt widerstandslos in meine Brust. »Ich nehme an, mit ›er‹ meinen Sie Finn?«

Da lachte sie, als hätte ich etwas unglaublich Komisches gesagt. »Ja, natürlich meine ich Finn! Ich kann mir vorstellen, dass es ein ziemlicher Schock für Sie war.«

Was war sie nur für ein Mensch? Wie konnte man so herzlos sein?

»So kann man es auch ausdrücken.« Meine Stimme klang eisig, aber das schien ihr nicht aufzufallen.

»Die Verbindung ist verblüffend gut. Man würde gar nicht auf die Idee kommen, dass Sie vom anderen Ende der Welt aus anrufen.« Ich hörte die Worte, ich verstand ihre Bedeutung, aber sie ergaben keinerlei Sinn. »Es gibt noch nicht mal eine Verzögerung, oder? Ich dachte immer, es gäbe eine. Ist Finn bei Ihnen?«

Das wäre eigentlich *meine* nächste Frage gewesen.

»Es gibt da noch ein, zwei Dinge, die ich ihm wohl besser sagen sollte. Die Elektriker waren heute da, das ist schon mal gut, aber ich fürchte, was das Internet angeht, werden Sie sich noch bis Ende des Monats gedulden müssen.«

Ich kam mir vor, als hätte man mich mitten in einem Tschechow-Theaterstück auf die Bühne geschubst. Ich hatte das Stück nicht gelesen und war auch nicht in der Lage, zu improvisieren, damit es niemand merkte. »Ich hab nicht die leiseste Ahnung, wovon Sie sprechen.«

»Mushroom Cottage«, erwiderte Amelia Holmwood, als würde das alles erklären.

»Wie kommen Sie jetzt auf Mushroom Cottage?«

Eine gefühlte Ewigkeit lang herrschte Schweigen am anderen Ende der Leitung. »Scheiße«, sagte Amelia. »Verdammter Mist. Jetzt hab ich's ruiniert, nicht wahr? Er hat es Ihnen doch noch nicht erzählt, oder?«

»Mir *was* erzählt?«

»Das mit dem Verkauf des Hauses und der neuen Besitzerin.«

»Warum zum Teufel sollte er mir das erzählen?«

»Weil *Sie* die neue Besitzerin sind«, verkündete Amelia, nun anscheinend selbst den Tränen nahe. »Das Cottage ist auf Ihren Namen eingetragen. Finn hat es als Hochzeitsgeschenk für Sie gekauft, und er wird Ihnen die Schlüssel feierlich überreichen, sobald Sie aus den Flitterwochen zurück sind. Aber jetzt hab ich die ganze Überraschung verdorben.«

Hätte ich nicht gesessen, hätten meine Beine spätestens jetzt nachgegeben. Ich war wie erschlagen von diesen Neuigkeiten.

»Finn hat das Cottage gekauft?«

»Ja. Kurz vor Ihrer Hochzeit hat er die Verträge unterschrieben.«

Jetzt war ich an der Reihe, Amelia mit erschütternden Neuigkeiten zu konfrontieren. »Aber die Hochzeit hat nie stattgefunden! Finn ist nicht gekommen. Er wird seit sechs Tagen vermisst.«

Zehn Minuten und einige hastige Erklärungen später war es immer noch schwer zu sagen, wer von uns beiden schockierter war.

»Es kam mir schon seltsam vor, als ich heute da war, um die Elektriker ins Haus zu lassen. Finn hatte mir aufgetragen, nach dem Rechten zu sehen, damit bei Ihrer Rückkehr alles tipptopp in Ordnung ist. Auf jeden Fall hatte ich Schlüssel zum Haus in einem kleinen Tresor hinterlegt, damit Finn sie abholen konnte, bevor Sie in die Flitterwochen fliegen. Aber als ich heute nachsah, waren die Schlüssel noch da.«

»Das ist jetzt wirklich wichtig«, betonte ich überflüssigerweise, da Amelia das zweifellos inzwischen gemerkt hatte. »Gab es auf dem Grundstück oder im Haus irgendwelche Anzeichen dafür, dass Finn in den letzten Tagen dort gewesen ist?«

»Nein«, erwiderte sie bestimmt, und ich hoffte, dass sie noch genauso überzeugt klang, wenn Inspector Graham ihr in Kürze dieselbe Frage stellen würde.

Kapitel 33

Ich redete viel zu schnell. Die Worte sprudelten mir aus dem Mund, als wäre Atmen ein unnötiger Luxus, den ich mir momentan nicht leisten konnte.

»Langsam, Miss Fletcher – Gemma«, flehte Inspector Graham nun schon zum vierten Mal. Ich atmete hastig die dringend benötigte Luft ein und zwang mich, zu schweigen. »Also, wiederholen Sie bitte noch einmal, was der Tankstelleninhaber gesagt hat.«

Ich seufzte. Jede Minute – jede Sekunde –, die wir am Telefon verschwendeten, war eine, in der wir nicht nach Finn suchen konnten. Aber das war nicht der Zeitpunkt, die Beherrschung zu verlieren, nicht jetzt, wo es – endlich – so schien, als würde etwas in Bewegung kommen. Mit großer Selbstbeherrschung zwang ich mich, alle Fragen des Inspectors langsam und deutlich zu beantworten.

»Reicht das jetzt?«, fragte ich ungeduldig, während ich im Hintergrund das befriedigende Geräusch seines Stiftes hörte, der etwas auf Papier kritzelte. Er hatte sich die ganze Zeit Notizen gemacht. Eine Menge Notizen, so wie es sich anhörte.

»Viel ist das nicht«, begann Inspector Graham. Fassungslos schnappte ich nach Luft und fühlte mich, als hätte gerade eine Sense all meine Hoffnungen niedergemäht. »Aber es ist genug, um die Sache ins Rollen zu bringen. Sehr gut, Gemma. Jetzt habe ich etwas, womit ich arbeiten kann.«

Tränen der Erleichterung traten mir in die Augen. »Und was unternehmen wir jetzt? Was kommt als Nächstes?« Ich sah besorgt zum Himmel auf, als ein weiteres Donnergrollen die Stille zerriss.

»*Wir* unternehmen gar nichts«, antwortete Inspector Graham und gab mir keine Gelegenheit, zu widersprechen. »Aber sobald ich aufgelegt habe, werde *ich* alles Notwendige in die Wege leiten. Es gibt da gewisse Regeln und Verfahrensabläufe, an die wir uns halten müssen.«

»Und die wären?«

Wir hörten beide die Frustration in meiner Stimme. Er sagte jedoch nichts dazu, und ich hatte auch nicht vor, mich dafür zu entschuldigen.

»Als Erstes werden wir die Tankstelle und die Maklerin kontaktieren, für den Fall, dass es noch irgendetwas gibt, was sie uns sagen können. Außerdem werden wir uns die Überwachungsvideos genau anschauen. Vielleicht haben noch andere Kunden an der Tankstelle etwas gesehen, was uns weiterhelfen könnte.«

»Das ist alles? Sollten Sie nicht hinfahren und nach ihm suchen? An Türen klopfen und Pressekonferenzen abhalten?«

Niemand lässt sich gern vorschreiben, wie er seinen Job zu machen hat, aber das war mir längst egal. Wenn es strafbar war, einem Polizeibeamten gegenüber unfreundlich zu sein, sollten sie mich halt verhaften.

»Nun mal langsam, Gemma.« Anscheinend war »Miss Fletcher« inzwischen auf der Strecke geblieben. »Ich werde jede Menge unternehmen. Aber eins will ich auf keinen Fall: mir darüber Sorgen machen müssen, dass Sie Detektivin spielen und anfangen, auf eigene Faust zu ermitteln.«

»Würden Sie das nicht auch tun, wenn Ihre Frau vermisst würde?«

»Das ist was anderes. Ich bin Polizist.«

»Und ich bin die Einzige, die ernsthaft daran geglaubt hat, dass Finn etwas zugestoßen ist. Irgendetwas muss ich tun!«

»Ich möchte, dass Sie nur eins tun: Bleiben Sie zu Hause und lassen uns unsere Arbeit erledigen.«

»So wie in den letzten sechs Tagen, meinen Sie?« Ich hatte keine Hemmungen, diesen Vorwurf als Waffe einzusetzen.

»Ich weiß, wie frustriert Sie die ganze Zeit gewesen sein müssen. Aber jetzt ist nicht der richtige Zeitpunkt für Schuldzuweisungen. Wir müssen jetzt Ihren Verlobten suchen. Ich werde einen Streifenwagen in die Gegend schicken, der die Strecke abfährt, die Mr Douglas an jenem Abend vermutlich genommen hat.«

Er hielt inne, und ich konnte förmlich hören, wie er nach den richtigen Worten für seine nächste Bitte suchte. »Und von Ihnen möchte ich nur, dass Sie Ihr Telefon griffbereit halten und auf Neuigkeiten warten.«

Wie ein Goldfisch öffnete und schloss ich den Mund in stummem Protest. Glaubte er tatsächlich, ich würde brav in meiner Wohnung hocken bleiben und nichts tun?

»Die Suche ist bei diesem Unwetter schwierig genug, da sollten sich meine Leute nicht auch noch um Sie Gedanken machen müssen. Ich würde es vorziehen, all unsere Anstrengungen darauf zu konzentrieren, Finn zu finden.«

Hut ab, nicht schlecht, dachte ich ironisch. Er wusste genau, dass ich auf gar keinen Fall die Suche behindern wollte.

»Na schön. Ich habe mein Telefon griffbereit«, versprach ich.

»Gut«, erwiderte Inspector Graham, der sich hervorragend mit den Verfahrensabläufen bei der Polizei auskennen mochte, aber, wie sich herausstellte, nicht annähernd so gut mit Frauen. »Ich melde mich bei Ihnen, sobald es etwas Neues gibt.«

Das Mobiltelefon noch in der Hand, rannte ich ins Schlafzimmer und holte eine dicke Wachsjacke und wasserdichte Stiefel aus dem Kleiderschrank. Die Fahrt zum Mushroom Cottage dauerte bei normalem Wetter zwei Stunden. Mit etwas Glück konnte ich auch bei diesen Wetterbedingungen am frühen Nachmittag dort sein. Der Streifenwagen würde die Suche wahrscheinlich an der Tankstelle beginnen, also beschloss ich, am anderen Ende der Strecke zu starten.

Ich trommelte nervös an die Wand neben dem Fahrstuhl, bis ich das Warten aufgab und die Treppe nahm. Plötzlich verspürte ich einen unwiderstehlichen Bewegungsdrang. Vielleicht lag es am Unheil verkündenden Wetterbericht und der Gewalt des drohenden Sturms, aber ich hatte das untrügliche Gefühl, dass die Zeit knapp wurde.

Ein Stockwerk tiefer blieb ich plötzlich wie angewurzelt stehen. Ich hatte etwas vergessen. Ich sah auf die Betontreppe, die ich gerade hinuntergeeilt war, und vergeudete wertvolle Sekunden damit, eine Entscheidung zu treffen. Dann rannte ich die Stufen, leise vor mich hin fluchend, wieder hinauf.

Ich ließ die Eingangstür sperrangelweit offen stehen, während ich durch die Wohnung eilte, mir aus dem Schlafzimmer holte, was ich brauchte, und es in der Tasche meiner Wachsjacke verstaute.

Ich war schon unzählige Male im Regen Auto gefahren, aber noch nie bei einem solchen Wolkenbruch. Die Scheibenwischer kamen kaum gegen den Regen an. Den ganzen Vormittag über hatten Wetterexperten eindringlich davor gewarnt, sich ins Auto zu setzen, wenn es nicht absolut notwendig war. Nun, es war absolut notwendig, meinen Verlobten zu suchen, der seit sechs Tagen vermisst wurde.

Ich hatte keinerlei Schuldgefühle, weil ich das genaue Gegenteil von dem tat, worum man mich gebeten hatte. Und mein Telefon *habe* ich griffbereit, versicherte ich Inspector Graham in Gedanken und warf einen Blick auf mein Handy auf dem Beifahrersitz.

Dies war nicht die Art Autofahrt, bei der man Musik laufen ließ, aber ich hörte die ganze Zeit Nachrichten, laut genug, um sie trotz des trommelnden Regens und des unablässig unter den Reifen aufspritzenden Wassers zu verstehen. In kurzen Abständen wurde über die neuesten Entwicklungen in Bezug auf den Sturm berichtet, die nicht gerade ermutigend klangen. Viele Orte waren bereits überflutet, einige komplett von der Außenwelt abgeschnitten. Der Wind hatte Stromleitungen umstürzen lassen, und ganze Städte waren ohne Elektrizität. Es klang wie die Apokalypse. Tief Edna würde in die Geschichte eingehen.

Dicht über das Lenkrad gebeugt, starrte ich angestrengt durch die Bereiche der Windschutzscheibe, die die Scheibenwischer jeweils für kurze Zeit mit Mühe und Not frei hielten. Die Wachsjacke war eigentlich zu steif, um darin zu fahren, aber ich weigerte mich, auch nur eine kostbare Minute damit zu verschwenden, anzuhalten und sie auszuziehen. Ich spürte, dass sich die Zeit heute entweder als mein Feind oder mein Freund entpuppen würde, und es war nervenaufreibend, nicht zu wissen, was von beidem der Fall war.

Kapitel 34

Finn

Dies war nicht sein erster Wolkenbruch – Australien war berühmt für Wolkenbrüche –, aber dieser Sturm war anders. Es schüttete bereits seit Stunden, und es gab keine Anzeichen dafür, dass der Regen nachließ. *Gott sei Dank*, dachte Finn, schloss die Augen und horchte auf das beruhigende Plätschern der Tropfen, die sich im Behälter sammelten. Es hatte lange gedauert, bis sich das Regenwasser endlich in ausreichender Menge einen Weg durch das dichte Blätterdach gebahnt hatte, aber schließlich hatte sich der Behälter gefüllt. Finn hatte sich still beglückwünscht und ihn wieder in den Wagen geholt. Eine brillante Idee – seine nächste allerdings war total hirnrissig gewesen. Er hätte wissen sollen, dass sein Magen so viel Wasser auf einmal nicht vertragen konnte. Unfähig, es bei sich zu behalten, hatte er sich gekrümmt wie eine Katze, die ein Fellknäuel hochwürgt.

Fluchend zwängte er den Behälter zurück in die Dornenbüsche, um wieder von vorn anzufangen. Die Augen fielen ihm zu, und er sank erneut in diesen merkwürdigen Dämmerzustand zwischen Schlaf und Ohnmacht, der für ihn zur Normalität geworden war.

Sein Traum war sehr lebhaft. Er war an einem Strand – Bondi Beach vielleicht, obwohl er ihn noch nie so leer gesehen hatte. Mit einem Surfbrett unter dem Arm war er ins Wasser gewatet und aufs Meer hinausgepaddelt. Alles fühlte sich real an: die Hitze der Sonne auf seinem Rücken, das Wachs auf dem Brett, wo es gegen seine Brust drückte, das sanfte Plätschern des Wassers. Er wartete auf die perfekte Welle, und als sie auf ihn zurollte, sprang er auf und ritt auf ihr zum Ufer, während sie sich hinter ihm mit lautem Getöse auftürmte.

Finns Augen öffneten sich abrupt, und einen Moment lang wusste er nicht, was Traum und was Wirklichkeit war, denn er konnte noch immer das laute Rauschen der Welle hören und fühlte, wie ihm Gischt ins Gesicht spritzte. Er drehte den Kopf gerade rechtzeitig zur Seite, um eine albtraumhafte Flutwelle auf sich zurollen zu sehen. Das angeknackste Rückfenster hatte gegen die Elemente nicht den Hauch einer Chance. Die Scheibe wurde nach innen gedrückt und zersplitterte, als das schmutzige Wasser, das Treibgut mit sich führte, in den Wagen strömte.

Schnell füllte sich der Innenraum, und Finn versuchte verzweifelt, sich über dem steigenden Wasserspiegel zu halten, er mobilisierte dabei Kräfte, von denen er gedacht hatte, sie wären längst versiegt. Als er sich gegen die Metallstange stemmte, die sein Bein durchbohrte und ihn festhielt, durchfuhr ihn ein Schmerz, wie er ihn noch nie erlebt hatte. Riesige, graue Punkte verschleierten ihm die Sicht, doch er schüttelte den Kopf, um sie zu vertreiben. Wenn er jetzt ohnmächtig wurde, war alles verloren.

Nach einer gefühlten Ewigkeit ließ der Sturzbach endlich nach. Das Wasser stand in dem Graben fast einen Meter hoch, und wenn es auch nicht länger mit Gewalt in den Wagen eindrang, stellte es trotzdem noch eine akute Bedrohung dar. Der Sitz neben ihm war komplett überflutet. Und es regnete weiter. Heftig. Wenn es nicht bald aufhörte, würde das Wasser im Wagen immer noch höher steigen.

Der Regen würde ihn umbringen.

Kapitel 35

Nach einer dreistündigen Fahrt, die mir wahrscheinlich bis ans Ende meiner Tage Albträume bescheren würde, waren es nur noch ungefähr fünfundvierzig Minuten bis zum Mushroom Cottage. Ich war zweimal umgeleitet worden, nur um Haaresbreite dem Zusammenstoß mit einer fliegenden Mülltonne entgangen und im Slalom zahlreichen Ästen ausgewichen, die Edna im Vorbeirauschen von den Bäumen gerissen hatte.

Ich hatte nur noch ein kurzes Stück zu fahren, als ich plötzlich vor einer Straßensperre stand. Während ich durch die Windschutzscheibe auf ein Schild mit der Aufschrift »Sperrung der Polizei« starrte, berechnete mir Google Maps die neue Route. Durch den Regen sah alles ganz anders aus, doch ich war mir sicher, dass dies dieselbe Straße war, über die Finn und ich an jenem Tag zwölf Monate zuvor gefahren waren, als wir das Cottage entdeckt hatten.

Die Strecke, die mein Handy mir vorschlug, würde eine halbe Stunde mehr Fahrzeit bedeuten und mich durch einige ziemlich einsame Dörfer und Gegenden führen. Ich seufzte frustriert und wendete auf der Straße in wesentlich mehr als den empfohlenen drei Zügen.

Das Hinweisschild auf eine Furt ließ mich langsamer werden. Ich sah auf mein Telefon, das mir noch immer riet, geradeaus weiterzufahren. »Im Ernst?«, fragte ich es und deutete sein Schweigen als Zustimmung.

Damals, als ich siebzehn war und mein Vater mir das Autofahren beigebracht hatte, hatte er mich eindringlich davor gewarnt, durch tiefes Wasser zu fahren. Als ich jetzt vor der Furt hielt, musste ich wieder daran denken. Ich brauchte die Messlatte neben dem Wasserlauf nicht, um zu erkennen, dass sie bereits einen Pegel erreicht hatte, bei dem nur ein Idiot weiterfahren würde. Die Furt, im Sommer wahrscheinlich kaum mehr als eine größere Pfütze, glich heute eher einem Fluss. Tief und schnell fließend. Es war gefährlich. Und meine einzige Möglichkeit, Mushroom Cottage zu erreichen.

Ich tätschelte das Lenkrad, als wäre es ein Pferd, das ich ermutigen wollte, einen besonders hohen Sprung zu wagen.

»Und wenn du doch mal durch tiefes Wasser fahren musst, dann fahr langsam, aber stetig«, hörte ich meinen Vater zu meinem siebzehnjährigen Ich sagen.

»Langsam, aber stetig«, murmelte ich, als ich die Handbremse löste und Meter um Meter vorankroch.

Kapitel 36

Finn

»Finn. Finn, aufwachen. Mach die Augen auf!«

Er schreckte hoch. Er war wieder weggetreten, und währenddessen war das Wasser seinem Gesicht einige Zentimeter näher gekommen.

»Finn.«

Da war die Stimme wieder. Er erkannte jetzt, woher sie kam. Vom Rücksitz des Wagens. Langsam drehte er sich um, während seine Tränen bereits ins Wasser unter ihm tropften. Es war so furchtbar lange her, dass er sein Gesicht gesehen oder seine Stimme gehört hatte.

»Hallo, mein Junge.«

Seltsamerweise wirkte sein Vater keinen Tag älter. Es gab kaum einen erkennbaren Altersunterschied zwischen ihm und Finn.

»Dad.« Mehr brachte er nicht heraus. Seine Kehle war wie zugeschnürt, aber vor diesem Mann die Fassung zu verlieren, war das Letzte, was er wollte, selbst wenn er nur eine Ausgeburt seiner Fantasie war. Er wollte, dass sein Vater stolz auf ihn war.

»Ich werde immer stolz auf dich sein«, sagte der Mann auf dem Rücksitz. Anscheinend konnte er seine Gedanken lesen. Als er Finn die Hand auf die Schulter legte, fühlte es sich so echt an, dass Finn ein gequälter Laut entfuhr.

War er dem Ende nahe, dass er ein derart lebhaftes Trugbild

heraufbeschwor? Gaben ihm die versagenden Synapsen und Neuronen in seinem Gehirn eine letzte Chance, all die Dinge zu sagen, die er seinem Vater im wahren Leben nicht hatte sagen können?

»Es war alles meine Schuld«, sagte Finn hastig.

Und wieder war sein Vater sofort auf seiner Wellenlänge.

»Verdammter Schwachsinn.« Hätte Finn noch irgendwelche Zweifel daran gehegt, dass dies eine Halluzination war, wären sie spätestens jetzt beseitigt gewesen. Sein Vater hatte nicht ein einziges Mal in seinem Leben geflucht. »Was passiert ist, war ein Unfall, ein tragischer, unvermeidlicher Unfall. Genauso wie das hier.«

Finn schüttelte den Kopf. »Ich hätte mutiger sein sollen. Ich hätte springen sollen, als alle mich dazu aufgefordert haben. Dann wärst du nicht zurück ins Haus gerannt – und Mum auch nicht.«

Wieder spürte Finn die Hand auf seiner Schulter, diesmal drückte sie ihn sanft.

»Hör mir gut zu, mein Junge. Du warst noch ein Kind. Und du warst völlig verängstigt. Nichts und niemand hätte mich daran hindern können, zu meinem Sohn zu gelangen, nicht mal fünfzig Feuerwehrleute hätten mich aufhalten können. *Natürlich* wollte ich dich retten. Eines Tages wirst du verstehen, was ich meine, wenn du selbst Kinder hast.«

Finn sah sich im Wrack des Wagens um, das schon bald in den Fluten versunken sein würde. »Ich glaube kaum, dass das Schicksal das für mich vorgesehen hat.« Er gab einen Laut von sich, der halb wie ein Lachen und halb wie ein Schluchzen klang. »Ich hab immer gedacht, wenn ich keine Familie habe, würde ich auch nicht ein Kind allein zurücklassen, falls mir etwas zustoßen sollte. Aber wer will schon so leben? Ich habe eine unglaubliche Frau gefunden, die ihre Zukunft mit mir verbringen und die Mutter meiner Kinder werden wollte – und ich hatte endlich erkannt, dass das auch mein Wunsch ist.« Seine Stimme brach. »Dieses Mal hatte ich den Mut, zu springen. Aber ich habe zu lange gewartet, es ihr zu sagen, und jetzt sieht es so aus, als wäre Gemma diejenige, die ich allein lasse.«

»Da wäre ich mir nicht sicher. Halte durch, mein Junge. Du hast verdammt viel, wofür es sich zu leben lohnt, und einen ganz besonderen Menschen, der auf dich wartet.«

»Ich wünschte, du hättest sie kennengelernt, Dad. Du hättest sie sehr gemocht – man kann gar nicht anders.«

Sein Vater schwieg. Mit einer unglaublichen Kraftanstrengung zog sich Finn am Sicherheitsgurt hoch und schaute sich zur Rückbank des Wagens um. Sie war leer.

Kapitel 37

Stotternd kam der Wagen an der ungünstigsten Stelle zum Stehen. Mitten in der Furt. Ich warf einen panischen Blick aufs Armaturenbrett und sah, dass alle Lichter leuchteten, wie bei einem Weihnachtsbaum.

Der Motor war abgewürgt, so viel war sicher. Aber war auch Wasser eingedrungen? Ich war zwar nicht unbedingt eine Autoexpertin, aber selbst mir war klar, dass meine Fahrt in dem Fall hier und jetzt zu Ende war.

Ich richtete mich auf dem Fahrersitz auf und starrte durch die Windschutzscheibe. Um Hilfe zu rufen, war zwecklos, denn es waren weit und breit keine Häuser zu sehen, geschweige denn andere Wagen, deren Fahrer so leichtsinnig gewesen waren, bei diesem Wetter die Furt zu durchqueren.

Noch reichte das Wasser nicht bis zur Unterkante der Fahrertür, aber wenn es so weiterregnete, würde es nicht mehr lange dauern.

Ich biss mir auf die Unterlippe und umfasste den Zündschlüssel. Wahrscheinlich blieb mir nur dieser eine Versuch, bevor Inspector Grahams schlimmste Befürchtungen wahr wurden und ich Teil des Problems wurde, anstatt zur Lösung beizutragen.

»Bitte, spring an«, bekniete ich den Wagen, oder vielleicht auch den Schutzheiligen der unglückseligen Autofahrer mit vermissten Verlobten.

Ich brach fast in Tränen aus, als der Motor mit einem kurzen, keuchenden Stottern wieder zum Leben erwachte. Offensichtlich hatte er mir meine fragwürdige Entscheidung verziehen. Ich ignorierte den Langsam-aber-stetig-Rat meines Vaters, trat das Gaspedal durch und schoss aus der Furt wie ein Stuntfahrer. Ich konnte mein Glück kaum fassen und fuhr zitternd weiter, eine Hand am Lenkrad, während ich mir mit der anderen die Tränen der Erleichterung abwischte, die mir über die Wangen liefen.

Amelia Holmwood hatte von diversen Handwerkern gesprochen, die mit den Arbeiten am Cottage beauftragt worden waren, aber bei diesen Wetterverhältnissen war verständlicherweise keiner von ihnen dort.

Nach einem kurzen Blick auf die schlammige Einfahrt beschloss ich, mein Glück nicht weiter auf die Probe zu stellen. Der Furt war ich entkommen, aber der matschige Weg war womöglich zu viel für den Wagen. Ich schaltete die Warnblinkanlage ein und ließ ihn an der Straße stehen. Selbst durch den prasselnden Regen konnte ich erkennen, dass das Cottage jetzt noch viel hübscher aussah. Die Eingangstür leuchtete in einem kräftigen Kirschrot, und auch die Fensterrahmen sahen aus, als wären sie erst vor Kurzem gestrichen worden. Ich tastete mich am Rand der morastigen Einfahrt entlang, aber der Rasen vor dem Haus war fast ebenso sumpfig. Ich spürte, wie das Wasser bei jedem Schritt hungrig an meinen Stiefeln saugte. Ich ging möglichst zügig weiter, und meine Füße machten schmatzende Geräusche im Schlamm.

Nur einmal hielt ich kurz inne, neben dem Schild des Maklerbüros auf dem Rasen. Ich fuhr mit den Fingern über den Aufkleber mit der Aufschrift »Verkauft«. Dann schüttelte ich den Kopf, weiterhin unfähig, die ganze Tragweite dessen zu begreifen, was Finn getan hatte. Mir war immer noch nicht klar, *weshalb* Finn seine Meinung geändert hatte, aber einige der fehlenden Puzzleteile hatte ich während der Fahrt zusammensetzen können. Finn hatte nicht etwa gezögert, mir seinen Reisepass zu geben, weil er vorhatte, ohne mich das Land zu verlassen – wahrscheinlich hatte er ihn gebraucht, um sich beim Kauf des Hauses auszuweisen. Und das Geld, das von unserem gemeinsamen Konto verschwunden war, hatte genau dem Zweck gedient, für den es von Anfang an bestimmt gewesen war – als Anzahlung für das Cottage. Außerdem hätte ich all *mein* Geld darauf verwettet, dass sich Finns fehlende Sachen entweder irgendwo in einem Lagerraum befanden oder bereits im Haus. Meinem Haus. Ich schüttelte abermals den Kopf, denn es kümmerte mich nicht, was in den Papieren stand. Das hier war *unser* Haus, unser Zuhause, daran würde sich nie etwas ändern.

Amelia hatte mir die Kombination für den Schlüsseltresor genannt, aber ich sah keinen Grund, das Haus zu betreten. Im Laufe der letzten Woche waren so viele Menschen in Mushroom Cottage ein und aus gegangen – wenn Finn dort gewesen wäre, hätten sie ihn gefunden. Also lag er nicht verletzt am Fuß der Treppe, so wie Walters Tochter es bei ihrem Vater befürchtet hatte. Laut Amelia war Walter überglücklich gewesen, dass wir unsere Meinung geändert hatten und das Haus doch kaufen wollten. »Er sagte, er hätte gemerkt, wie viel Ihnen und Finn das Cottage bedeutet«, hatte sie mir am Telefon erzählt und nervös gelacht. »Und dann meinte er noch, dass seine Frau ihm erklärt habe, es sei für ihn an der Zeit, loszulassen.«

Mit einer Hand umklammerte ich den Rand meiner Kapuze und kämpfte gegen den Wind an, um zum Haus zu gelangen. Edna zerrte heftig an meiner Kleidung und schleuderte mir abgerissene Zweige und Blätter ins Gesicht, während ich in alle Fenster im Erdgeschoss spähte. Ich wusste nicht genau, wonach ich eigentlich suchte, doch falls ich einen Hinweis finden wollte, dass Finn an dem Abend, an dem er verschwunden war, hier gewesen war, dann suchte ich vergeblich. Ich sah nichts als Leitern, Abdeckfolie und jede Menge Farbtöpfe.

Finn hatte alles darangesetzt, uns das perfekte Zuhause zu schaffen, und der Gedanke, dass er das Ergebnis womöglich nie zu sehen bekommen würde, traf mich wie ein Messerstich. Es gab hier nichts mehr zu entdecken, also rannte ich zu meinem Auto zurück.

Mir wurde klar, dass nur wenige Erklärungen dafür blieben, wie Finn auf derart mysteriöse Weise zwischen der Tankstelle und dem Haus verschwinden konnte. Die völlig verrückten, wie etwa eine Entführung durch Außerirdische, verwarf ich sofort, und alle anderen waren beängstigend. Ich sprang von einer zur nächsten, ohne sagen zu können, welche die schlimmste war: Entführung, Überfall, Gedächtnisverlust. Alle diese Theorien hatten Logiklöcher, und doch verbot ich mir bei meiner Fahrt über die regenglatten Straßen zunächst, der wesentlich wahrscheinlicheren Alternative ins Auge zu sehen.

War es möglich, dass Finn in einen Unfall geraten war? Er war ein guter Fahrer – viel besser als ich; er reagierte schnell und ging am Steuer nie unnötige Risiken ein. Dennoch …

Durch den strömenden Regen sah ich ein Stück von mir entfernt einen Wegweiser. Die Scheibenwischer arbeiteten auf höchster Stufe, aber ich konnte es trotzdem nicht lesen. Ich kurbelte das Fenster herunter und lehnte mich hinaus, zog den Kopf jedoch schnell zurück, als mir der Wind ins Gesicht peitschte. Ich blinzelte die Regentropfen fort und las den Namen auf dem Wegweiser. Foxton war nur elf Kilometer entfernt. Elf Kilometer bis zum letzten Ort, an dem Finn gesehen worden war. Meine Brust zog sich unangenehm zusammen, als ich aufmerksam die schmale Straße entlangsah.

Über mir erhellte ein Blitz den Himmel, und obwohl es unmöglich erschien, schüttete es noch heftiger. Elf Kilometer von hier musste ein Streifenwagen der Polizei auf Anweisung von Inspector Graham in meine Richtung unterwegs sein. Zitternd kurbelte ich das Fenster wieder hoch. Es war wie ein Wettrennen, mit Finn als Ziel, was kümmerte es mich, ob die Polizei gewann oder ich? Hauptsache, Finn wurde gefunden.

Mit einem Blick in den Rückspiegel vergewisserte ich mich, dass die Straße frei war, und bog ab. Aus Gewohnheit, und weil ich nicht *alles* vergessen hatte, was Dad mir beigebracht hatte, schaute ich noch in den Seitenspiegel. Hinter mir blitzte etwas kurz auf, erregte meine Aufmerksamkeit. Nicht genug, um mich sofort zum Anhalten zu bewegen, und doch ließ es mir keine Ruhe, sodass ich nach gut zweihundert Metern auf die Bremse trat. Ich drehte mich um und schaute zurück. Der Heckscheibenwischer war nicht so gut wie die vorderen, und was immer ich gesehen zu haben glaubte, war aus dieser Entfernung unmöglich zu erkennen.

Bestimmt nur ein Lichtreflex. Aber woher konnte er kommen? Alles war grau und düster, doch dahinten *war* etwas. Etwas, das ich sehen wollte.

Selbst unter idealen Bedingungen hätte ich gezögert, auf einer so schmalen Straße zurückzusetzen, und heute war nicht der richtige Tag, um das Schicksal herauszufordern. Erneut schaltete ich die Warnblinkanlage ein und nahm eine Taschenlampe aus dem Handschuhfach. Edna riss mir gewaltsam die Tür aus der Hand, als ich aus dem Wagen stieg. Nach einem kurzen Wettkampf gelang es mir, sie zuzuschlagen.

Der Wind heulte, und ich musste vornübergebeugt gegen ihn ankämpfen. Die Fahrbahn war mit Blättern und abgebrochenen Ästen übersät, andere wurden wie von unsichtbarer Hand hochgewirbelt. Wiederholt flog mir die Kapuze vom

Kopf, und irgendwann gab ich es auf, sie wieder aufzusetzen. Meine Haare klebten mir am Kopf, die Jeans flatterte mir um die Beine, und die angeblich wasserdichten Stiefel hielten nicht, was sie versprachen.

Nur langsam näherte ich mich dem Wegweiser, an dem ich gerade abgebogen war. Mit kalten, steifen Fingern fummelte ich am Schalter der Taschenlampe herum. Nach vier Versuchen hatte ich endlich die hellste Einstellung gefunden. Ich leuchtete die Straße ab, versuchte, den Blickwinkel zu finden, den ich auch durch den Seitenspiegel meines Wagens gehabt hatte. Ich hoffte, was immer ich gesehen hatte, würde das Licht der Taschenlampe reflektieren.

Ich ließ den Lichtstrahl von links nach rechts und wieder zurückwandern, während ich langsam die Strecke abschritt, die ich zuvor gefahren war. Einige Minuten später war die absolute Gewissheit, dass ich etwas gesehen hatte, zur vagen Vermutung geschrumpft.

Gerade als ich aufgeben wollte, sah ich es, fast vollständig im Gestrüpp am Straßenrand verborgen. Ein verbogenes Chromteil – knapp dreißig Zentimeter lang – steckte im Boden. Ich ging in die Hocke und zog es mit erstaunlich wenig Kraftaufwand aus der Erde. Bedeutete das, dass es noch nicht lange dort gesteckt hatte? Womöglich gerade mal sechs Tage?

Ich drehte das Metallstück in den Händen. Den Regen, der unablässig auf mich einprasselte, war vergessen. Stammte dieses Ding von einem Wagen? Genauer gesagt, von Finns unverkennbarem Gran Torino mit seinen blitzenden, verchromten Stoßstangen?

Ich richtete mich auf und begann, die Sträucher neben der Straße abzusuchen. Doch ich fand weder weitere Bruchstücke noch Reifenspuren, platt gedrückte Pflanzen oder sonst irgendetwas, was darauf hindeutete, dass mein Fund mehr war als Müll am Straßenrand. Der aufgeweichte Boden, auf dem meine Füße kaum Halt fanden, erschwerte mir die Suche, und ich war mir des steilen Abhangs am Straßenrand nur zu bewusst. Sollte ich abrutschen und in den Graben stürzen, durch das dichte Ginstergestrüpp und die Brombeerranken, würde ich mich kaum wieder befreien können.

Der Gedanke traf mich wie ein Schlag, der mir buchstäblich den Atem nahm. Wie tief war dieser Graben? Tief genug, dass ein Mensch darin verschwinden konnte? Vielleicht sogar ein Auto? So tief, dass von der Straße aus nichts mehr davon zu sehen war?

Ohne groß darüber nachzudenken – was rückblickend betrachtet wohl ein Fehler war –, ließ ich das Metallstück fallen, schlitterte auf den Rand des Abhangs zu und begann vorsichtig, hinunterzuklettern. Ich geriet sofort ins Rutschen, und wären die unzähligen Baumwurzeln nicht gewesen, die aus der Erde ragten und an denen ich mich festklammern konnte, wäre ich gleich darauf vom dichten Blätterdach verschluckt worden. Doch es dauerte nicht lange, bis die heimtückischen Ranken in ihrem Bemühen, Eindringlinge fernzuhalten, mir auf dem Weg nach unten die Hände blutig gekratzt hatten. Ich kroch weiter, einen schmerzhaften Zentimeter nach dem anderen, bahnte mir mit einem Ast einen Weg durch die Dornen und spähte auf der Suche nach weiteren Hinweisen ins dunkle Unterholz.

Ich hörte das unverkennbare Plätschern fließenden Wassers. Der Graben füllte sich langsam, und wenn ich nicht bald kehrtmachte, konnte es gut sein, dass ich, anstatt Finn zu helfen, *selbst* gerettet werden musste.

Und dann sah ich ihn. An einer Brombeerranke ein kleines Stück vor mir, hing er, feierlich glänzend wie ein Weihnachtsbaumanhänger. Mir stockte der Atem, als ich die Finger um den vertrauten Schlüsselbund schloss, auf dessen Anhänger das Emblem des Hotels prangte, in dem wir übernachtet hatten. Daran hingen die Schlüssel des Gran Torino.

»Finn!« Regentropfen liefen mir in den Mund, als ich seinen Namen in den Sturm hinausschrie. Ich kämpfte mich mit neuer Kraft durch die Dornen, spürte die Schnitte, Kratzer und Abschürfungen nicht mehr. Angst und Hoffnung bildeten einen unentwirrbaren Knoten in meiner Brust, der mir das Atmen erschwerte.

Als ich schließlich etwas Rotes durch die Sträucher schimmern sah, fühlte es sich an wie ein Geschenk. Doch ich hatte Angst, mich zu früh zu freuen. Mit einer Hand hielt ich mich an einer Wurzel fest, beugte mich vor und erkannte unter mir die unverwechselbaren, gezackten weißen Streifen des Gran Torino. Der Wagen lag auf der Seite, die Frontseite leicht nach oben geneigt. Er war fast ganz unter den Büschen verborgen.

Allen Widrigkeiten zum Trotz hatte ich ihn gefunden.

Ich rief Finns Namen, doch aus dem Wagen kam keine Antwort.

Fieberhaft sah ich mich nach einer Möglichkeit um, zu ihm zu gelangen, aber ich konnte mich nirgendwo festhalten. Es gab nur einen Weg zu seinem Wagen hinunter. Ich musste springen. Mein gesunder Menschenverstand sagte mir, dass ich weder besonders sportlich noch beweglich war, aber ich ignorierte ihn. Finns Auto steckte in dieser seltsamen Lage fest, und ich würde nach vorn auf die Mitte des Grabens zuspringen müssen, wenn ich auch nur den Hauch einer Chance haben wollte, darauf zu landen.

Ich nahm mir einen kurzen Moment, um mich zu sammeln. Aus dieser Perspektive schien der Plan unmöglich, aber ich weigerte mich schlicht, mich von Zweifeln von meinem Vorhaben abbringen zu lassen. Es war im wahrsten Sinne des Wortes ein Sprung ins Ungewisse. Doch mein Bauchgefühl hatte mich hierhergeführt, und ich musste mich darauf verlassen, dass es mich auch jetzt nicht im Stich ließ.

Ich landete in der Hocke auf dem Kotflügel des Gran Torino wie eine professionelle Stuntfrau. Doch dieser Eindruck entpuppte sich sofort als Illusion, als ich ins Rutschen geriet, während ich verzweifelt Finns Namen rief. Ich starrte auf die Windschutzscheibe, ein milchiges Mosaik aus zersplittertem Glas. Ich konnte nichts erkennen. Konnte *ihn* nicht erkennen.

Dann war ich bei der Fahrertür angelangt, und endlich, nach den schlimmsten sechs Tagen meines Lebens, sah ich ihn.

»Finn! Finn! Hörst du mich?«, rief ich und streckte die Hände durch das zerbrochene Fenster. Ich berührte sein Gesicht, sein wunderbares, geliebtes, regungsloses Gesicht. Er rührte sich nicht. Die Augen mit den langen, dunklen Wimpern öffneten sich ebenso wenig wie seine trockenen, aufgesprungenen Lippen.

»Finn, ich bin's. Gemma. Ich bin hier. Bitte, Liebling, mach die Augen auf.«

Ich griff in die Jackentasche, zog die Taschenlampe heraus und richtete sie mit zitternder Hand auf ihn. Ein erschreckender Anblick bot sich mir. Seine Kleidung war voller Blut. Und ich konnte nicht ausmachen, woher es gekommen war. Verbogenes Metall hielt ihn im Wrack des Wagens gefangen, und ich wusste schon jetzt, dass es mir nicht gelingen würde, ihn daraus zu befreien.

Hastig legte ich die Finger an seinen Hals, aber in meiner Panik fand ich keinen Puls. Musste man rechts oder links suchen? Ich konnte nicht klar denken. Kam ich zu spät? Hatte ich ihn nur gefunden, um festzustellen, dass er verloren war?

»Finn, wach auf, bitte, wach auf«, flehte ich und presste die Lippen auf seine eiskalte Wange.

Kapitel 38

Finn

Es war jetzt stockfinster. Seine Lider waren bleischwer, und er konnte sich nicht vorstellen, die Augen je wieder zu öffnen. Warum auch? Er hatte sie in den dunklen Tiefen seines Geistes endlich gefunden. Er konnte Gemmas Stimme hören, sogar noch viel klarer als bei seiner Halluzination, bei der sie im Hochzeitskleid auf dem Beifahrersitz neben ihm gesessen hatte. Er konnte spüren, wie ihre Finger zärtlich über seine Wange strichen, und hätte er auch nur das kleinste bisschen Kraft übrig gehabt, hätte er den Kopf gedreht und ihre Hand geküsst.

Sie redete mit jemandem. Nicht mit ihm, denn die Zärtlichkeit war aus ihrer Stimme verschwunden. Sie drängte irgendjemanden schluchzend, sich zu beeilen. »Sagen Sie ihnen, sie sollen auf der Straße nach meinem Wagen Ausschau halten. Dann werden sie uns finden.«

Sosehr Finn sich auch bemühte, ihre Worte ergaben einfach keinen Sinn. Aber warum auch? Er bildete sich das alles ja nur ein.

Er wusste, dass er Angst haben sollte; dass er dem Tod so nahe war, dass er seinen heißen Atem spürte. Doch sein Geist schuf ihm einen angenehmen Übergang von dieser Welt in das, was danach kam – was auch immer es war. Er gaukelte ihm Gemmas Anwesenheit vor, so realistisch, dass er sogar ihr Parfüm riechen konnte und spürte, wie ihre Haare über sein

Gesicht strichen, als sie sich über ihn beugte, um ihre Lippen auf seine zu pressen.

Ich will nur noch einmal ihr schönes Gesicht sehen. Mehr brauche ich nicht. Ich möchte sie nur noch einmal sehen, dann bin ich bereit, zu gehen.

Jeder hatte einen letzten Wunsch verdient, und dies war seiner.

Er schlug die Augen auf.

Kapitel 39

Irgendjemand hatte mir eine trockene Decke um die Schultern gelegt. Doch sie würde, wie die beiden anderen zuvor, im Handumdrehen vom Regen durchweicht sein. Sie versuchten ständig, mich dazu zu bewegen, mich in eins der Rettungsfahrzeuge zu setzen, die in einer Reihe am Straßenrand standen – die Auswahl war groß genug. Ich erkannte mindestens drei Polizeiwagen, zwei Feuerwehrwagen und ein leuchtend gelbes Bergungsfahrzeug. Aber ich weigerte mich strikt, meinen Posten am Straßenrand zu verlassen. Am liebsten wäre ich unten in dem Graben geblieben, bei Finn. Doch das kam natürlich nicht infrage.

Der Moment reinen Glücks, als Finns Augen sich flatternd geöffnet hatten, war sofort wieder vorbei, als ich seinen glasigen, leeren Blick sah. Ich sagte wieder und wieder seinen Namen, strich ihm übers Gesicht, und einen winzigen Augenblick lang war mir, als würde er mich erkennen, aber dann hatte er leise, fast glücklich geseufzt und seine Augen wieder geschlossen. Ich rief seinen Namen, versuchte, ihn zurückzuholen, aber er war offensichtlich woanders. An einem Ort, an dem ich ihn nicht mehr erreichen konnte.

Seltsamerweise hörte ich die erste Sirene nicht, obwohl sie ohrenbetäubend laut gewesen sein musste. Ich fuhr erschrocken zusammen, als ein Paar schwere Stiefel neben mir auf dem Ford landeten, und hätte den Halt auf der glatten Oberfläche fast verloren, hätte der Feuerwehrmann mich nicht festgehalten. Meine Dankbarkeit verflog schon nach kurzer Zeit, als dieselben Arme mich hochhoben und wie ein Paket an ein weiteres Paar ausgestreckte Arme weiterreichten, die mich aus dem Graben hieven sollten.

Seitdem waren jede Menge Leute mit sorgenvollen Mienen in dem Graben verschwunden und wieder aufgetaucht. Doch keiner von ihnen war Finn.

Endlich hatte mir einer der Deckenlieferanten erklärt, dass es zu gefährlich sei, Finn aus dem Wagen zu schneiden, solange dieser noch in dem Graben lag. Zu meiner Frustration wurde ich dann auch noch aufgefordert, ein ganzes Stück weiter die Straße hinunter zu warten, während sich ein Bergungsfahrzeug am Rand des Abhangs in Position brachte und begann, den Gran Torino langsam und vorsichtig hochzuholen.

Verzweifelt wartete ich auf Neuigkeiten über Finns Zustand, wurde aber jedes Mal zurückgehalten, wenn ich versuchte, mich näher heranzupirschen.

»Können Sie mir wenigstens sagen, ob er bei Bewusstsein ist? Wie geht es ihm? Hat er große Schmerzen?« Mein Sperrfeuer von Fragen prasselte auf einen jungen Polizisten ein, der mir weder die entsprechenden Antworten geben konnte noch genug Erfahrung hatte, sein Entsetzen zu verbergen, als ich ihm mit gebrochener Stimme erklärte: »Er steckt seit fast einer Woche in dem Wagen fest.«

Daraufhin legte mir jemand die Hand auf die Schulter, und eine Stimme, die ich kannte, sagte sanft meinen Namen. Ich drehte mich um, und es dauerte einen Moment, bis ich den Mann erkannte, dessen Nummer ich im Laufe der letzten sechs Tage immer wieder gewählt hatte. Am Ende hatte Inspector Graham mehr getan, als nur einen Streifenwagen loszuschicken, um Finn zu finden, er hatte selbst an der Suche teilgenommen.

»Warten Sie hier, Gemma, ich werde sehen, was ich für Sie herausfinden kann«, sagte er.

Er ging zum Bergungsfahrzeug hinüber, das mir die Sicht auf das versperrte, was dahinter vor sich ging. Es schien eine Ewigkeit zu dauern, obwohl wahrscheinlich nur eine Viertelstunde verstrichen war, bis ich Inspector Graham wieder entdeckte. Er winkte mir zu, und ich rannte los in seine Richtung, als hätte jemand einen Startschuss abgegeben.

»He, das können Sie doch nicht machen!«, protestierte der junge Polizist, als ich an ihm vorbeiraste, was so nicht stimmte, da ich es ja gerade getan hatte. Er griff nach meinem Arm, aber ich war zu schnell und zu verzweifelt, um mich aufhalten zu lassen.

»Ist schon in Ordnung!«, rief eine Stimme durch den Regen. »Lassen Sie sie durch.«

Ich kann mich nicht mehr daran erinnern, wie ich die knapp hundert Meter, die mich von Inspector Graham trennten, hinter mich gebracht habe. Er packte mich fest an den Schultern, und ich kam abrupt zum Stehen.

»Gemma. Halt. Hören Sie mir zu. Sie haben ihn aus dem Auto befreit. Er lebt. Finn lebt.«

Meine Knie wollten nachgeben, aber ich ließ es nicht zu. Ich sah jetzt, dass hinter dem Bergungsfahrzeug weitere Autos den Straßenrand säumten. Mein Blick flog über die Feuerwehr- und Polizeiwagen hinweg und konzentrierte sich einzig und allein auf den Krankenwagen und das Team von Rettungssanitätern, die sich geschäftig über eine Trage beugten.

Entsetzt starrte ich den Polizeibeamten an und dann die zusammengequetschten Überreste von Finns Wagen.

»Er ist schwer verletzt, aber noch am Leben«, versicherte Inspector Graham.

Ich rannte wieder los, schneller als je zuvor, vorbei an den in Grüppchen betroffen dreinblickenden Rettungskräften.

Wieder und wieder rief ich Finns Namen, aber die Gestalt auf der Trage blieb entsetzlich still.

Ich hatte gar nicht mitbekommen, dass Inspector Graham neben mir herlief, bis ich hörte, wie er den Sanitätern, die dabei waren, die Trage zum Krankenwagen zu schieben, etwas zurief.

»Moment noch. Das ist seine Verlobte.«

Es war Finn, und auch wieder nicht. Seine Augen waren noch immer geschlossen, und unter der bleichen Haut traten die Adern blau hervor. Eine Sauerstoffmaske verdeckte sein Gesicht, und sein Hals wurde durch einen Stützkragen ruhiggestellt. Er war klatschnass. Ein dicker, blutverschmierter Verband war fest um eine Verletzung an seinem rechten Bein gewickelt. Sein Körper war mit Schnitten und Prellungen übersät, und die rechte Schulter und auch der rechte Arm hingen in einem Winkel herab, der mich das Gesicht verziehen ließ.

»Finn!«, rief ich mit brüchiger Stimme, als ich auf seinen geschundenen Körper hinuntersah. Durch was für eine Hölle war er in den letzten sechs Tagen gegangen? Wie hatte er das nur überlebt?

»Wie geht's ihm?«

Die Sanitäter antworteten nicht auf meine Frage. »Wir müssen ihn so schnell wie möglich ins Krankenhaus bringen«, erwiderte einer von ihnen, und die Tatsache, dass anscheinend jede Sekunde zählte, blieb mir nicht verborgen.

»Wie schlimm sind seine Verletzungen?«, fragte ich verzweifelt und ergriff Finns linke Hand. Sie fühlte sich kalt an, und zum allerersten Mal schlossen sich seine Finger nicht um meine.

»Wir müssen los. *Sofort!*«, sagte der andere Sanitäter zu seinem Kollegen.

»Kann er mich hören?«, fragte ich verzweifelt.

»Wir haben ihm etwas gegen die Schmerzen gegeben, bevor die Feuerwehr ihn freischneiden konnte. Wir müssen jetzt wirklich los. Er hat viel Blut verloren, und wir befürchten, dass er innere Verletzungen hat. Aber Sie können uns zum Krankenhaus folgen.«

Ich sah mich verzweifelt um. Mein Wagen stand in einiger Entfernung. »Ich fahre Sie«, sagte Inspector Graham, und ich spürte das tröstliche Gewicht seiner Hand auf meiner Schulter. »Kann sie sich noch verabschieden?«

Jemand muss zugestimmt haben, denn die Sanitäter traten einen Moment zurück, sodass ich Finn einen Kuss auf die Wange geben konnte. »Ich bin hier, Finn. Ich bin bei dir. Bitte, halte durch.«

Inspector Graham machte Anstalten, mich von der Trage wegzuziehen, doch ich steckte die Hand in die Tasche meiner Wachsjacke.

»Warten Sie«, beschwor ich die Sanitäter, nahm Finns goldenen Ehering und steckte ihn zitternd an den Ringfinger seiner linken Hand. »Okay«, sagte ich und stolperte von der Trage zurück.

»War er zwischendurch bei Bewusstsein?«, fragte ich erschöpft, während ich zusah, wie sie die Trage in den Krankenwagen schoben.

Einer der Sanitäter sah auf. »Nur ganz kurz, gleich nachdem wir angekommen sind.«

»Hat er was gesagt?«

Die Stimme des Sanitäters war jetzt sanfter, freundlicher. Er wusste wohl um die Bedeutung seiner nächsten Worte. »Ja, hat er. Er bat uns, Emma zu sagen, dass er sie liebt.«

Neben mir räusperte sich Inspector Graham betont. »Sie meinen sicher, ›Sagen Sie Gemma, dass ich sie liebe‹.«

Ich gab einen Laut von mir, der halb Lachen und halb Weinen war. »Nicht unbedingt«, erwiderte ich, während sie die Tür des Krankenwagens zuschlugen und der Mann, der mir die Welt bedeutete, dahinter verschwand.

Dann brach ich in Tränen aus.

Kapitel 40

Die nächsten acht Stunden werden mich für immer in meinen Albträumen verfolgen. Nach den Tagen der Ungewissheit hätte die Tatsache, dass Finn sich irgendwo im weitverzweigten Labyrinth des Krankenhauses befand, eigentlich tröstlich für mich sein müssen, auch wenn man mich nicht zu ihm ließ. Doch die besorgten Mienen der Ärzte signalisierten mir, dass es für Erleichterung noch zu früh war. Als sie mir mitteilten, dass sie Finn nicht sofort operieren würden, hielt ich das zunächst für eine gute Neuigkeit, bis sie mir erklärten, dass sie es nur deshalb nicht taten, weil er zu schwach für den Eingriff und noch nicht stabil genug war.

Inspector Graham blieb länger bei mir, als ich erwartet hatte. Ich war davon ausgegangen, dass er mich am Eingang des Krankenhauses absetzen würde, aber zu meiner Überraschung bestand er darauf, mich ins Gebäude zu begleiten. Mehr als einmal fragte er mich, ob er irgendjemanden verständigen solle, der mir Gesellschaft leisten könnte, doch ich schüttelte nur den Kopf. Dad und Hannah hatten sofort ins Krankenhaus kommen wollen, als ich sie anrief, und ich hatte alle Mühe gehabt, sie davon abzubringen. Meine Argumente hatten unbeholfen und undankbar geklungen, und ich weiß nicht genau, ob die beiden mich verstanden. Aber ich war die Einzige gewesen, die seit Beginn dieser schrecklichen Geschichte an Finn geglaubt, die nie daran gezweifelt hatte, dass er mich liebte und mich nicht verlassen hatte. Und nun schien es mir wichtig, das Ganze auch allein zu Ende zu bringen. »Na gut, aber morgen komm ich vorbei«, hatte Hannah erwidert, als sie schließlich einsah, dass sie mich nicht umstimmen konnte. »Und versuch gar nicht erst, mich davon abzubringen.«

Dad hatte mehr Verständnis, vielleicht wegen Mum. Als es mit ihr zu Ende ging, hatte er tagelang einsam an ihrem Krankenbett gewacht, und man hätte ihn selbst mit einer Brechstange nicht von ihr loseisen können. »Aber bitte versprich mir, dass du dich meldest, falls du deine Meinung änderst, Gemma. Auch mitten in der Nacht, sag Bescheid, und ich komme.«

Ich nippte gerade an einem Becher ungenießbarem Automatenkaffee – nicht der erste an diesem Tag –, als Inspector Graham sich widerstrebend erhob.

»Es tut mir leid, Gemma, aber ich muss jetzt los.«

Um ehrlich zu sein, war ich erleichtert, denn seine Schuldgefühle hatten wie eine greifbare Erscheinung neben uns auf den harten Plastikstühlen gesessen. Ich hatte das Gefühl, dass er sich sogar noch Vorwürfe machen würde, weil er mir nicht geglaubt hatte, dass Finn etwas zugestoßen war, wenn ich ihm längst verziehen hatte. Er fuhr sich über die kratzigen Bartstoppeln an seinem Kinn. Die Erschöpfung war ihm deutlich anzumerken.

»Wann haben Sie Feierabend?«, fragte ich.

»Vor ungefähr drei Stunden«, antwortete er mit einem Lächeln.

Vielleicht würde ich Inspector Graham schneller vergeben, als ich gedacht hatte.

Bevor er ging, beugte er sich vor und drückte mir etwas in die Hand. Ich starrte meine Autoschlüssel an, als sähe ich sie zum ersten Mal. Wie aufgelöst musste man sein, um seinen Wagen irgendwo in der Pampa zu vergessen?

»Er steht im Parkhaus des Krankenhauses, auf Ebene zwei«, sagte er, wandte sich zum Gehen, drehte sich aber noch einmal zu mir um. Er hielt mir die Hand hin, und ich ergriff sie, wenn auch zögerlich, und erwiderte seinen Händedruck, der sich verdammt nach einer Entschuldigung anfühlte.

»Halten Sie mich auf dem Laufenden. Lassen Sie mich wissen, wie es ihm geht.«

Ich war mir nicht sicher, ob das eine freundliche Bitte war oder eine offizielle Anweisung, also nickte ich lieber und sah zu, wie er mit schnellen Schritten Richtung Ausgang ging.

Gegen neunzehn Uhr kam ein Arzt, den ich nicht kannte, zum Empfang und sprach mit den beiden Frauen hinter dem Tresen. Als sie hörten, was er zu sagen hatte, wurden ihre Mienen ernst. Sie ließen ihren Blick durch den Warteraum schweifen, und ich hoffte inständig, dass er nicht an mir hängen bleiben würde. Vergeblich. Die Ältere der beiden Frauen deutete auf mich. Als der Arzt in seiner OP-Kleidung mit schnellen, bestimmten Schritten auf mich zukam, hämmerte mein Herz fast schmerzhaft gegen meine Rippen, und meine Handflächen schwitzten.

»Miss Fletcher?«, fragte er überflüssigerweise. Es war mehr als offensichtlich, dass ich die Person war, nach der er suchte, da niemand sonst kreidebleich geworden und unsicher aufgesprungen war.

»Was ist? Wie geht es Finn? Ist was passiert?«, fragte ich hastig.

Er schwieg, und ich hatte das Gefühl, den Boden unter den Füßen zu verlieren. *Nein, nein, nein. Alles, nur das nicht.*

Der Arzt ließ seinen Blick durch die weitgehend leere Empfangshalle wandern und sagte dann mit erstaunlich sanfter Stimme: »Vielleicht gehen wir ein paar Schritte?« Er deutete mit dem Kopf in eine Ecke des Raumes, zu einem überladenen Schwarzen Brett und einem Feuerwehrschlauch. Es war nicht gerade ein vielversprechender Ort, um etwas zu erfahren, das mein Leben vielleicht für immer veränderte.

»Sie wissen ja, dass wir den Zustand von Mr Douglas in den letzten Stunden genauestens überwacht haben«, begann er ohne Umschweife, »in der Hoffnung, den operativen Eingriff so lange hinauszögern zu können, bis er stabil genug ist.«

Mit einem flauen Gefühl im Magen wartete ich darauf, dass das »Aber« wie eine drohend erhobene Axt auf mich niedersauste.

»Aber«, fuhr der Chirurg fort, »wir sind uns einig, dass wir nicht mehr warten können.«

»Ist er denn jetzt stabil genug für die OP?«, fragte ich mit unnatürlich hoher Stimme.

Der Arzt wirkte ernst, und der Ausdruck, der über sein Gesicht huschte, gefiel mir überhaupt nicht.

»In solchen Situationen muss man immer die möglichen Vorteile und Risiken gegeneinander abwägen. Anfangs war es das Beste, Mr Douglas –«

»Finn«, verbesserte ich ihn. Der Mann, der Finn das Leben rettete, sollte ihn wenigstens beim Vornamen nennen.

»Finn«, wiederholte er milde. »Wir wollten uns zunächst um seine extreme Dehydrierung kümmern, bevor wir seinen Körper weiterem Stress aussetzen, aber ich fürchte, sein Zustand hat sich so stark verschlechtert, dass die Risiken einer Verzögerung jetzt die einer Operation überwiegen.«

»Brauchen Sie dafür etwa die Zustimmung seines nächsten Angehörigen?«, fragte ich, obwohl ich wusste, dass dieses Feld auf Finns Einweisungsformular leer geblieben war.

Der Arzt schüttelte den Kopf. »Nicht, wenn ein Patient, der nicht mehr selbst entscheiden kann, eine Notoperation benötigt, damit sein Leben gerettet wird. Dann liegt die Entscheidung bei den behandelnden Ärzten.«

Mit einem Mal war ich dankbar für die Wand, an der ich lehnte. Ich hatte natürlich gewusst, dass Finns Zustand ernst war, aber ich hatte mir nicht klargemacht, dass eine derart große Gefahr bestand, ihn zu verlieren.

Der Arzt warf einen Blick auf die Uhr an der Wand. »Ich muss jetzt leider gehen. Ich lasse Sie wissen, wenn es etwas Neues gibt.«

Ich sah den Mann, in dessen Hand Finns Leben lag, davoneilen, dann ließ ich mich langsam und mit einem hilflosen Schluchzen an der Wand zu Boden gleiten.

Finn wurde sechs Stunden lang operiert, und den Großteil der Zeit verbrachte ich damit, unruhig durch die Flure des Krankenhauses zu tigern, danach durch den Wartebereich, in den man mich führte. Ich teilte mir den Raum für eine ganze Weile mit zwei anderen Familien, und obwohl wir uns nicht vorgestellt hatten, fühlte ich mich mit diesen Fremden verbunden, deren Leben, ebenso wie meins, stillstand, während wir auf Neuigkeiten von unseren Lieben warteten. Wir schauten alle gleichzeitig angespannt zur Tür, wenn sie sich öffnete, weil es etwas Neues gab. Schließlich hatten beide Familien gute Nachrichten erhalten und mit einem mitfühlenden, leicht schuldbewussten Lächeln den Raum verlassen.

Um ein Uhr morgens hatte mein Telefon endlich geschwiegen. Der endlose Strom an Nachrichten von Freunden und Familie würde zweifelsohne am Vormittag weitergehen, aber dann würde ich ihnen hoffentlich etwas Neues berichten können.

Immer wieder trottete ich in dieser Nacht zum Schwesternzimmer, in der verzweifelten Hoffnung, etwas zu erfahren. Aber ich erhielt jedes Mal die gleiche Antwort: »Mr Douglas ist noch im OP.« Als ich mich schließlich vor Müdigkeit kaum mehr auf den Beinen halten konnte, legte ich mich auf die unbequemen Stühle im Warteraum und behielt die Tür im Auge. Meine Augen fühlten sich heiß, trocken und rau an, was angesichts all der Tränen, die ich vergossen hatte, seltsam war.

Ich hätte gewettet, dass ich zu überreizt war, um schlafen zu können, aber schließlich wurde ich doch vom Schlaf übermannt. Ein Traum zog mich sofort in seinen Bann. Die Plastikstühle unter mir verwandelten sich in das verbogene Wrack des Grand Torinos, während mein Unterbewusstsein das Grauen rekonstruierte, das Finn durchgemacht hatte. Hochwasser rauschte donnernd in den Wagen, doch sosehr ich mich auch bemühte, ich vermochte nicht zu Finn zu gelangen, weil ich mich in meinem Hochzeitskleid verheddert hatte, das ich merkwürdigerweise trug.

»Ich kann dich nicht erreichen!«, rief ich verzweifelt. »Ist schon in Ordnung«, erwiderte er mit unheimlicher Ruhe. »Ich bin bei dir. Ich werde immer bei dir sein. Ich liebe dich, Gemma. Bitte vergiss das nie.«

Es klang entsetzlich nach »Leb wohl«, und der Protestschrei, der mir entfuhr, verlor sich irgendwo zwischen Traum und Wirklichkeit.

Da ließ ein Geräusch mich hochschrecken.

Die Tür zum Warteraum war offen, und auf der Schwelle stand der Chirurg, mit dem ich zuvor gesprochen hatte. Er sah ebenso erschöpft aus wie ich und trug noch immer OP-Kleidung.

Er sah mich an, und ich starb tausend Tode, während ich darauf wartete, zu erfahren, ob die Operation erfolgreich verlaufen war. Endlich nickte er, und seine Mundwinkel verzogen sich zu einem Lächeln. Erneut stürzten mir Tränen aus den Augen, aber dieses Mal waren es welche der Hoffnung und Freude.

»Es war ein langer, komplizierter Eingriff, und wir mussten ihm am Ende die Milz entfernen.«

Ich hatte keine Ahnung, was das bedeutete, doch ich nickte eifrig, als handelte es sich dabei um ein ohnehin überflüssiges Organ.

»Die ausgekugelte Schulter und der gebrochene Arm waren einfach zu richten, aber eventuell müssen wir sein Bein noch einmal operieren. Zum Glück konnten wir es retten.«

Ich schnappte leise nach Luft, als mir klar wurde, wie knapp Finn Verletzungen entgangen war, die sein Leben für immer verändert hätten. »Es wird lange dauern, bis er sich vollständig erholt hat, aber er ist ein kräftiger, gesunder junger Mann. Er sollte es schaffen.«

Es war keine bewusste Entscheidung, doch plötzlich stürzte ich mich auf den Chirurgen, der das Leben des Mannes gerettet hatte, den ich liebte, und drückte ihn so fest, dass er wahrscheinlich Angst um seine Rippen bekam.

»Danke, danke, danke«, brachte ich unter lautem Schluchzen hervor.

Er tätschelte mir souverän die Schulter, und mir kam der Verdacht, dass er nicht zum ersten Mal mit derart überschwänglichen Dankesbezeugungen überschüttet wurde.

»Es kommt gleich jemand und bringt Sie zu ihm«, teilte mir der Arzt mit und entzog sich sanft meiner stürmischen Umarmung.

Ich bedankte mich noch immer, als er leise den Raum verließ.

Ich war noch vor Finn in seinem Zimmer. Es sah merkwürdig aus mit der leeren Stelle, wo das Bett hingehörte. Die Aussicht aus dem Fenster war bei Nacht vermutlich schöner als am Tag. Die schroffen Umrisse des Parkhauses wirkten in der Beleuchtung etwas weicher. Ich hatte keine Ahnung, ob Finn lange genug im Krankenhaus bleiben würde, um dieses Anblicks überdrüssig zu werden.

Das Geräusch rollender Gummiräder auf Linoleum ließ mich herumfahren. Vier Personen kamen ins Zimmer – fünf, wenn man Finn mitzählte, und ehrlich gesagt hatte ich nur Augen für ihn. Ich zwang mich, geduldig zu warten, während sie das Bett vorsichtig an seinen Platz bugsierten und dafür sorgten, dass die Infusionen, Monitore und anderen Gerätschaften, die mit ihm gebracht worden waren, richtig angeschlossen waren.

Schließlich war nur noch eine Krankenschwester im Zimmer. Sie strich Finn leicht über die Stirn, doch er reagierte nicht auf die Berührung. Dann sah sie auf und lächelte mir zu. Ich stand noch immer abwartend auf der anderen Seite des Raumes.

»Es wird einige Zeit dauern, bis er aus der Narkose aufwacht. Aber Sie können gern bei ihm bleiben, wenn Sie möchten.«

Wenn Sie möchten. Wenn sie gewusst hätte! Es hätte ein ganzes Sondereinsatzkommando gebraucht, um mich aus dem Zimmer zu entfernen.

Sie zog einen Stuhl dicht ans Bett heran. »Ist zwar nicht der bequemste, aber vielleicht kriegen Sie in der Wartezeit ja doch noch ein bisschen Schlaf.«

Ich trat einen Schritt näher ans Bett heran, hatte jedoch plötzlich Angst, Finn wehzutun.

»Sie können ruhig sein Gesicht berühren oder seine Hand halten«, sagte die Schwester, die mir meine Sehnsucht und Unsicherheit ansah. »Solange Sie nicht zu ihm ins Bett steigen, versprochen? Obwohl Sie nicht die Erste wären, die das versucht.«

Schmunzelnd verließ sie das Zimmer.

Und dann war ich endlich mit Finn allein.

Obwohl ich erschöpft war und jeder Muskel in meinem Körper förmlich nach Ruhe schrie, konnte ich nicht schlafen. Ich saß auf der Kante des Stuhls und rückte ihn noch dichter an die linke Seite von Finns Krankenhausbett heran. Ich verschränkte meine Finger mit seinen und schmiegte das Gesicht an die vertraute, warme Haut seines Unterarms. Die feinen Härchen kitzelten mich an der Wange, und ich rieb sie daran wie eine Katze.

Ich achtete darauf, Finns verwundetes Bein und den gebrochenen Arm nicht zu berühren, aber mein Blick wanderte immer wieder wie von selbst zu seinen Verletzungen. Dass er es überhaupt geschafft hatte, lebend aus dem demolierten Wagen zu kommen, grenzte schon an ein Wunder. Ich hatte keinen Zweifel, dass es morgen in den Medien und im Internet genauso beschrieben werden würde.

»Sie werden sagen, du hattest einen Schutzengel, der über dich gewacht hat«, flüsterte ich zärtlich. »Aber da täuschen sie sich, denn du hattest gleich drei: deinen Dad, deine Mum« – ich tastete nach dem Diamantanhänger an der Kette um meinen Hals – »und auch meine Mum.«

In der Nacht schlüpften die Schwestern immer wieder leise ins Zimmer, um Finns Werte zu überprüfen. Ich hatte keine Ahnung, was normal war, also behielt ich ihre Gesichter im Auge, während sie Fieber und Blutdruck maßen und die Monitore studierten, die im Hintergrund vor sich hin piepsten.

»Alles in Ordnung?«, fragte ich unzählige Male. Zum Glück bekam ich jedes Mal ein beruhigendes »Ja« zur Antwort. Die Freundlichkeit des Pflegepersonals entging mir nicht.

Kurz vor Tagesanbruch brachte mir eine Krankenschwester eine Tasse Tee und einen Teller mit heißem Toast mit Butter. Ich wollte gerade dankend ablehnen, als mein Magen laut knurrend protestierte. Aber das Beste an diesem Morgen kam nicht auf einem Tablett aus der Stationsküche, sondern in einem der blickdichten, weißen Plastikbeutel, mit denen ich sonst meinen Küchenmülleimer bestückte.

Ich nahm ihn von der Schwester entgegen. »Was ist das?«, flüsterte ich, eine wahrscheinlich unnötige Vorsichtsmaßnahme, da Finn noch keinerlei Anstalten machte, aufzuwachen.

»Finns Kleidung und seine persönlichen Sachen«, erklärte die Schwester und sah zu, wie ich den Beutel vorsichtig aufknotete. »Ich weiß nicht, ob noch irgendetwas davon zu gebrauchen ist. Die Sanitäter mussten ihm die meisten Sachen vom Körper schneiden, bevor er hier ankam. Aber seine Brieftasche müsste auch da drin sein.«

Ich wartete, bis sie gegangen war, dann durchforstete ich den Beutel. Die Kleidungsstücke waren alle feucht und rochen muffig. Ich stellte mit einem Schaudern fest, dass sie mit roten Blutflecken übersät waren. Selbst seine weißen Turnschuhe hatten jetzt die Farbe von Rost. Das meiste war ein Fall für die Mülltonne.

Ich rümpfte die Nase, als ich Finns Brieftasche und Hausschlüssel aus seiner Jeanstasche nahm und beiseitelegte. Ich wollte schon alles wieder in den Beutel packen, doch als ich seine ruinierte Jacke zusammenrollte, ertastete ich etwas im Stoff.

Wie ein Taschendieb holte ich einen zwar feuchten, aber unbeschädigten Umschlag heraus. Er war nicht adressiert und auch nicht zugeklebt. Ich hatte nicht die Absicht, den Inhalt zu lesen, doch als ich ihn zu Finns Brieftasche legen wollte, rutschte ein Papier etwas heraus, und mein Blick fiel auf eine einzelne, handgeschriebene Zeile. Es war ein Teil jenes Satzes, den ich vier Tage zuvor zum ersten Mal gelesen hatte. Damals hatte ich in Hannahs Garten in der Sonne gesessen, und der Inhalt von Finns Mülltonne war rings um mich herum verteilt. Es gibt bestimmt Leute, die ihrer Neugier widerstanden hätten, die sich gesagt hätten, es gehe sie absolut nichts an, und die nicht mal im Traum daran gedacht hätten, den Brief aus dem Umschlag zu ziehen. Ich gehörte allerdings nicht zu ihnen.

Gemma, es fällt mir unglaublich schwer, diese Zeilen zu schreiben …

Mein Herz begann, wild in meiner Brust zu hämmern, so wie neulich, als ich diese Worte zum ersten Mal gelesen und für den Entwurf eines Abschiedsbriefes gehalten hatte. Jetzt erkannte ich, dass ich mich getäuscht hatte.

Gemma, es fällt mir unglaublich schwer, dir diese Zeilen zu schreiben, denn sosehr ich mich auch bemühe, ich finde einfach keine Worte, die ausdrücken könnten, wie glücklich ich heute bin. Ich hätte es mir nie träumen lassen, jemanden zu finden, der so wundervoll ist wie du. Und ich kann es noch immer nicht fassen, dass du, von all den Menschen auf der Welt, ausgerechnet mich als deinen Ehemann auserwählt hast.

Eine einsame Träne lief mir über die Wange, als mir klar wurde, dass er diese Zeilen nicht geschrieben hatte, um mit mir Schluss zu machen, wie Hannah und ich zunächst vermutet hatten, ganz im Gegenteil: Es war seine Hochzeitsansprache.

Ich las sie nicht aufmerksam durch, denn ich hoffte, dass er die Worte eines Tages an dem Ort an mich richten konnte, für den er sie vorgesehen hatte. Aber ich konnte einfach nicht anders, als sie auf der Suche nach den Bruchstücken zu überfliegen, die uns damals vollkommen in die Irre geleitet hatten.

»Pläne geändert« klang in folgenden Satz eingebettet nicht halb so Unheil verkündend:

Ich dachte immer, es sei mir bestimmt, mein Leben allein zu verbringen. Doch dann, eines Tages vor sieben Jahren, stritten sich zwei Menschen um einen Parkplatz, und das Schicksal hat meine Pläne geändert.

Das unterstrichene Wort »Bedauern« hatte mich Schlimmes befürchten lassen, als ich Finns Entwurf las, aber hier, in diesem Zusammenhang, konnte davon keine Rede mehr sein.

Zu meinem großen Bedauern können meine Eltern, Peter und Amanda, und auch deine Mutter, Catherine, heute nicht bei uns sein, um diesen wunderbaren Moment mit uns zu teilen.

Aber das Beste hatte Finn sich für die letzten Sätze aufgespart.

Es ist schwer, sich nicht überwältigt zu fühlen, wenn ich dir jetzt in die Augen schaue und dort all die Liebe und das Vertrauen sehe, die du mir jeden Tag aufs Neue schenkst. Es ist dein Gesicht, Gemma, das ich bis ans Ende meiner Tage jeden Morgen als Erstes sehen möchte und zu dem ich immer wieder nach Hause kommen will. Du bist das Bild in meiner Brieftasche, die Mutter meiner ungeborenen Kinder. Du bist meine Partnerin, meine beste Freundin … mein Ein und Alles. Dies ist erst der Anfang unserer Liebesgeschichte, und ich verspreche dir hier, vor unserer Familie und unseren Freunden, dass ich dich niemals enttäuschen werde.

»Und das hast du auch nicht getan«, sagte ich, beugte mich vor und küsste ihn sanft auf die Lippen.

Der Schlaf hatte mich ohne Vorwarnung übermannt. Als ich aufwachte, lag ich, verdreht wie eine Brezel, halb auf meinem Stuhl und halb auf Finns Matratze. Ich spürte das Waffelmuster der Decke, das gegen meine Stirn drückte, aber da war noch etwas anderes. Etwas, das mich geweckt hatte. Jemand strich mir zaghaft über die zerzausten Locken.

Mein Freudenschrei wurde fast von der dicken Matratze verschluckt, doch Finn hörte ihn trotzdem.

»Hallo, du.« Seine Stimme war rau wie ein rostiges Werkzeug, das lange nicht benutzt worden war.

Ich fuhr mit einem Ruck hoch und rempelte ihn dabei aus Versehen an, woraufhin sich sein Gesicht vor Schmerz verzerrte. Trotzdem schaffte er es irgendwie, mich anzulächeln.

Dies wäre der Moment gewesen, um etwas Bedeutungsvolles zu sagen, etwas, an das wir uns noch lange erinnern würden, aber alles, was ich herausbrachte, war: »Du bist ja wach.«

»Sieht ganz so aus.« Seine Augen waren blutunterlaufen, und eine hässliche Prellung verlief über seiner rechten Braue, doch er sah mich unverwandt an. »Es sei denn, ich hab wieder Halluzinationen. Aber wenn es so ist, will ich, dass sie nie aufhört. Es ist so unglaublich schön, endlich wieder dein Gesicht zu sehen.«

Schmerz, wenn auch diesmal kein körperlicher, lag in seinem Blick, als er die Hand ausstreckte und mit den Fingerspitzen die Konturen meines Gesichtes nachzeichnete, als wollte er sie sich genau einprägen.

»Ich hätte nicht gedacht, dass ich es je wieder berühren würde.«

Und damit war es um mich geschehen. Ich beugte mich vor und bedeckte sein Gesicht mit federleichten Küssen, als könnte ich so den Schmerz all der Abschürfungen, Verletzungen und Prellungen lindern. Aber manche Wunden gingen tiefer und würden länger brauchen, um zu heilen.

»Es tut mir so leid, Gemma. Ich mag mir nicht vorstellen, was du durchgemacht haben musst.«

»Das ist doch kein Vergleich zu dem, was *du* durchgemacht hast! Ich war dort, Finn – ich hab den Wagen gesehen, und den Abhang …«

Ich konnte nicht weitersprechen, die Erinnerung war noch zu frisch, tat noch zu weh. Vielleicht würde es immer so bleiben.

»Weißt du, was das Schlimmste war?«

Nun, bei Finns ellenlanger Liste an Verletzungen ließ sich unmöglich einschätzen, welche für ihn am schlimmsten gewesen war.

»Zu wissen, dass du vor der Kirche auf mich gewartet und geglaubt hast, ich hätte dich im Stich gelassen.«

Ich schüttelte so heftig den Kopf, dass meine Halswirbel knackend protestierten. »Nein, Finn. Das hab ich nie geglaubt.«

Er legte sanft die Hand auf meinen Nacken und zog mich an sich, sodass unsere Lippen sich berührten. In den kommenden

Jahren würden noch unzählige Küsse folgen, aber keiner hätte zärtlicher oder inniger sein können als dieser, weil er der reinen Freude über unsere Wiedervereinigung entsprang.

Wir lösten uns voneinander, als wir eilige Schritte hörten. Die nette Schwester von letzter Nacht kam mit quietschenden Gummisohlen zum Stehen, als sie den Grund für Finns beschleunigten Puls erkannte.

»Ah, das dürfte Ihre erhöhte Herzfrequenz erklären«, sagte sie zu Finn und grinste mich flüchtig an. »Willkommen zurück, Mr Douglas. Schön, Sie zu sehen.«

Finns Griff war jetzt kräftiger, als er meine Hand nahm. »Es ist schön, hier zu sein.«

Man hätte seine Zimmertür durch eine Drehtür ersetzen sollen, um es den vielen Ärzten leichter zu machen, die sich in den nächsten Stunden in seinem Zimmer die Klinke in die Hand gaben. Ich freute mich, den Chirurgen zu sehen, mit dem ich am Abend zuvor gesprochen hatte und der jetzt wesentlich ausgeruhter und unbesorgter aussah als direkt nach der Marathon-OP.

Finn hörte aufmerksam zu, während der Arzt uns seine Verletzungen ausführlich beschrieb und genauestens erklärte, wie es weitergehen würde, damit Finn sich wieder ganz erholen konnte.

»Solange Sie es langsam angehen lassen, regelmäßig Krankengymnastik machen und nicht aufgeben, sehe ich keinen Grund, weshalb Sie nicht wieder ganz gesund werden sollten.«

»Er wird nicht aufgeben«, entgegnete ich bestimmt. Mein Blick ruhte auf dem Mann im Krankenbett, den ich liebte und fast verloren hätte. »Finn ist nicht der Typ dafür, sich hängen zu lassen – oder andere.« Ich wurde mit einem Lächeln belohnt, das ich so schnell nicht vergessen würde.

Der Arzt blieb an der Tür stehen und drehte sich noch einmal zu uns um. »Was Ihnen passiert ist, ist eine der unglaublichsten Geschichten, die ich je gehört habe. Könnte glatt aus einem Film oder einem Buch stammen.«

Er schüttelte den Kopf und schloss die Tür hinter sich, aber seine Worte hingen noch in der Luft.

»Du hast doch immer gesagt, du willst mal ein Buch schreiben, wenn du eine Geschichte findest, die sich zu erzählen lohnt. Wir wär's denn mit dieser?«

Finn ließ den Vorschlag vor meiner Nase baumeln wie eine verlockende Karotte vor der eines Kaninchens, und obwohl es viel zu früh war, um ernsthaft darüber nachzudenken, spürte ich, wie sich die Idee in einem stillen Winkel meines Kopfes einnistete, um dort zu keimen und zu wachsen.

In den Pausen zwischen den Untersuchungen und einem Krankenhausessen, das Finn genüsslich verzehrte, als wäre es ein Fünf-Sterne-Menü, hörte ich entsetzt zu, wie er schilderte, durch welche Hölle er seit dem Unfall gegangen war, wenn auch vermutlich in einer stark zensierten Version. Ich war mir nicht sicher, ob es ein Segen oder ein Fluch war, dass wir wohl nie erfahren würden, was den Unfall verursacht hatte. Im Augenblick genügte es, Finn wieder bei mir zu haben.

Nachdem er das Tablett beiseitegeschoben hatte, nahm er wieder meine Hand, als wäre jeder Augenblick, in dem er mich nicht berührte, verschwendet. Er sah mit einem schiefen Lächeln auf unsere ineinander verschränkten Finger.

»Na gut, der Chirurg hat nichts davon erwähnt, aber ich muss trotzdem fragen: Leide ich unter Gedächtnisverlust?«

Ich spürte, wie mein Herz einen Schlag aussetzte. Das CT hatte keinen Befund ergeben; er hatte keine schwerwiegenden Schädelverletzungen.

»Nein. Wieso?«

Ein Lächeln breitete sich auf seinem Gesicht aus. »Ich hab mich nur gefragt, wie ich vergessen konnte, dass wir anscheinend doch geheiratet haben.« Zur Erklärung hielt er seine rechte Hand hoch. Der goldene Ehering glänzte im Sonnenlicht, das durch das Fenster fiel. Nachdem der Sturm seiner Zerstörungswut freien Lauf gelassen hatte, war er über Nacht abgeflaut.

»Ach, das meinst du«, sagte ich und spürte, wie mir die Hitze in die Wangen stieg. »Den hab ich dir angesteckt, bevor sie dich in den Krankenwagen geschoben haben.«

Sein Blick wurde traurig, und ich wusste, dass er ein schlechtes Gewissen hatte, weil ich das alles mit ansehen musste.

»Ich wollte, dass du ihn siehst, sobald du aufwachst. Damit du weißt, dass es keine Rolle spielt, ob wir uns tatsächlich das Jawort gegeben haben oder nicht. Dass wir auf jeden Fall so verheiratet sind, wie man nur sein kann.«

»Und wenn ich nicht wieder aufgewacht wäre …?«

Obwohl die Sonne immer noch vom Himmel strahlte, kam es mir kurz so vor, als hätte sich eine dunkle Wolke davorgeschoben.

»Dann wäre es umso wichtiger gewesen, dass du weißt, wie sehr ich dich liebe, und dass ich in meinem Herzen immer deine Frau sein werde.«

»Ich wäre nicht zu weit vorausgegangen«, erwiderte Finn zärtlich. »Ehrlich gesagt will ich nie wieder von dir getrennt sein.«

Er nahm meine Hand. »Ich liebe dich, Gemma Douglas.«

»Du kannst dir ja nicht mal meinen Namen merken«, sagte ich grinsend, als er mich an sich zog, um mich zu küssen.

Danksagung

Als ich mich hinsetzte, um diese Danksagung zu schreiben, habe ich mich gefragt: »Ohne wen würde dieses Buch nicht existieren?«

Bestimmt nicht ohne die talentierten Mitarbeiterinnen und Mitarbeiter meines Verlages, Head of Zeus, und ganz besonders nicht ohne Verlagsdirektorin Laura Palmer, die sich von Anfang an für dieses Buch eingesetzt und dabei geholfen hat, es so viel besser zu machen, als ich mir erträumt hatte.

Ich bin mir sicher, es würde *Sechs Tage zwischen dir und mir*, genau genommen sogar meine gesamte Karriere als Schriftstellerin nicht geben, wenn meine unglaubliche Agentin Kate Burke nicht wäre, die mich vom ersten Tag an auf dieser fantastischen Reise begleitet hat. Kate und das gesamte Blake-Friedmann-Team stehen hinter mir, und ich fühle mich als Teil ihrer Familie in guten Händen.

Apropos Familie, ich muss eingestehen, dass dieses Buch auch nicht ohne die aufschlussreichen Beiträge meiner Tochter Kimberley entstanden wäre, die nicht nur einer meiner Lieblingsmenschen, sondern auch eine begabte Lektorin ist. Bei einer unserer Brainstorming-Sitzungen schlug Kimberley vor: »Wie wär's, wenn das Buch damit beginnt, dass jemand sitzen gelassen wird?« Und plötzlich fand die Idee, mit der ich schon eine ganze Zeit gespielt hatte, eine Heimat, und alle Puzzleteile fielen plötzlich an ihren Platz.

Doch schließlich wurde mir klar, dass die wichtigste Gruppe von Menschen, die für die Existenz dieses Buchs verantwortlich ist, IHR seid: die Leserinnen und Leser, die Buchbloggerinnen und -blogger, die Rezensenten, die mir treu geblieben sind und die mich unterstützt haben, und zwar auf so viele Arten, dass ich sie unmöglich alle aufzählen kann. Aber jedes Mal, wenn ihr ein Buch kauft oder herunterladet, jedes Mal, wenn ihr eine Nachricht schickt, einen Tweet teilt oder eine Rezension schreibt, ist das ein Geschenk für mich, das ich nie für selbstverständlich halten werde. Danke dafür, dass ihr bei mir seid, während wir in die Geschichten und Leben anderer Menschen eintauchen. Ich hoffe, ihr werdet mir in Zukunft noch in viele andere folgen.

Manchmal brauchen wir die Hilfe von Profis, und ich möchte mich bei Graham Skitt bedanken, einem ehemaligen Inspector der Metropolitan Police und einem alten Freund von mir, für seine Hilfe bei Fragen zu Ermittlungsverfahren. Danke, Graham, dass ich mir deinen Namen ausleihen durfte – wovon du allerdings nichts wusstest –, sowie für deine Geduld angesichts meiner vielen Fragen. Wenn das Buch in dieser Hinsicht Fehler enthält, sind es nur meine.

Keine Danksagung wäre komplett, ohne dass ich ein paar ganz besondere Freundinnen erwähne, auf die ich mich immer verlassen kann, wenn ich Rat und Unterstützung brauche oder mal wieder so richtig lachen will – bis die Wimperntusche zerläuft. Kate Thompson, Fiona Ford, Sasha Wagstaff und Faith Bleasdale, das Beste am Schriftstellerinnendasein ist, dass ich euch gefunden habe.

Den Freundinnen, mit denen ich aufgewachsen bin, mit denen ich zusammengearbeitet habe, und denen, die ich erst vor Kurzem gewonnen habe – danke, dass ihr die Bücher kauft, zu den Lesungen kommt und zu den Interviews einschaltet. Ihr seid ein großartiges Cheerleaderteam: Hazel, Annette, Debbie, Sheila, Kim, Christine, Barb und Heidi.

Und ich danke den Autorinnen und Autoren, die zu zahlreich sind, als dass ich sie hier erwähnen kann, die die Bücher anderer anpreisen und bewerben – mit einem speziellen Gruß an Ian Wilfred, für all die Zeit und Hilfe, mit denen er andere so großzügig und unermüdlich fördert.

Und schließlich danke ich meiner Familie. Mit einer Schriftstellerin zusammenzuleben, ist nicht einfach (sagen sie zumindest). Wir wollen immer nur über unsere Bücher reden – DIE GANZE ZEIT (also, angeblich), sind unglaublich mies gelaunt, wenn es mit dem Schreiben schlecht läuft, und nervtötend fröhlich, wenn es gut läuft. Ralph, Kimberley und Luke, danke, dass ihr für mich da seid. Es gibt kein besseres Gefühl, als bei einer Lesung vor einem Publikum zu stehen und zu wissen, dass ihr am lautesten für mich klatscht, jubelt und mich anfeuert. Ohne euch würde ich all das nicht schaffen.